鬼哭の剣

日向景一郎シリーズ❹

北方謙三

双葉文庫

目次

鬼哭の剣

日向景一郎シリーズ④

第一章　囚徒

1

眼を開いた。

足音が近づいてくる。人のものではないような気がした。しかし、人だ。眼を開いたまま、日向森之助《ひなたもりのすけ》は躰《からだ》を動かさなかった。

山には、さまざまな気配がある。森之助はいつもそう思う。樹《き》一本にも、ほんとうは気配があるのかもしれない。兄が樹とむかい合っている時は、なにかを語り合っているのではないか、という気がすることがある。

森之助が上体を起こしたのは、近づいてきていた気配が、止まったからだ。

「人じゃのう」

嗄《しわが》れた声がした。粗末な身なりの、老婆《ろうば》だった。老婆は、またこちらにむかって歩きはじめた。杖《つえ》をつき、片足を引き摺《ず》っている。人のものではないような気配は、そのせいだった。

「けものが潜んでいると思うたが、若い男であったのか」

老婆は、森之助のそばまで来ると、喘《あえ》ぐような息遣いをした。

夜明けである。焚火《たきび》はとうに消えていたが、まだ熾《おき》の暖かさは残っていた。

「身なりは大きいが、子供じゃの」

熾の暖かさに引かれたように、老婆は森之助とむかい合って腰を降ろした。

「野宿か。怖くはないのか?」

「いいえ」

兄との旅で、野宿は当たり前だった。食いものも、山や海から手に入れる。

「こんな山中で野宿をするとは、さぞ急いでおるのであろうなあ」

老婆は、皺《しわ》だらけの手を熾の上に翳《かざ》した。

「まだ、夜は冷える。山中にはけものもいるであろうし。そんなに急いで、どこへ行く?」

「山越えをして、海のそばまで」

「なぜ、街道を行かん。山の中の間道は、けものも怖い。闇《やみ》も怖い。しかし、人はもっと怖いぞ。この世で、人ほど怖いものはない」

「だから、急いでいるのです」

「いくつだ？」

「十五です」

「元服はしたのであろうが、それでもまだ子供じゃ。親はなにを考えている」

元服もなにもなかった。生まれた時から、森之助のままだ。父の名だったという。そしてその父は自分が斬《き》った、と兄は言った。

森之助は、抱いていた刀を差した。三年前に兄から与えられた、一文字則房《いちもんじのりふさ》である。江戸市中の刀屋に連れていかれ、四振《しふり》の中から選ばされた。自然に、則房に手がのびていた。兄は頷《うなず》いただけで、切餅《きりもち》をひとつ置いた。

則房で、人を斬ったことはまだない。それでも、祥玄《しょうげん》という研師《とぎし》が、このまま差しては駄目だと言った。人の血を吸いすぎている。そう呟《つぶや》き、丸一日、念仏を唱えながら研いでいた。祥玄は、向島《むこうじま》の薬草園の離れで、よく伯父の小関鉄馬《おぜきてつま》と酒を飲んでいる。

「刀を差していても、遣えなければなにもなるまいて。その刀で、誰ぞと立合ったことでもあるのか？」

森之助は、ただ首を振った。

「行くのか?」

「はい」

「実は、この婆《ばば》も急いでおる。この足じゃ。思うようには進めん。済まぬが、背負うて山越をしてくれぬかの?」

「困りました。私は、ほんとうに急いでいるのです」

「見捨てるのか、年寄りを?」

昨夜《よふ》も、夜更けまで歩き続けた。眠ったのは、二刻《ふたとき》足らずだ。ここ三日は、そんな状態が続いていた。明日が、旅のはじめに切られた刻限になる。一度山に踏み迷い、二日無駄にしていた。

「この婆を見れば、わかるであろう。苦労して、ようやくここまで歩いてきたが、行き倒れるかもしれんぞ」

「困りました」

老婆は、燠に手を翳したままだ。その顔が不意ににっと笑い、汚ない歯が剝《む》き出しになった。

「戯《ざ》れ言じゃ。急いでいるなら、早く行くがいい。この婆は、もう少しここで休んでいくことにするわい」

「そうですか。行きます。私は、ほんとうに急がなければならないので」

一礼して、森之助は歩きはじめた。

多分、今日じゅうに糸魚川《いといがわ》の城下に着けるだろう。しかし、着くだけでは旅は終らないのだ。

森之助の脚は速かった。街道を行くと、追い越された人が、奇妙な顔をするほどだ。歩いているとしか見えないのに、普通の人間の小走りよりも速いぐらいだった。兄と旅をするうちに、いつの間にかこんな歩き方が身についていた。

兄にできないことはなにもない、と森之助は思っていた。熊《くま》も猪《いのしし》も、来国行《らいくにゆき》のひと太刀で倒す。飛礫《つぶて》を打って鳥を落とし、兎《うさぎ》を殺す。そんなことよりも、二十人、三十人の相手をひとりでして、次々に斬り倒していく。到底、越えることのできない山だった。

やりたくてもできなかったことが、ひとつだけ森之助にもできるようになった。蛇を手で摑《つか》み、腕に巻きつかせて、瞬時に殺す技である。蛇が絞めつけてこようとするのに合わせ、腕の筋肉に力を籠《こ》める。それで長い蛇の背骨を何カ所か断ち、殺すのである。それができるまで、何匹の蛇を捕えたかわからない。できてしまうと、なんでもない技だった。

この旅でも蛇を捕えたかったが、まだ出てくるには早い季節だった。

踏み跡が、下りにさしかかった。遠くで光を照り返しているのは、海だろう。夕刻までには糸魚川に着ける、と森之助は思った。

多三郎《たさぶろう》がいる場所は捜さなければならなかったが、それほど大きな城下ではない、と聞いていた。漁師の家のどこか。いまのところ、わかっているのはそれだけだ。

夕刻前に、森之助は糸魚川の城下に着いた。一万石の城下であり、城はなく、壕《ほり》をめぐらせた館《やかた》があるだけだった。

森之助は、足を止めた。

前方を、今朝会った老婆が横切った。いや、あの老婆が、ここにいるわけはなかった。似ているというだけのことだが、あまりにもなにもかも似すぎていた。汚れた着物、灰色の髪、躰つき。おまけに杖をつき、左足を引き摺っている。

老婆は、家と家の間の路地に入った。森之助がそこを覗《のぞ》きこんだ時は、もう姿は見えなかった。城下は、路地だけでなく、道という道がすべて曲がりくねっていて、見通しのきかないところが多い。二本入っている街道以外、糸魚川の城下も同じだった。

森之助は海にむかって歩き、途中で出会った二人に一番近い漁村はどこかと訊《たず》ねた。西へ半里、姫川《ひめかわ》という川の河口。二人とも、同じ答を返してきた。

森之助は浜を歩き、陽が落ちる前にその漁村に入った。二十軒ほどの家が、肩を寄せ合っているだけである。多三郎がここにいれば、すぐに見つけられると思った。

一番大きな構えの家に、森之助は訪《おとな》いを入れた。

「なに、菱田《ひしだ》多三郎だと。おまえは、誰だ?」

「江戸湯島の薬種問屋、杉屋《すぎや》の使いの者です」

「おう、あいつ、多三郎ってのか。そうか、期限は明日だったな」

「いるのですね、ここに?」

「ああ。だけどな、多三郎って名だとは思わなかった。徳三《とくぞう》と名乗って、村に入ってきたんでな。いまだに、徳三のままさ。ところでおまえ、持ってくるものは、持ってきたんだろうな?」

「五十両ですね。ここにあります」

「おう、見せてくれ」

胴巻きから、森之助は切餅を二つ出して見せた。男の顔が歪《ゆが》んだ。笑っているようだった。森之助は、切餅を見せただけで、男に手渡しはしなかった。

「うちの舟蔵に放り込んである。間に合ってよかったな。行ってみな。裏だ」

頷き、森之助は家の裏手の舟蔵に回った。

女の声が洩《も》れていた。喘ぎ声のようだ。錠は解かれていて、戸は開いた。裸の女の背中が見えた。多三郎の上に跨《また》がっているようだ。

「森之助か。おまえが来てくれたのか」

多三郎が顔をあげ、跨がっている女を押しのけた。女はそれでもしがみつこうとしたが、多三郎は邪慳《じやけん》に突き飛ばしている。

「親方に五十両渡し、預けてある私の持物を全部受け取ってきてくれ」

森之助は、母屋《おもや》に回った。多三郎の持物はすでにひとつにまとめて出してあり、さっきの男が上がり框《がまち》で胡坐《あぐら》をかいていた。

「親方ですね?」

「そうだ」

「五十両受け取った、という書きつけをいただけませんか?」

「そんなもんは、徳三は要らねえとよ。あいつが欲しいのは、ひとつだけなんだ。とにかく、これを持っていけ」

森之助は、書きつけにはそれほどこだわらなかった。杉屋清六《せいろく》からも、そういうものを受け取るようにとは言われていない。

持物を渡すと、多三郎は素速く着物を着こんだ。蔵の中には火鉢があり、行灯《あんどん》もあり、食器などもある。蒲団《ふとん》では、まだ裸の女が不貞腐《ふてくさ》れて寝ていた。

「おい、そこの坊や。あんたでいいから、あたしを抱いていきな」

「やめておけ。そいつの兄は、たやすく女を乗り殺す。同じ血だ」

「いいね。一度ぐらい、乗り殺されてみたいもんだよ」

「わかってないな。苦痛の果てに、ほんとうに死ぬのだ。どういうことか、私にはよくわからん。特に巨大な一物というわけでもない」

喋《しゃべ》りながら、多三郎は箱の中のものを調べはじめた。駄目になった薬草があるらしく、舌打ちをして捨てた。

向島の薬草園には、広大な多三郎の畠《はたけ》があり、それこそ何十種類という薬草が植えられている。それでも足りず、新しい薬草を求めて、多三郎は旅をくり返しているのだ。

「おい、徳三」

親方が覗き、女を追い出した。

「お鉄《てつ》が帰って来て潜ったって、あれが採れるとはかぎらねえからな。その時は、おまえは二十五両、払い損だ」

「あるね、親方。必ずある、と私は思っている。ただ、そのお鉄さんが、そこまで潜れるかどうかだ」

「お鉄が潜れなきゃ、誰も潜れねえさ」

「二十五両分の働きをしてくれれば、私に文句はない」

「しかしな、こんな子供が、五十両もの大金を届けに来るとはな」

「だから言ったろう、必ず金は届くと。私は、糸魚川の城下の旅籠《はたご》に移って、お鉄さんを待つことにする。もともと山育ちでね。躰にしみついた、魚の生臭さを落としたい」

「居所だけ、はっきりさせといてくれ。明日、戻るはずだが、遅れても二日はかかるまいよ」

多三郎は、縦が二尺、横が一尺五寸、厚さが一尺の箱を担《かつ》いだ。これだけは、誰にも担がせないのだ。森之助は、別の小さな包みを二つぶらさげ、蔵を出た。

事情はなにもわからなかった。杉屋清六が多三郎に五十両届けたいと伯父に言い、伯父は兄ではなく森之助に行ってこいと言ったのだった。

日限が切られていた。糸魚川城下付近という、漠然とした場所しかわからなかった。

それでも、使いの役目はなんとか果したようだ。

多三郎と並んで、浜を歩いた。

2

旅籠は三軒あり、一番粗末に見える宿に入った。それでも内風呂《うちぶろ》があり、森之助は多三郎と一緒に入った。

「痩《や》せてはいるが、鋼《はがね》のような躰だね、森之助は。景一郎《けいいちろう》さんも、昔はそうだったのだろうか」

「兄は、私のように軟弱だったとは思えません。祖父と旅を続けていたのですから」

「私は、景一郎さんと森之助の兄弟は、はじめからどこか怖いと思っていたよ」

「兄は」

「いいのだ、森之助。怖かったが、嫌いではなかった。それより、なぜこんなところまで五十両も届けなければならないか、不思議に思っただろう？」

「届けろと言われたものを、きちんと届ける。私は、それだけを考えていました」

「理由は？」

「わかる時はわかる、と思っています」

「そんなところは、景一郎さんとそっくりだね。しかし、考えはしただろう？」

「少しは。多三郎さんが見つかるかどうか、不安でもありましたし」

「私はあの海で、ある海草を見つけた。千切れて、流れていたものだったがね。どうしてもその海草が欲しくて、小舟で海の上にいる時、芳右衛門《よしえもん》に捕えられた。あの親方だよ。決して入ってはならない海域に、私は入っていたらしい」

「そこに、海草があるのですか？」

「多分。しかし、潜れる者がいないほどの深さだろう。陽の光をあまり受けていないので、黒い色をしているのだ。芳右衛門は、お鉄という海女《あま》ならば、潜れると言った」

それで、ここで待つのだろう。森之助は、多三郎の背中を、糠袋《ぬかぶくろ》で擦《こす》りながら思った。多三郎のやることだから、その海草をなにするか訊《き》くまでもなかった。

部屋は街道に面していて、行商人らしい三人と相部屋だった。

三人の行商人は、障子を開け、街道を見降していた。城下には、入った時から浮ついた空気が流れていた。

「どうせ、明日だろう。寒いから閉めちまいましょうよ」

ひとりがそう言い、もうひとりが待ってくれと言った。

「明日、四人がひとり引き回されて、首を刎《は》ねられるんですよ。なにしろ、こんな小さな町じゃ、十数年ぶりってことでね。その話で持ちきりでしてね」

障子を開け放っている言い訳なのか、ひとりが多三郎に言った。

見るともなく外を見、森之助は眼を疑った。今朝の老婆《ろうば》が、歩いている。城下に入った時、眼の前を横切ったのも、見間違いではなくあの老婆だったのか。しかしそうだとすると、森之助よりも速く歩いて山越えをしてきたということだ。

そんなことは、およそ考えられなかった。別人ではない。杖《つえ》と引き摺《ず》る足の発してくる気配。それは同じものだ。空を飛びでもしないかぎり、無理なことだった。

森之助は階下へ降り、宿の下駄をつっかけて外へ出たが、その時もう老婆の姿は消えていた。

「どうしたのだ？」

部屋へ戻ると、多三郎が怪訝《けげん》な表情をしていた。

「いや、知り人がいたような気がしたのです。違ったみたいですが」

「私たちは寝よう、森之助。このところ、毎夜毎夜、海女がやってきて、私を眠らせてくれなかった。食べものは、貝などいいものを持ってくるのだが」

薄い蒲団の上で、多三郎がひとつのびをした。

多三郎が眠り、三人の行商人も鼾《いびき》をかきはじめたが、森之助の頭は冴《さ》えていた。

あの老婆と出会った時のことを、思い浮かべる。人のものではないような気配。それは片足を引き摺っていたせいだ、と思っていた。それに、杖もあった。しかし、ほんとうにそれだけだったのか。もっと別の、警戒しなければならない気配を、感じ取ることができなかったのではないのか。

あの老婆が、自分を追い越して糸魚川に入ったのは、多分、間違いないだろう。なぜ、その気配を感じなかったのか。あの岨道《そばみち》で、急いで歩いている自分を追い越せる人間が、そういるとも思えない。

考えられるのは近道だが、森之助が辿《たど》った間道は、大きな曲りなどなく、ほとんど真《ま》直《す》ぐに糸魚川に通じていた。

しかし、森之助が糸魚川に入った時、あの老婆は確かにいたのだ。枝から枝を伝い、岩と岩の間を跳び、猿《ましら》のごとく山を降りたということなのか。

あるところまで考えると、森之助はそれ以上こだわらず、眠ることにした。わかるものは、いずれわかる。謎《なぞ》のままなら、心の中に謎がひとつ増えたというだけだ。眠ろうと思えば、すぐ眠れる。そして、すぐに眼醒《めざ》められる。兄との旅で、それは身につけた。

兄は眠ることがないのではないか、と一時本気で思っていたころがある。どんな時にでも、隙《すき》があれば打ちこんできていいと言われ、眠っている時に何度か打ちこんだ。気づくと、自分の方が打ち倒されていたのだ。兄はいつも、隙だらけだった。ただ、打ちこもうと思い、実際に打ちこみかけた時、その隙は幻のように消える。それがわかってからは、隙だらけであろうと、兄に打ちこむことはできなくなった。

兄ならば、あの老婆の気配をどう感じたのだろうか。束《つか》の間《ま》それを考え、森之助はやめた。感じるのは自分であり、それだけだ。それ以上でも、それ以下でもない。

眠ることにした。想念を、頭から追い払った。

眼醒めたのは、朝の光が障子から射《さ》しこみはじめたころだ。

行商人が起き出してから、森之助も身を起こした。多三郎は、まだ蒲団の中で躰を丸めている。行商人たちは、そそくさと朝食を済ませると、商いに出かけていった。一日、城下を回るらしく、打ち首の見物には行くつもりだと言った。

多三郎が起き出したのは、それから半刻《はんとき》も経《た》ってからである。打ち首についての関心はあまりないらしく、朝食を終えると、無心に薬研《やげん》を遣いはじめた。出来あがった粉末を、森之助は決められた量に分け、包みを作った。包みの紙には、杉屋謹製と湯島の判が押してあった。この作業には、馴《な》れている。向島の薬草園ではしばしば手伝わされたし、近くの恵芳寺《けいほうじ》の養生所では、村人に配る腹薬を、三日間包み続けたこともある。村で、腹を下す病が流行した時だった。

一刻《いっとき》で、二百包ほどができあがった。

多三郎の箱の一番上には、すでにできあがった薬が詰めてある。珍根丹《ちんこんたん》は、頭痛や風邪の薬で、これだけは森之助も作っているところを見たことがない。伯父の鉄馬の話では、阿芙蓉《あふよう》というものが、微量だが混ぜてあるらしい。金竜丸《きんりゅうがん》は、疲れた時に服する薬だという。両方とも、湯島天神下の、杉屋でなければ買えない薬である。特に珍根丹は数が少なく、地方の薬屋が買い付けに来ることもあるようだ。

「さてと、売りに行くか、森之助。城下に薬屋は二軒あるそうだ」

「多三郎さん、ここは富山からそれほど離れていないと思うのですが」

薬を売るにも縄張りがあり、大産地の富山の近くで、江戸の薬を売っていいものか、と森之助は考えたのである。

「そんなことを気にするのか、森之助も。心配はいらない。杉屋では、富山からも大量の薬を仕入れているのだ。むしろ、歓迎してくれるよ。あまり大人っぽいことを、考えるのはよしなさい」

「はい」

箱は担《かつ》がせて貰《もら》えないので、森之助は売り物の薬の入った包みを二つ、ぶらさげた。

多三郎の言う通りだった。多三郎がなにか書きつけのようなものを見せると、二軒の薬屋は愛想よく薬を買いあげてくれた。八両になった。これで、多三郎は当分路銀に困らずに済むのだろう。

「私は、どうすればいいのですか、多三郎さん。江戸に帰れと言われれば、帰ります」

「せっかくここまで来て、すぐに帰ることもないだろう。しばらく、私のそばにいてくれ。おまえが、役に立つのではないか、という気がしている」

「わかりました」

二人で、宿まで歩いた。

城下は、やはり打ち首を待ちわびて、きのうよりさらに浮ついている。

3

多三郎は、苛立《いらだ》っているようだった。

芳右衛門から、お鉄が戻ったという知らせが来ないからだろう。お鉄は今日戻ることになっていて、夕刻までにはまだ間があった。

「多三郎さん、佐島《さじま》村で、なぜ徳三という名を名乗ったのですか？」

「旦那《だんな》に迷惑をかけるかもしれない、と思った。それで、とっさだね。結局、迷惑をかけることになっちまったが」

「そんなに、いけないことだったんですか。舟を浮かべて海草を採ろうとすることが」

「舟で入ることは、問題ないらしい。ただ、私が眼をつけた海域は、いくつかの村が共同で仕切っている産卵場で、なにかを採るためには、銭を払わなければならなかったのだ。おまけに、採っていい時季も決まっている。私は、密漁で捕えられたんだ」

「そうですか。海にも、そんなところがあるのですか」

産卵場というのは、田でいうと苗床のようなものなのだろう、と森之助は思った。

「それにしても、知らせが来ないな。お鉄は、頼まれて佐渡の外海府《そとかいふ》というところに、潜りに行ったらしいのだが。なんでも、潮が速くて、なかなか深く潜れないところらしい」

「芳右衛門の親方は、今日か明日と言っていました。落ち着いて、待ちましょう」

「それは、あの海草がどういうものか、知らないから言えるのだ、森之助」

「そんなに、素晴らしい薬草なのですか？」

「幽影《ゆうえい》や道庵《どうあん》という医師は、狂喜するだろう。阿芙蓉は御禁制だが、遣い方によってはいい薬なのだ。それと同じような効き目がある薬を作り出せる、と私は思っている」

阿芙蓉を奪い合って、人が何十人も死んだ。そういうことが、幼いころ向島の薬草園や恵芳寺であった。森之助は、それをおぼろに憶《おぼ》えていた。

「あの村で、作るのですか？」

「そこまで入れての、五十両だ。二十五両は、いくつかの村で等分に分けるようだが、残りの二十五両は、佐島村のものだな」

薬を作ると、試しというものがある。兄は、茸《きのこ》の毒を薬にしたものを何度も試し、毒も薬も効かない躰《からだ》になったのだという。次は、自分が試しをやらされるのかもしれない、と森之助は思った。

多三郎は、以前は北の方で医師をしていたと聞いた。菱田という、きちんとした姓も持っているのだ。

下の街道が、騒々しくなった。罪人が引き回され、首を刎ねられる時が迫ったのだろう。どういう罪でそんな目に遭うのか、森之助は知らなかった。関心もない。首が飛んだり、躰が両断されたりする場面は、何度も見ていてめずらしいものではなかった。森之助自身も、奥羽《おうう》の山中の村で、自分よりも小さい子供の首を刎ねたことがある。兄に言われた。そして兄は、そのことを決して忘れさせようとはしてくれなかった。

巻藁《まきわら》を斬《き》ろうとしている時など、あの時の首を思い出せ、とよく言われた。するとまず、掌《てのひら》に蘇《よみがえ》ってくるのだ。

「行ってみるぞ、森之助」
多三郎が、腰をあげて言った。森之助は、特に見たいとは思わなかったが、多三郎についていて外へ出た。

街道には、人垣ができている。しばらく待つと、人々が声をあげはじめた。最初に、罪状が書かれた札が翳《かざ》されている。

藩の館《やかた》に忍びこんだ。城下の商家に押し入り、五名を殺した。ほかにも、盗みが四つほどあり、盗賊ということらしかった。

次には、騎乗の役人の姿が見え、武具を持った役人に続いて、馬に乗せられ、後ろ手に縛りあげられた小平太《こへいた》という男が見えた。しっかりした眼をしている、と森之助は思った。胸を張り、悪びれた様子もない。小柄な男で、まだ若そうだった。

ふと、森之助は殺気に似たものを感じた。自分にむけられたものではない。それでも、気になった。上だ。頭上から、気配は降ってきている。人々は気づかず、ただ小平太にむかって声を放っていた。

通りすぎた。そう思った。気配をまだ感じ続けたまま、森之助は小平太の姿を眼だけで追っていた。

信じられないような光景だった。並んだ旅籠《はたご》の二階の屋根から、なにかがくるくると回りながら飛んだ。人が躰を丸めている。そう思った時、その影は小平太の背後、馬の尻《しり》に跨《また》がっていた。馬が駈け出した。役人たちは、一瞬なにが起きたかわからないようだった。

飛び降りてきた男が、小平太を縛った縄を切り、騎乗の役人と並び、突き落とし、小平太がそちらに乗り移る。そういうところまで、しっかり見ていた者は、ほとんどいなかっただろう。

二頭の馬は、並んだまま駈け去った。飛び降りてきた男も、小平太と同じぐらい小柄で、去っていく二人の背は、おかしなほどよく似ていた。

「なんだ、奪われたのか、罪人を？」

多三郎が、森之助の顔を見て言った。

「はい、二階の屋根から人が飛び降りてきて、そのまま小平太という罪人を連れ去ったようです」

「なにか落ちてきたのは見えたが、二階の屋根からだったのか」

「縄を切り、役人の乗っていた馬を奪う。すべてが流れるようで、見事な動きでした」

「そうか。森之助には見えていたのか。いや、おまえなら、見えていただろう。それで、飛び降りてきたのは、どういう男だ？」

「小柄ということしか。後ろ姿は、小平太ととてもよく似ている、と思いました」

「盗《ぬす》っ人《と》だというが、仲間がいて助けたということかな」

城下は、騒然としていた。飛んできた人間には羽が生えていたなどと、本気で言っている者もいた。空から人が降ってきて、小平太とともに駈け去った。よく見ていた人間で、その程度の認識だった。

「どう思う、森之助。逃げきれるかな、あの二人？」

「多分」

役人は駈け回っている。しかし、動きに統一はなかった。右往左往している、としか思えない。駈け去った馬を何人かは追ったようだが、所詮人の脚だった。

「おまえは、なにも気づかなかったのか？」

「上の方からの気配を、感じていました。しかしそれは、私にむけられたものではなかったので、身構えてはいませんでした。なにが起こるのだろうと思っていただけで」

「まあ、人の首が落ちるのを見ることができなかった代りに、銭を払っても見られない軽業《かるわざ》を見たというわけだな」

多三郎は、もう関心を失ったようだった。

宿へ戻った。宿の者たちもみんな外に飛び出していて、中はひっそりとしていた。

二階の屋根から、躰を丸めて回転しながら落ちてきた人間の姿を、森之助は反芻《はんすう》するように思い浮かべた。ただ跳んだのでは、あれほどうまく馬の尻に跨がることはできなかっただろう。回転しながら、方向を変えた。森之助は、そう思った。しかし、そんなことができるのか。

あの男を斬ろうとしても、回転しながら方向を変えられると、難しいだろう。地上に降り立っても、身軽に違いない。どこで、どう斬るのか。相手の動きを、あらかじめ予測するしかないのか。しかし、躰は驚くほど柔らかかった。あの男だけでなく、小平太の躰もまた柔らかいのは、馬に乗り移る姿でよくわかった。

あの柔らかな躰を斬るのは、宙に舞う羽を斬るのに似ているだろう。

「多三郎さん」

畳の上に、不貞腐《ふてくさ》れたように寝そべった多三郎に、森之助は声をかけた。佐島村からの連絡が来ないのに、また苛立ちはじめているようだ。

「躰を柔らかにする薬というものは、あるのですか?」

「意味のないものを、私は作ろうとは思わん。酢などを飲めば、柔らかくなると言われてはいる。子供のころは柔らかく、成長すれば硬くなる。ただ、飲みものや食べもので変るだろうし、鍛えることもできるな」

「それでも、極端に柔らかくはならないのでしょう?」

「鍛え方かな。それを飲食が補助する。なんだ、森之助、柔らかい躰になりたいのか?」

「逃げたあの二人、信じられないほど柔らかな躰をしていました」

「ふうん、盗っ人二人がな。それで、剣の腕の方はどうだった？」

「わかりません。私にむけられた気ではなかったので。兄ならば、ひと眼で見てとったと思いますが」

「なんでも、景一郎さんと較《くら》べるのだな、森之助は」

兄は、どうするだろう。どう考えるだろう。兄なら、できただろうか。幼いころから、それればかりを考えてきた、という気がする。そして、兄ができなかったということを、森之助は知らない。

「人のありようを超えているな、景一郎さんは。ずっと、そう思っていた。十年以上も接してきて、あれも人なのだと思うようになった。人の想像を、超えているのだよ。私のように、凡庸な人間の想像を」

「多三郎さんは、よく薬の試しをされていますよね。兄は、もうできないのでしょう？」

「できないのではなく、無駄なのだ。毒でさえも、効かない躰になっている」

「私に、やらせてくれませんか？」

森之助が言うと、多三郎は声をあげて笑った。

「考えておこう。景一郎さんの許しはいるな。おまえが死んだら、私が責められる」

多三郎が躰を横にし、森之助に背中を見せた。

玄関で、訪《おとな》いを入れている女の声がした。宿の者は、みんな外へ出て、まだ帰ってきていないようだ。仕方なく、森之助は腰をあげた。

女がひとり、立っていた。

「こっちに、薬草師で多三郎という人、おりませんか?」

肌の浅黒い、若い女だった。

「佐島村の、お鉄が来たと伝えてくだせえ」

呼びにいく前に、多三郎が階段を駈け降りてくる気配がした。

4

芳右衛門の家の、母屋《おもや》の一室があてがわれた。大金を払った以上は、客ということらしい。夕餉《ゆうげ》の膳《ぜん》も、豪勢なものだった。

夜になると、芳右衛門自身が、徳利をぶらさげて現われた。

「城下じゃ、大変な騒ぎなんだってな。打ち首前の囚人を攫《さら》われたんじゃ、世話ねえや」

「攫われたわけではなく、仲間が逃がしたのだな。私には、そう見えた」

「ふうん、むささびの小平太に、仲間がいたのか」

多三郎は、あまり酒が強くない。森之助も、酔うには酔うが、それは意志で抑えられる。伯父の鉄馬が、幼いころから森之助に酒を飲ませた。兄は、いくら飲んでも、まったく酔ったようには見えなかった。森之助は、兄のようになりたかった。

「湯島天神下の薬種問屋で、杉屋といえば、あのあたりじゃ一番の大店《おおだな》じゃねえか」

「知ってるのかね、親方？」

「俺はもともと江戸の人間でよ。十二年前にこっちへ移り、縁があってこの家の婿《むこ》養子になった。勝手は違ったが、漁師だったのが役に立った」

「なるほどね。言葉がそうだと思った」

「で、杉屋の薬草師が、なんだってこんなところにいやがる？」

「杉屋が大店でいられるのは、それだけのわけがあってね。私のような薬草師を何人も抱えて、やりたいことを自由にやらせてくれた。それで新しい良い薬が、杉屋謹製で出せる」

「そんなもんか」

芳右衛門が、茶碗《ちゃわん》の酒を呷《あお》った。

「それで、おまえ、あの海草からなんか薬でも作ろうってのか？」

「そのつもりだ。どんなものができるか、まだわからないが、そのことについて、私は鼻が利《き》く。いい薬ができる、という気がするのだ。海草を食することで、癒《い》える病がある。海草を貼《は》りつけて、毒消しにする地方もある。いずれも、ほかの方法より優れているというわけではないが、それは海草に微量しか含まれていないからだと思う」

「なにが、含まれてるって？」

「だから、病を癒やすようなものがさ。名はない。そういう薬も、存在していない」

「これから、おまえが作るってことか、徳三。いや、多三郎だな」

「それを、やりたい。いろいろなことは、やってみなければわからんが。それより、あの海域に潜っても、ほかの村から文句は出ないのだろうな」

「あの海草以外のものを採らなけりゃな。あんなもん、時々千切れて流れ着くが、なにかに使えると思ったやつはおらん。あの海草を採るなら、文句は出ねえ。ほかのものを採るなら、一応断って貰《もら》いてえが」

「お鉄という女、あんな華奢《きゃしゃ》な躰《からだ》つきをしているのに、ほんとうに潜れるのだろうか？」

「いま来るから、本人に訊《き》いてみなよ。あれのおふくろが、すごかった。婆《ばあ》さんも、この近辺じゃ、かなう者のなかった海女《あま》だ」

「なら、いいのだが」

「多三郎、おまえなんで徳三なんて名乗った？」

「山にはよく入る。入会権《いりあいけん》というものがあってな。山じゃ、それはよくわかる。海は、なにか境があるわけじゃないし、わからなかった。ただ、入会権のようなものを侵したと思ったので、とっさに偽名を使った。杉屋に迷惑がかかりかねないと思ったから」

「結局、五十両もの大金を運ばせたじゃねえか。そりゃ、大迷惑だろう」

「杉屋清六という人は、新しい薬を作るためなら、少々の出費は惜しまない。五十両が百両でも、出したと思う」

「なら、はじめから、そう言いやがれ」

「まったくだ。海の入会権がどれほど厳しいものか、よくわからなかったこともあるが」

「あの海草」

「絶対に、いい薬ができる、と私は思っている。黒いような、あの色さ」

「俺らは、食えるかどうかってことを考える。ありゃ、食えねえな」

「食ってみたのかね？」

「ちょっとだけ口に入れてみた。苦くて、舌が痺《しび》れそうだった。あれを食おうって考えるやつは、まずいねえな」

「薬草師には薬草師のやり方がある」

薬草の見分け方は、森之助もよく知っていた。そのまま使えるものは少ない。干したり、煎《せん》じたりすることが多いのだ。海草でも、多分同じだろう。

声がして、お鉄が姿を現わした。

芳右衛門が茶碗を差し出すと、黙って受けとり、注がれた酒をひと息で飲み干した。二杯目は、断った。多三郎が、啞然《あぜん》とした表情で見ている。

「酒は一杯だけ。血の巡りがよくなりますんでね。潜ると、血が方々に溜《たま》りますだ」

「それで、潜って貰えるんだね、お鉄さん？」

「へえ、潜れと言われりゃ、どこでも潜りますが、神《かん》の瀬は引き潮の時でなけりゃ無理です。上げ三分から下げ七分の間です。もっと上げてると、潮が強くて流されます」

「あそこに、潜ったことは？」

「産卵の具合を調べに、二十尋《ひろ》の手前ぐらいまで。二十尋まで潜ったら、下でなにもできねえだよ」

「私が欲しい海草は」

「親方から訊いた。あの黒い草は、十五尋から二十尋の間の、岩に生えとりますだ」

「そうか。親方、十五尋以上潜れる人は、ほかにいないのかい？」

「いねえから、お鉄が帰るのを待ってたんだろうが。どこ捜しても、いねえだろうな。佐渡から、来て欲しいって声がかかるぐらいなんだからよ」

「できるだけ多く、あの黒い海草が欲しいのだ、お鉄さん」

「潜れるのは、せいぜい五度だね。水が冷てえだよ。五度潜ったら、躰が動かなくなりますだ。潜れば潜るほど、冷たくなるし」

「五度で、どれぐらい採ってこられる？」

「やってみなきゃ、わからねえです。採ったものを持ってはあがれねえ。あらかじめ、籠《かご》かなにかを沈めておいて、上がる時は素手でなきゃ、無理ですだ」

「わかった。できれば、明日からでもはじめたいのだが」

「籠など、俺が用意しておく。おまえは、潜るだけでいい」

「わかりました、親方。海が荒れてなきゃ、明日から潜ります」

「引き潮は、午《ひる》ごろだ。船は、うちにあるのを使う」

縁に腰を降ろしていたお鉄が、立ちあがり頭を下げた。

芳右衛門が大声を出して手を叩《たた》き、新しい酒を運ばせた。まだ、飲み続けるつもりらしい。森之助は、明日乗る船の場所を聞き、浜の方へ歩いていった。

月が出ている。それが海面に映り、別の光がもうひとつあるような気がした。

教えられた船は浜に引きあげてあり、四、五人は楽に乗れそうな大きさだった。明日行く、神の瀬がここからどれほど遠いのか、森之助は知らない。海女が潜るぐらいだから、陸からそれほど離れていないのかもしれない。

櫓《ろ》の遣い方は、兄に習ったことがある。兄が、船頭だと威張っている連中より、ずっとうまく櫓を遣っても、不思議だとは森之助は思わなかった。

船は、しっかりしていた。遣いこまれた櫓のほかに、もう一梃《ちょう》新しいものがあった。それだけ見ると、もうやることはなにもなかった。森之助は、しばらく海を眺めながら、浜辺を歩いた。風のない穏やかな日で、寒さもあまり感じない。

不意に、気配を感じた。

殺気ではないが、どういう気配なのかはっきりは摑《つか》めなかった。

森之助は、気を内に秘め、同じ歩調で砂の上を進んだ。船のかげから出てきた人影は、二つだった。ひとりは片足を引き摺《ず》り、杖《つえ》をついている。あの老婆《ろうば》だった。躰の大きさなどでなく、歩く気配でそれがわかった。老婆は、すぐに森之助に気づいたようだ。もうひとりが気づかず、盛んに話しかけている。

「あら」

もうひとりが、ようやく気づいた。

「森之助さんじゃないの？」

お鉄だった。親方の家を出て、すぐにここへ来たのだろう、と森之助は思った。

「なにしてるだね、こんな夜に？」

「明日、乗る船を見にきたのです。親方と多三郎さんは、まだ酒を飲んでいますし」

「そう。風邪ひくから、帰った方がいいだよ」

「大丈夫です。馴《な》れていますから」

老婆は、森之助の方を見ていなかった。しかし、明らかに気配はこちらをむいている。

二、三歩、森之助は近づいた。

「昨日の早朝、山中でお目にかかりました」

老婆は、森之助の方に顔をむけた。

「知ってるのか、たつ婆《ばあ》？」

「知らんな、こんな子は。第一、この足で、山など登れるわけがあるまいが」

「いえ、お目にかかりました。私は急いでいたので、背負ってさしあげることはできなかったのですが」

城下に入った時も、その夜も見かけた。それは言わなかった。森之助よりも、脚が速い。それまで言わなければならなくなる。何者なのかという思いも、できるだけ抱かないようにした。なにを訊いても、まともな返事は返ってこない、という気がする。

「この村の方だったんですね」

「わしは、ずっとこの村の人間だ。いままでも、これからも。おまえは、この村の人間でないのう。どこから来た？」

「江戸からです」

「明日、あんたは船に乗るのか？」

お鉄が言った。月の光の中で、お鉄の肌はひどく白いものに見えた。

「船酔いはしないだろうね。そういうやつを見ると、あたしは胸がむかつく」

「乗ります」

「大丈夫です。御心配なく」

「お鉄と一緒に潜ってみい。どこまで、ついていけるかのう。なんだかんだ言うても、潜るのは女じゃ」

一緒に潜ってみる、とは言えなかった。兄は、潜って大きな魚を獲《と》ってくる。森之助は見ていて、息を止めてみた。とてもではないが、兄と同じだけ止めていられない。

「明日、私は櫓を漕《こ》ぎます」

「ほう、櫓が遣えるか。それでいいところを見せてみい。海は、山と違う。油断すると、船に乗っている者を、引きずりこむ。いまの海では、それほど長く泳いではいられんからのう」

低く、老婆の笑い声が、浜辺に響いた。それから二人は、松林の方へ歩いていった。

あの老婆は、どうやって自分より速く山を越えたのか、と森之助は考えた。

山で会った老婆であることは、間違いないのだ。

5

船の中央に、ひと抱えある石を六つ積んだ。ほかに、碇《いかり》のための石もある。

お鉄は、踝《くるぶし》まである綿入れを、躰に巻きつけて、船の上でうずくまっている。船はすでに海に浮いていて、森之助は腰まで入り流されないように押さえていた。

多三郎と芳右衛門が、艫《とも》の方から乗りこんでくる。二人が乗ってから、森之助は素速く跳び乗り、櫓の先で船を沖にむけて押した。それから、櫓を漕いでいく。

「おう、これはたまげた。ひとり前の漁師と変らんな」

芳右衛門が声をあげる。海は、波立ってはいるが、荒れているというほどではない。

芳右衛門が指さす方向へ、森之助は正確に船をむけた。

朝から、薪《まき》を集めさせられた。それは、人の背丈ほど浜に積みあげられている。少し燃やし、熾《おき》になったものをそのままにしてある。暖を取るためには、絶対に必要なもののようだ。

ひと抱えある石をなんに使うかも、およそ見当はついた。

お鉄ほど、自分は潜ることができないのだろうか。綿入れで膨《ふく》れあがった背中を見ながら、森之助は思った。お鉄が潜った瞬間に、息を止めてみれば、わかりそうだ。ただ、お鉄は海の中で、しかも海草を採らなければならない。海に深く潜れば潜るほど、躰が締めつけられたようになるのだ、と芳右衛門は言っていた。その上、深いところほど冷たいらしい。

船は、陸に沿って進み、岩が見え隠れする場所で舳先《へさき》を陸にむけた。断崖《だんがい》である。立ちあがった芳右衛門が、右、左と指示を出す。海流があり、油断すると舳先が振られそうになる。

「よし、ここだ」

芳右衛門はそう言い、碇の石を投げこんだ。碇の縄が出ていく。やがてそれが、ぴんと張った。

「おい、森之助。先に籠を降ろしな。石をひとつ入れておくんだ」

芳右衛門に言われた通りに、森之助は石を入れた籠を水に入れた。掌《てのひら》を擦りながら、縄が出ていく。底に着いたのか、やがて縄は止まった。

お鉄は、うずくまったままじっとしている。森之助は、頭の中で、掌を擦りながら出ていった縄の長さを、測っていた。十七尋から十八尋。そんなところだ。

多三郎は、じっと水の中を覗《のぞ》きこんでいた。芳右衛門は、舳先に腰を降ろし、なにも言わず空に眼をやったりしている。

お鉄が立ちあがった。綿入れを脱ぎ捨てる。下は、薄い着物が一枚だった。お鉄は石をひとつ抱え、そのまま後ろむきになって水に飛びこんだ。

その瞬間、森之助も息を止めていた。

やがて、籠についた縄に、なにか力がかかってくるのがわかった。森之助は、息を止め続けていた。まだ苦しくない。縄には、なにかしら動くような感触がある。

苦しくなってきた。気を集め、下腹に力を入れた。お鉄は、まだ浮きあがってこない。

ほんとうに、苦しくなった。それでも森之助は、息を吐きもせず、吸いもしなかった。

お鉄の上半身が、海面から飛び出してきた。森之助は、おもむろに息を吐き、吸った。息を止めるだけなら、なんとか耐えていられる。しかし、海の中ではない。

お鉄はしばらく、波間に浮き、漂っていた。濡《ぬ》れた着物が躰に張りつき、乳房が透けて見えている。

「森之助、お鉄が泳いできたら、石をひとつ渡してやれ。しっかり抱くまで、離さねえようにな」

森之助は石をひとつ持ち、いつでも船べりから差し出せるようにした。お鉄が泳いでくる。石を差し出すと、お鉄はそれを抱き、口で大きく息を吸って、沈んでいった。森之助も、息を止めていた。

今度は、前よりも長く耐えられる。そう思った。躰のどこかが、息をしないことに馴れているのだ。森之助は石をひとつ持ちあげ、躰の前で上下させた。

「まだ早《はえ》えだ」

芳右衛門が言ったが、森之助は石を持ちあげ続けた。多三郎が、のどを鳴らし、海中に腹の中のものを吐き出した。それからまた、水中を覗きこむ。

海面が泡立ち、そこからお鉄が飛び出してきた。よほど勢いをつけていたのか、腿《もも》のあたりまで見え、それからお鉄は海面に大の字になって浮いた。森之助は、ようやく息を少しずつ吐き、それから吸った。

お鉄は、喘《あえ》ぐように息をしていた。森之助は、それほど苦しいとは思わなかった。手に持った石も、まだ上下させていられる。

苦しいということを、感じないまま気を失ったことがある。伯父の鉄馬に、走れと言われた時だ。薬草園の中を、全力で走った。なぜそんなことをさせられるのか、わからなかった。しかも、走る時に息をしてはならない、と言われたのだった。気づくと、鉄馬がそばに立っていた。息をしない。それが斬《き》り合いの極意だ、と言って笑っていた。それから森之助は、日に一度は自分が倒れると思う寸前まで、息をせずに走ることにしたのだ。距離は少しずつのび、いまでは、はじめのころの二倍近くは走れるようになっている。

それが、ほんとうに極意なのかどうか、いまだにわからない。兄に訊《き》いたら、ただ嗤《わら》われそうだった。

お鉄が、そばに近づいてきた。森之助は、お鉄の両腕の中に石を抱かせてやった。

また、お鉄が出てくるまで、息をとめていた。芳右衛門は、時々森之助の方を見たが、なにも気づいていないようだった。多三郎は、ただ海の中を覗きこんでいる。

五度潜り、お鉄は同じように出てきた。潜っている時は、長くも短くもならなかった。

「おい、森之助。引っ張りあげてやれ」

森之助は、黙って手を出し、お鉄の冷たい躰を抱きあげ、素速く反対側の船べりの方へ動いた。そうしないと、船が傾きすぎると思ったのだ。

船に降ろした時、お鉄はちょっとびっくりしたような表情をしていた。それから、着ていた薄い着物を、素速く脱ぎ捨て、乾いた布で全身を擦《こす》るように拭《ぬぐ》うと、綿入れを躰に巻きつけた。

森之助は、芳右衛門に言われて、籠のついた縄を引きあげた。

「なんだ、軽々とあげやがるから、なにも入ってねえんじゃないかと思った。どうして、結構採ってるじゃねえか」

芳右衛門が言った。籠の中には、八分目ほど黒い海草が入っていた。

芳右衛門に言われて、碇の縄も引いた。引くと船の方が動いていくようで、海底にむかって縄が真直《まっす》ぐになった時、ようやく石の重さも伝わってきた。

「よし、漕げ。浜に戻るぞ。帰りは、突っ走るんだ」

森之助は櫓を執り、漕いだ。芳右衛門は舳先に立ち、お鉄は綿入れの中で躰を丸め、多三郎は海草の籠を抱いて動かない。森之助は腰を入れ、櫓の動く幅を大きくして漕いだ。

「速《はえ》えな。流れに乗ってるのかな」

芳右衛門が言っている。

すぐに、浜が見えてきた。薪を積みあげた場所に、森之助は舳先をむけた。ふた漕ぎ、三漕ぎで、船底は砂を嚙《か》んだ。

森之助は水の中に飛び降りて走り、焚火《たきび》のあとに薪を放りこんだ。熾はまだあって、搔《か》き回すとすぐに炎があがってきた。

それから舳先の舫《もや》い綱を、松林の手前にある杭《くい》に縛りつけた。お鉄は、火のそばに立っている。森之助はさらに薪を放りこみ、炎を大きくした。

「森之助」

船の上から、多三郎が呼んだ。森之助はもう一度水に入り、海草の入った籠を担《かつ》いで浜へ運んだ。

「親方、松林のむこうの小川のそばに、小屋を建ててくれないか。風さえ遮れたら、粗末なものでいい」

多三郎が、芳右衛門に小判を一枚渡した。

「それから森之助。いまから城下へ行き、これぐらいの鉢を、三十個ばかり買ってきてくれ」

多三郎には、もう海草しか見えていないようだった。

お鉄が、火のそばで躰をのばしたり縮めたりしている。

6

三十個の鉢は、重ねて縄で縛っても、結構な嵩《かさ》になった。担いで一度に運ぼうとする森之助を、瀬戸物屋の手代はびっくりしたような顔で見ていた。

兄が山から担いでくる土の入った俵と較《くら》べると、大した重さではない。しかも兄は、それを両肩に担いでくる。森之助はひとつ担ぐのが精一杯で、歩くことなどできそうもなかった。

浜を歩きはじめると、砂に足をとられた。転べば、瀬戸物のいくつかは割れるだろう。気をつけて歩いた。

やがて、村が見えてきた。

松林の中から、不意にあの老婆《ろうば》が姿を現わした。杖《つえ》をつき、片足を引き摺《ず》っているのは相変らずだが、着ているものが新しくなっていた。

「おい、森之助よ」

老婆は、道を塞《ふさ》ぐように森之助の前に立った。

「その鉢を、ひとつ置いていけ」

「できません」

「なぜじゃ、そんなに鉢を買いこんで、瀬戸物屋でもはじめるつもりかのう。いいから、ひとつ寄越せ」

「これは、私のものではないのです。したがって、さしあげることはできません」

「ほう、そういうことなら、この婆《ばば》が奪えば文句はないのじゃな」

「待ってください」

「森之助、年寄りはもっと大事にするものだ。わしは、鉢がなくて困っておった」

老婆が近づいてきた。殺気に似たものが、肌を打った。森之助は、鉢を背負ったまま跳び、砂に降り立った。

老婆の頭上を越えていた。そのまま、森之助は村へむかって歩いた。

老婆は、杖で森之助の足を払おうとしてきた。その杖には、間違いなく殺気のようなものがあった。だから、森之助の躰《からだ》は跳んでしまったのだ。あの老婆が、なぜ殺気を発することができたのか、考えはしなかった。なにしろ、森之助を追い越して山中を移動したのだ。殺気ぐらい放てて、当たり前という気もする。

芳右衛門が、若い船子を三人ばかり指図して、小屋を作っていた。

多三郎は、海草の一部を陽に干し、指さきで触れて確かめている。森之助は、担いできた鉢を、多三郎のそばに降した。

「森之助、薪を集めてくれ。お鉄が躰を暖めるのとは別にな。できるだけ大量に欲しい。それから、小屋を建てた時に余った丸太が出るようだったら、親方に貰《もら》っておいてくれ」

薬草を扱いはじめると、多三郎はほかのものが見えなくなる。向島の薬草園では、いつもこんな具合だった。

森之助は、山の方まで行き、倒れた木を担いできた。家は山の下の狭い平地で肩を寄せ合い、ひとつの村になっている。どこの村も、同じようなものだろう。

けものの気配のようなものが、不意に森之助の肌を刺した。山の斜面である。担いだ木をそのままにして、森之助は足場だけを測った。

なにかが飛んできた。それが飛礫《つぶて》だとわかった時は、森之助はかわし、跳んでいた。そこへ、また飛礫がくる。斜面を、上にむかって森之助は跳んだ。それから、足もとの小石を拾い、森之助も投げた。木の枝が擦れ合うような音がした。それから森之助の前に、男がひとり降り立った。

森之助は、身構えたが、切迫した殺気を感じているわけではなかった。

若い男だった。森之助よりずっと小柄で、髪は頭の後ろでひとつに束ねている。こんな髪を、どこかで見たと思った。

「おまえ、何者だ?」

「私は、佐島丸の親方の家に滞留している、旅の者だ。そちらこそ、なぜ飛礫を打ったりしたのだ」

「俺は、むささびの小平太と呼ばれている。知っているだろうが」

首を打たれるために引き回されていた。着ているものは変っているが、髪だけはあの時のままだ。しかし、自分が見物人の中にいたことを、小平太は気づいていたのだろうか。

「知らねえのか。打ち首になる前に逃げたって、城下じゃ評判になっているだろう?」

当然、自分のことを誰もが知っている、というつもりで小平太は喋《しゃべ》っているようだ。

「あの囚徒が、なぜ?」

「ここにいちゃ、悪いか。おまえ、役人に告げに行くか?」

「私には、関係ないことだ」

「そうだよな。俺はこの村に来たおまえを見ていたが、役人とどうこうっていうようには思えなかった。ま、山で俺を追って、捕えられるやつはいねえが」

「しかし、捕えられていた。縄を打たれ、引き回されていた。仲間に助けられなければ、あのまま首を打たれたと思う」

「確かに、捕えられた。おまえに、弁解するつもりはねえが」

森之助は、まだ身構えていた。殺気も見せずに、いきなり抜き撃ちを浴びせる、という剣法を見たことがある。ただ小平太が腰にぶらさげているのは、短い山刀のようなものだった。

「なぜ、私に飛礫を打った？」

「おまえが、どんなふうにかわすか、見てみたくて我慢できなかったのよ。山の斜面を上に跳んだ。そんなことを、おまえのような子供がなぜできる？」

「私は、子供ではない」

「いくつだよ？」

「十五歳」

小平太は、ちょっと首を傾《かし》げるような仕草をして、森之助の全身を見回した。

「名は？」

「日向森之助」

「ふうむ、日向か」

「私に飛礫を打ったのは、それだけの理由か？」

斜面を上に跳んだのは、躰が自然にそう動いたからだ。最初の飛礫は、少し上からきたような気がする。しかしそれは、いま考えたことだ。

「おまえが下に跳んでたら、俺の飛礫はもっと威力を増したはずだった」

「私は、薪《まき》を集めているのだ。邪魔はやめてくれないか」

「十五ね。十五にしちゃ、おまえはやたら分別《ふんべつ》臭いぞ。怒ったりしねえのか？」

森之助は、少し身構えを崩した。誘いだった。小平太は、一瞬そこに乗ってこようとした。

「おっと」

跳び退《すさ》った小平太が、声をあげた。気を発するのが一瞬早かった、と森之助は思った。それでも、こちらの隙《すき》につけこもうとはしてきた。

「本気になるなよ。腕を試してみようとしただけじゃねえか」

「なぜ、そんなことをしなければならない？」

「気になるからよ。十五の子供が、おやと思うぐらいの腕を持ってる。見てたが、櫓《ろ》の遣い方まで、うまい」

「それだけか。私のことを気にするより、役人にまた捕えられないように、注意していた方がいいのではないか」

「だから、役人に俺は捕えられねえさ。この間、俺を捕えたのは、役人なんかじゃねえんだよ」

「とにかく、私に構わないでくれ」

「どうも、これからもっと、深い付き合いになるような気がするんだよ。敵か味方かはわからねえが」

「私は、江戸から使いに来ただけだ。誰の敵でもないし、誰の味方をする気もない」

「それも、いずれわかるさ」

小平太の躰が、舞いあがった。森之助の前に降りてはこなかった。笑い声につられて眼をあげると、小平太は木の枝の上に立ち、下を見降ろしていた。

枝から枝へ伝うようにして、小平太の躰が消えた。

森之助は、放り出していた木を担ぎ直し、浜へ運んだ。

倒れた木を運び出しただけで、薪は相当な量になった。木と木を打ち合わせて短く折り、さらに芳右衛門から借りた斧《おの》で割っていく。

「すごいもんだな、森之助。おまえは、並みはずれた修行をしていると聞いたが、ほんとうのようだな」

「自分では、修行をしている気などありません」

「そんな薪の作り方など、並みの人間にできるものか。しかも、なんでもないことのようにして、やっている」

木と木を打ち合わせて折ったことを、芳右衛門は言っているらしい。

「そういうところは、ちょっと気味が悪い。まあいいか。明日から、海草採りに俺が付き合うことはねえな。三人で行ってくれ」

「わかりました」

「お鉄も言っていたぞ。おまえはすごい力持ちだとな。海から引っこ抜くようにして、お鉄の舯を船にあげたんだってな。しかも片腕で。俺は見ていなかったんだが」

「お鉄さんを引っ張りあげろと言ったの、親方ですよ」

「そりゃ言ったがな。手伝おうと思った時は、もうあがってた」

粗末だが、小屋はほぼできあがっていた。頼んでいた丸太も、五、六本置いてある。

「森之助、多三郎は、海草がいくらあっても足りないと言ったが、ほんとうに薬ができると思うか?」

「いままで、多三郎さんが薬になると言えば、必ずなったと聞いています」

芳右衛門はちょっと首を傾げ、村の方へ歩いていった。

多三郎は、砂浜に突き出た岩に腰を降ろし、帳面になにか書きこんでいた。そういう帳面を、多三郎は何冊も持っている。

「森之助、小川から真水を引きたい。竹で樋《とい》のようなものを作ってくれないか」

「わかりました。いつまでに?」

「明日の朝からはじめて、明日じゅうに」

「ならばいま、竹だけ切っておきます。村の裏手に、竹林がありましたから」

「そういう場所なら、親方に声をかけておけ」

頷《うなず》き、森之助は村へ行き、芳右衛門に断りを入れてから、十本ほど竹を伐《き》った。

小川は、一カ所岩の段差のところから水が落ちている。そこからなら、小屋へ水を引くのに、十本もあれば充分だった。

陽が落ちかかっている。

多三郎は、鉢に油を入れ、布の芯を付けて、明りを二つ作っていた。

お鉄が、握り飯を運んできた。

「旦那《だんな》、酒は飲みますか？」

「いらん」

「森之助は飲むだよな」

「私も、飲みません」

「それじゃ、うちも飲めないだ。徳利一本、飲んでくれねえだか」

「わかった。森之助に飲ませなさい」

「うちは、椀《わん》一杯でいいだ。余ったら、海からあがった時に飲むから、船に置いておいてくれねえだか」

海からあがったお鉄の唇は、紫色をしていた。それは火にあたっても、すぐには消えなかったようだ。

第二章　霧中

1

海草採りをはじめて、四日目になった。

海草は、干すもの、煮つめるもの、真水に晒《さら》すものなどいろいろあり、まだまだ足りないようだった。

多三郎《たさぶろう》の小屋には、二列の棚に鉢が並んでいる。ほかに、ひと抱えはある瓶《かめ》が五つと、壺《つぼ》が十ほどあった。それも、城下へ行って森之助《もりのすけ》が買い、担《かつ》いできた。

森之助の仕事は、火の番とか水汲《く》みとか薪《まき》集めとか決められていたが、それ以外にも多三郎に言いつけられることは、多くあった。

食事は芳右衛門《よしえもん》の家の母屋《おもや》の一室でとることになっていたが、多三郎が終日小屋を動かないと、森之助が運んだ。森之助も言いつけられた仕事をしている時は、お鉄《てつ》が運んでくる。潜る仕事をしている時は、いいものが食べられるのだ、とお鉄は言ったが、森之助たちと較《くら》べるとずいぶん粗末だった。

「今日の夕食から、お鉄が運んでこい。ここで三人で食おう。酒も飲める」

四度目の海草採りに出かける船の上で、多三郎が言った。多三郎は、いつも料理を残す。だから、お鉄はひどく喜んだ。

「森之助は、仕事があるのだ、お鉄。親方には断ってあるが、裏の山に罠《わな》を仕掛け、兎《うさぎ》を獲《と》る。山犬がいたら、それも生きたまま捕える。それを入れておく囲いを作らなければならんし、餌《えさ》もやらなければならん」

「旦那《だんな》さん、それを食うんですか？」

「違う、薬の試しをやるのだ」

多三郎はそう言ったが、お鉄にはよくわからなかったようだ。森之助は、櫓《ろ》を小さく遣い、岩と岩の間を抜けた。そうすると、潜る海域はずいぶんと近くなる。漁師たちもあまり使いたがらない水路らしいが、海が静かならばそれほど難しくはない、と森之助は思っていた。

「ほんとに、まあ、森之助はどこで櫓の遣い方を覚えただか」

「兄に、習いました」

「あと五つか六つ歳上《としうえ》だったら、うちの婿にしたところだ。海女《あま》の婿はええだぞ、森之助。櫓さえ遣えりゃ、あとは女房が稼ぐだよ」

「それはいい」

多三郎が、声を少しあげて笑った。

「森之助は、ほかにもいろいろ役に立つぞ、お鉄。きのうは大きな鯛《たい》を竹槍《たけやり》で突いてきた。足の不自由な婆《ばあ》さんに、それはやったが」

「竹槍で、鯛を突いた。どこで？」

「沖に岩場があるだろう。あそこだ」

「信じらんねえだ。海の中で鯛を突くなど、漁師でもそうできることじゃねえですだ」

「森之助は、なんでもできる。もしかすると、おまえと同じように潜れるかもしれない」

「そんな馬鹿《ばか》な。うちと同じに潜れたら、うちの躰をどうしたっていい。そんな男、この世にいるわけはないだ」

「女体か。それだけは、森之助も知らんかもしれん。教えてやれ、お鉄」

男女が交わるということがどういうことか、知識だけはあった。向島《むこうじま》の薬草園で、伯父の鉄馬《てつま》が母屋にいるおさわと交わっている姿を、何度か見てしまったことがある。

しかし、経験したことはなかった。

船が、海草のある海域に入った。

引き潮の時刻は毎日違い、月の出を見てそれを判断する方法は、お鉄に教えられた。

「この辺だね、森之助」

お鉄が言い、森之助は石の入った籠《かご》を投げこんだ。綿入れを脱ぐと、お鉄はいつもより長い着物を着ていた。

「死んだおっかあのでね。おっかあは、深く潜る時は、いつも長いのを着ていた。きのう、おっかあの夢を見た」

だから着てみたのだろうか、と森之助は思った。海に入ると、着物はいつもよりいくらか拡《ひろ》がって見えた。お鉄が両腕を差し出してきて、森之助はそれに石を抱かせた。深く水に潜ると、石は片手で持てるほどに軽くなり、お鉄はそれを着物の前に包みこんで端を帯に挟み、両手で海草を採ったあと、浮きあがる時に石を捨てるのだという。

潜ったら、物が軽くなる。それは魚を突くために潜ることで、森之助にもわかっていた。竹槍も、横には振りにくい。真直《まっす》ぐ突き出す時だけ、魚の動きよりも速いのだ。

しばらくして、お鉄があがってきた。

多三郎は、海を覗《のぞ》きこんだままだ。この海が、どういう薬のもとを育《はぐく》むのか、考え続けているのかもしれない。はじめは、腹の中のものを吐いたが、もう顔色が蒼《あお》くなることさえなくなっている。

お鉄が、また潜った。

海は穏やかな日が続いていて、この時季にはめずらしいのだ、と芳右衛門が言っていた。お鉄も、潮流に躰《からだ》を持っていかれないので、多少は楽なようだ。

お鉄が、あがってこなかった。

多三郎は、まだそれに気づいていないようだ。船が、わずかに波とは違う揺れ方をした。籠をぶらさげた縄に力が加わったのだとわかった時、森之助はもう着物を脱ぎ捨てていた。褌《ふんどし》に脇差《わきざし》だけ差し、石を二つ抱いて飛びこんだ。躰が沈んでいく。少しずつ、周囲から色彩が失《う》せた。なにかこの世ではないような感じで、泳いでいる魚も黒っぽく見えた。

籠の縄を、森之助は見失わないようにしていた。お鉄がいた。白い着物も、白くは見えなかった。お鉄は、籠の縄に片方の手首を巻きつけていた。着物の端が、岩と岩の間に挟まり、とれなくなったようだ。森之助は、脇差を抜いて着物を切った。それから、縄に巻きつけたお鉄の手首をはずした。お鉄が、はっきりと眼を開け、森之助を見た。それから、眼を閉じる。

森之助は、腿《もも》で挟みつけていた石を捨て、水を蹴《け》った。それほど苦しくはなかった。周囲のものが、少しずつ色づいてくる。頭上に、船の底も見えた。それから、水面に出た。

片手で船べりを摑《つか》み、もう一方の手でお鉄の躰を抱えあげた。多三郎もこちらに寄ってきたので、船は大きく傾いている。

「多三郎さん、反対側の船べりに行ってください。船が傾きすぎます」

慌てて、多三郎が移動した。ぐったりしたお鉄の躰を船にあげると、森之助は艫《とも》に回り、そこからあがった。

明るい陽の光の中で、浅黒いお鉄の顔が血の気を失っていた。深い海の中で見る顔色のようだ、と森之助は思った。

お鉄の躰を、船底にうつぶせにし、顔だけ横にむけ、森之助は背中に掌《てのひら》を当ててゆっくりと体重をかけた。

「大丈夫なのか、おい。死んではいないのだろうな」

多三郎が、慌てている。森之助は、体重をかけては、手を放すことをくり返した。

不意に、お鉄の口から水が溢《あふ》れ出してきた。それからお鉄の躰が動き、激しく咳《せ》きこんだ。森之助はお鉄を起こし、着物を剝《は》ぎ取ると、乾いた布で擦《こす》った。乳房はやわらかく、下腹もやわらかく、黒く密生した毛は眩《まぶ》しかった。お鉄が、咳きこむのをやめている。森之助は、綿入れをお鉄の躰に被《かぶ》せた。

顔の血色は戻っているものの、唇は紫色で、お鉄は小刻みにふるえていた。

「飲みますか？」

徳利の酒を差し出すと、お鉄は飛びつくようにして徳利に口をつけた。ひと口、ふた口と飲んでから、ようやく徳利を離し、荒い息をついた。

森之助は、籠を引きあげた。黒い海草は、底に少しあるだけだった。ついでに碇《いかり》をあげ、裸のまま櫓を遣った。

「寒くねえだか、森之助」

ようやく、お鉄の口から言葉が出てきた。

「陽が当たっているので、大丈夫です。それに、躰を動かしていますし」

「どうなるかと思った。こんな時、私はなんの役にも立たないな」

多三郎が言った。

お鉄が、すこし艫の方へ寄ってきた。

「森之助、おまえ、籠の縄が動いたの、気がつかなかっただか？」

「いえ。気がついたので、飛びこんだのです。上がってくるのが遅い、とは思っていましたから」

「そういう時は、縄を引きあげるだよ。ひとりじゃひっかかった着物は取れなくても、上から引っ張ってくれりゃな。うちは、しっかり縄に手を巻きつけてるだ」

「そうだったのですか。確かに、その方が早かったと思います。私も、慌ててしまいました」

「海の中で、森之助の顔を見た時は、うちは死んだと思っただよ。死んだから、森之助が見えてるってな」

眼を開けた時、まだ意識はあり、はっきり自分を見たのだと、森之助は思った。

舳先《へさき》を、浜にむけた。お鉄が、もう一度、酒を呷《あお》った。

しばらく潜るのは嫌だ、とお鉄が言いにきたのは、翌朝だった。

「おっかあが、うちを止めてるだよ。潜ったらなんねえと、うちに教えただ」

いつまでもではない、とお鉄は言った。そのうち、母親が夢に出てきて、もう潜ってもいいと言ってくれるはずだ。それまでは、潜らない、ということらしかった。芳右衛門も気にしていたが、こういうことでは、たとえ親方でも無理は言えないようだった。

「まだ海草は、いくらでも必要なのだ、親方。お鉄ではない海女を連れてきてくれ」

「お鉄しかあの深さは潜れねえ。だから、お鉄の帰りを待っていたんだろうが」

「しかし、森之助は潜っていって、お鉄を助けてきた。森之助に潜れるのに、なぜ？」

「ほんとなのか、お鉄？」

芳右衛門が、お鉄の方を見た。黙ってうつむいていたお鉄が、大きく頷《うなず》いた。

「そうだ、森之助、おまえが潜れ。おまえなら、お鉄の代りができる」

「そりゃできねえよ、多三郎。あの海域によそ者が潜るなんてことはな。第一、森之助が潜ったなんて、俺にゃ信じられねえ」

「海草は要るのだ、親方」

「そんなことを言ってもな」

芳右衛門は、森之助の全身を、何度も眺め回した。

「森之助、おまえ、いままでに潜ったことは？」

「背丈ほどのところには、時々」

「なにか、躰を鍛えたりしてきたのか？」

息を止め、気を失う寸前まで全力で突っ走る。十一歳の時から、それを毎日繰り返している、と森之助は言った。それ以外に、これと言って思い当たらなかったからだ。

「そんなこと、人にできるかよ。苦しけりゃ息を吸う。それが人ってもんだろうが」

「いや、森之助ならできる。人間離れした修行を続けていると、言ったではないか」

「しかしなあ」

芳右衛門は、まだ森之助の躰を見回していた。

「親方、うちが一緒に行くだよ。うちが船の上にいれば、誰も文句は言わねえだ」

「そうなのか。それはいい。森之助がいままでやっていた役を、お鉄がやればいい」

芳右衛門は、まだ納得できないような表情をしていた。しかし、多三郎は決めてしまっている。

多三郎が船を出す準備をはじめると、俺も行く、と短く言った。

2

潜るのは、難しいことではなかった。しかし、海草を刈っていると、すぐに苦しくなった。石を捨て、水を蹴って水面にあがる。息には、まだ余裕があった。大の字になって浮き、どの時点で石を捨てればいいのか、考えた。ふっと意識が遠ざかることが、一度ある。それから元に戻るので、そこで石を捨てても大丈夫なのではないか。

船に近づき、お鉄が差し出す石を抱き、潜った。今度は、かなりの量の海草を刈り、籠に入れることができた。水面にあがった時は、半分気を失いかけていた。それでも、息をすると、視界ははっきりした。

「森之助、欲出しちゃなんねえだ。いまのは潜りすぎだ」

お鉄に言われた。

どこまで海草を刈り続けていいのか、それでなんとなくわかったような気がした。

都合、五度潜り、いつもお鉄が採る量よりいくらか少ないが、とにかく籠の半分ほどは海草が集まった。

芳右衛門と多三郎が籠や碇《いかり》を引きあげている間、森之助は褌も取られ、全身をお鉄に擦《こす》られた。凍えていた躰はそれで楽になり、酒を飲むと、内側からも暖かくなってきた。

櫓は、芳右衛門が遣っている。

「男でも、根性を出せば潜れるようになるってことかい。それとも、おまえの躰の出来が、ほかの男とは違うのか」

櫓を遣いながら、芳右衛門は呟《つぶや》き続けていた。

お鉄を助けに行った時は夢中だったが、潜ることがどれほどのことなのか、森之助にはわかりはじめていた。

深く潜れば潜るほど、周囲の色がなくなる。それだけではなく、全身が締めつけられる。魚を突くために潜る時の、比ではなかった。水も、冷たくなる。指さきなどは、凍えてしまってうまく動かない。なにもかもが重いくせに、躰は浮きあがっていこうとする。

お鉄が潜っていた海を、しっかりと躰で感じた、と森之助は思った。それは、芳右衛門も知らない海だ。

母が止める。そんなこともあるはずだ、と森之助は思った。なにか拠《よ》りどころがなければ、海の締めつけと同時に、不安にも締めつけられる。不安を感じれば感じるほど、躰は空気を使ってしまう。

自分より強い相手と、むかい合っているのと同じだ、と森之助は思った。本気で立っている兄に、真剣を構えてむかい合うと、いつもの半分も立っていられない。腰から落ち、胸を押さえたくなるほど、息が苦しくなっている。

浜に着いた。

森之助は水に入り、籠を受け取って運んだ。

お鉄が、焚火《たきび》を大きくしている。

「気味の悪いやつだよな、おまえは。しかし、たまげたぜ、あれほど潜れるとはな。俺はこの眼で見たんだ。信じねえわけにゃいかねえが、人から聞かされた話なら、鼻で嗤《わら》って終りだったろうな」

それだけ言って、芳右衛門は立ち去っていった。

森之助は小川で躰を洗い、お鉄が持ってきた、新しい褌を締めた。

森之助が潜ったという以外、いつもと同じ一日だった。

夕食は、芳右衛門の家へ行った。多三郎が、そうすると言ったからだ。

森之助はいつものように食い、お鉄のために少量の酒を飲んだ。それで、お鉄も飲むことができる。

食事を終えると、多三郎はまた小屋へ行った。付いていこうとしたが、ひとりで考えたいことがある、と断られた。

森之助は、ひとりになると闇《やみ》を見つめた。もっと深く潜ると、海はこういう闇になるのだろうか。そして、身を押し潰《つぶ》すほど締めあげてくるのだろうか。

海と対峙《たいじ》する。そう思うだけで、森之助は潜ることができた。立合と同じだ。

闇の中から、食器を下げていったお鉄が、ふわりと現われた。お鉄は、じっと森之助を見つめたまま、縁をあがってきた。

「どうしたのですか、お鉄さん」

森之助は、居住いを正した。お鉄が、いきなり帯を解いた。襟を摑み、着物の前を拡げた。乳房が、眼に飛びこんでくる。意外なことが起きている、とは思わなかった。こんなことになるかもしれないと、どこかで感じていた。お鉄の態度が、そうだったということだろうか。女体を抱いた経験のない森之助は、自分がどうすればいいかわからなかった。

「十五じゃ、なにもわからねえだよ、森之助。全部、うちに任せるだ」

あえて拒む、という気はなかった。男と女の媾合《まぐわ》いがどういうものかと、自分で感じてみたいという思いもある。

「どうすればいいのです、お鉄さん？」

「裸になりな。褌も取るだ」

言われた通り、森之助は裸になり、褌を取った。太く硬くなった男根が、刀のように反り、脈打っていた。ほんとうに刀を抜いているような気分に、森之助は襲われていた。ただ、むかい合っているのは、敵ではない。女体という、未知なるものだ。

「ふわっ、森之助。やっぱり、ただの男じゃないだよ。それに、ちっとも怯《おび》えてねえ」

お鉄も、裸になっている。浅黒い躰は、行灯《あんどん》の光の中で、まるで別なもののように妖《あや》しく浮かびあがり、近づいてきた。森之助の前で、お鉄は膝《ひざ》をついた。顔が、男根に近づいてくる。そう思った時、不思議に温かい感覚に包まれていた。温かい、と感じたのは束《つか》の間《ま》だった。次に襲ってきた感覚は、これまで経験したことのないものだった。痛みとも、疼《うず》きとも違う。耐えようと思っても、耐えられるものではなかった。

声をあげていた。自分の躰が自分のものではないという感じがし、それから、すべてが白くなった。躰から、なにかが放出されていく。音をたてて、お鉄はそれを飲んでいた。

いまの感覚はなんなのだ。森之助は、そう思った。森之助のものはまだお鉄の口の中で、一旦《いったん》縮みかけたそれが、すぐにまた大きく、硬くなってきた。先端のあたりで、なにかが動いているように感じるのは、お鉄の舌なのだろうか。

「ほんとにまあ、いっぱい出したもんだ。うちは、こんなに出されたのははじめてだ」

お鉄が、森之助を押し倒してくる。なにか悪いことをしたのか、と森之助は思った。

「それに、もう元気になって」

お鉄が、跨《また》がってきた。口から出されてひやりという感じがあったが、また温かいものに包みこまれた。お鉄は、唸《うな》り声をあげながら、少しずつ腰を沈めてきた。口とは違った。お鉄が、馬にでも乗っているように、全身を動かす。放出していた。汗ばんだお鉄の躰《からだ》が、抱きついてきた。根もとに、締めつけられるような感じがある。それで、縮みかけたものが、また硬くなった。

森之助は、お鉄の躰に腕を回し、躰を入れ替えて上になった。腰が、自然に動いていた。お鉄が呻《うめ》き声をあげる。それが叫び声に変り、お鉄は躰を硬直させ、それから全身を痙攣《けいれん》させた。また放出したが、森之助のものはすぐにまた硬くなった。

これが、女か。森之助は、そういう思いに包まれた。なにか、懐《なつか》しいような感じがある。いつまでも、こうしていたいと思う。動けば、お鉄は声をあげた。それはもう、泣き声に近かった。

「やめてくれ、森之助。このままじゃ、うちは死ぬだよ」

言われてはじめて、お鉄が苦痛だったのかもしれない、と森之助は思った。

森之助も全身に汗をかいていて、それはお鉄の汗と混じり合っている。それが心地よかった。お鉄の躰から引き抜いた男根は、すぐに鎮《しず》まった。

お鉄の、荒い息遣いが続いている。

「森之助、うちはおまえが、うちと同じぐらい潜れるのが信じられなかった。いまは、おまえが空を飛べると言っても、信じるだ」

「空は、飛べません」

「話すと、面白くねえだな、おまえは。十五の子が、大人になろうって、無理してるような気がするだよ」

大人になろうと思ったことがあるかどうか、森之助は考えた。強くなろう、と思ったことはある。兄に、一歩でも近づきたい。しかし兄は、森之助が一歩進んでいる間に、二歩進んでいるのではないのか。とすると、いつまでも近づくことすらできない、ということなのか。

「うちは、毎晩ここへ来る。おっかあが夢に出てきて、また潜っていいと言うまで。潜る前の晩には、男に抱かれちゃなんねえだ」

お鉄は、腰巻きで自分の股《また》を拭《ぬぐ》いはじめた。

「ほんとにまあ、どこまでもどこまでも、おまえの精が流れ出してくるだよ。うちは、躰が重たくなったような気がする」

「お鉄さん」

森之助が言うと、手を動かし続けながら、お鉄は眼だけむけてきた。

「私は、加減がよくわかりません。ここでやめろと、言ってくれますか？」

「そりゃ、言えと言われりゃ言うだよ。だけどおまえ、それだけだか？」

「ほかに、なにか？」

「ひとつ、足りねえんだな、おまえ。なにかひとつ足りねえ。けものだって、気に入った雌もいりゃ、気に入った雄もいる」

なにが足りないのか、ぼんやりとだがわかる気がする。伯父の鉄馬に、おまえたち兄弟は、思いが足りない、と言われたことがある。思いは、大抵、人を弱くする。思いがない分だけ、確かに他人より強い。しかし、人は、最後の最後に、思いで強くなれる、というところがある。そうやって強くなった人間には、負ける。伯父が言ったことの意味は、よくわからなかったが、心には残っている。

「まあ、いいやな。おまえだって、そのうち泣くような思いをするだよ。なにもかも、桁《けた》のはずれた子供だからな」

「お鉄さんが、なにか教えてくれるのですね？」

「おまえが、自分で知ることになるだよ」

お鉄は、ちょっと笑ったようだった。

「しんどい。躰の芯《しん》にまで、おまえの精がしみこんできてる」

お鉄は、着物を着て、ものうそうに縁を降り、闇の中に消えていった。

3

海が荒れていた。

船を出せない時化《しけ》になって、すでに二日目だった。お鉄のおっかあが、潜らせないために海を荒れさせている、と芳右衛門は言った。

多三郎は、ずっと浜の小屋に籠《こも》りきりである。海草を煮つめているのか、小屋のまわりには、磯《いそ》臭さのようなものがたちこめていた。小屋の中は、もっとひどい状態だろう。

森之助がやれることはないのか、なにも言い付けられなかった。薪《まき》を集めてそれを割ったりしたが、すでに小屋のそばには人の背丈ほどが積みあげられている。ほかに、やることはなにも思いつかなかった。

褌《ふんどし》ひとつで、竹槍《たけやり》を持ち、海に入った。

荒れていて、泳ぐのは無理だと芳右衛門は言ったが、森之助はきのうの午《ひる》、一刻《いっとき》ほど海を見つめ、凌《しの》げると見きわめた。そして、沖の岩礁《がんしょう》まで泳いだのだ。

潮流の読み方さえ間違えなければ、方向は狂わなかった。大きな波が崩れていたら、そこは潜らなければならない。それが頻繁にあると、方向を失いかねないのだ。

沖では大きくうねって躰が持ちあげられては沈んだが、崩れた波はあまりなかった。

そして海の中は、海面よりずっと静かなのだった。

竹槍を持って泳いでいると、躰が思わぬ方向に振られる。しっかり持っていると、そうなるようだ。竹槍の真中を握り、潮流に逆らわないようにして泳いだ。

岩礁で、潜る。魚を待つ。波が打ち寄せる側でなければ、それは難しくない。魚も、静かな方へ集まってくるようだった。

鯛《たい》を、二匹突いた。それを腰の縄に縛りつけ、浜へ戻った。

砂に穴を掘り、竹の皮を敷き、鱗《うろこ》と内臓を取った鯛を置き、上からも竹の皮を被《かぶ》せて、埋めた。その上で、火を燃やす。五年ほど前の旅の時、兄がこれを食わせてくれた。

薪を足し、川で躰を洗って、塩を落とした。

今夜も、お鉄は来るだろうか。ふと、思った。全身が、ぞくぞくとしてくる。精を放った時の快感を、思い出したのだ。それだけで、男根は膨れあがり、硬くなった。いくら水をかけても、縮まることはない。

笑い声が聞えた。

老婆《ろうば》が、川のそばの林の中から顔を出し、こちらを見ていた。気配に、気づかなかった。それが、森之助にいくらか衝撃を与えた。男根は、縮まっていた。

「夜はお鉄と何度も媾合い、明るくなれば海や川と媾合うのか。要するに、なんでもいいのじゃな。けものじゃのう。どうじゃ、森之助。この婆を抱いてみぬか?」

森之助は川からあがり、濡《ぬ》れた褌を躰に巻きつけた。

「待て、森之助。浜の鯛を、わしに一匹くれんかのう?」

「鯛なら、差しあげます。一匹だけ。あれは私のものですから、私が決められます」

「おかしなことを言うのう、森之助。この間は、黙ってくれたではないか。察するに、お鉄の躰に迷って、自制を失っておるな。頭を働かせる前に、腰が疼いてたまらんのじゃろう」

老婆が、また汚ない歯を見せて笑った。

森之助は、もう老婆を相手にせず、浜の焚火のところへ戻った。自制を失っている。言われたことは、ほんとうかもしれない。老婆が近づく気配も感じず、硬くなった男根に水をかけていたのだ。

焚火に、薪を足した。濡れた躰は、火に当たっている側から乾いてきた。冷たい褌はそのままで、森之助は筒袖《つつそで》を着て袴《はかま》を穿《は》いた。

老婆が、片足を引き摺《ず》りながら、近づいてきた。森之助は、じっと立っていた。

「もう、できているのではないか、森之助?」

「いま、火をどけます。もう少し燃やすと、炭になりますから」

炭は、多三郎が必要としていた。だから焚火は灰になるまで燃やし尽さず、砂に埋めておく。すると、炭に似たものができるのだ。

「森之助、女の躰はええぞ」

焚火のそばに腰を降ろした老婆が言う。

「お鉄など、抱きごろで、村の男たちも狙《ねら》っているであろうになあ。お鉄より潜れるかどうか。亭主を死なせてからは、お鉄はそれで男か男でないか分けておる。つまり、男を絶つということと、同じことかのう。勿体《もったい》ないとわしは思っておった」

「お鉄さんには、旦那《だんな》さんが？」

「おお、海で死んでなあ。膨れあがって白くなった屍体《したい》が、ほれ、そのあたりに打ちあげられてきた。お鉄は惚《ほ》れておったのに、夫婦《めおと》になって一年半じゃ」

炎が小さくなってきた。

森之助は竹槍で砂を掘り、竹の皮に包んだ鯛を出した。

「おう、これはうまいのう。砂の中で旨《うま》さが逃げんのじゃのう。毎日、この婆に持ってきてくれてもいいのだぞ」

森之助は、新しい竹の皮に鯛を一匹包んで、老婆に渡した。何者なのか。ずっと思っていたことだった。こうして見ていると、片足を引き摺ったただの老婆だが、城下から鉢を背負って帰ってきた時、砂の上で足を払おうとしてきた杖《つえ》の動きは、尋常ではなかった。

もう一匹は、多三郎に持っていった。

小屋に籠りきりで、多三郎は時には食事も抜いてしまう。

「まだ海は荒れているのか、森之助？」

「はい。明日もまだ荒れると、親方は言っていました」

「もう、海草がない。いまは、煮つめたものや、出した汁などをいじっているところだが、すぐにでも欲しいな」

「親方が、船を出す許しをくれません」

「この鯛は？」

「私が泳いで行って、突いてきました」

「それでは、おまえがあそこまで泳いでいけ。少しは採れるだろう」

「無理です、それは」

「そうか、おまえが言うなら、無理なのだろうな」

多三郎は、難しい顔で鯛を突っつきはじめた。こういう時は、なにを話しかけても、ほとんど聞いていない。

「そうだ、森之助。山の罠《わな》を見てきてくれ。二羽いた兎《うさぎ》は、試しで死んでしまった。できれば、猿か、山犬か、大きなものがいいんだが、兎でも構わん」

「わかりました」

言って、森之助はすぐに腰をあげた。多三郎は、待つことが一番苦痛なのだ。いまは、海草がなくて苛立《いらだ》っているのだろう。

浜を大きく回れば小さな小径《こみち》はあるが、村の裏手からは崖《がけ》を登らなければならない。

森之助は、下緒《さげお》で刀を背にくくりつけ、崖を這《は》い登った。急な斜面にも木があり、登るのにそれほど難渋はしない。

罠が、毀《こわ》されていた。けものが掛り、それが毀したというのではなかった。明らかに、紐《ひも》が刃物で切られている。

不意に、殺気が襲ってきた。

「小平太殿か？」

木が音をたて、小平太が森之助の前に降り立った。

「なぜ、罠を毀したりするのだ？」

「おまえ、お鉄の躰は、そんなにいいか？」

「なにを言っているのだ？」

「お鉄を抱けて、嬉《うれ》しいという顔だな。まあ、お鉄も淋《さび》しい女だ。おまえがたまに抱くぐらいならいいと思っていたが、毎晩というのは気に入らん」

「それで、罠を毀したのですか？」

「ほんとうに毀したいのは、おまえの方さ」

小平太が、いきなり横に跳んだ。その時、小平太の山刀は森之助の頬のあたりを掠《かす》めていた。殺気が、森之助の全身を打った。次の撃ちこみ。いくらか高いところに移動した小平太は、当然、上から来るだろう。

しかし、先日と、小平太が放つ気はまるで違っていた。森之助は、背中の大刀を遣おうという気がなかった。周囲に、木が多すぎるのだ。

小平太が、跳んだ。

森之助は、とっさに下へ跳んだ。上へ跳ぶ技は、この間見せた。そういう意識が、どこかにあったのだ。

しかし小平太の躰は、降りてこなかった。森之助の頭上の枝で、くるりと一回転すると、頭上から斬《き》りつけてきた。小平太の躰の真下に、森之助は入った。真下だけが、攻撃の死角になると、躰が感じていた。小平太の奇声があがった。襲ってきたのは小平太の山刀ではなく、足だった。顔を蹴《け》りつけてくる。かわしながら、森之助は脇差《わきざし》を抜いた。小平太の山刀と脇差が触れ合い、音をたてた。足の次に刀、という攻撃だったのだ。

森之助は、脇差を低く構えた。次の瞬間、森之助は跳んだ。小平太も跳んだ。ほとんど、同じ高さだった。

森之助の脇差が、小平太の腹のあたりを掠った。小平太は舌打ちをし、数歩退《さ》がると、木の枝に飛びついた。それからの動きは、驚くしかなかった。枝でくるりと躰を回転させると、上の枝に移っている。唖然《あぜん》とするほどだった。

「結着は今度だ、森之助」

声だけが、残っていた。

4

沖の岩礁にむかって、森之助は泳いだ。

すでに、陽が落ちかかっているが、波のかたちと、岩礁の黒い姿はなんとか見分けられた。海は、まだ荒れている。

なにか、ふっ切らなければならないものがある。そんな思いに、不意に襲われた。それで、海へ入った。それ以上の理由は、なにもない。褌ひとつで、大小も多三郎の小屋に残してきた。

時々潜りながら岩礁に辿《たど》りつき、森之助は這い登った。一番高いところは、飛沫《しぶき》はかかるが、海面に没することはない。そこに、森之助は座った。

眼を閉じる。時々波がせりあがってきて、躰《からだ》を運びそうになる。しかし、それ以上の波は来なかった。

寒かった。濡れた躰から、風が体温を奪っていく。それに耐えた。不思議に、耐えることが、心地よかった。

あと五年で、自分は死ぬのだろう。ふと、そう思った。二十歳《はたち》で死ぬ。幼いころから、ずっとそう思い続けてきた。二十歳になったら、兄と生死を賭《か》けて立合うのだ、と伯父の鉄馬は言った。兄の景一郎《けいいちろう》にそれを訊《き》いた。なにも言わなかったが、否定もしなかった。あの兄なら、あり得ないことではない、と森之助は思い続けてきた。理由はわからないが、兄が斬り合うと言ったら、必ず斬り合うだろう。

理由を知ろうとは、思わなかった。二十歳になったら、兄と立合う。それだけを、心に刻みつけ、折あるごとに思い返してきた。

二十歳まで、あと五年である。

兄に、勝てるはずがない。兄の剣がどういうものか、幼いころからずっと見てきたのだ。だから二十歳になった時、自分は死ななければならない。

死ぬことを、自分がこわがっているのかどうか、よくわからなかった。兄に斬られて死んでいく人の姿を、あまりに多く見過ぎてきたのだ。負ければ、死ぬ。当たり前のことだった。

あと五年。それが長いのか短いのかも、わからない。

日向《ひなた》流。兄も自分も、その剣を遣う。祖父の日向将監《しょうげん》が流祖だという。そしてこの世に、日向流を遣うのは、もはや自分と兄しかいないのだと聞かされている。俺の日向流は、真似事《まねごと》でな。鉄馬は、そう言った。

父は森之助といって、自分と同じ名だ。兄とは母が違う。その父を斬ったのは、兄だったという。

なにもかもわかっているようで、なにひとつわかっていなかった。

五年の間、なにをやって生きていけばいいのか。ただ時が経《た》つのを、待つだけなのか。

兄の剣を本気で破ろうと、一度でも考えたことがあっただろうか。あらゆることで、兄は森之助の想像を超えていた。人ではない。鉄馬はそう言っていたし、森之助がそうだと思ったことも、一度や二度ではなかった。

座り続けた。

寒さは、もう感じなかった。というより、自分がここにいないような気がした。

向島の杉屋《すぎや》の薬草園。兄が、土を揉《も》んでいる。その土は、山に入り、俵に詰めて持ち帰ったものだ。とんでもない重さだが、兄はそれを二つ、なんでもないように担《かつ》いで帰ってくる。

土は乾かして粉にし、風を送って重たいものと軽いものを分ける。そうやって運んだ土が、薬草園の中にある兄の小屋に、桶《おけ》に入れられていくつもある。その桶から少しずつ土を入れて、別な桶で混ぜ合わせ、水を加えてから揉みはじめるのだ。

すぐに揉み終ることもあれば、三日も四日も揉み続けていることもある。土を揉むところからは、森之助も何度かやった。退屈な作業だと見えていたが、やってみるとそうではなかった。土は、さまざまに変るのだ。私は、土と語り合う。一度だけ、兄はぽつりとそう言ったことがあった。だから森之助も、なんとか土と語ろうとしてみる。しかし、土の声は聞えてこない。話しかける森之助の言葉を、土はただ吸いこむだけだ。

森之助が作ったものを、兄はいつも一緒に焼いてくれた。焼き方も、教えられた。出来あがったものは、いかにも不恰好《ぶかっこう》だった。それと較《くら》べると、兄の皿や壺《つぼ》などは、いつも生きているのではないかと思えるほど、気を放っている。

土を揉んでいた。そばでは、兄が同じことをやっている。三年ほど前から急激に背丈が伸びたので、いまはもう兄とそれほど変らない。土が、なにかを語りかけてきたと感じることが、時々ある。しかし、気を集めて聞こうとすると、土は黙りこむ。

なにか、語りかけようとしているのだ。それを邪魔しているのは自分だ。何度も、そう思う。気を集めるだけでなく、無になろうと試みたこともあれば、ふだんと同じ気持でいようとしたこともある。

多分、語りかけられている。ただ、それが聞えないだけなのだ。いまはひたすら、そう信じて土を揉むしかなかった。

剣を構えていた。むき合っているのは兄で、細い竹を持っている。森之助は、まだ十歳にもなっていなかった。

踏みこむ。気のすべてを剣に乗せ、渾身《こんしん》の斬りこみをする。しかし兄は、ただ立っているだけで、そして森之助の躰のどこかは、切れていた。細い竹で、撫《な》でられたように打たれただけなのに、切れていた。

鉄馬に、兄が十四、五のころどうだったのか、訊いたことがある。二十歳からしか知らない、と鉄馬は言った。十五歳の兄を知っている人間に、これまで会ったことはない。

名を呼ばれた。お鉄の声だ。しかし、情欲は湧いてこない。情欲が悪いわけではないだろう、と森之助は思っていた。抑えるべき時に、抑えられない自分が悪いのだ。だから、自分が自分でなくなっているのは、お鉄のせいでもない。

また、声が聞えた。

それがはっきりと耳に届いたので、森之助は眼を開いた。

岩礁《がんしょう》のそばまで、船が来ていた。乗っているのはお鉄で、芳右衛門のところの若い船子が、必死の表情で漕《こ》いでいた。海は、まだ荒れている。

心配をかけたようだ、ということに、森之助は気づいた。

立ちあがり、一度躰をのばして、森之助は水に飛びこんだ。水はかすかに温く、潜って手足を動かすと、全身がほぐれた。

泳ぎはじめた。荒れているといっても、いくらか静まった気配はある。波に乗れば、浜に泳ぎつくのに造作はなかった。

浜に立つと、ちょっと地が揺れたような気がした。お鉄の乗った船が、ようやく砂に乗りあげてきた。

森之助は川へ行き、全身の塩を落とした。

それから多三郎の小屋に置いてあった着物を着、大小を差した。

「丸一日半、岩の上か。それぐらいの力があるなら、あそこまで船で行けるだろうに」

多三郎は、粉をいくつかに仕分けしていた。

森之助は、陽の高さを見た。丸一日半ということは、二度岩の上で夜明けを迎えた、ということになる。

「それで、なにか悟ったのか、森之助？」

「いえ、なにかふっ切ろうと思ったのですが、そのなにかさえ、見えてきません」

「まったく、おまえたち兄弟は」

そう言っただけで、多三郎は海草を煮つめている鍋《なべ》にむかった。磯《いそ》臭さが、はじめて森之助の鼻にも届いてきた。

芳右衛門の家に戻ると、お鉄が怒ったような表情で柄杓《ひしやく》の水を差し出した。ひと口だけ飲んだ真水が、全身にしみこむようだった。

「岩に行こうとしても、波が荒くて、船子が近づききらん」

次にお鉄が差し出したのは、握り飯だった。

森之助は、ひとつだけ取って、それを口に入れた。

「海草採りは、まだできないのでしょう、お鉄さん」

「そんなことを、言ってるわけじゃないだよ」

森之助は、きちんと座り、握り飯を食い続けた。躰が、かすかに熱くなったような気がした。お鉄が、森之助を見つめている。

「どうしました、お鉄さん」

いきなり、お鉄の手が森之助の頬を打った。

痛いような気がした。斬られたり、打ち据えられたりした時とは、まるで違う痛みだった。お鉄が、外に飛び出していった。

「おう、派手に張られたもんじゃねえか、森之助。少しは痛《いて》えかい？」

「なんとなく、痛いような気が」

「そりゃいいや。岩の上にいるおまえを見ても、多三郎のやつ、放っておけと言いやがった。痛みも、苦しさも感じない。そんな人間離れした修行をしているから、大丈夫だってな」

芳右衛門は、座りこみ、竹の皮に包まれている握り飯をひとつとり、食らいついた。もうひとつ食えというように、森之助にも差し出す。森之助は、もうひとつとった。

「いくらかでも痛けりゃ、お鉄の気持が伝わったんだろうよ。お鉄は、きのう一日じゅう、飯と水を持って、浜でおまえを呼んでた。朝、行ってみたらまだ座りこんでた。俺も見かねて、うちの若《わ》え《け》のに船を出させたんだ」

「そうだったんですか。気づきませんでした」

「暢気《のんき》といや、暢気なんだな。多三郎が、放っておけと言った意味もわかる。しかしおまえ、どういう躰をしてやがるんだ」

「御迷惑をおかけしました」

「俺《おり》ゃいいさ。お鉄は、これじゃ済まねえな。森之助、わかるか？」

「はい」

「いや、わかっちゃいねえな。あれだけお鉄を抱いて鳴かせた。森之助、おまえは惚《ほ》れられちまったんだよ。まったく、十五にしちゃてえした野郎だ」

惚れるという意味は、森之助にもわかる。しかし、惚れられたという実感はなかった。

「ま、いいさ。男と女の間のことだ。歳《とし》が釣り合わねえなんて野暮を言うやつらもいるだろうが、俺ゃ、なんにも言う気はねえよ」

握り飯を二つ食ってしまうと、ほんとうに躰が熱くなった。

森之助は、多三郎の小屋に出かけ、夕刻まで、いくらか減った薪《まき》を集めたりした。それから多三郎と夕食をとり、ひとりで芳右衛門の家へ帰った。

海草が足りなくなった多三郎は、終始不機嫌だった。

部屋に入ると、薄い蒲団《ふとん》を敷き、森之助は横たわった。すぐに、眠りに落ちた。

庭を、お鉄が近づいてくる気配があり、縁をあがってきて、森之助のそばに座った。お鉄は、じっと森之助を見つめているようだ。今夜は抱かない、と森之助は決めていた。眼も閉じたままだ。

しばらくして、お鉄は森之助に寄り添うようにして、横たわった。お鉄の手がのびてきて、森之助の手を握った。それ以上のことを、お鉄もしようとしなかった。

5

数名の男が近づいてくる気配があり、多三郎の小屋の前で立ち止まった。

多三郎は、鉢の粉に樹液のようなものを加え、練り合わせていた。

「御用ですか?」

外へ出て、森之助が訊いた。武士が六名で、その中の三名は役人だった。

「佐島丸《さじままる》の芳右衛門のところにいる、森之助というのは、おまえか?」

「そうです」

「おまえが、山でむささびの小平太と会っているのを、見た者がいる」

「知りません」

「おい、むささびの小平太は重罪人だぞ。しかも、仲間がいて逃がした」

「見ていました。私も、その時、城下にいましたので」

「仲間ではなかった、と言いたいのか。それならなぜ、山中で小平太と会った」

「だから、知らないと申しあげています。その罪人は、山中にいるのですか？」

「そうだ」

「ではなぜ、捕えに行かないのです？」

役人は、三人とも大した腕ではない。しかし背後にいる野袴《のばかま》の武士は、手練《てだ》れ揃《ぞろ》いだ。

「仲間が出てくると、困るのでな」

「その仲間も、ともに捕えるべきでしょう」

「ふうん、利《き》いたふうなことを。まあいい。ところで、この小屋は？」

「薬草小屋です」

「こんなものを作っていいという許しを、貰《もら》ったのか。芳右衛門は黙認していると言ったが、藩で許してはいない」

「許しがいるのですか、この小屋に。ただの薬を作ろうとしているのですよ」

「こちらがおかしいと思ったら、おかしいのだ。違うか？」

「しかし」

「多三郎という薬草師ともども、連れていく。小屋は、取りこわす」

「無茶ですね。なんのためか、はっきりさせてください」

「あやしいからさ」

「身分は、江戸湯島の薬種問屋杉屋に問い合わせていただけば、わかります」

「逆らっているようだな。それだけで、捕縛の理由になる」

「説明しただけです」

「とりあえず、よそ者の二人は連れていく」

森之助は少し退《さ》がり、小屋を背にした。いまこの小屋をこわされたら、多三郎はなにをするかわからない。

「ほう、子供のくせに、われらとやり合う気か。いい度胸をしている」

三人が、顔に笑みを浮かべて近づいてきた。

「おい、その子とやり合うな」

背後の武士のひとりが言った。

「なに、怪我《けが》はさせません。お三方の出る幕でもない。二人とも連れていって、いろいろ訊《き》いてみましょう」

三人の手がのびてきた。払うともなく、森之助はそれを払った。三人が、手を押さえる。ひとりは、うずくまりかけて、ようやく真っ赤な顔を持ちあげた。

「こいつ、逆う気だ」

三人が、抜刀した。怒りだけに駆られているようだ。森之助は、刀の柄にも手をかけず、ただ立っていた。三人が撃ちこんでくる。三人の躰の間を、かわしながら駈《か》け抜けた。二人が仰むけに倒れ、ひとりはうずくまって呻《うめ》き声をあげた。

「やり合うなと言ったのは、おぬしらのためだったのだぞ」

背後の三人が、森之助とむかい合って立った。隙《すき》はない。三人の連携もとれている。

「大した腕だ。正直、肝を潰《つぶ》した。何流を遣う？」

「日向《ひなた》流」

「聞かぬ流派だな。江戸か？」

森之助は、かすかに頷《うなず》いた。兄が江戸にいるから、日向流は江戸の流派だろうと思ったのだ。喋《しゃべ》っている男から、殺気は感じられない。

「われらは、なんとしても小平太を捕えなければならん。以前に捕え、藩に処分を任せたのも、実はわれらだ」

なにか。気配。風。森之助は、跳んでかわした。

居合だった。

男は、意外そうな表情をしていた。ほんの二寸退がることで、森之助はその斬撃《ざんげき》をかわしたのだ。なぜ斬《き》れなかったのか。確実に、斬ったと思ったのだろう。

居合は鞘内《さやうち》の勝負。そんなことは、兄は教えてもくれない。教えてくれたのは鉄馬で、ひと月ほど居合もやらされた。

抜いていて、しかも斬れなかった。それで勝負はついたはずだが、男は中段に構え、踏み出してきた。退がりながら、森之助も一文字則房《いちもんじのりふさ》の鞘を払った。後方の二人も、両脇《わき》に跳び、抜刀した。

森之助は、なにも考えていなかった。ただ相手の放つ気を、静かに受けとめた。相手がひとりであろうが三人であろうが、できることはひとつしかない。ただ跳ぶだけ。その機を、森之助は待ち続けた。機が訪れれば、躰《からだ》は自然に跳ぶ。

波の音が、立合を夢幻の中に誘っていく。森之助は、剣を構えていることさえ忘れた。気合が聞えた。それと呼応するように、森之助の躰は跳躍していた。砂の上に降り立った時、相手はまだ立っていた。しばらくして顔の中線にぷつぷつと赤い実のような血が吹き出し、それから男の頭蓋《ずがい》から胸まで、二つに割れた。

残りの二人は、倒れた男を見て、呆然《ぼうぜん》としている。もう、どこからも殺気は発していなかった。腰を抜かし、立てなくなった役人が、三人揃って砂に尻《しり》を擦りつけながら、後退《あとずさ》っていく。

二人も、屍体《したい》を残したまま、身を翻《ひるがえ》した。

森之助は、刀を鞘に収めた。

しばらくして芳右衛門が近づいてきた。四ツん這《ば》いになって死んだ男を覗《のぞ》きこみ、嘔《おう》吐《と》し、それでもまだ見続けている。

「人の躰が、こんなふうに斬れるもんなのか。人が斬られるのを見たこたあるが、こんなのは、はじめてだ」

村人も、遠くで見ていた。

「森之助、いつまでも屍体を転がしておくな。どこかに埋めてこい」

小屋から、多三郎が出てきて言った。

森之助は、小屋の裏に穴を掘り、そこに男の屍体を放りこんだ。役人の姿も、いつの間にか消えている。

「なに、心配することはねえやな。藩の役人は、これまでもいやいや駆り出されていた。あの死んだ男に顎《あご》でこき使われてな。しばらくして落ち着きゃ、死んでくれてよかったと思うに違《ちげ》えねえ」

自分に言い聞かせるように、芳右衛門が言っていた。

「親方、私は今夜から、この小屋の隅で寝ることにします」

「ちょいと待て。藩の方がどんなだか、調べてみるからよ」

あまり意味はない、と森之助は思った。しかし、多三郎がそうしてくれと言った。

森之助は、山の方へ行き、薪を集めてきた。枯れた木が見つからなくなっていたので、芳右衛門の家にあった斧《おの》で、梢《こずえ》を落とした。幹から倒すと、大抵、その木は死ぬ。だから、梢だけ落としておくのだ。多三郎が燃やすまでに乾きはしないが、多少はましだろうと森之助は思っていた。

小屋へ戻ると、多三郎は鉢の中の粉を、少しずつ混ぜ合わせることに熱中していた。多三郎の荷の中には、小さな秤《はか》りが入っている。それで、細かく量が測れる。

浜の方から、お鉄が小屋を見ていた。

「森之助、おまえお侍を斬ったんだってな。追っ手が来るって村の者《もん》が騒ぎはじめたが、藩の侍じゃねえって、親方が押さえてくれた。追っ手が来たら、うちが逃がしてやるだよ。山に逃げりゃ、捕まりゃしねえだ。いいな、憶《おぼ》えとくだよ」

言って、お鉄は身を翻した。

逃げる気はない、という言葉を、森之助が発する暇もなかった。

夜は、多三郎と並んで、小屋で寝た。

夜が明けた時、砂浜をあの老婆《ろうば》が近づいてくる気配があった。お鉄も一緒だ。多三郎を起こさないように、森之助は外に出た。海は、まだ荒れている。多三郎の不機嫌は続くだろう。

「森之助」

老婆が言う。

「やっぱり、やめな、たつ婆」

お鉄は、たつ婆の襤褸《ぼろ》のような着物の袖《そで》を、しっかり摑《つか》んでいた。

「そこの山は、駄目だ、たつ婆。あっちの山に連れて行くだよ」

「あっちはなんねえ、お鉄。とにかく、黙ってろ。いいか、森之助、裏の山に逃げるんじゃ。むささびの小平太がおる。今度来る相手とは、裏の山で、小平太と一緒に闘え」

「私は、ここにいます。多三郎さんの、海草も採ってこなければなりませんし」

たつ婆の濁った眼が、じっと森之助を見つめてきた。お鉄もたつ婆も、小平太とはなにか関りがあるらしい。

それは、どうでもよかった。昨夜も、お鉄を抱かなかった、と森之助は考えていた。

「駄目じゃな、お鉄。森之助の眼を見てみい。ここを動くわけはない。あの男が来るとはかぎらんのじゃし、しばらく様子を見てみることにするか。それまでは、いまとなんの変りもない」

なにか言いかけたお鉄が、途中で口を噤んだ。お鉄の手を引くようにして、たつ婆は砂浜を戻っていった。

6

海が、静かになった。

束《つか》の間《ま》だ、と芳右衛門は言った。多三郎は、すぐにでもあの海域に行きたそうだったが、潮はいま満ちている。

武士をひとり斬ったことは、なんの問題も起こさなかった。なかったことになった、と藩にお伺いを立てた芳右衛門は言われていた。重役は、厄介払いをしたような気分でいるようだ。

「森之助、多三郎がまた苛々《いらいら》する。おまえも潜って、いっぺえ採ってきな。これからは、時化《しけ》と凪《なぎ》が一日おきに来る。そういう季節になったんだ」

森之助は、頷《うなず》いた。お鉄は、夢の中で、母に潜ってもいいと言われたらしい。岩にひっかからないように、短い着物を用意していた。

森之助は、海草を刈る要領を、お鉄に教えられた。刈ったものを、潮流に流されないようにするのが、最も大事なことらしい。

海に出たのは、陽が中天を過ぎてからだった。籠《かご》は大きなものをひとつだが、石は多く載せた。きのうまでの海が嘘《うそ》のように、波がなかった。

「あそこだ」

多三郎が叫ぶ。海草が欲しくて、うずうずしているようだ。

碇《いかり》を入れ、籠を沈めた。

「籠は、私が引きあげる。いいな、森之助、お鉄。できるだけ、沢山だ」

前の籠の二つ分は入る。お鉄が飛びこんだ。森之助も海に入り、多三郎から受け取った石をひとつ、船べりに摑まったお鉄に渡した。森之助も、石を抱いた。二人で同時に息を吸い、潜った。海の中が、次第に色を失ってくる。黒い海草。これだけは、海の中でも地上でも、色が変ることはない。

籠は、足で動かして、たえず潮流の方向に口をむけている。同時に、海草を刈る。褌《ふんどし》の前につけた布に、森之助は石を挟みこんでいた。そうすると、躰は上をむかない。お鉄が、合図を送ってくる。それで、石を捨てた。躰が浮きあがる。それに速さを加えるために、足だけで水を蹴《け》った。

充分の余裕があると思ったが、水面近くで一度頭の中が白くなった。視界が戻ったのは、水面に飛び出してからだった。森之助は、荒い息をついた。お鉄には、まだいくらか余裕があるようだ。深い海の中で躰を動かすと、思った以上に肺腑《はいふ》に吸った息を使うようだ。お鉄は、森之助の状態を見て、あがろうと合図したのだろう。

「どうだった？」

森之助の荒い息遣いなど無視し、多三郎が言った。

「いままでとは、較《くら》べものにならねえですだ、多三郎様。すぐに、あの籠一杯にしてみせます。うちが刈って、森之助が籠に入れる。それの方がいいみてえですだ」

自分に言われたことだろう、と森之助は思った。ようやく、呼吸が楽になってきた。

次に潜った時、森之助は石を捨て、籠に足をひっかけて、お鉄のあとについた。渡された海草を、籠に押しこんでいく。上がる時は、籠から足を離せばいいだけだった。三度潜ったところで、海草は籠から溢《あふ》れそうになった。

海面に出、息を整え、船べりに手をかけると、お鉄を押しあげた。多三郎は、海面では籠を引きあげたが、そこから持ちあげられずにいた。森之助は、艫《とも》から船に上がった。

「二人とも、反対側にいてください」

船が、反対側に傾いた。森之助が籠を持ちあげようとすると、その傾きが戻った。一気に引きあげ、船の重心を保つために、森之助は素速く移動した。

籠からは、水が溢れ出している。

「おう、思った以上に採ってくれたな。助かったぞ、森之助」

多三郎の機嫌は、とたんによくなった。

お鉄が、唇を紫色にしてふるえている。森之助は躰を拭《ふ》く乾いた布と徳利を、艫の船板の下の物入れから出した。躰を拭《ぬぐ》ったお鉄に綿入れをかけてやり、徳利の栓を抜いて渡した。

ひと口飲んだお鉄が、徳利を差し出してくるが、森之助はいらないと首を振り、碇を引き揚げた。

櫓《ろ》を漕《こ》ぎはじめる。

踏ん張った森之助の足に、お鉄の手がのびてくる。

「冷てえだよ、こんなに冷てえだよ、森之助」

「躰を動かせば、暖かくなる」

寒さを、感じないわけではなかった。ただ、耐えられる。そして、躰を動かせば、ほんとうに暖かくなってくる。

多三郎は、海草の一片を指で押し潰《つぶ》し、陽の光に翳《かざ》して見ていた。その陽にむかって、お鉄が指をさす仕草をした。

「おてんとうさまに、傘がかかってるだ。明日は、荒れるだよ、森之助」

空を見て、気候を判断する。森之助には、それがわからなかった。長く海で生きて、やっとわかることなのだろう、と思った。

浜に着いた時、森之助の躰は暖まっていた。お鉄は、まだ紫色の唇をしている。焚火《たきび》を大きくし、籠を背負って小屋に運んだ。多三郎は、もう海草のことしか頭にないようだった。

森之助は着物と大小を持って川へ行き、躰と褌の塩をよく落とした。

「森之助、逃げろ。裏の山じゃ」

木の間から、たつ婆が顔を突き出して言った。近づいてくる気配は、だいぶ前から感じていたので、森之助はちょっとそちらへ眼をくれただけだった。

「逃げるんじゃ、森之助。鬼が来るぞ」

「私は、ここにいます。構わないでください」

森之助は川からあがり、着物を着ると大小を差した。多三郎と会ったら、その指示に従え、と兄からは言われている。多三郎が逃げろと言わないかぎり、逃げる気はなかった。

夜になると、部屋にお鉄がやってきた。浜の小屋では、多三郎は寝ずに海草を煮こんだりするつもりらしい。薪《まき》は、充分に集めてある。それ以外のことで、多三郎は手伝われるのを嫌がった。

お鉄を抱いた。

口を吸い合い、乳房を揉《も》み、しがみついてくるお鉄の中に、ゆっくりと入った。お鉄の身悶《みもだ》えが、森之助には不思議でもあった。女とはこういうものだろうと思っても、あまり激しく身悶えされ、呻《うめ》きをあげられると、苦痛を与えているのではないか、という気分に襲われる。できるだけ、やさしく動き続け、森之助は精を放った。

「うまくなっただよ、森之助。うちは信じられん。このまんまじゃ、すぐに女殺しになるだ。十五だというのになあ」

やさしくすることが、うまいということなのか、と森之助は思った。お鉄の躰は、まだ小さく痙攣《けいれん》している。

すぐに、お鉄は眠ったようだった。

夜明け間近、急に冷えてきた。

眼醒《めざ》めたのは、そのせいではなかった。明らかに、外から気配が伝わってくる。自分に伝えようとしている気配だ、としか思えなかった。

お鉄を起こさないように、そっと部屋を出て、森之助は着物をつけた。

気配が、浜にまで森之助を導いた。月が出ていたが、海は霧を立ちのぼらせ、荒れはじめる予兆をすでに漂わせている。

月明りの中に、ようやく気配が姿を見せた。

小柄な男だった。森之助よりふた回りは小さい。たつ婆が言った鬼とは、この男のことなのか。

「日向《ひなた》流を遣うそうだな。日向景一郎という男の名を、耳にしたことがある」

「兄だ。私は、森之助」

「神地兵吾《ごうじひょうご》。流派はないが、日向流を破ってみたい」

交わした言葉は、それだけだった。

神地の差料は、躰の割りには長そうだった。一文字則房より、二寸近くは長いかもしれない。しかし、居合ではなかった。神地は、あっさりと長刀の鞘《さや》を払った。見事な刀だった。森之助も抜いた。

相正眼《あいせいがん》である。

お互いに瀬踏みもなにもなく、すぐに固着した。この相手は、自分より強い。一瞬だが、森之助はそう感じ、すぐにそれを打ち消した。ただ、重圧は強かった。剣が、重く感じられてくる。そういうこともすべて、頭から追い払えるはずだった。しかし、重圧はますます強くなってきた。森之助は、外にむかって気を放った。それを受けたように、神地の剣先がぴくりと動き、同時に横に駈《か》けていた。

一度、馳《は》せ違った。位置が入れ替った。いつの間にか、踝《くるぶし》の上まで海に入っている。波が、足を打った。波が引く時、蹠《あしうら》の砂が流され、躰が沈んでいくような気がした。

月の光が、神地の顔を照らしている。細めた眼に、表情はなかった。呼吸も、まったく乱していない。

森之助は、全身に汗が噴き出しているのを感じていた。顎《あご》の先から、汗が滴《したた》り落ちる。耐えた。跳びたくなるのを、森之助は耐え続けた。

相手が打ちこんできた刹那《せつな》。跳ぶとしたら、そこしかない。

しかし、ほんとうに耐えなければならないのか。相手には、ただ粘りがあるだけではないのか。

全身の気を集めた。神地も、気を放ってくる。跳んでいた。斬《き》ったのか、斬られたのか、また水の中に立っていた。神地も立っている。神地の額からは血が流れ出し、顔半分を覆《おお》いはじめた。斬っている。間違いなく、斬っている。しかし、倒しはしなかった。神地が、舌打ちをしたようだった。波の音。それがすべてを消している。神地が、不意に身を翻《ひるがえ》した。

なにが起きたのか、森之助にはわからなかった。ただ、視界が暗くなった。次に感じたのは、塩の味だった。

海の中にいるのだ、と森之助は思った。

第三章　無明の岸

1

ここも、旅をしたことがある土地だった。

蝦夷地《えぞち》以外のところは、大抵歩き回っている。

日向景一郎《ひなたけいいちろう》は、山中の間道を抜け、糸魚川《いといがわ》の城下を避けて崖《がけ》伝いに歩いた。やがて川に行き当たり、急峻《きゅうしゅん》な斜面を降り、流れに沿って川下にむかった。確か、姫川《ひめかわ》という川だった。

河口から、いくらか城下の方角へ戻ったところに、その村はあった。山裾《やますそ》の狭い平地に、家が肩を寄せ合っている。

佐島丸《さじままる》の家は、すぐにわかった。農村でいうと、庄屋のようなものだ。その家だけには船蔵があり、庭もある。

「また、けものが現われたのう」

訪《おとな》いを入れようとしていると、老婆《ろうば》に声をかけられた。老婆に見えるが、老婆ではない、と景一郎は思った。それ以上、景一郎は老婆に関心を払わなかった。

「なんとか言ってみい。けものでなければ、喋《しゃべ》れるであろう」

老婆は、景一郎の前を塞《ふさ》ぐように、顔を突き出してきた。

「呼んでも無駄じゃあ。佐島の芳右衛門《よしえもん》は留守じゃからな」

「いるぞ。たつ婆《ばあ》、俺を留守にして、なにかやろうってのかい？」

漁師らしく潮焼けした、赤ら顔の男が出てきて、景一郎に眼をくれた。分厚い綿入れの襟もとから、胸毛が覗《のぞ》いている。

「おう、なんでえ、あんた？」

江戸弁だった。老婆は、素速く姿を消していた。

「日向景一郎と申します。江戸湯島の薬種問屋、杉屋《すぎや》に飛脚をくださったのは、こちらの方ではないでしょうか？」

「俺だよ。日向ねえ。森之助《もりのすけ》の兄《あに》さんってのが、あんたかい？」

「そうです」

「歳《とし》の離れた兄弟なんだな。似てもいねえ。ま、いいか。こんなところじゃ、話もできねえ。入んなよ」

景一郎は、軽く頭を下げた。

通されたのは玄関のすぐそばの広い部屋で、ふだんは舟子たちが食事をする場所のようだった。畳は、擦れて毳《けば》が立っている。

景一郎は、杉屋からの金を差し出し、飛脚の礼を言った。

「俺は飛脚を出しただけで、別になにもしちゃいねえんだが、このまんまじゃ多三郎《たさぶろう》がかわいそうでね」

最初に来たのは、多三郎からの飛脚だった。

森之助が斬《き》られて、その傷を縫ったという知らせだった。薬草師らしく、傷の深さなども詳しく書いてあった。すぐに行くようにと杉屋清六《せいろく》は言ったが、景一郎は放っておいた。傷の具合からは、生死のきわどい境にいると想像できたが、縫ったというからには、血を失って死ぬことは免れたのだろう。

あとは、森之助が命に縁があるかどうか、ということだった。

「菱田《ひしだ》多三郎は、いまも藩の牢《ろう》の中なのでしょうか？」

「そうよ。お上《かみ》がなさることだからな。こっちがやめろとも言えねえ。ただ、知らせておいた方がいいと思って、飛脚を出したんだ」

景一郎は、もう一度頭を下げた。

「それで、どういう罪状だったのですか？」

「いかがわしい薬を作ろうとしている。そんなことを言いやがったが、こじつけに決まってらあな。松林のところにある、多三郎の小屋を調べようともしねえからな」

芳右衛門は、ひとりで頷《うなず》いていた。

「このところ、この村じゃ二度も斬り合いがあってな。一度目は、森之助が武士をひとり斬り殺した。そりゃ、見事なもんだったぜ。頭からこう」

芳右衛門は、指先で顔の中央からのどの下まで線を引いた。

日向流で斬れば、そうなる。二度、と芳右衛門は言ったが、二人目は手練《てだ》れだったということだろう。

「なんで、そういうごたごたが起きているのか、俺にゃわからねえが」

「菱田多三郎には、会うことも許されていないのですか？」

「どうだかな。多分駄目だろうよ。囚人に会えるって話は、聞いたことがねえ」

「囚人、ですか」

「お上が、そう言やな。決めるのはお上で、俺たちじゃねえんだから」

「そうですね」

「あんた、落ち着いてるね。森之助の傷のことも、心配にゃならねえのかい？」

「いままで生きていたのなら、生き延びます」

「そんなもんか」

芳右衛門は、ちょっと鼻白んだようだった。

「お鉄《てつ》って女が、甲斐甲斐《かいがい》しく世話をした。それで、森之助は生きられたようなもんだ」

「お鉄と申される方には、お礼を申しあげます」

「まったく、兄弟揃《そろ》って、おかしな野郎らだよ。それで、森之助に会いに行くかい?」

「先に、藩庁へ行ってみようと思います。菱田多三郎の身分を杉屋が保証する、という書状を持参しておりますし」

「相手にしてくれるかなあ。杉屋といえば、江戸じゃ名の知れた薬種問屋で、幕府のお偉方との付き合いもあるのかもしれないが、ここは田舎だからなあ。殿様は江戸で、いまは国家老がいるだけだ」

「菱田多三郎の無事を、まず確認したいのです。それから、やることはいろいろ考えられますが」

「そうかい。俺にゃできることしかできねえが、なんかあったら、一応言ってみてくれ」

「ありがとうございます」

「それから森之助だが、さっきいたたつ婆に、居所を訊《き》けばいい」

景一郎は、頭をさげた。

結局、芳右衛門の家では大したことはわからず、藩の重役の名前をひとり教えて貰《もら》っただけだった。

糸魚川の城下にむかっていると、林の中からまた老婆が出てきた。

「森之助が、お世話になりましたか。兄の景一郎と申します」

「おう、世話したとも。斬られた森之助を、海から引きあげたのもわしじゃ。傷を縫ったのは多三郎で、それで血が止まった」

「お世話になりました。礼はいずれ」

「どこへ行く?」

「城下へ。菱田多三郎の御放免をお願いしてみるつもりです」

「無駄じゃな。というより、おまえまで捕まりかねん」

「捕まるつもりはありません」

「できるのか、そんなことが」

「そうします。なにをしてもいないのですから」

老婆の眼が、束《つか》の間《ま》、景一郎に注がれた。濁った眼だ。多三郎は、これに気づいていただろうか。

「その川で、森之助はよく躰《からだ》を洗っておった。はじめて女を抱いたあとは、川の中でも大きゅう勃《た》って、それに盛んに水をかけておったわ」

景一郎は老婆に一礼し、石を伝って川を渡った。老婆は、そこまではついてこなかった。

城下に入ると、まず館《やかた》に行った。糸魚川は、城持ちではなく、陣屋の大名である。

それでも、門番はいる。

どこの誰とも知れない浪人に、いかに小藩でも重役が会うわけはなかったが、杉屋清六の名が通用した。景一郎は、ただの紹介状の方だけを、門番を通して重役に渡した。

陣屋の、裏庭の方へ回された。

しばらく待つと、初老の武士が出てきた。

「杉屋清六の知り人というのが、おぬしだな」

「日向景一郎と申します。陣屋の牢に幽閉されております、菱田多三郎のことについて、お願いに来ました」

「菱田はいかん。出すわけにはいかんのだ。これはわれらが決めているわけではなく、江戸表《おもて》からの指示でな」

「杉屋は、幕府にも薬を納めております。菱田はそこの薬草師です。間違いないということが、この書状に認《したた》めてあります」

「悪いが、見なかったことにしてくれぬか。江戸で、杉屋が動けば、あるいは放免が決定されるかもしれんが」

多三郎が牢に入れられていることについては、単純ではない理由があるようだった。少なくとも、藩の意向ではない、という感じはする。

「堂々と、正門から訪ねてきたのだな、おぬし」

「それが、なにか?」

「いや、訊いてみただけだ」

それ以上、重役からなにか出てくるとは思えなかった。杉屋清六の方策は、ここで尽きたということだ。

館を出ると、景一郎は城下をしばらく歩き、それから海岸の方へ行った。尾行している者がいる。それは、館を出た時からだった。

藩がそうさせている、ということも考えられるが、まるで別の方からだということもあり得た。堂々と正門から来たのか、と重役は同情するように言ったのである。

海岸を、佐島村の方角にむかって、しばらく歩いた。佐島村までは、二里というところか。漁師の家がぽつりぽつりとあり、それはみんな佐島村の一部ということになっているようだ。

岩場と岩場に挟まれた、小さな砂浜。そこで、景一郎は立ち止まった。前方にも、人影が二つ現われたからだ。後方には三つだった。五人とも、気は内に秘めている。

「日向景一郎だな？」

額から鼻の脇《わき》にかけて、新しい傷があった。それは、明らかに日向流で斬ったものだ。森之助の相手が、この男だったのだろう。斬り合いは藩とは関係ない、というようなことを芳右衛門は言っていた。

「神地《ごうじ》兵吾《ひょうご》という。日向流は、それほどのものでもないな。破ったぞ。ただ、邪魔が入って、止《とど》めは刺せなかった」

「滅びゆく流派だ。勝敗に、大きな意味があるとは、考えていない」

「跳躍による、斬撃《ざんげき》。これには確かに見るべきものはあったが」

「私に、なにを？」

「日向森之助らが、どこにいるか知っているだろうと思ってな」

「私は、先刻、江戸から着いたばかりだ。そして、藩庁へ行った。私の用件は、森之助に会うことではなく、菱田多三郎の無事を確かめ、薬草作りをさせることだ」

「その多三郎と森之助は、一体だからな。森之助の傷を縫って助けたのも、多三郎だという。そして森之助は消えた。むささびの小平太《こへいた》と一緒だと、俺は見《た》ている」

躰の割りには、長刀だった。しかし、居合ではない。鞘内《さやうち》の気を溜める構えは、まるでないのだ。

「むささびなど、知らんな」

たつと呼ばれていた、あの老婆の姿を、束の間、景一郎は思い浮かべた。

「お鉄という女も、一緒に消えた。どこにいるのか吐けと、毎日、多三郎は責められている。強情なものだ」

「拷問《ごうもん》を？」

「大したものではない。すぐに気を失うので、やっている方も白けてしまう」

「おぬしらが、やっていることか。藩ではなく」

「俺たちは、おまえのような人間が現われるのを、ただ待っていただけだ。多三郎は、恐らくなにも知らん。無駄なことは、藩の腰抜けに任せておけばいいのさ」

神地兵吾が言っていることが、どれほどほんとうなのかは別として、およその輪郭は感じて取れる。

「それで？」

「おぬしなら、なにか知っていそうだから、同道して貰いたいと思ってな」

「なにも、知らん」

「それは、こちらで訊いて決める」

神地兵吾に眼をくれ、景一郎はちょっと口もとで笑った。

その瞬間、五人は抜刀していた。

「私を殺すと、訊くべきことも、訊けなくなる」

「死なない程度に斬る。みんな、その技にはたけている」

景一郎は、黙って神地兵吾にむかって歩いた。その無造作な動きが、虚を衝《つ》いたかたちになった。神地の全身に、殺気がたちのぼる。その殺気によって動かされたのは、しかし景一郎ではなく、残りの四人だった。

左右から、斬撃が来た。

動くともなく動き、わずかに腰を回転させ、景一郎は来国行《らいくにゆき》を抜き放った。その時、斬撃を加えてきた二人の腹は横一文字に割れ、足もとに腸が滑り出していた。

それから、躰を回転させながら、跳んだ。

ひとりを下から、もうひとりを上から、断ち割った。神地の、小さくなっていく後姿が見えた。

景一郎は、倒れている男の袴《はかま》で、来国行の血を拭《ぬぐ》った。血は、わずかしかついておらず、脂《あぶら》は皆無だった。骨を断つ時、脂は落ちてしまうのである。

歩きはじめた。

小さな川のところまで戻った時、たつ婆の姿が見えた。

2

行き着けるはずはない、とたつ婆は言ったが、景一郎は迷わず岨道《そばみち》を歩いた。旅の間に、けもの道がどれかは、見分けられるようになっていた。人の通る道らしいものが、少しずつ細くなり、なくなってしまう。けもの道には、そういうところがある。

山は深く、どこまでも続いているという感じだったが、陽を見ていれば、方向を失うことはなかった。夜は、星がある。

鶫《つぐみ》を一羽、飛礫《つぶて》を打って落とした。毛を毟《むし》り、皮を剝《は》ぎ、歩きながら生のまま食った。肉はまだ暖かく、口の中ではうまく食い切れない。小さな塊は、呑《の》みこんでしまうのである。その方が、腹のもちもいい。

夜も休まず歩き、夜明け前には、目的の場所の近くまでは来たようだ。

あるかなきかだが、尾行し、監視している気配があった。ひとりだけである。尾行といっても、木の枝から枝を、音もなく渡りながらついてくる。まさに、むささびだった。

景一郎は、闇《やみ》に紛れるように、気配を消した。いくらか歩調を緩め、歩き続ける。

むささびは、見失ったと思ったようだ。動きが、不意にめまぐるしくなった。そして、地に降り立ってきた。

気配を測るように、うつむいてじっと立っている男の背後に、景一郎は近づいた。

「むささびの小平太か?」

ふりむき、男は跳ぼうとした。それを、景一郎は見つめるだけで制止した。

「おたつ殿から聞いて、ここへ来た。日向森之助の兄で、景一郎という」

「日向景一郎」

「森之助と、会いたいのだ。案内してくれるかな。このあたりは、けものを捕えるためのものか、罠《わな》だらけだ。罠にかかって、枝に逆さ吊《づ》りにはなりたくない」

「ひとりで、来たのか、おまえ」

景一郎は、頷《うなず》いた。

小平太が肩を落とし、しばらくして歩きはじめた。

「行こう」

小平太は、ふり返りもせず歩き続けた。道はさらに細くなったが、消えてしまったわけではなかった。

「大したもんだぜ、森之助は」

歩きながら、時々小平太が話しかけてくる。

「普通の人間なら、死んでた。あれだけ斬られて血を失えばな」

返事をしなくても、小平太はふり返ることはなかった。しばらく待つような沈黙があり、また話しかけてくる。

「どういう鍛え方をしてきたのだ。俺は、人の二倍の血があるんじゃないかと思ったぜ」

景一郎は、小平太の背中だけに眼をやっていた。

森之助の躰は、確かに鍛えられている。しかし、躰を鍛えているだけでは、死ぬ時は死ぬ。血を失ってもなんとかもちこたえたのは、気力も鍛え抜いていたからだ。死ぬまいと思う。それで二日、気力を衰えさせなければ、大抵は生き延びる。その二日の間は、眠りさえしないのだ。

森之助が、そこまで気力をふり搾《しぼ》らなければならない傷を受けたかどうかは、わからない。

小平太が、さらに話しかけてくる。

景一郎は足を止めた。しばらく歩き、小平太ははじめてふり返った。

「どうしたんだよ、日向さん？」

待たれても、景一郎は動かなかった。小平太が引き返してきた時、ようやく景一郎は一歩踏み出し、小平太のそばまで跳んだ。

小平太が、また歩きはじめる。何事もなかったように、話しかけてくる。景一郎は、やはり答えなかった。

小平太が、立ち止まった。

「二度目だ、小平太」

「なにが、二度目なんだよ?」

「黙っていても、背中が喋《しやべ》っている。とにかく、罠はどけるのだ。そして、もう立ち止まるな。次に私を罠に誘おうとした時は、跳ぶだけではないぞ」

「さっきも、気づいたのか?」

景一郎は、かすかに頷いた。

小平太は表情を変えず、歩きはじめた。もう、なにも話しかけようとしない。

岩場を二つ、通り抜けた。そこでは、道は完全に消えていた。それから下草の中を歩き、しばらくすると足もとは道らしいものになった。小さな流れがあった。地形から見ると川ではなく、どこかに湧水《わきみず》があるのかもしれない。

小屋が、宙に浮いていた。

梁《はり》が三本の巨木に渡してあり、地についた丸太で支えられているのは、一カ所だけだ。床の高さも、胸ほどはある。壁も屋根も、皮葺《かわぶき》だった。

音もたてず設けられた段を昇り、景一郎は小屋の入口に立った。竹の簾《すだれ》は巻きあげられている。女の白い裸体が、呻《うめ》きをあげながら動いていた。森之助の躰は、その下にあった。さすがに森之助はすぐに気づき、動き続ける女の腰を押さえた。

女が首をのけ反らせ、長い息を吐いた。

「兄上、いらっしゃっていたのですか」

「きのう着いた。多三郎さんは、たやすく貰《もら》い受けるというわけにはいかないようだな」

「多三郎さんは、小屋にいなかったのですか？」

「藩庁の牢《ろう》だ。おまえの居所を吐けと、拷問も受けているらしい」

「捕えられていたのですか」

多三郎のことを、森之助は知らされていなかったようだ。

「待ってください、兄上。いますぐに精を放ちますので」

言うと、森之助は女の躰を持ちあげ、激しく上下させた。乳房が違うもののように揺れ、女はのけ反らせた頭を両手で掻《か》きむしり、かすれたような叫び声をあげた。

景一郎は、段の下に降りた。そこには、丸太を輪切りにしたものが、いくつか並べられている。そのひとつに、腰を降ろした。

小平太の姿は見えない。

しばらくすると、褌《ふんどし》姿の森之助が、一文字《いちもんじ》則房《のりふさ》を片手に持って小屋から出てきた。

もう傷に繃帯《ほうたい》もしていない。多三郎が縫ったというが、糸も抜かれていた。胸から腹に達した袈裟《けさ》がけの傷は、剣の長さの差が出たものと思えた。

「多三郎さんは、浜の小屋でずっと薬を作り続けていると思いました」

「藩庁の牢からは、助け出さなければならん。責め殺して病死ということにするなど、藩では平気でやるであろうからな」

「わかりました」

木の枝に干した着物を、森之助は着こみ、脇差を差した。

「私は、いつでも出かけられます、兄上」

「待て、多三郎さんは牢の中なのだ。いきなり乗りこんでも、すぐには助け出せない。その間に、多三郎さんになにかあったら、杉屋さんに面目が立たないぞ」

「そうですね。牢の中ですか」

女が、上気した顔で小屋を出、ふらつきながらせせらぎのところまで行った。流れを跨《また》ぎ、水を掬《すく》って股《また》を洗っている。

「お鉄さんです。佐島村の海女《あま》で、多三郎さんの海草を二人で採っていました。私が斬《き》られてからは、ずっと看病もしてくれました」

お鉄は、からげた尻《しり》をこちらにむけている。白い尻の割れ目から、黒々とした毛も覗《のぞ》いていた。

「むささびの小平太を待とう。罠でも見に行ったのだろう」

「はい」

森之助は、ひと抱えの薪《まき》を運んできた。手斧《ておの》で割りながら、糸魚川に着くころからの話をはじめた。

幼いころから書見を欠かさなかったからなのか、話は端的でわかりやすかった。

半刻《はんとき》ほどして、小平太が兎《うさぎ》を二羽と蛇を二匹ぶらさげて戻ってきた。お鉄が火を熾《お》こし、大きな鍋《なべ》をかけた。山菜など、かなりの量が集めてあるようだ。小屋からちょっと離れたところに、人が潜《くぐ》って入れるほどの洞穴があり、食器や食料はそこに収《しま》ってあった。

兎が捌《さば》かれ、皮を剝《む》かれた蛇も背骨をとって鍋に入れられた。蛇をこわがったりする素ぶりはなかったが、お鉄の料理にはやはり女らしい細やかさがある。

鍋の中には、野草や洗った米も入れられた。

それがいい匂《にお》いをたちのぼらせ、最後に酒を加えて味つけしたところで、待っていたようにたつ婆《ばあ》が現われた。

「こんなものは、年寄りから箸《はし》をつけていくもんじゃ。お鉄、わしに椀《わん》と箸を。それから、酒も少々」

黙ってお鉄が渡したものを、たつ婆はちょこんと腰を降ろした、巨木の輪切りの台の端に載せた。うまそうに、唸《うな》り声をあげながら、酒を呷《あお》る。ほかの者にも、椀が配られた。森之助は、お鉄にそうして貰うことに、すっかり馴《な》れているようだ。

小平太だけは、少し離れたところで、黙々と椀を啜《すす》っている。

「おたつ殿は、ここへ来るまでに、難渋されなかったのですか？」

「わしはな、森之助。空を飛べるんじゃ。それより驚いたのは、景一郎が迷わずここへ来たことじゃな。きのうの夕刻であったからな、佐島村を出たのが」

「そんなに。では、おたつ殿も。私ははじめておたつ殿に会い、それから山越えをして糸魚川の城下に入った時、見かけたのです。私を追い抜いたということになるので、どうしても納得できなかったのですが、やはりあれはおたつ殿だ。しかし、なぜそんなことができるのです？」

「空を飛べるのじゃ、森之助」

「信じません、私はそんなことを」

「いや、森之助。できるだろうと思う」

景一郎は、箸を持ったまま言った。

「木から木、枝から枝。それを飛び移る技があれば、人の足では避けなければならないところを、たやすく踏破できる」

「それは、迂回《うかい》しなければならない谷や崖《がけ》は多くありましたが。しかし、それができるのは小平太殿です、兄上」

「そうかな」

たつ婆の眼が、一瞬光を帯びて景一郎を見つめ、またもとの濁った眼に戻った。

森之助が、二杯目の椀をお鉄から受けとっている。そろそろ、陽が落ちるころだった。

「ところで、私は明日、藩庁の牢から菱田多三郎を連れ出そうと思っています」

「なんじゃ、牢破りじゃと」

「私と森之助では、難しいところがあります。ですから」

「待ってくれろ。あんた、森之助は、やっと傷が塞《ふさ》がったところなんに、また口が開いたら、どうするだよ？」

「お鉄殿、森之助が世話になった。ただ、やることはやらねばならん。それで死んだとしてもだ」

「死ぬって、あんた、森之助と兄弟じゃねえだか」

「森之助は、菱田多三郎のそばにいろと、私に命じられて旅に出たのだ」

「そばにいただよ。うちと一緒に潜って、多三郎様が要るとおっしゃった海草を、たんと採ってきただよ。だけど、牢に入れられたんなら、仕方ねえだよ」

「だから、牢から出すのが、森之助の仕事なのだ」

「あんたなあ」

「お鉄さん、私は行きます。傷はもう大丈夫です。それに、神地兵吾という武士とも、私は会わなければならない」

「森之助、うちは納得できねえだよ」

言い募ろうとするお鉄を、森之助が手で制した。

「私は、海の中で跳躍したのです、兄上。場所を間違ったと思います。今度会った時は」

「もともとの、腕が違う。踏んだ場数も」

「神地兵吾と、会われたのですか？」

「おう、五人で来おったぞ、あの鬼は」

たつ婆が言った。

「取り囲んで、景一郎を斬ろうとしおった。そりゃもう、景一郎は膾《なます》切りだろうと、わしは思った。どう動いたか見えんかったが、息ひとつする間もなく、四人は斬り倒されていて、あの鬼は恰好《かっこう》もなにも構わず、すさまじい勢いで逃げて行きおったわ」

「そうですか」

「ほんとうに、神地は逃げたのか、たつ婆？」

「その逃げ方の素速さといったら、なかったぞ、小平太」

いつの間にか、小平太も火のそばに来ていた。

「尻に帆をかけるとか、そんなんじゃなかった。あれは、死から逃げておったわ」

「流派はない、と神地は言っていましたが、兄上。私も、流派は読めませんでした」

「柳生《やぎゅう》流だ。それも、裏で遣われている殺人剣だな」

柳生流と言っても、たつ婆や小平太は驚いた表情を浮かべなかった。

「とにかく明日出発し、おたつ殿と小平太に手助けして貰って、牢を破る」

「なんじゃと、景一郎。この婆《ばば》に牢破りの片棒を担《かつ》がせようと言っておるのか。人でなしじゃ、おまえ」

たつ婆が、立ちあがって喚き立てた。景一郎は、腰を降ろしたまま、来国行を一閃《いっせん》させた。たつ婆の着物の前が、はらりと割れた。男根が、だらりとぶらさがっている。森之助が、低い声をあげた。

「年をふると苔《こけ》が生えるというが、魔羅も生えてくるのか」

「おまえ、いつ気づいた？」

「最初に会った時。眼を楠《くすのき》の瘴気《しょうき》で濁らせ、眼脂《めやに》なども出している。しかし、視線の強さまでは隠せん」

「わかった。わしの負けらしいな。森之助を見て、わしは驚いた。山中であったが、どこにも隙《すき》はなかった。その兄に対する時は、もっと慎重になるべきであった」

「明日の牢破り、手伝っていただけますね？」

「牢を破るのは難しくないが、逃げるのは難しい。だから小平太も、ぎりぎりのところまで逃がせなかった」

「では、あの時、屋根から躰《からだ》を回転させながら飛んだのは」

「そう、わしじゃ。猿《ましら》の八郎太《はちろうた》と呼ばれていて、小平太はわしの息子じゃ。お鉄は、妹の子になる。そういうことじゃ、森之助」

森之助が、息を吐いた。

「それにしても、景一郎、よく気づいた。わしはこれまで、一度たりとも変装を見破られたことはない。若い時は、若い女子《おなご》、この歳《とし》になれば婆。女子に化けるのではない。女子の人生を送ってきた、と思うておる。昔の話じゃが、わしを抱いて、わしの掌の中に精を放っても、まだ女子だと思いこんでいる者ばかりだった」

「藩庁の館《やかた》の牢は、御存知ですか、八郎太殿?」

「感慨の暇《いとま》も与えようとは思わんのか、景一郎。わしはくの一などよりずっと、女の武器も遣えたのだぞ」

「運がよかったのです」

「そうか。そう言うか。はじめて会った時から、おまえは見破ったのだからな。心配するな。館の牢など、わが庭のごとくよく知っておるわ」

「私と森之助が追手の相手をしている間に、八郎太殿と小平太殿が、二人で菱田多三郎を連れ去る。できますね？」

「おまえが追手を止めるのなら、できる。あの神地らの剣が、柳生流だともたやすく見抜いたおまえのことだ。追手をあしらうぐらいは、なにほどのこともなかろう」

「その際、菱田多三郎は、浜の小屋のものを取りに行くと言うかもしれません」

「なぜじゃ。命を守る方が先であろう」

「そういう人なのです」

八郎太が、腕を組んだ。そうしても、老婆であるという容子《ようす》は変らなかった。

「いまから、小平太とお鉄をむかわせよう。船に載せて、どこかに運んでおく。それで、多三郎も一応は安心するであろう」

「なるほど」

森之助は、自分で行きたそうな表情をしていた。景一郎は、なにも言わなかった。

「うちは、森之助と行きたいですだ」

お鉄が言う。それでも、景一郎はなにも言わなかった。

「小平太と行け、お鉄。明後日の夜明けまでに、船を出すのじゃ。そして船は、おまえが見張れ。うまくいけば、その翌日には、われらと合流できる」

お鉄は、渋々という感じで腰をあげた。

二人が出発してすぐに、陽は落ち、山の中は暗くなった。

「すさまじい剣を遣うのう、景一郎。森之助を見て、正直、驚きを禁じ得なかったが、おまえはその驚きからもはずれている。ほんとうにこの世にいるとは、思えんほどじゃ」

景一郎は、焚火《たきび》のそばに、眠る場所を作った。小屋の中でもいいが、いくらか高いので、地上の気配を逃がしかねない。

「神地兵吾を、鬼と呼んで、われらは恐れていた。しかし神地は、まだまだ小物だ。あれより腕の立つ者が、数えきれないほど柳生にはいる」

そうだろう、と景一郎は思った。どうでもいいことだ。

森之助が、焚火のそばにいるべきか、小屋に入るべきなのか、迷っている。

「寝るぞ」

景一郎はそれだけ言い、草の上に身を横たえた。

3

兄の後ろを歩いた。

なんでもない背中である。それでも、圧倒された。そういう自分に、かすかだが森之助は腹を立てていた。

「気を際立《きわだ》たせるな、森之助。いかなる時にもだ」

兄の声。どこから聞えてくるか、わからないような声だ。背後を歩かれているような気分に、森之助は束《つか》の間《ま》、襲われた。

気を際立たせる。なんとなくだが、理解はできた。

「このまま、館へ行くのですか、兄上？」

「そうだ」

「しかし、私たちが動けないと、八郎太殿や小平太殿が」

「そうだと言ったのは、気をいまのまま保てという意味だ」

「では」

「藩の館へ行き、それから先、どうなるかは私にはわからん。私はおまえに、どうしろというようなことを言うかもしれん。なにも言えないことも考えられる」

「わかります」

「なにが、どうわかった？」

「勝手に、自分で判断して動け、と兄上は言われています。兄上がなにか言われたとしても、それに従うかどうかさえ、自分で判断しろと」

「不服か？」

「いえ」

いつか、この兄と斬り合う。兄がそう言ったから、斬り合う。それを考えれば、不服なことなどあるはずもなかった。斬り合いは、実はずっと前からはじまっていたのだ。城下の通りを歩いて行く兄の、気配を感じ取ろうとした。特別なものは、なにもなかった。いつもと同じで、他人と言えば言えるようなものが、わずかに伝わってくるだけだった。

「私は、兄上の手助けをするのではなく、多三郎さんを牢《ろう》から救い出すために行くだけですから」

「この場から立去ってもいい、と私は言っているのだぞ」

「そうしようと思った時は、そうします。でも兄上は、山中で私に来いと言われたのですよ」

「だから、これは私とおまえの間だけの話だ」

「わかっています」

自分が二十歳《はたち》になったら、この兄と斬り合うのだと、森之助は改めて確信した。

館の近くまで歩くと、ようやく武士の姿が多くなってきた。といっても、一万石の城下だ。たいした数ではない。

兄は、迷うこともなく館の門前に立った。

「日向景一郎と、弟の森之助という。ここの牢で厄介になっている、菱田多三郎の身柄を受け取りに来た」

兄の声は低く、しかしどこまでも透るようだった。門番がひとり、奥へ駈《か》け出していった。もうひとりは、六尺棒を横にして、通さないという恰好である。

森之助は踏み出し、その六尺棒を抜き撃ちで二つにした。

特に、なにか考えたわけではない。いや、兄とともになら自分も窮地に立ってもいい、と思ったような気もする。

門番は、すとんと尻《しり》を落とし、二つになった棒を前に突き出していた。傷が塞がるころから、素振りと山駈けは欠かさなかった。体は鈍っていないはずだ。

これで多三郎がどうなるものでもないだろう、と森之助は思った。腰を抜かしている門番の脇《わき》を通り抜け、森之助は館の門を潜《くぐ》った。すでに武士が二人駈けてきている。兄がどうしているかは、見なかった。

二人の武士は抜き合わせることはせず、立ち止まって大声をあげただけだ。さらに三人ほどが駈けてきた。館の建物の中に、人の動く気配もある。

神地兵吾が出てこないか、森之助は眼を凝《こら》していた。腕も場数も違う。兄はそう言った。しかし、自分が力を出せなかった、という思いの方が強い。跳躍した瞬間を、何度も夢に見た。斬《き》って、斬られた。躰が、なにかを避けた。そんな気がする。あれは、相手の剣の長さを避けたのではなかったのか。そして避けられなかった。海の中であった、というのが避けられなかった理由のひとつだろう。蹠《あしうら》の砂が波に持っていかれる感触は、寝ていても何度も蘇《よみがえ》った。

四人が、森之助を取り囲んだ。さらに数人が、駈け出してくるのが見える。森之助が踏みこむと、その方向にいる武士は退《さ》がる。それでも森之助の方が早く、峰で二人の刀を撥《は》ね飛ばした。

兄が、どこでなにをしているのかは、見なかった。勝手にやれ、と兄は言ったのだ。だから、思った通りにやっている。兄の意表を衝いてやろう、という気分もあった。激しい争闘になったという感じがないのは、身を切るような殺気が襲ってこないからだろう。取り囲んでいる武士は、みんな剣の扱いさえ知らないように見えた。

「なにゆえの狼藉《ろうぜき》じゃ。わが藩の陣屋に、白刃《はくじん》を翳《かざ》して乱入するとは」

「菱田多三郎を」

「なにを申す。菱田は罪人である。それを強奪しようとは、藩に対する挑戦としか思えぬ。斬るぞ」

叫ぶようにして喋《しゃべ》っているのは、白髪の老人だった。さらに人が増え、森之助を取り囲むのは十数名になった。

「菱田多三郎を。なんの咎《とが》もない人です。連れ戻すまで、私は帰らない」

「きちんと訴え出よ。力による強奪とは、なんということだ」

「訴え出ても、聞く耳は持っていないでしょう。だから、力で取り返す。これ以上、私に打ちかかって来れば、いたずらに死人が出るだけです。それを、言っておきます」

背後から、同時に斬撃《ざんげき》が来た。

森之助は、跳躍した。跳んだ時にひとり、地に降り立つ前にひとり。立って刀を構えた時は、二人が倒れていた。

それからは、打ちかかって来る者はいなかった。森之助が玄関にむかって歩くと、集団がそのまま移動してくる。槍《やり》が突き出されてきたが、腕とともに斬り落とした。

神地兵吾の姿は、やはりない。森之助は、まだ息さえ乱していなかった。

不意に、兄の姿が眼の前で躍った。気づいた時、四人が足首を切り落とされ、喚き声をあげて転げ回《わ》っていた。どこから兄が現われたのか、森之助にはまったくわからなかった。地から湧き出たようにさえ見えたのだ。

離れて立った二人の間には、誰ひとりいない。さらに遠巻きの感じになった。

「待て。話し合おうではないか」

「無駄だ。菱田多三郎をここへ連れてこい」

兄の声は、ふだんとまるで変りがない。その分だけ、森之助には不気味にも聞えた。

「連れてくる。だから、もう斬るな」

「即刻」

「わかった」

三人が、奥へ駈けこんでいった。その間、人の輪はさらに遠くなった。

「御家老、いません。菱田が、いません」

駈け戻りながら、ひとりが叫んでいた。

八郎太と小平太が助け出したのだ、と森之助は思った。兄がどうするか、一瞬見ようとして、森之助は自分を抑えた。勝手にやればいいのだ。

森之助は、門にむかって駈けた。追ってくる。足を止め、刀を構えると、人の集団は退がる。そのくり返しで、門に到《いた》った。

そこから出ようとすると、また追ってきた。立ち止まるだけでなく、反転して、森之助は先頭のひとりを斬り倒した。兄の姿は、どこにもない。

「これ以上追って来れば、容赦せずに斬る。あなた方に、私を斬るのは無理だ。捕えることも、できるはずはない」

ゆっくりと集団に背をむけ、森之助は歩いて門を出た。

追って来る者はいない。

森之助は、背後に気を配りながら、速足で城下を出た。

すぐに、定められた場所には行かなかった。

山中でしばらくじっとしていた。

「思い切ったことを、やるではないか。いささか驚かされた」

姿を現わしたのは、神地兵吾だった。城下を出た時、なにか勘のようなものが働いた。気配はなにもなかったが、森之助はその勘を信じた。

「待っていました」

「ほう。この間、しっかりと殺しておくべきだったが、そう言われると、もう一度勝負をするのも悪くない、と思える」

森之助は、それ以上は喋らなかった。

抜刀して、構えた。

「日向流。日向景一郎に見せて貰《もら》った。恐るべき殺人剣だな。しかし、おまえの兄はものが違う。あれほどの手練《てだ》れ、捜しても見つかるものではない」

兄とはものが違う。挑発するために神地は言っているのだろうが、森之助は腹も立てなかった。ものが違うことは、自分が最もよくわかっている。

神地が抜刀した。居合のような、ようやく眼で捉《とら》えられるほどの、速い太刀捌《さば》きだった。

構えた瞬間、神地は跳躍してきた。森之助は、地に転がった。跳躍が遅れたと躰《からだ》が感じ、反応していた。じわりと、斬られた時のことが蘇ったのは、立って構え直した時だ。

この男は、やはり自分より強い。最初の立合で感じたことは、間違ってはいなかった。その思いは、押しのけるべきではない。自分より強い相手とむかい合っている。心に刻みつけておくべきだ。

どれほどの時がかかろうと構わない、と森之助は思った。強い相手に、つけ入る隙がそうあるはずはない。こうしてむき合い、命のかぎり立ち続ける。それでしか、勝つことは覚束《おぼつか》ないだろう。いや、それでようやく、相討ちの機を捉えることができる。

息が苦しくなってきた。対峙《たいじ》して、どれほどの時が過ぎたのか。神地も額に汗の粒を浮かべ、時々肩を大きく上下させた。

最初跳躍したきり、神地は微動だにしない。その静止を、森之助は全身で受けとめていた。すべてのことが、遠くなる。見えているのは、神地の剣だけだ。神地の存在は、気だけが感じていた。静止から放たれる気は、まるで靄《もや》かなにかのようだった。その靄をかき回せば、いきなりひとつの塊になるのだろう。

かすかに、靄が動いた。神地が、後方に跳んだ。そのまま、背をむけて駈け去っていく。追う力が、森之助には残っていなかった。激しい呼吸をくり返しただけだ。

全身の汗は、いつの間にか乾いてしまっていた。途中から、汗も出なくなったのだろう。干《ひ》からびたような感じだけが、躰にある。

森之助は、空を仰いだ。

二刻《ふたとき》以上、対峙は続けていたようだ。

4

定められた場所に着いたのは、夜中だった。

岩と岩の間にある狭い砂地で、海の上に出ないかぎりは見えない。

小さな火が燃やされていて、そばに多三郎がうずくまっていた。ひどく疲れているようで、顔すらあげなかった。

立ちあがったのはお鉄ひとりで、兄も八郎太も小平太も、身動きひとつしなかった。

「斬られてはいないだよな、森之助？」

お鉄が、森之助の全身に触れた。

森之助は、岩を背にして座りこんだ。途中で湧水《わきみず》を飲んだが、干からびたような感じは、まだ続いている。

お鉄が、焼いた芋と水を持ってきた。それを口に入れると、躰が温かくなり、森之助は眼を閉じた。

夜明け前に、多三郎を除いた全員が起き出した。

船が、砂に舳先《へさき》を乗りあげていた。潮が退《ひ》いて、そうなったようだ。岩に二本、舫《もや》い綱もとってあった。

「多三郎様は、船の荷を見て、これでいいと言われただよ。だけど、あと一斗ほど、搾《しぼ》り汁が欲しいと。一斗の搾り汁なら、大籠《おおかご》に十杯は海草を採らねばなんねえだ」

「そうだな」

「うちが森之助と二人で採ると言ったが、おまえの兄様《あに》が一緒にやると。急ぐ話じゃねえだよ。船の荷を、山に運びあげるのが、ひと仕事だなあ」

「私が、兄上と一緒にそれはやる」

俵につめられた土と較《くら》べたら、多三郎の壺《つぼ》など軽いものだった。二度往復すれば、運びあげられる。

兄は、きのうのことがなかったような顔をしていた。森之助がどうしていたかも、訊《き》こうとはしない。訊かないが、兄はすべて見通している、という気もする。

多三郎が、躰を起こしたのは、周囲が明るくなってからだった。

「森之助か。傷を心配していたが、大丈夫だそうだな」

「はい。それより、多三郎さんの躰は、無事なのですか？」

「無事と言えば、無事。そうでないと言えば、そうでないか。数日で回復するはずだ」

「歩けるのですか？」

「ゆっくりだが」

どこかに、傷を負っているようには見えなかった。ただ、躰がひと回り小さくなったような感じはある。そして、顔の色がひどく悪かった。

「海草が欲しい、森之助。景一郎さんも、一緒に採ってくれるそうだ。急がなくていいから、おまえも採ってくれ」

「わかりました」

多三郎の頭の中には、やはり薬のことしかなさそうだった。

「牢の中で、私はいくつかやってみたいことを考え、まとめていた」

森之助は、ただ頷《うなず》いた。横で聞いていた小平太が、呆れたような顔をしている。八郎太は、たつ婆《ばあ》の恰好《かっこう》だった。二人が、どうやって多三郎を牢から出したのかは、わからない。二人とも、なにも言わなかった。

「森之助、わしらは身は軽いが、力はない。この臭い荷は、おまえら兄弟が運ぶんじゃ。その代り、多三郎はゆっくりと山へ連れて行ってやる」

兄は、もう荷を船から降ろしはじめていた。

「お鉄は、先にやる。小平太とは一緒にさせぬゆえ、心配するな」

「お鉄さんが、なにか？」

「小平太が、盛りのついた犬みたいに、乗ろうとするのじゃよ。二人でこの荷を運ばせた時、本気で乗ろうとした。お鉄の白い肌は、痣《あざ》だらけじゃ」

「そんな」

「おまえが、お鉄に何度も気をいかせた。それで、小平太は狂っただけで、いずれかの宿場かどこかで女を買えば、すぐに収まる」

「血が近いのに」

「ほう、十五の子が、分別臭いことを申すのう。小平太も、けものじゃ。おまえとはまた違うけものじゃが」

八郎太が、黄色い歯をむき出して笑った。

森之助は、船のそばに行き、景一郎の手伝いをはじめた。この兄は、決して無駄なことは喋らない。手伝いはじめた森之助を見ようともせず、担《かつ》ぎやすいように荷をまとめはじめていた。

お鉄が、最初に出発した。

多三郎はそんなことには無関心で、運ぶ荷の順番を、考えては変えるということをくり返した。壺によっては、腐った臭《にお》いをふり撒《ま》いているものもある。

「この四つだけは、景一郎さんが運んでくれ。こぼれると、絶対に困るものだ」

多三郎は、やはり兄の方を信用している。それについて、森之助はほとんど気に留めなかった。兄がここへ来れば、当たり前と思うしかない。

「じゃ、山で会おう。私は、別な道を行くことになっているらしい」

誰がどういう道を行くのか、森之助は知らされていなかった。

自分に振り当てられた壺を四つ、森之助は背負った。蠟《ろう》で蓋《ふた》と壺の隙間を塞《ふさ》いであるものが三つあり、臭いはほとんどしなかった。

「三つにしろ、森之助」

兄が言った。背負えば、それほど重い荷ではなかった。

「兄上の壺と、大きさは同じです」

景一郎が運ぶことになっている荷に眼をくれ、森之助は言った。

「兄上の荷と同じです」

口もとだけで、兄が笑った。好きにしろ、ということらしい。

「夜までに戻ってきて、残りを運ぶ」

つまり、一日で往復すると言っているのだった。自分が養生をした山中の小屋がどのあたりか、森之助には見当がついていなかった。兄には、それがわかっているのだろう。

歩きはじめた。多三郎は、八郎太と小平太が、二日かけて連れていくという。

背後の急な坂を登ると、すぐに山道だった。

山には、無数の道がある。人の通らないけもの道であったり、消えてしまいそうでも一里も行くと、道標があったりとさまざまだが、兄が辿《たど》る道はそのどれでもなかった。

いや、道ではないと言っていいだろう。歩けるのは、地面が平らだからだ。草に覆《おお》われたり、林の中であったり、緩い登りや下りがあったりしても、大きな段差や落ちこんでいる場所もなかった。

なにか目標が見えているのだろう、と森之助は思った。兄のとる方角は、半里ほどで微妙に変わる。だから遠くの目標でもなく、陽を見ているわけでもなさそうだった。

いつもの歩き方を、兄はしていた。それは、普通の人間の小走り程度の速さだが、実際に歩いている人間と較べてみるまで、のんびりした歩き方にすら見えるだろう。そうやって歩くすべを、森之助も身につけてはいた。

時々、崖《がけ》を登る。降りる。その時も、兄の速さは変わることがなく、森之助は少しずつ苦しくなってくるのを感じた。背負った荷が、じわりと全身を締めつけてくる。森之助は、喘《あえ》ぎはじめていた。兄が壺を三つにしろと言ったのは、思いやりでもなんでもなく、無理だと判断しただけなのだ。

どれほど苦しくても、遅れたくはなかった。全身の締めつけに、森之助は無表情で耐えた。それは自分で顔に表情が出ていない、と思っているだけだったが、苦しさに喘ぐ顔を兄に見られたくはなかった。

崖がある。兄はそこを両手も遣って這《は》い登っていく。軽々という言葉も適当と思えないほど、ごく普通の動作に見えた。森之助は、肉や骨が軋《きし》むのに耐えながら、登った。

視界が、白くなったような感じがしてくる。兄の背が、遠くなり、近くなる。兄は背中しかむけていないが、これは立合だ、と森之助は思った。そして自分は、一合も斬《き》り結べないまま、膝《ひざ》を折ろうとしている。

まず、立ち続けること。虚《うつ》ろの中をさまよいながら、わけもわからず倒れたりしないこと。倒れる時は、立っている自分が打ち倒されると、はっきりと自覚しながら倒れること。負ける時は、負けを嚙《か》みしめながら倒れたいと思った。いや、対峙だけで、倒れたくはない。倒れるべきでもない。

それ以外のことを、森之助は頭の中から追い払い、歩き続けた。

ふと、見知った光景の中を歩いていることに、森之助は気づいた。

傷が塞がると、山を駈《か》け、剣を振った。森之助が斬り倒した木が、葉をすっかり萎びさせて、横たわっている。

小屋は、ここから八丁ほどだ、と森之助は思った。立ち通していることができた。勝てはしなかったが、負けに到《いた》らずに終った。

小屋の前に出て、荷を降ろした。

お鉄はまだ到着していない。陽は、ようやく中天にかかったところだった。

壺が、八つ並んだ。

「駈けられるか？」

兄が言った。休まず、駈けようというのか。自分は試されているのか。

「駈けられます」

兄は、かすかに頷いた。

それから、駈けはじめた。

森之助は、自分が死ぬのだろうと思った。

駈け続けて死ぬ。それはそれで、死に方だ、という気もしてくる。遅れなかった。遅れまいという意志だけは、消えることがなかった。ふっと意識が途絶えた。駈けている。また、意識が途絶えた。やはり、駈けている。

気づくと、荷を背負って歩いていた。

浜で、なにをやってきたのだろうか。しばらく考えた。船を、浜の上の方まで引きあげた。それから、多分、荷を背負って出発したのだ。歩いている。歩き続けている。意識が途切れることはもうなく、ただ歩き続けている自分が、自覚できた。

いくつ目かの崖を登り切った時、不意に違う場所へ出た。周囲の光景のことではない。自分のありようのことだ。全身が、楽になった。いつまでも力が出せる、出し続けられる、と思った。

死に近づくとそうなる、と伯父の鉄馬《てつま》に聞かされたような気がする。多分、死に近づいたのだろう。しかし、死んではいない。

ただ死域にいるだけだ。

不思議に、解き放たれたような気分になった。兄に、勝とうとも、負けるに違いないとも思っていない。勝敗はすべて、無に似ている。それにこだわっていることそのものが、些細《ささい》なことだ。

躰《からだ》は、軽かった。兄に遅れることもなかった。追い越せと言われれば、追い越せる。明るいうちに、小屋に着いた。お鉄は到着していて、小さな焚火《たきび》が燃やされ、飯も炊《た》かれていた。

荷を降ろした時、兄が背負っていたのが壺六つで、自分は三つしか背負っていなかったことに、森之助ははじめて気づいた。

もう、大して気にはならなかった。自分の力が半分だと、兄に判断されただけだろう。

「兄様、森之助は強い男です。うちは、そう思うとりますだ。ただ、大怪我《おおけが》のあとでございますので、休ませてやって貰《もら》いてえです」

「傷は癒《い》えている、お鉄」

森之助は、お鉄を遮った。お鉄は、黙らなかった。

「多三郎様は、海草は急いでおらぬとおっしゃいましたです。ここにも、明日来られるかどうかというところです。海に潜るのは、山を歩くのとはまた違う、躰の中から突っ張るみてえな力が必要ですだ。もうしばらく、森之助は休ませたいですだ」

「わかるよ、お鉄さん。海の中は、陸では考えられないような力が、必要だ。私も、すぐに潜るつもりはない。だから船も、しっかりと引きあげてきた」

陽が落ちると、食事になった。粥《かゆ》に野草が入ったものだ。躰が温かくなってくる。

森之助は、焚火のそばで眠った。

お鉄が、そばで寝ていた。周囲は明るくなりはじめている。深く、眠り続けていたようだ。

兄の姿はなかった。

森之助は、そっと起きあがり、熾火《おきび》の中に薪《まき》を足した。それから少し斜面を降りて、倒れた木の枝を払って、新しい薪を作った。

兄は、兎《うさぎ》を三羽、ぶらさげて戻ってきた。罠《わな》の点検に行っていたようだ。

「一羽は、三人で食う。残りの二羽は、皮を剝《む》いてはらわたを出し、煙で燻《いぶ》す」

そうすれば何日でも保《も》つということを、森之助も知っていた。

兎は、お鉄が捌《さば》いた。

洞穴にあった手斧《ておの》で、兄は木を伐り、丸太を何本も作った。森之助も、その手伝いをした。丸太を組むと、小屋のかたちができあがっていた。せせらぎから水を引き、またせせらぎに戻るようにした。

兎が焼きあがり、三人で割ってそれを食った。

「森之助、私が明け方回った山の反対側に、猪《いのしし》のかかった罠がある。行って、その場で血を抜き、ここへ運んでこい」

「兄上は、反対側の山を見回られたわけではないのでしょう。なぜ、猪がかかっているとわかるのですか？」

「山の中から、けものの気配が動かん」

「私には、わかりません」

「わかる必要などない。私がわかってしまうというだけのことだ」

「先に、敵の気配を感知できます」

「なんの意味がある。剣先が届く距離になった時に、躰が動けばいいだけのことだ。備えなど、破られるためにある、と私はいつも思ってきた」

「はい」

「どうでもいいことを、気にするな」

森之助は頷き、立ちあがった。野草を集めていたお鉄が、どこへ行くのかと気にするような視線を送ってきた。

山の罠に、確かに大きな猪が一頭かかっていた。森之助の気配で、暴れはじめる。

森之助は、しゃがみこみ、そっと罠の綱を解いた。立ちあがった猪が、森之助に突きかかってくる。躰を転がしてそれを避け、森之助も立ちあがった。猪は逃げず、荒い息を吐き、蹄《ひづめ》で地を掻《か》いた。

対峙《たいじ》になった。猪は、はっきりと森之助の気を押し返そうとしていた。猪の動きは、人の想像以上に速い。森之助は、ふっと気を内に戻した。その誘いに、猪は乗った。頭を低くし、次の瞬間には眼の前に突っこんできていた。抜き撃ちながら、寸前でかわす。狙《ねら》った通りの首のところから、猪は血を噴きあげたまま駈け、倒れた。血が出きるまで待ち、森之助は猪を担ぎあげた。

多三郎が到着したのは、夕刻だった。

その時は、猪の解体を終え、はらわたを野草と煮こんでいた。肉は、やはり煙で燻すことにした。

多三郎の小屋も、屋根を葺《ふ》き、壁も木の皮で作りあげていた。中には、壺《つぼ》と多三郎の荷箱が運びこんである。

「おう、これほど整えてくれたか、景一郎さん。すぐにでも、仕事ができるな」

「休んでください、多三郎さん。滋養をつけ、躰を休めないと、いい考えも浮かびませんよ。多三郎さんがいい薬を作るのは、心も躰も余裕がある時ではありませんでしたか」

「そうだな。景一郎さんに言われると、そうだとも思える。ずいぶんと試しもやって貰った。これからは、森之助がやってくれるそうだが」

毒を飲んでも死なない躰。兄は、多三郎の薬の試しで、そうなったのだという。普通の人間なら死ぬところを、苦しみもしないので試しにならない、と鉄馬が言っていた。

「牢《ろう》で、思いついたことがいくつかある。少しずつ、それをやってみることにするよ」

罠を見て回った小平太が、兎を一羽ぶらさげて帰ってきた。

5

八郎太が語りはじめたのは、臓物を煮こんだ鍋《なべ》を、空けてしまってからだった。

「もう、おまえらとわしら一族は、一蓮托生《いちれんたくしょう》。わしは、そう思っておる」

六人で、焚火を囲んでいた。陽はすでに落ち、それぞれの顔が赤く闇《やみ》に浮かびあがっているだけだ。

「藩に追われる。柳生に追われる。これは、わしらもおまえらも、同じじゃ」

闇の中で聞いても、八郎太の声は老婆《ろうば》のそれとしか思えなかった。

多三郎が、どくだみを干したという、茶のようなものを淹《い》れた。椀《わん》に注がれたそれは熱く、しばらくは手にも持てないほどだった。

「因果なものよのう。わしらが背負ったものを、おまえたち兄弟がまた背負うか」

思わせぶりな話だ、と森之助は思った。兄と斬り合わなければならないという因果は、とうに背負っているのだ。いまさら、新しいものを背負ったところで、どうということはなかった。

　お鉄が、立ちあがろうとする。

「おまえも、ここにおるんじゃ、お鉄。一族の話を嫌っておることは知っているが、血を入れ替えるわけにはいかんからのう」

「小平太が」

「気にしなくてよい。きのうの晩、小平太は宿場女郎を、反吐《へど》が出るほど抱いてきた。わしと多三郎は、隣の部屋におったが、女が鳴くわ、鳴くわ、それこそひと晩じゅうであった。もう、お鉄を襲っても、精の一滴も残ってはおるまいよ」

「父上」

　小平太は、武士のような呼び方をした。

「おまえが、自分を抑えられんからじゃ。よりによって、お鉄を抱こうとするなど」

「お鉄は、俺の前でも平気で森之助と媾合《まぐわ》うのだ。見せられる方は、たまらんぜ、父上。父上にも、ついこの間まで、妾《めかけ》がいたろう」

　お鉄と媾合うのを見られても、森之助は恥しいとは思わなかった。男と女の媾合いが、なぜ恥しいのかわからない。向島《むこうじま》の薬草園の離れや母屋《おもや》で、鉄馬とおさわが媾合っているのは、幼いころから見ていた。片腕のない鉄馬は、おさわを上に乗せていることが多い。

「おまえは、まず自分の欲求に勝て。そうでなければ、また捕われて牢じゃぞ」

「あれはな、父上」

「媾合っている最中に、柳生の者に捕えられた。あの時はまだ、首でも打てばいいと思われていたから、藩に引き渡されたのじゃ。いま、捕えられてみい。それこそ、柳生の拷問《ごうもん》が、おまえのすべてを暴《あば》いてしまうであろうよ」

小平太は、それ以上なにか言おうとはしなかった。

「角兵衛獅子《かくべえじし》を知っておるか、景一郎？」

兄が、かすかに頷《うなず》いた。森之助も、一度だけ見たことがある。

「この近くに、村があるのではありませんでしたか、八郎太殿？」

「そうじゃ。ここからそれほど遠くない。そこでは、子供に軽業《かるわざ》などを仕込む。いくつか技をこなせるようになると、旅回りじゃ」

「それは、江戸でもよく見かけます」

「その村で生まれた子もさることながら、貰ってきた子に、軽業を仕込むことも多い。ただの貰われ子ではなく、ひとつのことのために、貰われてきた子もいた」

森之助が見た角兵衛獅子は、躰がやわらかかった。驚くほどやわらかい子供が、さまざまに軽業をやる。あの技そのものよりも、なぜ躰がやわらかいのか、ということが森之助の抱いた疑問だった。

「貰われた子の中で、特に見込みのある者。それが集められ、また貰われていく。わしは、父の跡を継いで親方になった。小平太は、わしの跡を継ぐはずであった。しかし、十二の時に貰われていった」

「話がよく理解できんがな、八郎太殿」

「最後まで聞け、多三郎」

どくだみの茶を啜《すす》っていた八郎太が、顔をあげて言った。

「わしの村は、月潟《つきがた》村という」

「そんなことは、知っている。角兵衛獅子の口上は、越後、月潟村から来た、という言葉ではじまる。江戸の人間で知っている者は多いぞ」

「しばらく牢に入っていただけで、こらえ性がなくなったか、多三郎。わしは、最後まで話を聞けと言っておる」

「わかった、わかった。思わせぶり過ぎるのだ、八郎太殿は」

「わしは、思わせぶりなど言ってはおらん。ただ、わかって貰おうと思っているだけじゃ。なにしろ、言ってもすぐに信じはしないであろうしな」

小平太が、薪を二本、火に放りこんだ。森之助は、ようやくどくだみの茶が飲めるようになった。

「月潟村には、三十人ほどの親方がおる。それが五人から十人の子を抱えている。わが子の場合もあれば、貰ってきた子の場合もある」

「俺は、父上の子だ」

小平太が言った。

「そうだ。小平太はわしの子じゃ。わしもやはり、実の父に育てられた。兄弟のようにして育ったのが、二十人というところであろうか。たえず五、六人だったが、しばしば欠ける。それで、十二歳ぐらいまでに、二十人ほどと暮すことになるのじゃ」

「あとの十数人は？」

「半数は、死ぬ」

「軽業の稽古《けいこ》で、死んでしまうのか？」

「馬鹿《ばか》を申せ、多三郎。軽業の稽古などで死ぬるものか。特に、幼いころは躰がやわらかいのだ」

「だろうな。いつもそうなのなら、病ということも考えられぬな」

「病でもない。きりう村で死ぬ。この村は山中に二つあり、まず眼をつけられた者たちは、桐《きり》の木が生えると書く桐生村に入る。そこでは、軽業の稽古をするのではない」

「ほう、どんな？」

「小平太に、訊《き》いてみい」

多三郎は、二日歩いた疲れをあまり見せていなかった。そういうものより、牢における拷問の方が過酷で、全身が憔悴《しょうすい》してしまっているのだろう、と森之助は思った。

「小平太、おまえもその桐生村というところに行ったのか？」

「優れた者が選ばれていく。しかし俺は、親方の実子であり、ほかの者とは違った。ただ俺には兄弟のようにして、もの心がつく前から一緒に育った者が三人いて、その三人ともが桐生村に行くことになった。俺は一緒に行くと、父上に言った。一緒に行って、一緒に帰ってくるとな」

「行ったのか？」

「ああ。桐生村では、争闘のやり方を叩《たた》きこまれた。軽業と武器を組み合わせたものだ。それは激しいものだったが、自分が強くなっていくのはわかった。四年経《た》って、もうひとつのきりう村に移ることになったが、ひとりが死んだ。ひどい死に方だった。樹《き》の上で剣を遣う稽古で、落ちて足を挫《くじ》いた。それまでも、よくあることだった。なのに、その時はいきなり胸を刺されて殺されたのだ。俺たちの見ている前で。四人の中では、一番鈍かった。もともと、もうひとつのきりう村に移る前に、殺すと決めていたのだと思う」

「その、争闘のやり方を教えたり、ひとりを刺し殺した者は、何者なのだ？」

「柳生の者たちだった」

「ほう」

「俺は知っていた。行く時に、父上に知らされた。ほかの三人は、知らなかった。もうひとつのきりう村へ行った時に、はじめて知らされるのだ。そこでは、二年の間、柳生の者であるということを、心に叩きこまれるのだそうだ。きりう、霧が生まれると書く。まさに、人が霧になるような場所さ」

「そこへは、小平太は行かなかったのか?」

「行かん。三人で、逃げた。俺の弟を殺したやつの腹を抉《えぐ》り、腸を口に詰めてやった。それから、山中で暮した。父上が、銭だけは届けてくれたし、時には会いにも来てくれた。たつ婆の恰好《かっこう》を父上がするようになったのは、そのころからだ。ちょうど佐島村のたつ婆が死んだのでな」

小平太が、また薪を火に放りこんだ。

争闘を教えたりした者の中に、神地兵吾がいたのだろうか。小平太の腕も、並ではない。ただ森之助は、小平太と立合えば勝てる、と思っていた。

「要するにじゃ、二つのきりう村は、柳生一党のために働く者を、育てあげる場所であった。わしは、そこに小平太が入るのは悪くない、と思った。わしらは角兵衛獅子として全国を回り、その時に間者《かんじゃ》のようなこともして、銭を得ていた。ただ、ある大名家のためであり、幕府のためではなかった。幕府のために働けば、われら一族はもっと栄達できる、とわしと兄、弟の三人は考えた。兄、弟も、それぞれが親方であり、同じ大名家のために間者の仕事もしていた」

「ほかの親方も、大名家のために間者の仕事をしていたのですか、八郎太殿？」

兄が口を開いた。

「わからぬ。それについては、誰も決して口外はせぬ。多かれ少なかれ、やってはいたと思う。贔屓《ひいき》にしてくれる大名家は持っているし、他国の見聞を伝えることは、挨拶《あいさつ》代りのようなもんじゃ。ただ、われら一族ほど、羽振りのいい者はいなかった」

「ほかの親方のところから、桐生村へは？」

「行ったが、少なかった。わしら一族は、羽振りのいい分、子もよく貰《もら》えた。だから、一番多かった」

「桐生村から逃げ出した者は、ほかには？」

「時々、いたぜ。俺がいた時も、二人逃げ出し、ひとりは連れ戻されて、木に吊《つる》された。俺らが暮している家のそばでだ。死んで、鳥に啄《ついば》まれるのを、俺らは毎日見た。もうひとりが、どうなったかはわからん。逃げおおせたのだと思う。霧生村から逃げ出した者は、いないのだろうが」

「霧生村まで行ってしまえば、完全に柳生の者なのだな、小平太」

兄の問いかけは、そこで終った。小平太はただ頷いただけのようだ。

森之助は、月潟村と二つのきりう村の関係を、頭の中でもう一度繋《つな》ぎ合わせた。わかることはわかるが、どれほど密《ひそ》かになされていたことかは、想像がつかなかった。「しかし、おまえらほかになにかやったろう。でなければ、三人逃げただけの話ではないか。違うか？」

多三郎は、枯草を俵に詰めたものに、背を凭《もた》せていた。八郎太が、作ったものだ。なにをしているのかと思ったが、多三郎には寄りかかるものが必要だ、と八郎太は考えたようだった。ただ腰を降ろしているより、多三郎はずっと楽そうに見えた。

「小平太が、糸魚川藩の金蔵を破ったのじゃよ、多三郎。それが逃げ出した者たちがやったことだと眼をつけて、神地兵吾が現われた。二人は、斬《き》り殺された。小平太は、遊女を抱いている最中に、捕えられた。藩の役人も一緒だったので、藩で処分することになったのだな。奪った金子《きんす》も、取り返された」

「六百両だ、父上。いくら一万石の小藩でも、二、三千両はあると思ったのにな。蔵の中に、たった六百両だ。女郎も抱きたくなる」

「それだけではないな」

多三郎が言った。躰《からだ》は俵に寄りかかったまま、まったく動かさないが、頭は働かせているようだった。

「私は牢にいて、時々拷問を受けた。藩の拷問は、どうということもなかったな。藩士とはまるで違う連中が一度やってきて、仰むけで台に縛りつけた私の頭を、砂の袋で軽く叩いた。はじめは、なんでもなかった。そのうち耐えられなくなる。なんでも喋《しゃべ》ると言ったが、やめてはくれなかった。死ぬのだと思った時、やめた。ほっと息をつくと、またはじめる。それが、何度も何度もくり返された。およそ一刻《いっとき》は、続いたのだろうな」

「それは、痛いのか、苦しいのか、多三郎？」

「そのどちらでもなかったな、八郎太殿。頭から、魂が抜かれていく。そんな感じがぴったりだった。なにか訊かれた時、私は考えることもなく喋っていた。すべてを喋ったが、ほとんどなにも知りはしなかった。それが、相手にもわかったのだろう。そこで、終った」

「よほどひどかったのであろうな。まだ、おまえは回復しておらん。わしが牢の外から声をかけた時も、虚《うつ》ろであった」

「そうだ。ただ、回復はする。私は、たった一刻、そういう拷問を受けただけだった。三日耐え続け、狂って死んだ忍びの話を、ひとりがしていたのを憶《おぼ》えている。二刻《ふたとき》で、私はそうなったと思うが、喋ってはならないと思うものがなにもなかったのが、よかったのだと思う」

「わしが小平太を助け出したころから、事態は大きく変った。神地兵吾は、桐から逃げ出した者を追い、処分する役目を持っていたのだが」

八郎太は、皺《しわ》だらけの右手を握ってちょっとあげた。右手が桐生村で、左手が霧生村のようだった。

「兄が、霧を探っていたのじゃよ」

八郎太の左手が突き出されてきた。その時だけ、森之助は手の動きに男の力を感じた。

「わしの兄は霧を探り、そこの者が柳生が眼をつけた藩に潜りこんでいることを摑《つか》んだ。それは、草とはまた違う。草も各地に柳生が植えている者たちだが、あくまで幕府のため、将軍家のためだ。霧から出た者の多くは、柳生のために働き、柳生に富を運ぶ。それで、二つのきりう村を、幕府はまったく知らぬのだ、ということがわかった」

「なるほど。そういうことか。それで一族が、柳生に狙《ねら》われるというのだな」

「兄も弟も、月潟村で死んだ。一族のほとんどが、殺された。小平太の潜んだ山に逃げようとした者たちも、ことごとく斬られた。神地はその時、先頭に立っていた。しかし神地を指図していた者は、もっと手練《てだ》れであったな。わしは、一族の者が殺されていくのを、ただ見ているしかなかった」

「それで、生き残っているのは、おまえら父子と、お鉄の三人だけか？」

「まだいるが、わずかな数だ。いままでの、桐から逃亡した者を追う厳しさの比ではない。だから、景一郎も森之助も、そしておまえもじゃがな、多三郎、みんな柳生に殺されるということじゃ」

「私は、牢には入れられたが、殺されはしなかった」

「いつでも殺せる、と思っておったんじゃろう。生かしておけば、景一郎や森之助を誘い出す餌《えさ》にも使える。まさか、あれほど大胆に、囚人を奪いに来るとは、さすがの柳生も考えてはいなかったのであろうな。一度だけでも、わしは柳生の鼻をあかしてやれた。どこかで、満足はしておるのかもしれん」

「父上、一族のほとんどが、惨殺《ざんさつ》されたのだぞ。多三郎を助け出したぐらいで、なにが満足だ」

「柳生を探ろうとした。そこですでに死地に踏みこんでいた。大兄《おおあに》は、そう言った」

「ほう、まだ一族がいるのか、八郎太殿？」

「いても、いない。それが、一族の長《おさ》というもんじゃ、多三郎」

話は、それで終った。

どうするかは、これからじっくり考えるのだろう。

それぞれが、寝る仕度をはじめた。

木の上の小屋は、多三郎が使うらしい。まだ五日は寝ていなければならない、と八郎太は言った。

森之助は、小平太のそばに行った。

「なんだ、森之助？」

「ここで寝ても、構わないのでしょう?」

「そりゃいいがよ」

森之助は横たわった。火から遠いが、猪肉《ししにく》の鍋《なべ》が躰を暖めている。

「小平太殿は、角兵衛獅子《かくべえじし》で、諸国を回ったのですか?」

「おう、四歳から十二歳まで、一年の半分以上は、旅の暮しであった」

「なにをするのですか、角兵衛獅子は?」

「知らんのだな。ほとんど、門付《かどづ》けだ。獅子舞いは縁起がいい。まずは嫌がられん。一人芸の時もあれば、二人芸の時もある。いろいろ芸には名が付いているが、せいぜい逆立ちして躰を曲げてみせるぐらいだ。あとは、とんぼを切ったりするかな。太鼓に合わせてやる」

「それなら、一度だけ見たことがあります。躰が、ひどくやわらかかった」

「まあ、その土地の分限者のところへ行けば、もっと感心される軽業を見せる」

それも、見せるための技で、もっとすごいものがある、という口調だった。

「年に一度、六月には、郷里の月潟村へ帰る。旅に出ている者たちが、全部だ。地蔵祭りというものがあってな。村人にも無論見せるが、それぞれの親方の下の者たちが、旅の間に会得《えとく》した軽業を見せ合う。それはほとんど競いで、俺なども夢中になったものだった。木から木へ飛び移る。そんな技も、俺は旅で会得し、郷里でみんなに早く見せたいと思ったもんだ。身の軽さでは、俺の右に出るやつはいなかった」

「そうですか。郷里で一番激しい技を」

「激しいというのとも、いくらか違うが。郷里でほめられたい。それはあったな」

「それで、木から木へ飛んだのですか」

「その中のひとつだ。父上が易々《やすやす》とこなすところなど、俺は見ていたしな。ところで、おまえの郷里は、森之助？」

「ありません」

「生まれたところのことだぞ？」

「知らないのです。どこかで生まれたのでしょうが」

「おかしなやつだな。おまえの兄者も知らんのか。察するところ、腹違いの兄弟だな。おまえは兄者と、歳《とし》が離れすぎている。親子と言っても、おかしくない」

「確かに、そうですね」

自分はどこで、誰から生まれたのだろう、と森之助は思った。もの心がついた時は、兄がいて、伯父がいた。それが、はじめからの家族だった。

「父の名は、わかっているのですが」

「ふうん」

「やはり、森之助というのです」

「なんだ、それは？」

「さあ。とにかく、父の森之助を兄が斬り殺し、私に森之助と名をつけたのですよ。そして、私は二十歳になったら、兄と立合って、どちらかが、いや間違いなく、私の方が死ぬことになっています」

「なんなんだよ、おい。なんで親子や兄弟で殺し合う。それにおまえ、兄者と仲が悪いわけじゃねえだろう」

「でも、そういうことになっているのです。幼いころから伯父にそう言われていたので、不思議だという気もしません」

馬鹿《ばか》か。かすかな呟《つぶや》きが聞えた。それから、小平太は背をむけた。

第四章　さざ波

1

以前よりも、長く潜ってはいられなくなっていた。

それでも、森之助《もりのすけ》よりはいくらかましだった。浮上する時も、周囲の変化を見ていられる。お鉄《てつ》も、森之助よりわずかに長く潜れるというぐらいだった。

四月の終りになり、時として陽差しは強かったが、水はまだ冷たい。

体力の衰えというのは、あるのだろうか、と景一郎《けいいちろう》は考えていた。三十五歳である。老いにはまだ遠いが、どこかで衰えている。潜ってみたりすると、それがわかるのだった。山歩きぐらいでは、わからない。

水の中では、躰《からだ》の内側から突っ張る力が必要なのだ、とお鉄が言った。深く潜ると、それが実感できた。

潜るのは二人で、ひとりは船の上で縄を持っている。そうやって、大籠《おおかご》三杯の海草を採り、多三郎《たさぶろう》に言われた通り、陰干しにした。干すと、海草は縮み、軽くなる。

潜れるのは引き潮の、それも大潮と呼ばれる満月の前後だけなので、四日続けて潜ることにしていた。それで大籠に十二杯の海草だが、干したものなら一度で山中に運べそうだった。

海草は、ふんだんにあるというわけではなかった。岩礁《がんしょう》の、ある深さのところに層になって生えている。それより深くにはないし、海域を変えて違う岩礁を見てみてもない。どうも、この岩礁独特のものらしかった。

二日目も、同じ量だけ採った。このままでは、四日目には採り尽してしまいそうだ、と景一郎は思った。

潜っていられるのが、ほんのわずかな間しかないのは、潮が満ちて深くなるからではなかった。干潮から再び上げ潮になる時、流れが強くなるからだった。潮が動き出すという感じで、それは景一郎も躰ではっきり感じていた。

潜っていない時、景一郎は砂浜の砂の中から、透明な砂粒を選び出すことに熱中した。それは貝などのかけらではなく、砂と呼ぶには透明すぎた。ただ、選び出すのは難しい。

両手でひと掬《すく》いしたものの中に、ひと粒あるかないかだった。二日かけても、ようやく掌《てのひら》に盛るぐらいの量だ。

これを、焼物の土に混ぜる。焼きあがった時は、不思議な質感と色を出すのだ。砂粒はなくなっているが、幻としか思えないものが、焼物の底に沈む。見方によって、さまざまに色が変って、ほんとうの色が摑《つか》めないほどだった。

砂浜で、これを見つけられることは、あまりない。

森之助は、干した海草を置き換え、薪《まき》を集め、山に入って兎《うさぎ》なども獲《と》ってくる。潜る日は媾合《まぐわ》わないと、お鉄と二人で決めているようだった。

海女《あま》の迷信に森之助が従っているのだろうが、しばしばお鉄の方が耐えられなくなるようだった。すがりつくようにして誘うのを、森之助が振り払っている。

「うちは、抱かれたいですだ。兄様《あに》は、うちをおかしな女子《おなご》と思っておられますか。なぜかわからんのに、躰が燃えて、夜は眠れねえですだ」

終日、砂を選び出している景一郎のそばにしゃがみこみ、お鉄は時々訴えるようなことを言った。景一郎は、ただ笑ってみせる。二人で、決めればいいことだ。

「兄様は、森之助より確かに強いだよ。だけど森之助はまだ子供で、兄様は大人になってるだ。森之助が大人になった時、兄様はもっと歳《とし》をとっておられるだよ」

「そうだな、お鉄さん」

「うちは、この騒動が終ったら、大兄《おおあに》に頼んで、森之助と夫婦《めおと》にして貰《もら》うだ。いや、夫婦になれなくてもいい。森之助の子を産みてえだよ。子を産んだ女は深く潜れねえらしいが、うちの代りに、森之助が潜ってくれるだよ」

「お鉄さん、なぜ海女に。月潟《つきがた》村に海はないのに」

「月潟村のというより、うちの一族は、代々、女子は姫川《ひめかわ》近くの漁師のところへ、嫁に行きますだ。母が、そうだったんじゃ。だからうちの生まれは、月潟村ではなく、佐島《さじま》村ですだよ」

「なるほど」

「死んだたつ婆《ばあ》も、月潟村から嫁に入ったということです。そしてうちは、佐島村の漁師と夫婦になりました。子を生《な》せば、一族から離れられるところじゃった。その前に、亭主は海で死んだだ」

お鉄に夫がいたことを、景一郎ははじめて知った。母が月潟村の出身でも、その娘はよその男と夫婦になって子を生せば、一族の外に出るということらしい。ならばいまのお鉄は、一族の輪の、最も外側にいるということになる。

八郎太《はちろうた》の口ぶりからも、お鉄が一族を嫌っていることは窺《うかが》い知れた。理由は、わからない。森之助との間に子を生すことで、一族からはずれるのかどうかも、わからない。大兄というのは、八郎太の死んだ兄ではなく、一族の長としてほかにいるようだった。

景一郎にとっては、どうでもいいことだ。

「兄様は、森之助が望んだら、江戸からどこかへ移り住むことを許されるだか？」

「十二歳を超えた時から、森之助にはなんの制約も加えていない。旅に出ようと、どこかで朽ち果てようと、日向《ひなた》森之助という名を捨てようと、それは勝手なのだよ」

森之助にも、一文字則房《いちもんじのりふさ》を買い与えた時に、そう言った。一度言えば、それで充分だった。

「うちが、森之助をしっかり摑んでも、いいだな？」

「そうなっても、私はなにか言うつもりはない」

お鉄が、大きく頷《うなず》いていた。

その夜、お鉄と森之助はなにか語らっていたが、途中からはお鉄の泣く声だけが聞えてきた。焚火《たきび》のそばにひとりで戻ってきても、森之助はなにも言わない。

三日目も、同じように潜った。

景一郎と森之助が潜っている時、籠の縄がおかしな動きをした。股間《こかん》に挟んでいた石を落とし、景一郎は水を蹴《け》った。森之助も、気づいて追ってくる。水面に出た時、いきなり槍《やり》が突きかけられてきた。二艘《そう》の船が、お鉄が乗った船を挟むようにしている。一艘に、四人ずつ乗っていた。

「お鉄さん、刀を投げてくれ」

言って、景一郎は潜った。顔を出したところに、槍が突き出されてきた。それをかわし、景一郎はお鉄が抛《ほう》った刀を水の中で受けた。下緒《さげお》をくわえて、抜き放つ。次の瞬間、景一郎は槍をかわしながら、躰を一回転させた。船底を、二尺ばかり切り裂いたのだ。船に、水が噴きあがっていた。森之助も、お鉄が抛った刀を受け取ったようだ。船が傾いた。乗っていた四人が、投げ出されてくる。景一郎は潜り、下から二人を突きあげた。水の中では、突く。それ以外の、太刀捌《さば》きは避ける。十年以上も前に、木刀で魚を突いた時、それを身につけた。突くかぎり、水はそれほど重くない。

海面に出ると、刀を横に払って残る二人の首を飛ばした。

お鉄が乗っている船の船縁《ふなべ》りに手をかけ、景一郎は自分の躰を船上に引きあげた。もう一艘の船には、神地兵吾《ごうじひょうご》も乗っている。

この間のように、駈《か》け去って逃げることはできない。神地兵吾は、不意を衝《つ》いたつもりで、自分を追いこんでいた。

「森之助、船にあがって、櫓《ろ》を遣え」

言うと、森之助の躰が艫《とも》にあがってきた。景一郎は、舳先《へさき》に立った。神地の船にむかって、船がずいと進む。次の瞬間、景一郎は跳躍し、神地の船に降り立った。二人が、額と脇腹《わきばら》から血を噴いて、海中に落ちた。櫓を遣っていた男が、下から斬《き》りあげてくる。跳躍する刹那《せつな》、その男の頭蓋《ずがい》を割り、景一郎はまた船を移った。

神地ひとりが、船の真中で立ち尽している。

「行け」

景一郎は、森之助に言った。一文字則房を抜き放った森之助が、神地の船に跳躍した。神地は下から斬りあげようとしたが、森之助は躰を丸めて回転させ、その斬撃《ざんげき》をかわしていた。

森之助と神地が、船上でむかい合う。

景一郎は、櫓を遣ってちょっと船を退《さ》げた。どちらが押している、とも言えない対峙《たいじ》だった。森之助の頭には、まだ斬られた時のことが残っているのだろう。踏みこめずにいた。神地もまた、孤立した自分に戸惑っているのかもしれない。

長い対峙になった。潮が満ちはじめてくる。流れも出て、船は沖へ流された。景一郎は、少しの間を置いて、二人の船を追った。

お鉄が、船底にうずくまってふるえている。縄を引いて異変を知らせ、刀を投げるところまで、気丈でいてくれた。海中で刀もないという状態は、相当に危険だったと言っていい。

二人の構えは、まったく変っていない。

外海の方へ流され、船はゆるやかに揺れていたが、二人は動かなかった。森之助の躰は、汗なのか海水なのか、濡《ぬ》れて陽の光を照り返している。

地に立っているよりも、二人の闘気は際立《きわだ》っているのだろう。潮合《しおあい》がもうすぐだ、と感じさせる気配が船を包みこんでいた。

船が、波に持ちあげられては、下がる。下がった時は、二人の上体がようやく見えるだけで、持ちあげられた時は、二人が踏みしめている船板まで見えた。

潮合。両者が跳ぶ。そう見えた。跳躍したのは、神地兵吾だけだ。頭上からの打ちこみを、森之助は前に出ることでかわした。次の瞬間、森之助の方が跳躍したように見えた。神地兵吾は、頭上からの斬撃にとっさに備えた。跳躍した、と見えたのだろう。しかし森之助の躰は、足の指で船板を摑んだように、まったく動かなかった。一文字則房だけが、陽の光を照り返した。

神地兵吾は、頭蓋から二つに割られても、しばらくは姿勢を崩さず立っていた。それから船の揺れに合わせるように傾き、海中に落ちた。

景一郎は、舳先を近づけた。

乗り移ってきた森之助は、肩で息をしていた。

「斬られただか、森之助？」

お鉄が、顔をあげる。

「大丈夫だ。怪我《けが》はない」

喘《あえ》ぎながら、森之助が言った。

跳躍していれば、刀の長さの差で、森之助は斬られた。跳躍せずに耐え抜き、勝機を摑んだのだ。

教えなくても、日向流の極意というものを、身につけつつある。じっと動かず、相手を斬り、斬りながら血を喀《は》いて死んだ祖父将監《しょうげん》のあの姿こそ、日向流の極意だったと、景一郎はいまも思っていた。

「兄上、あれでよかったのでしょうか？」

岸に近づいた時、森之助が呟《つぶや》くように言った。

「勝ったのだ。よかったのだろう」

「神地兵吾は、連れていた者をみんな兄上に倒され、ひとりきりだという焦《あせ》りが見えました。だから跳躍が早すぎたのだ、という気がします。私と同時に、跳んだつもりだったのでしょう」

「そうだとしても、神地も無我の中で潮合を迎えた、と私は思う」

「ほめてくださっているのですね、兄上は。でも、私は満足しません。兄上には、まだ遠く及ばないのですから」

森之助の声は、相変らず呟くようだ。

浜が、近づいていた。

2

違う道筋を、兄はとっていた。

何度か往復する間に、違う道筋が兄には見えたのかもしれない。

神地兵吾に襲われた翌日は、兄は四度潜った。森之助が三度、お鉄が二度である。

それで、前日の分も取り返した。それから丸一日、陰干しにした。大量の海草を荷としてまとめると、躰の二倍にはなった。兄は軽々とそれを背負い、崖《がけ》などはお鉄を引きあげた。追ってくる柳生《やぎゅう》の眼を晦《くら》ましているのだろう、と森之助は思った。

襲った八名が全員死んだので、翌日も翌々日も、柳生は襲うことすらできなかったのだ。しかし、山中のどこにいるか、確かめようとはするだろう。

神地兵吾に、勝った。

勝負の機会は、兄が与えてくれたようなものだ。自分ひとりでは、なにもできなかっただろう。それどころか、船上から槍で突き殺されていたに違いない。

兄の技は、いつ見ても心が寒くなる。

二人を突き殺し、海中から飛び出してきた時の兄は、ほとんど全身が水面から出ていた。水を蹴るだけで、あれだけの跳躍ができたのだ。そして、首を二つ斬り飛ばした。

いまも、信じられない光景だった。あんなことが、ほんとうに可能なのか。あれが、日向流なのか。

神地とむかい合い、跳躍せずに耐えた。跳躍して、剣の長さの差が出たからだ。同じ過《あやま》ちで斬られるのだけは、避けたかった。しかし、勝てるとも思っていなかった。

斬った自分が、まだほんとうの自分とは感じられなかった。なにかが、躰に憑《つ》いた。それで、跳ぼうとする躰が押さえられた。そして、斬っていた。

自分が自分であったのは、刀の長さの差をかわすためには、跳んではならないのだ、と思ったところまでだ。それから先は、自分が自分ではなかった。

お鉄が、歩けなくなった。

朝から、歩き続けていたのだ。

「休むぞ。あと半日はかかる」

「どこを歩いているか、兄上にはわかるのですか？」

「わかるし、尾行《つけ》てくる者もしつこい」

「やはり、柳生の者が」

「三人だな。火を燃やせ、森之助。それから、お鉄さんのそばにいろ」

「兄上は？」

「明日の夜明け前に、三人を始末する。それからは、小屋まで真直《まっす》ぐに歩けるだろう」

すでに、暗くなりはじめている。

森之助は火を燃やし、干魚を三匹炙《あぶ》った。

出発前にお鉄が作った、握り飯も六つある。三人で食うには充分だった。

食事を済ませると、森之助はお鉄の脚を揉《も》んだ。お鉄が、低い呻《うめ》きをあげる。お鉄の脚は、違うもののように硬くなっていた。

ふくら脛《はぎ》から腿《もも》にかけて、揉みほぐしていく。それがやわらかくなるころ、お鉄は眠りに落ちていた。

兄も寝ている。焚火に薪《まき》を足し、森之助も横たわった。

兄が身を起こしたのは、夜明け前だった。

音も気配もなく、兄の姿は闇《やみ》の中に消えた。

空が白みはじめるころ、兄は何事もなかったように戻ってきた。

お鉄が、ようやく眼を醒《さま》す。

「あと半日だ。歩けるかな、お鉄さんは？」

「歩けるだ、あと半日ぐらい」

荷を背負った。

兄は、すでに歩きはじめていた。

歩く方向が、あまり変らなくなった。

もう尾行られてはいないという確信が、兄にはあるのだろう。三人に尾行られていたということさえ、森之助は気づかなかった。

多三郎がいる場所を、柳生に摑《つか》まれたくない。その思いは、森之助も変らない。一旦《いったん》、自分の仕事にとりかかってしまうと、状況がどうだろうと、多三郎はまったく頓着《とんちゃく》しないのだ。

歩くところも、これまでよりずいぶん楽になった。ただ、背負った海草が、ひどい臭《にお》いを出しはじめている。干しても、乾ききっていない部分があったのだ。

この海草で、どういう薬を作ろうとしているのか、多三郎は言ったことがない。躰を切り開いても、痛くはなくなる薬は、二年前から作ろうとしていた。どうしてもできないと、頭を抱えていたことは知っている。試しに使う犬などが、眠り、そのまま眼醒めることなく死んでしまうのだ。

まだ、人では試しはできない、と言っていた。なにか、新しいものをこの海草の中に見つけたのだろうか。

やがて、見憶《おぼ》えのある場所に出た。

そこから一刻《いっとき》ばかり歩くと、小屋に到着するはずだ。

自分のいる場所がわかったのか、お鉄にも元気が出てきた。

森之助が斬った木が、三本倒れていた。

兄の背は、荷に隠れて見えない。足の動きには、まったく乱れがなかった。いま後ろから足を斬りつけたら、兄は荷を背負ったまま跳ぶのだろうか。

考えただけでも、兄に見透されるような気がし、森之助は足もとに眼を落とした。

ようやく、小屋が近づいてきた。

小平太《こへいた》が見張っている、ということもなさそうだった。森之助には、その気配が感じられない。

小屋が見えた。なにも、変っていなかった。輪切りにした丸太のひとつに、八郎太が腰を降ろし、こちらを見ていた。たつ婆《ばあ》の恰好《かっこう》だが、髪は後ろで束ねている。

「おう、これだけあれば」

小屋のそばに荷を降ろすと、多三郎が飛び出してきて言った。小平太の姿は、やはりどこにもない。

多三郎は、まだ憔悴《しょうすい》した表情をしているが、以前と同じように動いていた。

「ほとんど採り尽しましたよ、多三郎さん。あの海域には、もうわずかな海草が残っているだけです」

「なに、一年も経《た》てば、また同じように生えているだろうよ。そうか、なに事もなく、採ることができたか」

柳生に襲われたとは、兄は言わなかった。

八郎太が、林の中を指さした。

「森之助。この先に、土で窯《かま》が造ってある。多三郎が、ずっと火を遣うと言うので、わしと小平太で造った。炭を焼いたんじゃ。それを、こっちへ運んでおけ。一軒で、ひと冬過ごせるほどの量はあろう」

森之助は、指さされた方へ歩いていった。薪の火だと、煙が出続ける。八郎太はそれを嫌ったのだろう、と森之助は思った。

海草がこれだけあれば、多三郎は当分ここを動こうとしないに違いない。

窯は、林の中の窪地《くぼち》にあった。掌《てのひら》を当てると、まだかすかな熱を持っていた。土を突き崩し、焼きあがった炭を取り出した。三尺ほどに切り揃《そろ》えてある。

何度かに分けて、小屋のそばに運び、積みあげた。多三郎は、筵《むしろ》の上に海草を拡《ひろ》げている。湿ったものと、そうでないものを仕分けしているようだ。兄の姿はなく、八郎太とお鉄はなにか話をしていた。

しばらくすると、兄が丸太を担《かつ》いできた。刀の脇に、手斧《ておの》を差している。二度目は、森之助も付いていった。丸太は、二十本ほどになった。

それを組み合わせ、夕刻までには小屋のかたちを作った。

木の皮や葉で、屋根や壁を作れば、一応は住めるかたちになる。森之助は、雨が降っても水が入らないように、小屋の周囲に溝を掘った。

夕食は、燻《いぶ》した猪《いのしし》の肉と餅《もち》だった。正月でもないのに、餅をどこから手に入れてきたのか、わからなかった。

「小平太殿は？」

夕刻になっても帰らない小平太が、ちょっと気になって、森之助は訊《き》いた。

「二、三日は、戻らん。わしは、おまえら兄弟と一緒にいる方が、安全だと思っておる。小平太は、そうは考えておらんのじゃ」

それ以上、八郎太はなにも言わなかった。

食うものを食うと、作りかけの小屋に入って、森之助は横になった。多三郎は、夕食の間もなにか考えこんで、ほとんど喋《しゃべ》らなかった。

お鉄が、森之助のそばに来て横たわった。

自然に、媾合《まぐわ》うかたちになった。お鉄の躰《からだ》が、ふるえ、のけ反ることをくり返す。

森之助は、神地兵吾との立合をふり返っていた。

揺れる船の上だった。自分を倒しても、次には勝てるはずのない兄がいる、という思いは当然あっただろう。それが、神地の剣になにか影響を与えることになったのか。跳ばず、渾身《こんしん》の気力で耐えていられた。動かず、しかし跳んだように斬《き》った。できなかったことが、できた。そういう気分は、確かにあった。しかし、ほんとうにできたのか。

お鉄が、叫び声をあげている。お鉄の白い乳房が、闇の中で揺れていた。

森之助は、躰を入れ替えた。

腰を動かす時、ふと立合のような気持になった。心気を澄ませた。暴れるお鉄の動きに合わせた。森之助の躰はお鉄の動きの細々としたものまで吸いこみ、しかし腰は動かし続けた。

お鉄の全身から、力が抜けた。気を失っている。精を放たず、森之助はお鉄から躰を離した。

3

住める小屋は整った。

これで、いつまでも多三郎の仕事の終りを待つことができる。多三郎が一旦仕事をはじめると、たやすく終るはずもないことを、景一郎は知っていた。

森之助が、一文字則房に打ち粉を打っていた。脂《あぶら》と、薄い錆《さび》が気になったようだ。

景一郎は、来国行《らいくにゆき》の手入れはしなかった。必要があるとは思えなかったのだ。海で遣った時は、塩を抜く。それだけで、刃こぼれもないし、錆も出ていなかった。いつのころからか、どれだけ遣っても、来国行は同じ姿しか見せなくなった。祖父将監が遣っていた時も、そうだったような気がする。

年に一度、研ぎに出すだけで、それも斬れ味が落ちたからではなかった。絡《から》みついた命を、洗い流すために研ぐようなものだ。

景一郎は、一里四方の山中を見て回った。

小平太が仕掛けた罠《わな》は、せいぜい半里四方というところで、一里はただの山中だった。山は、深い。

炭になる木を見つけては、手斧で伐《き》った。それを束にし、小屋に運ぶ。多三郎は、昼夜を問わず、火を遣う。暖を取るためなどではなく、時によっては、三日も四日も土鍋《どなべ》を煮つめたりする。いまある炭では、充分ではなかった。

窯一杯の木が集まると、森之助が集めた薪で炭を焼いた。

お鉄は、毎晩森之助と媾合うことは、避けるようになったようだ。森之助に殺される、と呟くように言ったことがあった。

森之助が女を知るのが、いいのか悪いのか、景一郎は考えたこともなかった。自分の時は、ただ欲望のままだった。精を放つ瞬間を自在に操れるようになったのは、多三郎の薬の試しで体質が変ってからだ。

森之助が、お鉄をどんなふうに抱いているのかも、関心はなかった。女体に、心が動かなくなっている。まして、好きになることなど、あろうはずもなかった。

焼きあげた炭を多三郎の小屋の脇《わき》に積みあげると、もうやることはなかった。

八郎太は、終日、気持よさそうに昼寝をしている。お鉄は、三度の食事の仕度をし、それ以外の時は、多三郎の手伝いをしていた。

森之助は、山を駈《か》け回っている。気力のみならず、体力もつけようと必死のようだ。

景一郎が十五の時は、白刃《はくじん》を見ても腰を抜かすような子供だった。極端に、臆病《おくびょう》だった。その臆病さが、自分を生き延びさせたのだと、いまにしてはっきりとわかる。相手の剣から逃げる。とにかくできるのはそれだけで、斬るのも、自分が斬られると思った時だけだった。

森之助には、はじめから臆病さはない。それが森之助を強くしているが、弱点にもなり得るものだった。森之助には、それは言わない。自分で気がつくしかないことだからだ。

すでに、森之助に教えることは、なにもなくなっていた。いま立合ったとしても、たやすく斬れるとは思っていなかった。自分が十五の時とは、まるで違う。

小平太が戻ってきた。

出かけてから、六日が経っている。眼に、かすかだが怯《おび》えがあった。

「月潟村は、えらいことになっている、父上。とんでもねえことだ」

夕餉《ゆうげ》の椀《わん》を手に取りながら、小平太が言った。

「三次《さんじ》、圭之助《けいのすけ》、良蔵《よしぞう》の三人は、殺された。三次にいたっては、一族郎党が、皆殺しなのだ」

小平太が、うつむいた。薪が、凶々《まがまが》しい音をたてて燃えあがった。

「父上の言った通りだった。しかも、殺しにきたのは、霧の者どもらしい」

小平太が、左手を握って少しあげた。霧生《きりう》村ということだ。桐生《きりう》村なら、右手を出す。

「顔を見た者がいた。五年前、六年前に貰《もら》われていった者が、何人か入っていたそうだ。襲ってきたのは二十人ほどで、皆殺しにされた三次のところだって、抵抗できるやつはいなかっただろう」

小平太は、椀の雑炊を少しずつ口に入れはじめた。

「桐は？」

景一郎は、右手を握ってあげた。

「わからん。しかし、俺の経験から言うと、桐が月潟村を襲うはずはねえ。争闘のやり方は習っていても、まだ月潟村の人間なんだからな」

八郎太が、大きく息を吐いた。小平太が、箸《はし》の動きを止めた。

「すまん、父上」

「おまえが、謝まることはない、小平太。皆殺しが三次の一族だけで済んで、よかったとわしは思っておる」

「もっとひどいことを、考えていたのか、父上は？」

「月潟村が、全滅させられかねん、と思っていた。そうなったら、いやそうならなくても、われら一族のせいと言うしかないのだ、小平太。なにしろ、霧を探ってしまったのだ」

「月潟村を、全滅とは」

「柳生《やぎゅう》なら、やりかねん」

八郎太が、小枝を一本折り、火の中に放りこんだ。

「いいか、小平太。われらには、柳生と闘う武器がある。われらが握った、柳生の秘密がそうじゃ。ただ、使い方は難しい」

お鉄が立ちあがり、椀を多三郎の小屋に運んでいった。手が放せないと、多三郎は食事にも出てこない。ただ、お鉄は多三郎の腹の心配をしたのではなく、これ以上話を聞きたくなかったようだ。

「三次、圭之助、良蔵は、ともにわしの従弟《いとこ》になる。一族といえばそうだが、わしら兄弟とは線は引かれておった。三人とも、角兵衛獅子《かくべえじし》の親方にすぎなかったんじゃ」

「三次という人の一族だけが、皆殺しに遭ったのは？」

「われら兄弟を除いては、三次のところが一番羽振りがよかった。このところ、桐へも続けて子が貰われていった」

「そういうことですか、八郎太殿。ずっと、桐のことを考えておられたのですね」

「そうよ」

「なんだ、景一郎さん。父上が、桐のことを考えていたというのは？」

「次に、なにがあるか。桐にいる者たちが、処分される恐れがある」

「まさか？」

「絶対に秘密を守るのなら、信用できるのは霧までであろう。私は、そう思う。ならば、桐は処分せざるを得ない」

「そうじゃ、小平太。景一郎の言う通りじゃ。月潟村へ行くおまえを強く止めなかったのは、村がどうなっているか知りたかったからでもある。誰にもなにも起きていなければ、桐は無事で済むだろうと考えられる。しかし、三人が死んだのなら、桐はどうかと考えざるを得なくなった」

小平太が、椀を置いた。

濃い闇《やみ》が、山を包みこんでいる。山の精霊の気配。それ以外のものを、景一郎は感じなかった。

「どうすればいい、父上？」

「考えておる。いま、わしは懸命に考えておる」

景一郎は、椀の雑炊を啜《すす》りこんだ。猪肉《ししにく》と野草がたっぷり入った雑炊で、躰がすぐに温まる。

「わしらはな、景一郎。田島《たじま》という、上杉《うえすぎ》の家中であった。徳川の世になって、山へ入った。角兵衛獅子をはじめたのは、一族のひとりで、やがてほかの者も山を降りてくるようになった。田島家は、代々、角兵衛獅子の頂点に立っておった」

武士の家柄が、意味のあるものなのか。自分は、武士と言えるのか。景一郎は、そんなことを考えた。上杉家は、滅びたわけではない。米沢に移封され、小さくなった。その時とり残された家のひとつが、田島家なのだろう。武士であることに、こだわらなければならない理由があるのだろうか。

「みんな捨てられたような家だが、田島家は違う。正式の藩士ではなくとも、上杉家との主従関係は続いていた。わしも、子供のころから、上杉の家臣と親に言い聞かされたもんじゃ」

全国を回って、情報をあげていた大名家というのが、上杉なのだろうと景一郎は思った。それなら、なまじの家臣などより、ずっと働いていると言ってもいい。

「どうするのだ、父上。俺は、正直に言って、柳生がこわい」

「闘うための武器はある、と申したであろうが。それが露見すれば、柳生が潰《つぶ》れるだけの秘密がわれらの手に」

「それが、使えるのか。持っているから、柳生に狙《ねら》われるのではないのか?」

「それはな、小平太」

「桐の者たちを、解き放つのだな」

景一郎が言うと、八郎太と小平太は同時に顔をあげた。

「まだ、柳生に染っていない者たち。争闘の技は持っている者たち。その者たちに、月潟村で起きたことを、教えてやればいい」

闇の中で、二人の眼が自分に注がれていることを、景一郎は感じていた。

「やろう」

軽く、景一郎は言った。ここにいても、いずれは柳生に見つかるのだ。

4

山の見回りにでも行こう、というような感じだった。いつも、なにをやる時も、兄はそうだ。

夜明けに出発した。小平太は行くのを嫌がっていたが、八郎太に一喝されると、渋々従った。ほんとうは怖がっているのだということが、出発してしばらくするとわかった。

「景一郎さんは、なにも考えてないんじゃねえのか、森之助。桐の者たちを解き放つと言ったって、あそこで争闘のやり方を教えている柳生の者は、みんな半端《はんぱ》な腕ではないぞ」

「何人ぐらいいるのです、小平太殿？」

「十二、三人というところかな。月潟村から貰われて行ったのは、三十から四十というところだ。家が三十軒ほどの村で、村人は百人以上いる」

「普通の村なのですか？」

「そんなわけはねえだろう。村の人間は、ひとり残らず柳生の息がかかってるさ。逃げたやつを処罰する時も、平然としていやがるんだぞ。日ごろは、畠《はたけ》を作ったり、猟をしたりなんだが」

「いざとなれば、全員が闘うということですか？」

「そりゃ、武芸ができるってわけじゃねえが、全員で山狩りなんてことはやるだろう」

「桐の村の方に、出入りしている人間は？」

森之助は、右の拳《こぶし》をちょっとあげて言った。

「そりゃ、旅の人間が来ることもありゃ、行商人が来ることもある。俺たちは普段は猟師みてえな恰好《かっこう》をさせられて、畠も手伝わされた。銭など出さずに、柳生は霧の食い扶《ぶ》持《ち》もそっちで稼ぎ出してる。毛皮などは、もっと大きな村や宿場に運べば、売れるしな」

「それでは、普通の山中の村のように見えるのですね」

「ああ、女もいるぜ。それぞれの家の、娘や女房なんだがな。眺めてることぐらいはできた」

糸魚川《いといがわ》からは、山中の間道を三十里以上東へ行ったところに、桐生村はあるらしい。さらに北寄りに十里ほど行ったところに、霧生村の方はあるようだが、小平太もその場所は正確には知らない。

霧生村の場所を知っていたのは、殺された八郎太の兄だけで、自身で忍び入って、村から出た百八十名の名が記された帳面を盗み出したのだという。そんなものはすぐに返せば、柳生に狙われなくても済んだのだ、と小平太は吐き捨てるように言っていた。

八郎太は、それが柳生と闘うための武器になる、と言っている。

兄の脚にしてはゆっくりと歩き、二日目に桐生村の近くに達した。

「かなり厳しい見張はしているようだな、小平太」

「当たり前だろう、景一郎さん。五人は、不寝番《ふしんばん》に立たされている。普通の村に見えるのに、入れるのは一カ所だけだ。一度入って、その出入口をかためられたら、袋の鼠《ねずみ》ってやつなんだぜ」

「なるほど。じゃ、その鼠になってみよう」

「本気じゃねえだろう、なんて言い草は、あんたたち兄弟には通用しねえんだよな。だけど、俺はごめんだぜ。あんたたち兄弟でやれよ」

「仕方がないぞ、小平太。一度死んだ。そう思っていろ。二度は、死なんとな」

「気軽に言ってくれるよ、まったく」

「くやしくはないのですか、小平太殿？」

森之助は言った。小平太が、森之助に眼をむけてくる。

「一族が、親兄弟が、柳生に惨殺《ざんさつ》されているのではありませんか。そこから、逃げようというのですか？」

「俺は、枝からぶらさげられ、生きたまま烏《からす》に肉を啄《ついば》まれたくはねえんだ。目玉から突っついていくのだぞ、烏は」

「いやなら、その前に死ねばいいだけのことでしょう」

「もういい。やめてくれ」

山ひとつ越えれば、桐生村だという。兄は、暗くなるまで、ここにじっとしているつもりのようだった。

すぐに、暗くなった。小平太は木の幹に寄りかかり、膝《ひざ》を抱えてじっとしている。

「行こうか」

兄が言った。森之助は立ちあがったが、小平太は動かなかった。兄はそれを気にしているふうもなく、歩きはじめた。

月の明りがある。すぐに、山にさしかかった。これを越えれば、桐生村である。

兄は、まともに入口から入って行くつもりなのだろう。一緒に動いていると、兄のやり方がなんとなくわかる気がする。

人影。道を塞《ふさ》ぐように立っている。どこかで追い越したのだろう。森之助は、それに気づかなかった。兄が気づいていたのかどうか、わからない。驚いた様子はなかった。もっとも、この兄が驚いたところなど、森之助は見たことがない。

「参ったな。いいよ、俺も行く。それで、景一郎さんは、どうする気なんだ。入口の不寝番を、突っ切るか？」

「五人だと言ったな」

「ああ。俺がいる時は、そうだった」

「では、入口にいる者を、まず捕えよう。そして、月潟村で一族が死んだことを、教えてやる。小平太、おまえは全員の顔を知っているのだろう？」

「はじめから、そうするつもりだったのかい、景一郎さん？」

「おまえが、一緒に行ってくれるなら、この方法がとれるというだけのことだ」

「その五人は、逃がすのか？」

「いや。朝になれば、ほかの者たちのところに戻るのだろう。それで、教えてやったことが、ほかの者にも伝わる」

「わかった。悪くねえと思う。まず、俺がひとりで行って話をする。賭《か》けに近いが、その方がいいと思う。二人とも、気配だけは殺しておいてくれよ。うまくいけば、俺が呼ぶ。駄目なら、なんとか斬《き》り抜けて、こっちへ来る」

兄が頷《うなず》いた。

小平太が、先頭に立って歩きはじめる。

半刻《はんとき》ほどで、村に近づいたことがわかった。気配を感じたのだ。村は、気配を殺して、眠っているわけではない。

「待っててくれ」

小平太が、ひとりで闇の中に消えていった。

兄は、木のそばに立った。森之助も、それに倣《なら》った。勝手にやれとさえ、言われていない。

気配を消して、待った。

小平太が戻ってきたのは、一刻も経《た》ってからだった。

「五人に、一応の話をした。半信半疑なのだと思う。みんな、なんらかの関係があった者が、殺されてはいるんだ。信じたくない、という気持もあるのかもしれん」

「いずれ、わかる」

「しかし、ほんとうにいいのか、景一郎さん。柳生の本拠に乗りこむようなものだ」

「ここは、本拠でもなんでもない。おまえたちの話がほんとうだとしたら、ほんの先端にある一部に過ぎない。ただ、さざ波は立てられる。柳生は、底では動いていても、水面ではほとんど動かない。さざ波が底をかき回せばいい、と私は考えているのだ」

「なんのためにだ。父は、あんたらも一蓮托生《いちれんたくしよう》だと言ったが、その気になれば逃げられる、と俺は思ってる。なんで、逃げねえんだ？」

「多三郎さんが、薬を作らなければならない」

「そのためだけに？」

「そうだ」

「呆《あき》れるね、まったく。まあ、あんたら兄弟にゃ、はじめから呆れちゃいるが」

小平太が歩きはじめた。

付いていく兄は、まだなんの気配も発していなかった。

村が、近づいてきた。

不寝番は、小屋のようなところでやっているわけではなさそうだった。道具小屋のようなものはあるが、そこには気配はなく、草の中や木の上のようなところから、あるかなきかの人の動きが感じられた。

小平太は、木の間を擦り抜け、林の中に入っていった。

ちょっと広くなった場所がある。その中央に三人が立つと、音もなく人影が現われた。五つある。みんな、若いようだ。自分とあまり年齢が変らない者もいる、と森之助は感じていた。

「小平太殿、われわれは、夜明けまで村へ帰らないと決めた。五人一緒に村へ帰り、ほかの者たちにさっきの話を伝える」

「よいぞ、それで。俺が命懸けでここに来ていることは、みんなわかっているだろうしな。とにかく、五十人は死んだ。旅に出ている者の中で、ほかに死んでいるかもしれん」

「この二人が、柳生《やぎゅう》の者を斬ったのか。ほんとうに柳生の者なのか？」

「おまえらは、知らされていないだけだ。俺は村へ入る時、父に聞かされていた。柳生の者に、おまえらもいずれなる。霧の村へ入ったら、それを叩《たた》きこまれる」

「まだ、信じられないのです、小平太殿」

幼い声が言った。

「なぜ、人を殺す技ばかり教えられると思う。軽業《かるわざ》を遣った、人殺しの技だ。それは、柳生の者となって働くためだ。霧の村へ行けば、月潟村のことも、親や兄弟たちのことも、忘れさせられる。それがわかっていたので、俺は逃げた」

「やはり、おかしい。はじめから、こちらの桐も、柳生だと知っていて入ったことになる。なぜなのです？」

「俺は、ほかのやつらより、年齢が二、三上になってから、桐の村へ貰《もら》われていくことに決めた。弟のようにしていた者たちが、三人も選ばれたからだ。自分が、霧の方まで行くとしても、三人の面倒は看《み》てやらなければならんと思った。知っているよな、才助《さいすけ》がどんな死に方をしたか。おまえらだって、一緒に来た者のうちの何人かは、殺されたろう？」

闇《やみ》の中で、影が二つ頷くのがわかった。

「しかし、全員で闘ったとしても」

「負けん。俺たちを追っていた柳生の者の、半分以上はこの人が斬った。神地兵吾を斬ったのは、こっちの方だそうだ」

森之助は、自分に視線がむけられるのを感じた。その中のひとりが、激しい闘気を放ち、拳を飛ばしてきた。森之助はそれをかわし、手首を摑《つか》んだ。低い呻《うめ》きがあがった。

「ほんとうに、神地兵吾を斬ったのか？」

呻きの合間から、そういう言葉が出てきた。

「立合ったのは、二度。はじめは、両者とも傷ついた。神地は額だったが、私は袈裟《けさ》に斬られていて、傷は深かった」

「確かに、神地は額に傷を負っていた」

摑んでいた手首を、森之助は放した。

「二度目は船上での立合で、かろうじて神地を倒すことができた、と思っている。運もあったのだろうが」

「しかし、あの神地を斬るとは」

「この二人は、手練《てだ》れなどというものではないな。なぜ柳生との闘いに加わっているかは、全部話すと面倒なのだが、俺を追っていた柳生と絡《から》み合ってしまったということだ」

「つまり、巻きこまれた?」

「そう言っておこう。間違いなく、そういうところはあるのだからな」

「一族が、殺されたというのは、小平太殿が自分で確かめたのだな」

「その前に、父をはじめ、父の兄弟がみんな襲われた。生き延びたのは、父だけだ。伯《お》父貴《じき》が、柳生を探っていたのが、発覚したのだという。ずいぶん前から、伯父貴は柳生を探っていたはずだ。それは父も知っていて、俺がここへ来ることを許したのも、いずれ霧を探るのに役立つと考えたからなのかもしれん。霧を探っていたのが、伯父貴の一存とは思えないのだ。父は、それについては伯父貴に押し被《かぶ》せた恰好《かっこう》だが。月潟村が、長きにわたって人を出していた背景にも、なにかあったのかもしれん」

小平太のもの言いは、森之助に対する時より丁寧で、兄が弟に言い聞かせるような感じがあった。

「小平太殿、俺の親父《おやじ》が死んだというのは、間違いないのだな?」

「残念だが、間違いはない。俺が、月潟村へ入って調べてきたのだ。殺したのは、霧に行ったやつらだ。ほかに、柳生の者もいただろうがな」

「霧が」

「やはり、霧に入ると、月潟村の人間というより、柳生の人間になってしまうようだ」

「俺たちは、なぜこんな目に遭わなければならない、小平太殿。軽業ができるからか。いや、その前に、月潟村の人が殺されるのが、俺には耐えられん。そんな理不尽があってもいいのか」

「いまは、そう言っていられる。これが、霧へ入ると、心を抜かれるのだ」

「霧が」

「もういい。俺は、起きたことを伝えるためだけに来た。あとは、おまえらが話し合って、どうするか決めろ」

五人は、うつむいていた。月が、東に傾いている。夜明けは、もう近いのだろう。

「話し合ってはみるが、みんながここから逃げると言うかどうかは、わからん。命懸けだからな。それに、村の大人に密告するやつも出てくるかもしれない」

「ひとつにまとまって、こちらへ駈《か》けてこい。逃げると決めた者だけでいい」

兄が言った。

「逃げる者はひとつにまとまり、なにもせず、ただ駈けてこい。ここまで駈けてきたら、私たちが外へ出してやる。それから先のことは、また考えろ」

「だけど」

「それしかないのだ。あるいはここに留まり、霧へ行き、柳生の者になるかだ。霧へ行くまでに、何人かは死ぬのだろう」

「日向さんだよね。そんなことを言っても、剣を遣える大人は、二十人近くいる。斬り合いになったら、負けるだろう」

「負けない。ここまで辿《たど》り着いたやつは、必ず逃がしてやる。柳生の追跡は受けるだろうが、身を潜めていたら、助かる可能性は大きい。逃げた者をひとり二人追うわけではないし、柳生はほかにもやらなければならないことがあるからな」

「俺も、勝てると思っている。この人なら、勝てる。そう思ったから、ここまで案内して来たのだ」

小平太が言う。それきり、会話は途切れた。

空の端《は》が、かすかに明るくなっているような気がした。

五人が、立ちあがった。

「持場へ戻る、小平太殿。とにかく、はじめは数馬《かずま》殿と話してみる」

「待っているぞ」

五人が、音もなく姿を消した。

「数馬というのは、俺が脱けてから、ここの者たちを束ねている男だ。度胸はあるし、腕も立つ。新しく来た者たちの面倒は、よく看た」

兄が、かすかに頷いたようだった。

明るくなると、小平太は落ち着きをなくしはじめたが、兄は腰を降ろしたまま動かなかった。

兄が腰をあげたのは、陽がだいぶ高くなってからだ。

「来たぞ」

短く言い、兄は歩きはじめた。

5

まだ遠い。

ひとかたまりになった、懸命な気配だけが近づいてくる。景一郎は、そばに立った森之助にちょっと眼をくれた。小平太は、ひどく緊張しているようだった。

「出入口は、ほんとうにここひとつなのだな、小平太？」

ふり返らず、背後に立った小平太に景一郎は言った。

「三方を、崖《がけ》で囲まれてる。こんな場所、よく見つけやがったもんだ。崖は、その気になれば登れるが、綱が要る。足や手をかける場所が、みんな削り落とされているのだ。綱がなければ、誰も登れん。そして綱は、柳生のやつらが持っているだけだ。登りきるのに、半刻《はんとき》はかかるぜ。それからさらに山を回って、この出入口に着くまで、さらに半刻」

「わかった。一刻とちょっと、私はここにいよう。逃げてきた者は、おまえがなんとかしろ、小平太。おまえの判断がすべてだが、多三郎さんの小屋へ連れて行くのは困る」

「あそこにゃ、父もいるのだ。いずれ山に潜むしかないのだが、離れたところにする。連絡は、俺か数馬」

「よし、来たようだぞ」

「ほんとに、俺は斬り合いをしなくてもいいのだな？」

「逃げおおせろ、小平太」

小平太は、景一郎と森之助に眼をむけ、それから身を翻《ひるがえ》した。

「追ってくる者は、ひとりたりともここから出せん。私とおまえがここにいる一刻は、逃げてくる者たちの命だと思え」

「わかっております、兄上」

「それにしては、気が前に出すぎている。ひとりを斬ろうとして、別のひとりを通してしまう。おまえはいま、そんな状態だな」

森之助が、唇を嚙《か》んでうつむいた。

気配が近づいてきた。

小平太を先頭に、駈けてくる三十名ほどの一団が見えた。みんな、表情が強張《こわば》っている。泣いている者もいた。

「一番後ろにいるのが、数馬だ。伊波《いは》数馬。見ておいてくれ」

そばを駈け抜けながら、小平太が言った。

小平太も含めて、三十三人いた。

「伊波数馬です」

最後に通りすぎた、大柄な男が言った。腕は立つ。柳生の者の二、三名は相手にできそうだ。そして、小平太より、森之助より、落ち着いている。

「正面からは、おまえが遮れ、森之助。私は、側面にいる」

「ここから誰ひとり出さない。そういう闘い方をします」

はじめに追ってきたのは、五名だった。立ち塞《ふさ》がった森之助にむかって見せた連携は、見事なものだった。迷うこともなく、瞬時に二人と三人の二組になり、続けざまに森之助に襲いかかった。五人が二人になった。そんなふうに、森之助には見えただろう。森之助が跳躍する。その瞬間、前にいた三人は、三つに分かれた。跳躍して、ひとりは倒せる。もうひとりも、なんとか倒せるかもしれない。しかし、三人目に斬られる。

景一郎は、脇差《わきざし》を投げようとした。しかし森之助は、刀を抱えるようにして背を丸め、宙で二度回転して、降り立った。軽業の回り方である。小平太の動きを見て、覚えたのかもしれない。

三人のうちのひとりが、降り立った森之助に斬りかかった。

森之助は転がりながらかわし、一文字則房を低く薙《な》いだ。男の片脚の、膝《ひざ》から下がなくなっていた。立って、森之助が走る。二人ひと組で、追いはじめた。森之助は、ことごとく、相手の意表を衝《つ》く動きをしていた。二人ひと組が、時としてばらばらになる。

新手が、八人ほど駈けつけてきた。森之助との斬り合いには関わらず、駈け抜けていこうとする。景一郎は、八人の先頭の者を頭蓋《ずがい》から斬り下げた。

七人の動きが止まる。景一郎は、景一郎を囲んできた。違う方向から、二人同時に攻撃をくり返す。そう来ると読み、抜刀し、景一郎は跳躍してひとりの頭上を越えた。

ここは、小平太たちを逃がすことだった。一刻あれば、鍛えた脚でなら、柳生とてすぐに追うのは不可能だろう。ひとりでも通して、居所を摑まれるのが一番まずかった。

相手は、慎重になっていた。むしろ守りの構えをとり、さらに新手が駈けつけるのを待つつもりのようだ。景一郎も、あえて踏みこんで斬ろうとはしなかった。みんな腕が立つ。斬っている間に、ひとりか二人、駈け抜けないともかぎらないのだ。

森之助も、乱戦《と》というかたちは避けていた。駈け回りはするが、四人の動きをしっかり見ているようだ。
三、四十人が、駈けてくるのが見えた。武士だけでなく、村人もかなりいるようだ。景一郎は、もうひとり斬り倒した。それで、村人の足は止まった。数十人が入り乱れることになるのが、一番面倒だった。
柳生の者たちは、声も出さず見事に連携している。景一郎は、囲まれたまま動かなかった。森之助にも新手がむかっている。意表を衝く駈け方をするのも限界があり、動きを読んだ二人が、一瞬の隙《すき》を衝いて森之助に斬りかかった。左腕を、斬られたようだ。いやひとりを斬り倒し、もうひとりの斬撃《ざんげき》を左腕で受けざるを得なかったということなのか。

二人が駈け抜けようとした。景一郎は跳躍し、二人同時に斬り倒した。駈け抜けようとすれば斬る。それを、はっきりと示した。逆に、駈け抜けようとさえしなければ、こちらからあまり攻めこんだりもしない。

森之助が、また斬られた。腿《もも》のようだ。

斬られても、森之助は景一郎の方を見ようとしなかった。ひとりで、頑《かたくな》に闘おうとしている。血を失うことの意味は、この間、斬られたことで知ったのだろう。正眼に構えたまま、あまり動こうとしていない。しかし、このままではやがて動けなくなる。それは見えていた。

景一郎は、十数名の相手を、押した。二人、三人でひと組になった者たちが、次々に攻撃をかけてくる。ひとり、二人と斬り倒す間に、景一郎も浅い傷をいくつか負った。すぐに血が固まってしまうような、浅い傷だ。

「私と背中を合わせて、動くな、森之助」

そばまで行き、景一郎は言った。

「大丈夫です、私は」

「そんなことはない。血を失えば、立っていられなくなる。だから、じっとしていろ」

なにかを感じたのか、森之助は景一郎の背後で構えをとり、動かなくなった。

駈け抜ける者は斬る。それは、相手に教え続けた。跳躍し、駈け抜ける者を倒し、また森之助のそばに戻る。それを一度やると、誰も駈け抜けようとしなくなった。ひとりになった時の森之助に斬りつけた者が、倒されていた。構えをしっかりとっているかぎり、たやすく斬りこめはしないのだ。

ほぼ、一刻が過ぎた。景一郎は来国行を左手にぶらさげたまま、右手で飛礫《つぶて》を打った。銃声がして、村人のひとりが木から落ちた。

「行くぞ、森之助。しばらくは、ひとりで歩け」

景一郎は、相手に背をむけた。

歩きはじめる。追ってくる者はいない。森之助も、一文字則房をぶらさげたまま、ついてきた。

丘をひとつ越えたところで、森之助の足どりがおかしくなった。

景一郎は森之助を座らせ、左腕と右腿の傷を手早く縫い、血止めをした。

「歩けます、兄上」

「私は、おまえより数多い傷を受けている。それでも歩ける。すでに血が止まっているからだ。おまえの傷は、縫わなければ、血が止まらん」

「はい」

森之助は、ぼんやりとしていた。

景一郎は、森之助を担《かつ》ぎあげた。歩けば、わずかでも出血は続く。

一昼夜、歩き続けて、多三郎のいる場所に戻ってきた。尾行《つけ》られてはいない。時々、眠ったようになったが、森之助も死んではいない。

「血を失っているのだ、多三郎さん。血は止まっているので、血を増やす薬草を」

「わかった」

さすがに、多三郎は仕事から手を離して、薬の調合をはじめた。

「お鉄さんは、忘れずに水を飲ませてやってくれ。それから、滋養のある食い物を。獣肉などが、特にいい」

「今度の傷は、前ほどひどくはないな」

八郎太が、そばへ来て覗《のぞ》きこみ、言った。

「浅く傷を受ける、ということを知らないのですよ、八郎太殿」

「おまえは、それができるのか?」

「私というより、私の躰《からだ》が、それをやるのです。皮一枚でかわすというやり方を」

多三郎が、薬を煎《せん》じはじめている。

「兄上、兄上は、ずっと私を背負ってきたのですか。途中で、捨てようとは思わなかったのですか?」

「二十歳《はたち》になるまで、おまえに死なれたくないのでな」

「後悔されますよ、あの時、殺しておいた方がよかったと」

言って、森之助は気を失った。

揺り起こそうとするお鉄を、景一郎は止めた。ここまで死ななかったら、死ぬことはない。すでに、血も止まっている。

「森之助ばかりが、なぜ斬られるのですだ、兄様?」

「弱いからだよ、お鉄さん」

「そんな。強い兄様が、助けてやりもしねえんだか?」

「怪我《けが》はする。怪我をする前に助けるのは、闘うなということでもある」

森之助は、眠り続けていた。

多三郎の薬は、眼を醒《さま》した時に飲ませればいいらしい。それでもお鉄は、口移しで森之助に飲ませていた。

変ったところは、なにもなかった。

森之助は木の上の小屋に寝かせたが、景一郎がいた小屋もきれいに手が入っていた。寝床だけは、木で台を作ってあり、地面にそのまま横たわらなくてもよくなっている。

「何人、出た？」

小屋にいると、八郎太が入ってきて言った。相変らず、たつ婆《ばあ》の恰好《かっこう》である。

「三十三人。小平太も加えて」

「その中に、伊波数馬はいたか？」

「いた」

「ならば、骨のある者はみんな出てきたのだろう。わしが知るかぎり、四十八名いたはずだが、残りは逃げるのをこわがったに違いない」

「桐《きり》の村にいた柳生の者たちは、なかなかの手練《てだ》れ揃《ぞろ》いだった」

「そうであろう。争闘の技を教えるために、あの村にいるのだ。身分は高くないが、腕は立つという者が送りこまれている」

「一刻、逃げる時を与えたのですがね、八郎太殿。それで、逃げおおせたかな」

「まず、大丈夫であろう。小平太と数馬がいるのだ」

「ならば、森之助も斬られた意味はあります」

「相当、厳しい斬り合いになったのか？」

「いや。村の出入口をひとりとして通さない。それを第一に考えて、闘いましたから」

「斬り倒すより、むしろ難しいか？」

「人数が多ければ、何人かは通してしまう。それでもいいのなら、森之助が手負うこともなかったと思います」

八郎太が、かすかに頷《うなず》いた。

「三十人以上が逃げた。それで、ここはいくらか安全になったであろう。だが景一郎、柳生の力は、桐の村などでは測り知れぬ、深いものがあるぞ。ここも、いずれ見つけられると思う。その時、どうするかじゃ」

「ここは、守ります。多三郎さんの、仕事が終るまでは」

「なぜ、多三郎の仕事にこだわるのだ？」

「ほかに、こだわるものがないからですよ。多三郎さんの仕事は、私や森之助が生きていることなどより、ずっと大きな意味があります」

「そんなものかのう」

かすかに首を振り、八郎太は小屋を出ていった。

数馬が現われたのは、それから三日後だった。森之助は、すでに歩けるようになっていた。

「日向《ひなた》景一郎殿、森之助殿。お礼を申しあげます。われらが桐生村から逃れることができたのは、お二人のおかげです」

「桐生村にいる者のことを考えて、私と森之助はやったわけではない。柳生を混乱させ、この地が見つかりにくくするために、やったのだ。小平太から、そう聞いているだろう。だから、気にする必要はない」

「それでも、やはりお二人のおかげです」

数馬は、景一郎と変らない背丈があった。ただ、骨格はまだ華奢《きやしや》である。

「なにをしに来た、数馬？」

「今後、どうすべきか、話し合うために。小平太殿か私か、どちらかということになった時、小平太殿が私に行くようにと」

「そうか。小平太が、そう判断したのか。それで、逃げた者はみな無事なのだな」

「はい、八郎太殿。誰も欠けてはおりません。逃げてから何日か経《た》ったのは、三人、月潟村へ行かせたからです」

言った数馬の顔が、見る間に歪《ゆが》んだ。子供の顔だった。

「小平太殿が言った通り、私の両親は殺されていました。ほかにも、数多くの人々が。なぜです。私も、一緒に逃げた者たちも、月潟村のことだけを考えて、桐へ入ったというのに?」

「それが、あの村の宿命であったのじゃ、数馬。いまは違うぞ。柳生と、正面から敵対した。それを勝ち抜く以外に、われらのとるべき道はない」

「勝てる、と小平太殿は言いました。しかし、ほんとうに勝てるのでしょうか。月潟村を襲ったのは、私が兄とも慕っていた人たちです。あの人たちが、私の両親を殺すなど」

「そういうことなのじゃ、数馬。霧へ行くと、人が変えられてしまう。いや、霧で人ではなくなる、と言った方がいいであろう」

「人でなくなるといっても、人であったことを、私もみんなも知っています」

「だから、それが霧なのじゃ、数馬。人を、人ではなくしてしまう場所。おまえたちは、そこへ入る前に、なんとか逃れることができた。これから、どうするかじゃな」

「闘うしかない、と小平太殿は言いました。私も、そう思います。みんなも、同じ気持でいます。ただ」

「どこまで続くか。それが、おまえの不安なのじゃな、数馬?」

「あの村から逃げるのさえ、みんなこわがっていました。霧を相手に闘うなどと。まして、その背後には、柳生がいるというではありませんか」

数馬は、涙を流していた。それを、森之助がじっと見つめている。

「伊波数馬。おまえには、闘う道しか残されていない。たとえ、負けようとだ」

景一郎は、それだけを言った。

泣きながら、それでも数馬はしっかりと頷いた。

第五章　帰るべき地

1

火が燃えている。

八郎太《はちろうた》は、消えそうで消えない、小さな炎を見つめていた。

山中は、静かである。今夜は、風もない。焚火《たきび》の中で、熾《おき》が崩れるかすかな音が聞えるだけだ。赤々とした熾は、闇《やみ》に浮かびあがり、まるで別のもののように見えた。

いつまで、山中に留まっていられるか。

くり返し、考えてきたことだった。

桐生《きりう》村から、三十数名が逃げた。この三十数名は、月潟《つきがた》村で多くの人が殺されたことを知った。再び桐生村へ帰ろうとする者はいないだろう。

しかし、どこへ行けばいいのか。

自分と小平太《こへいた》の二人だけなら、山中に籠《こも》ることもできた。しかし兄や弟をはじめとする、一族のほとんどが殺され、さらに月潟村にいた者たちの一部にも柳生《やぎゅう》の手がのびてきた。

山に籠るなどは、甘い考えにすぎないことを思い知らされた。

兄が、霧生《きりう》村を探った。それについては、八郎太も弟も多少の力は貸してきた。月潟村から桐生村へ、否応《いやおう》なく人が連れ去られるのを防ぐためには、霧生村の秘密をあばくしかなかったのだ。

月潟村が、柳生の言いなりになるしかなかったのは、もう何代も前に、村全体が抹殺されても仕方がない、という秘密を柳生に握られたからだ。それは、触れてはならないこととして、八郎太も訊《き》くのを許されなかった。大兄《おおあに》の口調で、なんとなく察してはいたが、細かいことについてはまったくわからない。兄の一郎太《いちろうた》も、弟の十郎太《じゅうろうた》も同じようなものだったのか。兄や弟の方が、月潟村のありようを、自分より真剣に考えていたことだけは確かだった。

兄弟たちと較《くら》べると、自分は無頼《ぶらい》だった、と八郎太は思う。村がどうというより、自分が生きたいように生きる、ということを大事にしてきた。桐生村へ人が連れていかれるのも、あらかじめ決まっていることとして、深く考えないようにしてきた。

それが変らざるを得なかったのは、ひとり息子の小平太が桐生村へ行くと言い出した時からだった。八郎太は止めたが、弟同然として育った者が、三人とも桐生村へ連れていかれることが、小平太の性格ではどうしても肯《がえ》んじられなかったのだ。三人は、実の兄弟のいない小平太には、家族そのものだった。

桐生村に柳生の者がいることも、桐の先に霧があることも、八郎太は知っていた。それを小平太に告げても、決心を動かすことはできなかった。

霧を探索する兄に、八郎太が手を貸しはじめたのは、そのころからだった。もっとも、霧を直接探ったわけではない。

月潟村を出て、桐と霧で育ち、柳生の者になってしまった者たちを、それとなく捜し歩いたのだ。全国を巡る角兵衛獅子《かくべえじし》には、その気になればやれないことではなかった。三人は見つけた。何代にもわたると、どれほどの人数が月潟村を出たのかわからなかったが、見つかったのはたった三人だった。

それも、ひそかに探った。探ったことのすべては、兄に届けた。兄は、大兄に届けたかもしれない。大兄が、月潟村のありようを最も憂《うれ》えていたからだ。

それ以上深く探る前に、小平太が二人を連れて桐生村を脱けるという、予想外のことが起きた。小平太が弟のように扱っていた三人のうちのひとりが、柳生の者に殺されたのが原因だった。

三人は、山中にしばらく潜んでいたが、やがて糸魚川《いといがわ》藩の金蔵を襲い、それで柳生に足取りを摑《つか》まれた。二人は殺され、小平太は捕えられた。糸魚川藩としても、金蔵破りの下手人を、ひとりは処断しなければならなかったのだろう。藩の手に身柄を委《ゆだ》ねられたことで、八郎太は小平太を救うことができた。柳生が相手だと、そうはいかなかっただろう。

それと前後するようにして、兄一郎太が霧生村の秘密を摑み、すぐにそれが発覚した。柳生による、田島《たじま》一族の殲滅戦《せんめつせん》がはじまったが、小平太を救出して山中に潜んでいたことで、八郎太はその難から逃れた。

田島一族を襲う柳生の者の先頭にいたのが、神地兵吾《こうじひょうご》で、月潟村から出たとわかっている三人のうちのひとりだった。

かつて自分が育った村の人々を斬《き》り殺すのに、神地はなんのためらいも見せなかったという。神地が月潟村を出たのは十六年前で、斬った人間の多くを知っていたはずだ。

その神地も、日向森之助《ひなたもりのすけ》に斬られた。

そして、兄が摑んだ柳生の秘密は、いま大兄と八郎太が、二つに分けて持っている。大兄の存在を、柳生は摑んでいないはずだった。田島家では、長子の出生を隠し、別の地で育てるという一族のやり方があった。大兄は、月潟村へ足を踏み入れたことさえないのだ。一郎太も十郎太も死んだので、大兄が誰であるのか知っているのは、八郎太だけである。ただ、一族の者なら、大兄の存在だけは知っていた。

三十数人を、生き延びさせることができるのか。柳生も、霧から出た者だけを使うということはしないだろう。小藩では考えられない力を、柳生は持っている。全国に柳生流の門弟が散っていて、その中には隠密《おんみつ》の任を帯びた者も少なくないはずだ。家中のほとんどが、よそへ出れば一流として通用する手練《てだ》れであるともいう。

その柳生を相手にするのに、三十数名のほかは、日向景一郎《けいいちろう》、森之助兄弟だけである。二人がどれほどの手練れであっても、柳生のすべてを敵に回して、勝てるわけもない。ただ、こちらには、兄一郎太が命をかけて手にした、柳生の秘密がある。それを、いつどうやって使えばいいのか。

いつの間にか、炎は消え、赤い燠だけが闇に浮かびあがっていた。

八郎太は、枝を折って燠の中に突っこんだ。乾いた、爆《は》ぜるような音がし、炎が燃えあがってくる。闇が、揺らめいたような気がした。

八郎太も、ほかの兄弟と同じように、角兵衛獅子として、諸国を回った。その旅の間に、さまざまな技も身につけた。ただ八郎太は、ほかの者とは違う技も身につけさせられた。骨格が華奢《きゃしゃ》だったせいもあり、八歳になった時から、女の挙措《きょそ》を仕込まれた。桐生村へ行くことはなかったが、江戸池之端《いけのはた》の陰間《かげま》茶屋で、ひと月働かされ、さらに半年、深川で芸者をやった。

芸者となって男を騙《だま》すことは、苦痛どころか、快感すらあった。口の遣い方も、掌《てのひら》と腿《もも》で女陰《ほと》を作ることも、すぐにうまくなった。八郎太を目当てに通って来る男たちも、誰ひとりとして八郎太が男であることには気づかなかった。

つらかったのは、陰間として客を取らされた時だ。男として抱かれ、男として後ろから貫かれることには、苦痛しか感じなかった。毎夜、二人三人の男に犯されたあのひと月は、できれば忘れてしまいたかった。

それから八郎太は、女として武家や公家《くげ》の屋敷で働いた。十六歳から三年ほどだ。その間も、半年は角兵衛獅子として諸国を回った。それから、月潟村に家を構えた。妻帯し、親方になり、子を貰《もら》ってきては、軽業《かるわざ》を仕込んだ。実の子は小平太だけで、妻は若くして死に、それからは妾《めかけ》を常時二人か三人持っていた。

旅に出れば、女として男に躰《からだ》を抱かせることもしばしばだったが、月潟村では、憑《つか》れたように女の躰をいたぶり、責めあげた。精はなぜか肛門《こうもん》の中でしか放つことができなくなり、だから実子は妻との間にしか生《な》せなかったのだ。

八郎太は、四十二歳になっている。自分が老いたのかと思う時もあったが、まだ小平太らに負ける気はしない。

どうやって、柳生と闘えばいいのか。

これまで、考えたことはなかった。柳生はただ、一方的に月潟村へやってきて、何人かの子を連れ去っていく。それが、ずっとくり返されてきただけだ。

兄一郎太は、柳生の秘密を摑むことで、闘おうとしたのではない。柳生と対等の立場に立ち、育てた子を守ろうと考えたのだ。話し合いの余地があると思っていたから、命を落とすことになった。柳生は、はじめから話し合いの姿勢を見せず、抹殺する方法を選んできたのだ。

柳生との関係の中で、決して容認されない道を、密《ひそ》かに歩き続けてきたと言っていい。

もの音がした。

多三郎《たさぶろう》が、起き出してきたようだ。土鍋《どなべ》をいくつか煮ていて、炭がなくなりはじめたのだろう。多三郎は、時には起こしても眼を醒《さま》さないが、薬のためとなると、必要な時には必ず起き出してくる。見ていても、それは不思議なほどだった。

「眠れないのか、八郎太殿」

炭を足す作業を終えて、多三郎が焚火のそばにやってきた。

「昼寝をしすぎておるんじゃ、わしは」

「眠るための薬ならば、あるぞ」

「いらぬ、そんなものは。眼を醒さなかったら、どうなるというんじゃ」

「それこそ、楽なことではないか。考えてみろ。眠ったと思って、そのまま死ぬのだ」

ほんとうに楽かもしれない、と束の間《つかま》、八郎太は思った。

「柳生との闘いで死ぬるより、ずっと楽だと私には思えるな」

「そんな薬しか作れんのか、おまえには？」

「眠ったまま死なせる。ふむ、いままでに考えたことはないな。苦しんで、のたうち回って死ぬ毒なら、これまでいくらも作ったが」

「おまえが作らなくても、毒ならばいくらでもあるではないか、多三郎」

「味のいい毒もある。うまいと思って呑《の》みこみ、それから腹の中でけものが暴れるような痛みと苦しみがある」

「なぜ、そんなことがわかる。死んだ者にでも聞いたか？」

「いや、それでも死なぬ者がいる。景一郎さんだ。私が頼むと、どんな試しもやってくれた。血を吐いたこともあるが、結局は死なかった。いつの間にか、毒で死なぬ躰になってしまったのだ」

景一郎なら、そういうこともあるだろう、と信じられる。剣の腕についても、そうだ。信じられないほど強いということが、いまなら信じられる。

「それにしても、多三郎。病に効く薬を作る能はないのか。毒を作るのが、おまえの仕事ではあるまい」

「薬を知らぬ者には、そう思えるだろうな。しかし、毒は薬なのだ。薬が毒だと言ってもよい。病を殺す代りに、人を殺す。そうなった時に、毒と言われ、逆だと薬だと言われる。人の躰の中を搔《か》き回し、なにかすることには変りない」

「そんなものか」

「毒にも薬にもならん。言い得て妙だ。あらゆる薬草を私は扱ってきたが、そういうものがほとんどでな。人も同じよ」

「おまえが、いま作っているのは？」

「言っても、誰もわかってくれん」

「聞くだけは、聞いてやってもよいぞ」

「やめておく。私が考えている薬が、ほんとうにできそうな予感があるのに」

「予感を、喋《しゃべ》ってみい」

「汚《け》れ《が》そうだから、嫌なのだ。特におまえのようなやつに喋るとな」

「わしは、不浄かのう」

「そういうことではない。気に食わぬ男に話したくないと思っているだけだ」

「気に食わぬ男の、話を聞いてやろうとしたのに」

「そうだ、八郎太殿。おまえ、新しい薬の試しをやってみぬか。景一郎さんは薬がまるで効かない躰になっているし、森之助では若すぎる。おまえ、命など惜しくないのだろう？」

「おまえに殺される命なら、惜しい。がしかし景一郎は、そんなことを何度もやってきたのか？」

「数えきれないほどだ。江戸へ戻って、帳面を見ればわかるが。生と死が五分五分なら、景一郎さんは平然と試しをやった。そして、死ななかった」

そういう男だ、と八郎太も思った。そして自分なら、何度かやるうちに、必ず死んだだろう。五分五分なら、必ずどこかで当たる。自分という人間の人生の運など、それぐらいのものでしかない。

「さてと、もうひと寝入りするか」

這《は》うようにして、多三郎は小屋に戻っていった。

毒と薬。多三郎が言ったことについて、八郎太はぼんやりと考えていた。

2

暮しのやり方は、なんとなく決まっていた。

木の上の小屋には、森之助とお鉄《てつ》がいる。八郎太は、景一郎と同じ小屋だ。小平太が戻ると、三人が地上の小屋になる。多三郎は、いつも自分の小屋だった。

森之助とお鉄は、夫婦のようなものだ。毎夜、媾合《まぐわ》いの最中にあげるお鉄の、咆哮《ほうこう》のような声が聞える。毎夜では殺されると言いながら、お鉄は陽が落ちると耐えられなくなるようだった。海女《あま》だから、普通の女よりもはるかに躰の芯《しん》は強い。それでも、お鉄は憔悴《しょうすい》しはじめていた。森之助は、まったく変らない。

「十五であろう、森之助は」

呆《あき》れて、八郎太はそう言ったことがある。

「何歳になっても、男と女は媾合うものではないのですか、八郎太殿」

「心があればだ」

「八郎太殿は、そうなのですか？」

妾を囲っても、数年で死なせた。死なない者も、心は荒れ果てていた。それでも、銭のために妾になりたがる者は、後を絶たなかった。

兄も弟も、そういうことにあまり執着はなく、たしなめるようなことを八郎太はよく言われたものだ。それがいま、森之助をたしなめたりしている。

「必ず、精は放っているのか？」

「その前に、やめてくれとお鉄さんが言うこともあります」

精を放つと、男はしばらく力をなくす。男を相手にすることも多かった八郎太には、それがよく見える。しかし、森之助が力をなくしているとは思えなかった。

なににおいても、景一郎と森之助の兄弟は並はずれているのかもしれない。

山中の生活も、十五日に達しようとしていた。

小平太たちのところからは、数馬《かずま》が一度きたきりだ。どこかの山中で、柳生を迎え撃つ準備をしているのだろう。全員が散ってしまったのなら、小平太はここへ戻ってくるはずだ。

食物は、洞穴の中に蓄えてあった。穀物は、四人なら三月分ほどあり、獣肉を煙で燻《いぶ》したものもかなりある。

新緑が芽吹き、葉を拡《ひろ》げ、山の地肌がまるで見えなくなるのを、八郎太はただむなしく眺めていた。この兄弟から離れない、というのが八郎太の最初の闘い方だった。自分のためではない。小平太をはじめとする、三十数名のためだ。この兄弟が闘い、手強《てごわ》いと柳生に思わせたところで、話し合いに持っていく。八郎太に考えられることは、それだけだった。

遠望しても、ここに人がいるようには見えないだろう。小屋などは木々の葉で隠されたし、多三郎が使っている火は炭で、外の火は竈《かまど》をしつらえ、遠くからは見えにくくなっている。

夜は、小屋さえあれば、火が必要ではない季節になっていた。

景一郎と森之助は、昼間は山中を駈《か》け回っている。迷路を作っているようだった。簡単なものではなく、一里四方はある。八郎太も一度歩いてみたが、普通の人間には径《みち》とは見えないようなものだ。小枝が不自然に折れていたり、枯葉が踏み躙《にじ》られているところがあったり、草が同じ方向をむいていない場所があったりする。

八郎太は、その迷路から脱することができなかった。

八郎太がやっているのは、小屋の周辺に罠《わな》を作ることだった。近づいてくる者に対して仕掛けた罠だが、時にはけものもかかっていることがあって、新鮮な肉を口にすることができた。罠を見回るついでに、山菜なども摘んでくる。

ひとつの村のようでもあり、家族のようなものでもある、と八郎太は感じていた。このままの時が、いつまでも続くのではないかという錯覚が、ふと襲ってくることもあった。

しかし、なにかが近づいてきている。そのなにかの正体について、八郎太はいやというほど知っている。

全身の毛が、そそけ立った。

寝入ってすぐである。気づくと、そばにいる景一郎は、眼を開いていた。

「迷路にひっかかったようですね、八郎太殿。森之助を、迎えにやります」

外に出て、景一郎は森之助を呼んだ。

小屋から跳び降りてきた森之助は、大刀をしっかり持っていたが、素っ裸だった。

「迷路の中に、迷いこんだ者がいる。連れてきてやれ」

「敵、ではないのですか？」

「その恰好《かっこう》で、闘おうと思ったのか？」

「闘うのに、身なりを気にしようとは思いません、兄上」

「待っていろ。動き回らぬよう、いま合図を送る」

間に入って、八郎太は言った。

薪《まき》で、木の幹を叩《たた》いた。角兵衛獅子《かくべえじし》の、軽業に合わせた太鼓である。この音と調子を合わせて、止まったり動いたりするのだ。止まれという合図を、三度、八郎太は送った。

お鉄が抱えてきた着物を、森之助は着ていた。脇差《わきざし》を差し、大刀を差しながら、身を翻《ひるがえ》し闇《やみ》の中に飛びこんでいった。

「何人かのう」

「ひとりでしょう」

「そこまで、感じ取れるのか、景一郎？」

「いやな習性です」

「役に立ってもいる。まあ、煩《わずら》わしいことであろうがな」

八郎太は、お鉄のそばに座りこんだ。

人が近づいてきた。自分にはそれがわかっただけで、全身の毛が立つほど緊張した。

しかし景一郎には、それが敵ではなく、迷路に嵌《はま》りこんでいることもわかったようだ。

景一郎は、それきりなにも喋らず、小屋へ入っていった。

半刻《はんとき》ほどして、人が近づいてくる気配を、八郎太は感じた。いつの間にか、景一郎も出てきている。

森之助に連れられて現われた少年の名を、八郎太はとっさに思い出せなかった。

「格之進《かくのしん》です」

少年が言う。それで、ようやく名を思い出した。十二歳で桐生村に行く時、少年たちは元服名を貰う。だから、その名で呼んだことはないのだ。

「柳生の者らが、三十名ほど近づいているそうです。いまはもう、われらの砦《とりで》を襲っているかもしれません」

「ここへ来るのは、小平太か数馬だけということになっていたはずじゃが」

「二人とも、闘いに欠かせません。一番歳《とし》が下の私に、行けと小平太殿が」

「いくつになる、格之進？」

「十三です」

「柳生が三十名とは、どこで摑《つか》んだ？」

「小平太殿が、一日ほどの距離のところで見張って。三十名は、小平太殿が確かめた数で、ほかにいるかもしれないということです」

柳生は、時がかかるのもいとわず、万全の態勢で臨んできたのだろうか。小平太らを攻める一団とは別に、あるいは自分たちの所在を摑む任を帯びた者たちもいるかもしれない、と八郎太は思った。

「お鉄さん、なにか食べ物を。格之進は腹を減らしています」

景一郎に言われ、お鉄が獣肉を持ってきて炭火にかけた。

「砦に、どういう備えがあるのか、詳しく話してくれ、格之進。肉が焼けたら、食いながらでいいぞ」

格之進は、景一郎にむかって、地形から語りはじめた。

背後が崖《がけ》の、退路のない場所に、小平太らは拠《よ》っているらしい。その場所を選んだのは数馬で、小平太との間で激論があったようだが、最後は全員で肚《はら》を決めている。

食料は運びこまれ、水は確保し、防御も何重にも施されていた。とにかく、最初の柳生の攻撃だけは凌《しの》ぎきる、という構えだった。次の展開を考えるまでの余裕は、多分なかったのだろう。しかし、全員がよくひとつにまとまり続けている、と八郎太は思った。

肉に食らいつきながら、格之進は全員での話し合いについて語りはじめた。分散すると、ひとりずつ消されていくという恐怖が、全員をひとつにまとめたようだ。

「いいだろう。犠牲も覚悟の上なら、柳生と正面切って闘うのが、最も柳生をてこずらせることになるはずだ」

景一郎が言った。

「森之助、夜が明けたら、格之進とともに出発しろ。一日遅れて、私と八郎太殿も行く」

「その間、兄上はなにを?」

「迷路を、別のところにも作っておく。念のためだ」

「待て、景一郎。ここに残るのは、多三郎とお鉄だけか。それは、危険だ」

「柳生が討ちたいのは、八郎太殿父子と、私たち兄弟だ。多三郎さんとお鉄さんは、後回しでしょう。われわれがここにいる方が、かえって危険です」

言われれば、八郎太もそうだと認めざるを得なかった。それに、格之進が尾行《つけ》られていなかったかも、景一郎は確かめたいのだろう。

「夜が明けるまで、眠っておけ、格之進」

「私は、すぐに戻りたいのです」

「気持はわかるが、むこうで使いものにならないというのも、困る。八郎太殿に連絡を取るという、最初の仕事は、きちんとやり遂げたのだ。休んでいい」

格之進の、幼い顔が頷《うなず》いた。

3

岩の多い山だった。

緑が多いが、それは灌木《かんぼく》のものだろう。

山の上も下も、闘気がたちこめている。景一郎は、もっと前からそれを感じているだろうが、慌《あわ》てた容子《ようす》はなかった。

山上の三十数名のことが、八郎太は気になった。いまだ闘気がたちこめているところをみると、負けてはいない。しかし、犠牲は出しているだろう。

「ここで二人を待ちましょうか、八郎太殿」

「しかしな、一刻の猶予《ゆうよ》もならぬ、というふうにわしには見えるが」

「ずっと、そういう状態が続いているのですよ、きっと」

「二人は、山に入ったかもしれん」

「入るな、と言っておきました。そして、このあたりで落ち合おうと。生きていれば、来るはずです」

景一郎が、腰を落ち着けた。

八郎太も、景一郎のそばに座った。たつ婆《ばあ》の姿ではなく、筒袖《つつそで》に野袴《のばかま》で、旅の浪人者とでもいった身なりだった。髪は白いものが多く、いささかくたびれて見えるだろう。

「景一郎、おまえはどこまでやる気がある？」

「八郎太殿が、私や森之助を利用しようと考えているほどには、やりません。多三郎さんの薬ができあがれば、江戸へ帰ります」

「それからは？」

「降りかかる火の粉を、払うだけですね」

ここまで出かけてきたのも、小屋の周辺を争闘の場にしてしまうと、多三郎の仕事の邪魔になる、と考えたからかもしれない。

八郎太も、景一郎を直接利用できるとは考えていない。多三郎と森之助を、さらに深く巻きこむことで、景一郎をも引き留めておくことができる。

「おかしな兄弟ではある。わしは、おまえたち二人が現われたのは、天祐《てんゆう》だと思っておるがな」

「あまり、当てにしない方がいいと思います」

「なんの。おまえが嫌がっても、柳生は放ってはおかん。兄弟の首を並べるまで、安心はできぬであろうしな」

一刻《いっとき》以上、そこで待ち続けた。

二人が現われたのは、夕刻だった。斬《き》られてはいないが、格之進は全身に打身を負っているようだ。

「十名ほどが、われらを追っています。みな、手練《てだ》れです。格之進は、崖を降りて逃げる時に、落ちました。幸い、土の上に転げ落ちたので」

「山の方は、なにかわかっているのか？」

八郎太は、山上の者たちのことが、やはり気になった。

「何人かは、死んでいると思います。ただ、柳生も攻めきれずにいます。ずいぶんとしっかり、砦は築いてありますから」

小平太を除けば、十三から十六ぐらいの、大人にはなりきっていない者たちの集まりだった。攻める柳生は、それこそ手練れを送りこんできているはずだ。

「十人のうち、何人斬った、森之助？」

「ひとりも、斬れませんでした」

「よし。それなら、十人を片付けるところからはじめよう」

景一郎が、場所の指示だけした。

二人が、立去っていく。八郎太は景一郎とともに、一里ほど進んだ。かなり、岩山に近づいたことになる。

「しばらく、木や岩になりましょうか、八郎太殿」

陽はすでに落ちている。

八郎太は、頭上の枝に跳びつき、木に登った。景一郎の気配も、感じられない。やがて、月が出た。ぼんやりした月だが、明りはある。それも、八郎太は気配を殺して見ていた。景一郎の気配は、やはり感じられない。ほんとうに景一郎がいるのかどうか、ふと不安になった。

争闘の気配が近づいてきたのは、木に登って二刻《ふたとき》も経《た》ったころだった。はじめに、格之進が走ってきた。それからしばらくして、森之助が刀を抜いたまま、八郎太がいる木の下まで来た。

十人が追ってきて、二人を取り巻いた。

森之助と格之進は、背中を合わせるようにして立っている。

無言のまま、柳生の者たちが攻撃を加えた。そう見えた時、後方にいた三人が薙《な》ぎ倒された。柳生の者たちは、それでも声をあげず、景一郎の方へ剣先をむけた。森之助たちにむかっているのは、三人である。見事な連携だった。

束《つか》の間《ま》、対峙《たいじ》があった。それから、三人が森之助たちに斬りかかった。その瞬間、八郎太は木の枝から跳んだ。地に降り立つ時、ひとりを斬り倒していた。さらに振り返ったもうひとりに、脇差を投げた。それは、腹の真中に突き立った。袈裟《けさ》に斬る。残ったひとりを森之助が斬り倒したところだった。

その間にさらに二人が景一郎に倒され、残る敵は二人だけになった。

ひとりに、森之助と格之進がむかった。もうひとりは、景一郎に追われるように、八郎太にむかってきた。

八郎太は、相手の斬撃《ざんげき》を、高く跳躍することでかわした。景一郎は、笑って見ているのかもしれない。そう思う余裕があったのは、一瞬だった。二の太刀が、降り立った八郎太にむかってきていた。もう一度跳躍の姿勢をとり、それから八郎太は地に転がった。上に注意をむけた敵の、臑《すね》を払った。片脚の膝《ひざ》から下が、草の中に飛んで消えた。

残るひとりを、森之助が斬り、格之進が背後から突いていた。森之助が、さらに首筋に斬りつける。血を噴き出して、男は倒れた。突き刺した刀が抜けず、格之進は慌てていた。足をかけ、体重をかけて抜いたはずみで、格之進は尻餅《しりもち》をついた。

「突いたら、抉《えぐ》るように刀を動かせ、格之進。抜けなければ、相討ちになってしまうぞ」

景一郎が言った。

不意を襲ったとはいえ、景一郎は半数の五人を倒していた。

「森之助」

「はい」

「格之進と二人で、十人の息を確かめろ。まだ息がある者には、止《とど》めを刺せ」

「わかりました」

「この敵なら、勝てるぞ、景一郎」

「森之助は手練れだと思ったようですが、神地兵吾の手と並ぶ者は、ひとりしかいませんでした。まだ、柳生は甘く見ているのかもしれません」

「ふむ、そうなのかな」

「八郎太殿は、鋭い剣を遣われる。わざわざ女に化けることなどない、と私は思いました」

「わざわざではない。女に化けることが、ほかの者が持っていない、わしの技なのだ。これで、何度も命を拾ったものよ」

肉に、刀を突き立てる音が聞えてきた。

息のある者が、何人かいたはずだ。止めを刺しているのは、格之進だった。

「この十人は、喋《しゃべ》らん。動くこともない。それが、攻めている柳生の者たちには、大きな不安になるだろう」

戻ってきた二人に、景一郎は言った。

「攻撃を急ぐだろうな。山頂にいる者たちは、一度か二度は、それを撃退できると思うか、格之進？」

「はい。砦の手前は急な斜面で、登りきった者は二名だけでした。まだ、落とす石の備えなど、充分あると思います」

「よし、最初の攻撃の時、火攻めをかけよう。つまり、柳生の者たちの退路は燃えている」

「だけど、景一郎殿」

「山頂の砦では、当然、火攻めを受けることを考えたであろう。つまり、攻める側よりもそれに対する備えはある」

格之進が、かすかに頷いたようだった。

「兄上、柳生の者たちを、どんなふうに見られましたか?」

「おまえは、手練れと言った。しかし、柳生にはもう一段、二段上の手練れが、多くいるはずだ、森之助」

「しかし」

「月潟村の者たちだけで、いまのところすべてを片付けようとしているように思える、私には」

八郎太も、そうかもしれないと思った。それならば、何人死のうと、闇《やみ》から闇で、表に出てくることなどないのだ。

4

柳生の、次の動きがあるまで、待つことになった。

月明りの中で、八郎太は死んだ者の顔を確かめて歩いた。

森之助と格之進は寄り添って腰を降ろし、景一郎はひとり腕を組んで木の幹に寄りかかっている。眠っているように見えるが、それはこの男の隙《すき》を意味しない。

八郎太は、景一郎のそばに腰を降ろし、同じ幹に寄りかかった。

「知っていると思える顔が、三つばかりあった。十二歳と十八、十九では、顔が大きく変ってしまっているが。それ以上の年齢の者は、よくわからん。わしも、出ていく者についていては、できるかぎり忘れるようにしていたのでな」

「月潟村では、剣の稽古《けいこ》は？」

「するものか。軽業だけじゃ。しかし、どこか通じているところは、あるのだと思う」

「神地兵吾などは」

「あの男は、幼いころから剣が好きであった。棒を持つと、大人でも勝てぬといわれたものよ。それから、伊波《いは》数馬も」

「八郎太殿や、小平太の剣は？」

「われら、もともと上杉《うえすぎ》の家中である、と言ったはずだ。幼いころから、軽業とともに剣の稽古をさせる家も、いくつかあった」

「八郎太殿の太刀捌《さば》きは、鮮やかなものだった。とてもたつ婆とは思えん」

「わしの一族は、特に剣に熱心でな。それで神地兵吾のような者も出る」

「あれも、一族か」

「そういうことだ。遠いものも含めれば、村の半数は一族であるが」

景一郎が喋らないので、八郎太はしばらく風で草が靡《なび》くさまを見ていた。新しい草が芽吹いてはいるが、枯れた色の草も残っていて、火をつけるとよく燃えそうだった。

「月潟村の者だけの殺し合い。おまえはそう言ったが、一族同士の殺し合いと言ってもいいかもしれぬ」

「貰《もら》ってきた子が、ほとんどでしょう」

「なぜ貰えたか。それも、気になる。北は陸奥《むつ》、南は紀州あたりの子まで、なぜか貰うことができた。無論、旅の途中で話をつけておくことはあったが」

「貰う子にまで、柳生の思惑が働いていたという意味ですか？」

「三歳ごろから仕込んでも、軽業を身につけられない者は少なくない。それが、貰ってきた子は、駄目な者が極端に少なかったのだ。躰《からだ》に流れる血ではないかと、わしは時々考えたりしたもんじゃ」

古くからの、忍びの里。そういう山中の村からの貰い子が多かった。貰う側が見るのは、親である。田畠《たはた》で働く者より、山や海で働く者の方が多かった。角兵衛獅子《かくべえじし》の旅には、さまざまな意味があったが、そのひとつが貰える子を捜すというものだったのだ。

霧《きり》から出た者たちが、柳生のためにどういう働きをしているのかは、よくわからない。いくつかの大名の移封や改易に関係したらしいと、兄一郎太は言っていた。それ以外になにかやっていても、もう見えはしなかった。霧へ行った時から、すべてがなかったことになる。桐生村へ行った者たちも、いなかったことになる。

なぜ、月潟村が長い間、柳生に人を差し出し続けていたのか。それも八郎太にとっては謎《なぞ》だった。兄弟三人で集まった時にその話もしてみたが、月潟村の存亡に関する秘密を柳生に握られた、ということしかわからず、その秘密がなんなのかは、一郎太も十郎太も本気で知りたがっていた。知っているのは、大兄《おおあに》だけという気もする。

夜が明ける少し前、景一郎と八郎太は同時に立ちあがった。

森之助と格之進も、弾《はじ》かれたように立った。

「柳生の者たちが、斜面を登りはじめたところで、下から火をつける。草はよく燃えるはずだ。火を突っ切って降りて来る者は、待ち構えていて斬る」

景一郎が言うことを、二人はじっと聞いていた。

「われらが背後にいることを、山頂にいる者たちに教えるために、八郎太殿には角兵衛獅子の太鼓の調子で、木の幹を打っていただきたい」

「わかった」

その響きが、攻める方を動揺させることもありそうだった。月潟村で育った者が混じっているならばだ。

「行こう。勝負は一度で片を付けたい」

景一郎が歩きはじめた。

岩山の裾《すそ》から八丁ほどのところで、景一郎は止まった。じっとしていた。しばらくして、多人数の動く気配が伝わってきた。気配だけで、もの音ひとつ聞えはしない。

それから、はっきりと攻めあがる気配が伝わってきた。密《ひそ》かに攻めるのではなく、力押しである。なにがなんでもこの攻撃で決める、と考えているのだろう。

「よし、火を放て。八郎太殿は、太鼓の調子を」

森之助と格之進が走った。景一郎は中央から山裾に近づいていく。八郎太は、太鼓の調子で、木の幹を叩《たた》きながら、景一郎のあとを追った。

火があがった。火はすぐに、山にむかって燃え拡《ひろ》がっていった。岩山が、火の輪に包まれたような恰好《かっこう》だった。

うろのある木を見つけ、そこで八郎太は太鼓の調子を打ち続けた。

不意に、岩山の頂上からも、なにかを打ち鳴らす音が聞えてきた。角兵衛獅子の太鼓の調子で、鉄鍋《てつなべ》の底かなにかを、石で打っているようだった。

火に照らされて、攻めあがろうとしている柳生の者たちの姿が見える。二十数名はいるだろう。頂上から転げ落ちてきた十数個の石に、その中のひとりが巻きこまれた。

「では、逃げてくる者については、八郎太殿にお願いしたい。私は、火のむこうへ入ります」

森之助と格之進も、そばに来ていた。

景一郎は、ただの草むらに入るように、火の中に入っていった。次に景一郎の姿が見えたのは、柳生の者たちの真中だった。二人が、倒れていた。柳生の者たちはなお、頂上の砦《とりで》を攻めようとしている。犠牲を顧みてはいないようだ。砦からは、石が投げられていた。

さらに二人が、景一郎の剣に倒れた。景一郎は、斜面を横に動きながら、かたまった敵を、散らばらせていた。

ひとつにまとまっている方が、上からの攻撃はたやすいように思えるが、石を転がしたところで、そう簡単に思ったところに行くわけではなかった。ひとつにまとまった敵の方が、ずっと手強《てごわ》いのである。防御を破られたら、それで終りと考えていい。

さらに斬《き》りかかったひとりが、竹のように頭蓋《ずがい》から両断されるのが見えた。

それで、攻める気をなくしたようだ。誰の指揮かはわからないが、一斉に斜面を下りはじめた。

「まとまっていよ。わしが逃した者を、おまえたちが斬る。それだけでよいぞ。離れてはならん」

八郎太は、森之助と格之進に声をかけた。

ひとりが、火から飛び出すなり、斬りかかってきた。その胸を、八郎太は突きあげた。男の胸から引き抜いた刀を、次の者にむけたが、逃げられた。森之助が追い、背後から斬り倒した。

十人ほどが、まとまって飛び出してきた。

景一郎が、追い落としてきたのだ。景一郎が三人、八郎太がひとり、そして格之進がひとりを倒した。

砦からも、攻め降ろしてきたようだ。乱戦になりかかったが、柳生の者たちは別々の方向に散っていった。

夜が明けかかっていた。

「火を消せ。その備えはあるのだろう。それから、森之助と格之進で、生きている者の止《とど》めを刺してこい」

景一郎は、すでに刀を鞘《さや》に収めていた。

小平太と数馬が駈《か》け寄ってくる。

「なかなか、全滅させられるものではないな」

景一郎が、静かな声で言った。

「一度、砦の中まで斬りこまれたのです。二人でした。そのひとりは倒しましたが、もうひとりは逃がしてしまいました。そして、われらのうち、四名が斬られ、三名が死にました。景一郎殿、手強い敵でした。五名が斬りこんできていたら、どうなっていたかわかりません」

「ひとつにまとまっていた。何人もが入っては来られない備えも、作っていた。よくやったと思う。ここまでてこずるとは、柳生は考えていなかっただろう」

「太鼓の音が、力づけてくれました。景一郎殿が勝てると言われたことは、ほんとうだと思いました」

伊波数馬は、顔に浅傷《あさで》を受けていた。まともに斬り合いができたのは、小平太と数馬のほか、数人だったに違いない。

「屍体《したい》を埋める。ほかの場所にも、十の屍体がある」

八郎太が言った。

「月潟村で育った者も、少なくないはずだ。場所は、格之進が知っている」

「すぐ、人をやる、父上」

小平太は、傷を負ってはいない。しかし、月潟村で別れた時と較《くら》べると、形相が変っていた。

「ひと晩に、六度、七度と攻めてきやがった。見張が気づかないほど、密かに忍び寄ってくるのだ。いつ攻められるかと思うと、俺も数馬も、眠ることなどできなかった」

それだけ言い、小平太は十人ほどをひと組にして格之進を案内につけた。

十四、五歳の者が、一番多いのだろう。数馬でさえ、十六だった。ほとんど全員を、八郎太は知っていた。それも、幼いころからである。

「砦を、見せて貰おうか」

景一郎が言った。

火は、消したというより、砦の近くまで燃えあがると、もう燃えるものがなく、自然に消えたという感じだった。

地表から、熱が伝わってくる。それを気にしたふうもなく、景一郎は斜面を登っていった。その後ろに、小平太と数馬が続いている。森之助は、格之進と一緒に行ったようだ。

砦は、自然の石積みの中にあるような感じだった。背後は切り立った崖《がけ》で、下には川が流れている。

食料は、自然の洞穴に蓄えられていた。

三、四十人で籠《こも》り、守り抜くにはいい場所だ、と八郎太は思った。小屋なども木を少なくし、石で囲い、屋根だけ木の皮で葺《ふ》いてある。いざとなれば、小屋の囲いは崩し、それを投げることもできた。

薪《まき》は崖の縁の岩のところで、火がつけばすぐに下に落とせる。

「みんな、しばらく飯らしい飯は食っていないのだろう。米を炊《た》き、獣肉を焼け」

景一郎が言った。

水は、少し降りた崖っぷちに湧《わ》いていて、そこから崖を伝って流れ落ちている。その水がなければ、ここはただの岩山と言ってもよかった。水脈がどうなっているのかはわからないが、思いがけないところに水は湧き出すものだった。

五、六人が火を燃やし、食事の準備をはじめた。小平太と数馬の指揮は、行き届いているようだ。盛り土が三つあり、石が置いてあった。死んだ仲間は、そこに埋めたのだろう。どこで摘んできたのか、花も供えられている。名を聞いて、三人の顔を八郎太ははっきり思い出すことができた。

屍体を埋めに行った者たちも、戻ってきた。格之進は、森之助にぴったりと着いている。

炊かれた飯も、焼かれた獣肉も、すぐになくなった。食事の間に、景一郎は小屋で寝かされている、ひとりの怪我人《けがにん》の手当てをしていた。

「傷を焼いて、血を止めてあります。桐生村で習った方法なのでしょう。この砦の作り方も。柳生にとっては、皮肉なことだ」

景一郎が、小屋から出てくると、八郎太のそばに座って言った。箸《はし》がなく、飯は握ったもの、獣肉は手で摑《つか》んで食らいつく。大きな鍋と釜《かま》だけは、どこかで手に入れてきたらしい。木を削って、箸を作る余裕すらもなかったのかもしれない。

「八郎太殿。われわれは、これからどうすればいいのでしょうか？」

指についた獣肉の脂《あぶら》を、土に擦《こす》りつけて落としながら、数馬が言った。

「わしも同じじゃが、おまえたちみんなは、帰るべき地さえ失った。どうすればいいかは、話し合って決めるしかない」

「大人の都合で、われわれは桐生村に行かされたのではないのですか？」

「都合とは言えん。そうする、と柳生との間で決まっていたことだった」

「私を育ててくれた親も、殺された。ここにいる者はみんな、家族だと思っていた人間たちを殺されています」

「わしの一族でも、生き残ったのはわしと小平太だけじゃ。それも偶然が幸して、生き残ることになった」

「どうするかを、ここで決めてしまいたいのです。景一郎殿もおられますし」

「私は、あまり関係はないな。巻きこまれている、というだけのことだ。どうするかは、おまえたちで決めることだろう」

全員がしんとしていた。

「景一郎殿と森之助殿がいてくれたおかげで、われわれは桐生村から出ることができた。そして、ここでの争闘でも、なんとか勝つことができた。われわれだけでは、すでに全滅していたでしょう」

全員が、数馬の言葉に耳を傾けている。

「すでに一度、死んだのだ。そう思って、闘っていくしかありません。さらにまだ、助力をお願いすると言うのが、あまりに都合のいい言い方であることも、承知しています。しかし、お願いするしかありません。お礼など、できるわけもなく、ひとりひとりが死力を尽すとしか言えないのです」

「あえて、闘うことにこだわらなければならないのか、伊波数馬？」

「人でありたい、と思います。人であることを、忘れたくはありません。柳生は、われわれを人として扱っていません。だから、人であろうとするためには、闘うしかないのです」

「景一郎さん、数馬はこう言ってる。俺も、あんたに助けて貰いたい。ここにいるのは、まだ大人になりきれていないやつらばかりだ。助けてくれと言うのが、おかしなことだとは思わないよ、俺は」

小平太が言った。

八郎太は、口を挟まなかった。なんとかしなければならない大人がいるとしたら、それは自分だけだ。しかし、柳生とまともにぶつかって勝つ自信はない。景一郎ですら、勝てはしないだろう。ただ、柳生と話し合うための、時は必要だった。

「いいさ、数馬。やれる間は、私も一緒にやろう」

景一郎が言った。

森之助が、息を吐くのがわかった。

「私が言うことは、なにもない。どこまで闘うかも、決めるのはおまえたちだ」

景一郎の言葉に、数馬が頷《うなず》いた。

5

景一郎がまず気にしたのは、砦の位置だった。

もう一度、さりげなく全体を見て回っている。三名が死に、残っているのは、小平太も含めて三十名だった。十五歳以下の者が、半数を超えている。

しかし景一郎は、それを考えたわけではないらしい。

「次に柳生が攻めてきたら、ここは破られます、八郎太殿」

「わしには、完璧《かんぺき》にできているように見えるがな」

「柳生が持っている方法として。最初は、柳生も戸惑ったでしょう。しかし、自分たちの方法だ。皮肉ではあるが、破る方法もまた知っている、と考えた方がいいでしょう」

「そうだな。弱点を最も知っているのが、柳生であることは間違いない」

三十名いるといっても、子供だ。ここまでやるとは、考えていなかったのかもしれない。しかし、最後の総攻撃では、景一郎がいなかったら全滅させられていた。

「どうする？」

「いま、小平太と数馬に話しました。全員で、柳生を防ぐのに、最も効果のある方法と場所を考えろと。八郎太殿は、相談に乗ってやるべきではありませんか？」

「わしは、桐生村へ行ったわけではない。柳生の方法がなにか、よく知らんのじゃ。ただ、気持の相談には乗ってやれるかもしれん」

景一郎は、それ以上なにも言わなかった。

夕刻近くになったころ、小平太に呼ばれた。

「ここで、一番の大人は俺なんだ、父上。しかし、大人と言ったって、桐生村から脱け出したばかりで、ほかのことはよくわからん。俺たちで話し合って決めろと景一郎さんは言ったが、父上に話を聞いて貰《もら》うのはいいということになったのだ。俺たちが決めたことだけでも聞いて、意見を言ってくれ」

「われわれは、桐生村で教えられたこと以外、軽業しか知りません。景一郎殿は、柳生の方法では勝てないと言われ、われわれもそう思ったのです」

伊波数馬がつけ加えた。小平太と数馬を論破できる者は、ほかにいないのだろう。

「ひとつ、聞いておく。おまえたちは、なんのために闘う。生き延びるためか？」

「帰るべき地があると、私たちは信じたいのです。月潟村に帰れないのなら、自分たちの力で、帰るべき地を作ろうと思うのです」

「そこは、たえず柳生の攻撃に晒《さら》されるのだぞ、数馬」

「覚悟はしています。ばらばらになり、追いつめられ、ひとりひとり殺されていくより、自分たちが帰るべき地を作るために、われわれは闘います」

「そうか」

八郎太は、眼を閉じた。柳生との争いの帰趨《きすう》だけを考えている自分には、なにかが欠けているのではないか、と束《つか》の間《ま》思った。

それでも、子供が三十人集まって、柳生の攻撃を打ち払い続けるなどということは、考えられない。やはり、最後は自分と大兄が持っている、霧の秘密で取引するということになるだろう。それまでに、何人が生き残っているというのか。

「帰るべき地となるところを、どうやって捜す？」

「山中の、こういう土地がいいということを、みんなで話しました。それに似たところを、なんとか捜します」

小平太が、頷いている。心当たりはあるのかもしれない。桐生村を脱けてから、この一帯の山中に潜み、柳生の眼から逃れていたのだ。

「われらは、柳生に破られることのない砦《とりで》を築きたいのです。しかし、軍学の知識の量は、悲しいほど少ないのです」

「父上なら、多少はわかるだろう。柳生を破ることについても、考えたことはあるはずだ」

小平太が言った。

確かに、考えた。勝てるというところまで、考えることはできなかったが、闘うためにどうするかは、考え続けてきた。

勝つ道は、見つからない。しかしそれほど長い時でなければ、負けないで済ませる方法はあるかもしれなかった。

「父上たちがいる場所とここの間に、ちょっとした場所がある。そこがいい、と俺は思っているのだが、明日、数馬が十人ほど連れて見に行ってくる」

この集団で、小平太が頂点にいるのか、数馬がいるのか、よく見えなかった。いまのところ、力を合わせて闘うことがすべてだったからだろう。

柳生が、次の攻撃までに、どれぐらいの時を置くのか。またすぐに攻撃してくるのであれば、いまの状態は変らないだろう。少し間があれば、小平太と数馬の争いが起きるかもしれない。二人の考えが、いつも一致するわけはないのだ。

景一郎は、森之助と土を集めていた。

焼物にする土だというが、かなり深くまで掘ったりしている。この二人がやることについて、なぜということは考えないように努めていた。

翌朝、数馬は、十人ほどと出かけていった。

人望では、数馬は小平太より上だろう。剣の腕については、わからない。

自分の息子だが、小平太には幼いころから、粘り強さというものがなかった。そのくせ、人の上には立ちたがる。俠気《きょうき》のようなものも、持っている。

「景一郎、人がまとまって暮して、うまくいくと思うか？」

「そのあたりは、誰がまとめるかによるでしょう。小平太は、ひとりだけ二十歳《はたち》を越えていますが」

それから先を、景一郎は言わなかった。

せっかく桐生村から脱けてきても、じっとしてはいられず、糸魚川藩の金蔵を破るようなことを、小平太はやった。それによって、弟のように思っていた二人を死なせたし、自分も捕えられた。八郎太が助けなければ、当然首を刎《は》ねられて果てている。

「柳生には攻められ、中で争いは起きる。それでは、あの三十人は、生き延びられまい」

「八郎太殿は、どこかでたつ婆《ばあ》として、一生を全うされますか？」

「わしには、やることがある。別に一生を全うしようとは思わんが、あの者たちとともに死のうという気もない」

「彼らは、砦の築き方を、八郎太殿に訊《き》きたいのではないのですか？」

やるべきことがなにか、などという関心を景一郎は示さなかった。

「おまえが、教えてやってくれ。兵法者の眼で見た砦というやつを。わしより、腕が立つのだ。眼も利《き》くだろう」

「私は、窯《かま》を作ろうと思っていたのですがね。焼いてみたいものが、あるのですよ」

「そんなもの、いつでも作れるであろう。砦は、急を要している。おまえは、手助けをしてやると言ったではないか」

「作るのは彼らですが、作りはじめたら、気がついたことは言いましょう」

午《ひる》近くになって、二人が駈《か》け戻ってきた。

「よし、みんな移動するぞ」

数馬から、小平太が選んだ場所がいいという連絡が入ったのだろう。

鍬《くわ》が二本。応急で作ったらしい木槌《きづち》がひとつ。鍋《なべ》。荷はそれだけだった。それぞれが、食料を少しずつ持たされている。

景一郎は、まだ土を集めていたが、森之助は一緒に来るようだった。

三里ほどの距離だった。

やはり崖の上という地形だが、平坦《へいたん》で岩山などない。縄を使えば、谷川には素速く降りられる。そして、崖《がけ》の途中に、洞穴がひとつあった。桐生村から脱けた小平太は、しばらくその洞穴で暮したらしい。三人で暮すには充分な広さがあったが、十人では狭すぎる。

「崖の縁に、砦を築くのがいいのではないでしょうか。岩山ではありませんが、見通しはいいところです」

数馬が言った。

「洞穴は、食料を蓄える場所に使える。岩場で井戸は掘れそうもないが、谷川まで縄をつけた桶《おけ》を落として引きあげればいい。二十尋《ひろ》ぐらいのものだと思う」

「それもいいが、湧水《わきみず》を捜してみろ、小平太。大抵は、川のそばの岩場にはあるものだ。それを溜《た》め、砦の中に引きこめばよい」

「ありますよ、八郎太殿」

森之助が言った。

「岩が濡《ぬ》れています。あそこを穿《うが》てば、水は出ると思います」

「なるほど、そうか」

景一郎は、現われなかった。

小平太と数馬が、何度も土に線を引き、八郎太がそれを直した。

「とにかく、忍んで近づくことができないように、見通しをよくすることだ。砦は、石積みがよかろう。火にも強い」

五町ほどのところからは、森が拡《ひろ》がっている。そこに潜んでいても、五町は身を晒《さら》さなければならない。

平坦な場所がいいのかどうか、八郎太には迷いがあった。三十名は、みんな軽業を身につけている。しかし、柳生の者たちは、もっと長じているはずだ。

森から、小枝を集めてきて、火を燃やした。

火を取り囲んだ三十名は、身を寄せ合い、押し黙っている。砦を作ると言っても、並のことではないだろう。その間に柳生に襲われたら、と誰もが考える。

「俺と数馬は、砦は平地がいいと話し合った。砦などを作る時は、岩山を選ぶ。そんなふうに桐生村では教えられたからだ」

小平太が全員を見渡した。

「それから、ここから出たいという者がいたら、止めん。出ていっていい。ただし、それはいま決めろ。砦を築きはじめてからは、脱けることは許さん」

「脱けて、どこへ行けばいいんです。帰るところもないから、みんなでまとまっているのでしょう？」

言ったのは、格之進だった。数人が、頷くような仕草をしている。

「脱けて、どこかにひっそり隠れていれば、死なずに済むかもしれない。少なくとも、絶対に死ぬとは言えないのだ、格之進」

数馬だった。

「ここにいたら、絶対に死ぬのですか？」

「それは、わからん。ただ、ここにいれば、闘わなければならないことは、確かなのだ」

全員が、また押し黙った。

陽は、まだ落ちていない。森之助は、大刀と膝《ひざ》を同時に抱くようにして、八郎太のそばにいた。

「食いものは？」

誰かが言った。

「森に罠《わな》を仕掛ければ、獣が獲《と》れる。川には魚がいる」

「米は？」

「我慢するしかないな、いまは」

「米は、わしがなんとかしよう」

八郎太が言った。

「一俵や二俵の米なら、なんとでもなる。わしは変装ができる。どこかで、買い求めればいいのだ。銭なら、いくらかはある」

全員が、頷いた。

「それから小平太、多三郎のところへ行って、蓄えてある獣肉などを持ってこい。もともと、あれはわれらのものだ」

「わかった。しかし父上、多三郎が渡すかな」

「全部とは言わん。半分でよい」

「明日から、森の中に罠を仕掛けます、八郎太殿。それから、野草なども捜します」

「それでよい。食いものは、放っておけば尽きる。いつも手に入れる努力はすることだ」

塩がない、と八郎太は思っていた。それは、女に変装して、どこかで買ってくればいい。

「獣肉を焼け。みんな、腹が減ったろう」

二人が、腰をあげた。八郎太は、自分が持っていた塩を、全員にひとつまみずつ分けた。小平太と森之助は、自分の塩を持っていた。

「食いものがどうのというのは、確かに気になるだろうが、人は水と塩がなければ生きていけぬ。それはよく覚えていて、燻《いぶ》した獣肉などと一緒に、塩も蓄えるのだ」

「知らないことが、多すぎるのですね、われらには」

「難しいことではない。教えられるものは、わしが教えよう。おまえたちは、自分を守ることに力を注げ」

結局、この三十名を、自分が引き受けることになるのか、と八郎太は思った。しばらくの間ならいい。大兄と話し合い、そして柳生と取引ができれば、すべては終るのだ。

「私は、まだ十三歳ですが、決して迷惑はかけません」

格之進が、誰にともなく、呟《つぶや》くように言った。

「格之進、そんなことは気にするな。ここにいると決めたら、みんな同じだ」

「数馬殿、私は、みんなと同じように闘い、働きます」

「誰も、おまえの食い扶持《ぶち》を取りあげようなんて、言っちゃいねえよ。とにかく、三十人がまとまっているんだ。飢える時は、三十人が一緒に飢える」

「小平太殿の言う通りだ、格之進。おまえは、自分がまだ十三歳だということを、忘れろ」

焼けた肉を、数馬が切り分けた。岩の上に、それが並べられる。

「格之進から、とれ。これからは、歳下《としした》の者から、食いものはとっていくことにする」

「数馬殿は、十三歳であることを忘れろ、と言われたばかりです」

「気持の問題を言っただけだ。早くとれ。ほかの者が、とれなくなる」

格之進が手をのばすと、次々に手が出てきた。数馬、小平太、八郎太、森之助が残った。

「森之助殿。客人ですから」

「いえ、この四人の中で、私は年少ですから」

森之助がとる。

最後に残ったものが、一番大きく見えた。それを、八郎太はとった。

陽が落ちるまで、地をならす作業をした。

薪《まき》も、かなり集められた。

暗くなると、焚火《たきび》を三つ作り、みんなそのまわりに横たわった。見張は、三人である。一刻《いっとき》ずつというのは、とりあえず八郎太が決めた。

人の気配がしたのは、夜半だった。

異形の影。そう見えた。見張の者が、声をあげる。全員が跳ね起きた。

「待て、あれは景一郎だ」

異形と見えたのは、背に大きな荷を負い、それが頭上三尺ほどまで出ているからだった。そばまでくると、景一郎は荷を降ろした。

斧《おの》が四挺《ちょう》、鋸《のこぎり》、木槌、細縄。ほかにも、いろいろあるようだった。

「どんな砦を作るのだ、数馬？」

「はい、まず石積みを」

「必要ない。気持として、守られている気がするだけだ。石積みなど、ひと跳びだろう」

「しかし、景一郎殿」

「普通の小屋を作れ。そして、周辺に防御を施そう。ここまで辿《たど》り着いた敵とは、斬《き》り結ぶしかないぞ」

「周辺にですか？」

「森の中からだ。森からここに到《いた》る平地にも。柳生が見たこともないようなものを、知恵を出して考えようではないか」

「はい」

数馬が言った。小平太はしゃがみこみ、荷の内容を確かめている。

第六章　風塵《ふうじん》

1

いやな臭《にお》いだった。

馴《な》れているはずだったのに、海草を煮つめる臭いは、腹の底までしみこんでくるような感じだった。

前を行く兄が、どう感じているかわからない。森之助《もりのすけ》は、迷路を誰かが通った気配がないか、ということだけに気を配って歩いた。迷路を抜け、しばらく歩くと小屋が見えてきた。臭いは、ますます強くなる。

およそ十日ぶりか。

兄が、なんの気配の変化もなく歩いていったので、森之助は一瞬なにが起きているかわからなかった。人が、絡《から》み合っている。ただそう思っただけだ。

土の上に腰を降ろした多三郎《たさぶろう》に、お鉄《てつ》が跨《また》がっていた。尻《しり》を激しく上下させている。妙なことだが、お鉄が脱糞《だっぷん》している、と森之助は思った。多三郎の茶色い男根が、お鉄の尻の間で見え隠れしている。

お鉄がふり返り、森之助の方を見た。眼が合うと、お鉄は上体を反り返らせ、長く尾を曳《ひ》く呻《うめ》き声をあげた。

多三郎は、お鉄の乳首にしゃぶりついていた。ようやく、二人が媾合《まぐわ》っているのだ、ということに森之助は気づいた。

それは、江戸向島《むこうじま》の薬草園の離れで、時折見かけることがあった、伯父鉄馬《てつま》とおさわの媾合いから受ける感じと、まるで違っていた。

かっとしたものが、森之助の全身を駈《か》け回った。多三郎の相手が、お鉄であるということが、自分に平常心を失わせているのだと、森之助はなんとなく気づいてもいた。

お鉄が、多三郎の顔を両手で挟みこんで離し、立ちあがった。お鉄の全身の肉が、ぷるりと一度揺れた。

「帰ってきただか」

お鉄は、全裸のまま立ち尽して、森之助を見ていた。

「怪我《けが》はしてないだか、森之助？」

「していない」

近づいてこようとするお鉄を、森之助は掌《てのひら》を出して止めた。多三郎は、座りこんだままなにか呟《つぶや》いている。男根は、怒張したままだ。それはさっきより、赤っぽく見えた。

「なぜ？」

言ったが、声になったかどうか、自分でもよくわからなかった。自然に、刀の柄《つか》に手がいった。お鉄を斬《き》るのか。それとも、多三郎を斬るのか。

小屋から、兄が出てきた。

「兄上、多三郎さんを斬ります」

「それは困るな」

兄は、森之助の殺気を、まったく意に介していなかった。

「私がいない間に、お鉄と」

「お鉄さんは、おまえのものか。そう言えるだけの、なにかをしたのか？」

「一緒に海に潜り、海草を採りました」

「お鉄さんのために、それをやったのか。多三郎さんのためではなかったのか？」

「それは」

「留守の間に、多三郎さんが無理に媾合いをさせられた。そうだったとしたら？」

「そんなことは、ありません」

兄は多三郎のそばまで歩き、片膝《かたひざ》をついて顔を覗《のぞ》きこんだ。不意に、多三郎の躰《からだ》から、すべての力が抜けた。その躰を兄は抱き止め、土の上に横たえた。当身を入れたのが、森之助にはなんとか見てとれた。

「多三郎さんは、薬をのんでいる。いや、のまされたのかな。それでも無理に起きていようとすると、こうなる」

「なぜ、薬をのまなければならないのです？」

「お鉄さんに訊《き》いてみろ」

「森之助」

お鉄が近づいてきた。森之助の襟を摑《つか》み、躰を寄せてきた。着物を着る気はないようだ。

「待ってただよ、森之助。うちは、我慢できなかっただ。夜、眠れなかった。それで、多三郎様が薬をくだされた。それでも、眠れなかっただよ。多三郎様に、抱いてくださいと頼んだ。多三郎様は、笑っておられた」

「おまえは、多三郎さんと、媾合っていた」

「うちが、めしに薬を盛っただ。猪肉《ししにく》を煮こんだものにな。三日分の薬で、眠らせてしまって、媾合おうと思った。男の精が欲しかっただよ。指じゃ、我慢できなかっただよ。だけど、多三郎様は眠らなかった。海草の具合を見なければならん、と思われただ。真直《まっす》ぐ歩けんのに、小屋の中を見て歩く。火が使ってあって、危ないじゃろう。うちは、多三郎様の躰を支えた。そうしたら、あそこが硬くなってただ」

森之助は、うつむいた。兄は、多三郎が薬を盛られたことも、ひと眼で見通したに違いなかった。自分はただ、お鉄の姿を見て、逆上した。刀の柄にも、手をかけた。

「一刻《いっとき》、媾合い続けただ。多三郎様は、うちの中に、四度、精を放たれた。それでも、硬いままだっただよ」

多三郎の男根は、すでに縮んで、いくらか茶色の混じった陰毛の中に隠れそうになっていた。

「なぜだ？」

「三日前、八郎太《はちろうた》殿が帰ってきただ。そして、森之助はまだしばらく戻らんと言われた」

八郎太はここに、隠してある荷を取りにきたのだ。その樽《たる》は、すでにあちらの砦《とりで》に運ばれていた。火薬だという。

「なにが、我慢できなかったのだ？」

「森之助に抱かれたくて、我慢できなかった。森之助が戻るまで、相手は誰でもいい、と思っただ。うちをこんな躰にしたんは、森之助だで」

喋《しゃべ》りながら、お鉄の片手は森之助の股間《こかん》を探っていた。男根を握られたが、それは縮んだままだった。

お鉄が低い呻きをあげ、両膝をついて森之助の袴《はかま》を脱がせようとした。森之助は、お鉄の躰を蹴倒《けたお》した。

「森之助」

お鉄が、低い声をあげる。

森之助は、木の上の小屋に行かず、兄が使っていた小屋に入った。そこには、地より一尺ほど高い寝床が、四つ並んでいるだけだった。

すぐに外へ出た。どうすればいいか、わからなかった。自分を襲い続けている感情は、未知のものだ。眼で捉《とら》え難い敵と、対峙《たいじ》している。そんな気分にもなった。

兄は、洞穴へ行き、大きな鍋《なべ》のような焼き物や、小さな碗《わん》を出してきた。それはもと、森之助が多三郎に言われ、糸魚川《いといがわ》の城下で買い求めてきたものだった。佐島《さじま》村の小屋から、こちらに兄とともに運んできたのだ。

それをひとつの荷にまとめると、兄は、大の字に寝て鼾《いびき》をかいている多三郎のそばにしゃがみこんだ。

腹の少し上を、兄は親指の先で押した。

多三郎は、跳ね起きた。周囲を見回し、自分の小屋に駈けこんでいく。

しばらくすると、素っ裸のまま多三郎は小屋から出てきた。

「掻《か》き回すまで、まだ時があった。よかった」

多三郎は、地に落ちていた着物を拾いあげ、着はじめた。お鉄は、木の上の小屋に入ったきりだ。

「薬だな、これは。景一郎《けいいちろう》さんが、眼醒《めざ》めさせてくれたのか?」

「まだ、躰から抜けてはいないのでしょう?」

「うむ。しかし、これから眠ることはない。変な効き方をしたので、頭痛ぐらいはするだろうが。うっかりしてしまったようだよ」

いつもの多三郎だった。すると、お鉄を抱いていた多三郎は、ほんとうは多三郎ではなかった、ということなのか。

「森之助、いまならば、多三郎さんを斬ってもいい。おまえに斬られたとわかるだろうから」

兄が言うと、多三郎は森之助にちょっと眼をくれた。それだけだった。

「さっきは、ほんとうの多三郎さんではなかったのだと思います」

「さっきのも、多三郎さんさ」

多三郎が、無表情に頷《うなず》いた。

森之助はうつむき、兄の小屋のところへ行って腰を降ろした。自分を襲った激情がなんだったのか、くり返し考えた。

「ところで景一郎さん、私は自分で薬の試しをやってみたい。ただ、そばに景一郎さんにいてもらいたいのだ」

「それは構いませんが、どういう薬です？」

「これだ」

多三郎が、懐《ふところ》から蛤《はまぐり》を出した。それは容器で、中に灰色の丸薬が入っていた。兄が、無造作にそれを二つ三つ口に放りこんだ。多三郎が、じっと兄を見ている。

「なるほど」

「私でも、試しができるだろうか？」

「できますね。死ぬことはない、と思います」

「しかし景一郎さん。そうやって薬を口に入れて、どんなふうに躰に働いてくるか、わかるのか。苦いとか辛いとかいう味とは、また違うところで」

「わかるというのとは、違うでしょうね。感じるのですよ。躰の中に、別の生き物が入ってきたように」

「ふむ。いまのまされている薬が完全に抜けたら、早速、試してみる」

木の上の小屋から、お鉄が出てきた。着物は着ている。

お鉄はなにも言わず、夕餉《ゆうげ》の仕度をはじめた。森之助は腰をあげ、周囲の森に仕掛けてある罠《わな》を見て回った。

猪《いのしし》が一頭かかって、かなり弱っていた。十日近く、かかったままだったのかもしれない。森之助は、猪を解き放ってやった。猪は、ちょっとよろめきながら、樹間に消えていった。罠を修復しようと、手をのばした。次の瞬間、背に異様な気を感じ、森之助は跳んだ。脇腹《わきばら》を、なにかで擦《こす》られていた。猪の牙《きば》だ。弱った猪が、駈け戻ってきている。森之助は、刀を抜き放った。寸前で跳び、猪の首に刀を突き立てた。猪は束《つか》の間《ま》静止し、倒れた。首を切り、罠の縄を使って逆さに吊《つる》し、血を抜いた。

ほかの罠にはなにもかかっておらず、毀《こわ》れたものが二つあっただけだった。

森之助は元の場所に戻り、猪を担《かつ》いで運んだ。陽は落ちかかり、夕餉の仕度は整っているようだった。

手早く、枝に吊した猪の皮だけ剥《は》いだ。

夕餉は、野草の粥《かゆ》だった。ほかに、干肉が少しついている。

「景一郎さんに頼んでおくことは、炭を足すことと、大釜《おおがま》を二つ掻き混ぜてくれることだけだ。掻き混ぜるのは、二刻《ふたとき》に一回」

「それを言うのは三度目ですよ、多三郎さん」

「自分の仕事を、人任せにするのは、はじめてでね。大釜は、五日以上煮こんでいる。

それを駄目にしたくないのだ」

多三郎は、粥をちょっと口に入れただけだった。それから、丸薬を出し五粒ほどを口に入れた。

「頼むよ」

言って立ちあがり、多三郎は兄の小屋の中に消えた。兄は、何事もなかったように、ただ粥を啜《すす》っていた。

一刻ほど経《た》った時、森之助は木の上の小屋に戻ったはずのお鉄に、声をかけられた。

樹間に、お鉄の白い躰がある。全裸だった。

なぜか、森之助はかっとした。刀に手をのばす。斬り殺そうと思った。しかし、刀はなかった。刀がないということが、森之助を正気に戻した。

「森之助」

お鉄が、樹間から出てくる。月の光があった。森之助は、立ちあがり、林の中に駈けこんだ。お鉄は、追ってきていない。

灌木《かんぼく》の中に倒れこみ、しばらくじっとしていた。お鉄がどういうつもりなのか、森之助にはわからなかった。まだ、まともな話さえしていないのだ。

不意に、叫びとも呻きともつかない声が聞えた。お鉄の声。聞き馴れた声だ。

森之助は、小屋の方へ戻った。

月の光の中に、昼間見た情景と同じものがあった。ただし、お鉄が跨《また》がっているのは、多三郎ではなく、兄だった。

薪《まき》を積んだところに、森之助の一文字則房《いちもんじのりふさ》はあった。気づいた時には、それに手をのばしていた。鯉口《こいぐち》を切る。

お鉄は、両腕をだらりとさせていた。足も地から浮いている。上下しているお鉄の躰は、すべて兄が持ちあげ、動かしているのだった。

森之助は、柄に手をかけた。お鉄の背中を貫けば、兄も同時に貫ける。しかし、それは絶対にできないことだ、と森之助は思った。突いた瞬間に、兄の躰は消えている。そんな気がした。斬りつけても、同じだ。

すでに、森之助の全身には汗が滲《にじ》みはじめていた。

森之助は数歩退《さ》がり、林の下生えの中に座りこんだ。お鉄の声は聞え続けている。時には、全身から搾《しぼ》り出すような、異様な叫び声も聞えた。

座りこんだまま、森之助の全身はふるえていた。兄に勝てないのか。ああいう状態の兄でさえ、自分には斬れないのか。

不意に、お鉄の声が熄《や》んだ。

地面にお鉄の躰を横たえた兄が、多三郎の小屋にむかって歩いて行く。股間からは、男根が突き立ったままだった。

兄は、大釜を掻き回し、炭を足しているようだ。

戻ってきた兄の股間には、やはり別のもののように男根が突き立っていた。

お鉄の躰が、再び持ちあげられる。ぐったりしていたお鉄は、眼を醒《さま》したように、唸《うな》り声をあげながら、兄の男根を徐々に受け入れていった。

夜明け前まで、それは続いた。

お鉄のあげる声は、途切れ途切れになっている。時折、山をふるわせるような叫びをあげるだけだ。

空が白みはじめたころ、兄はお鉄の躰から離れた。また、釜を掻き回し、炭を足す刻限らしい。横たわったお鉄は、森之助がそばに立っても、動こうとさえしなかった。光のない眼を、宙に漂わせている。脚は大きく開いたままで、局所も開き、赤い色を薄い光の中に晒《さら》していた。

兄が、多三郎の小屋から出てきた。兄が、森之助を見つめてくる。森之助は、うつむいた。この兄と、なぜ眼を合わせられないのか。

「兄上」

うつむいたまま、森之助は言った。

「私は、あっちの砦に移ります」

「ならば、昨夜から煙で燻《いぶ》している猪の肉も運んでいけ」

「いやです」

「私が生きているかぎり、おまえは私の言いつけを聞く」

うつむけた顔を、あげようとした。しかし、あげられなかった。

「まとめてある荷も、担いで行くのだ」

「わかりました」

言っていた。

お鉄は、まだ動かない。

「私は、みんなと一緒に、あの砦を守ろうと思います、兄上」

一見すると、砦のようには見えない。森からの見通しは、極端なほどいい。それでも、森の中の迷路と罠に守られているのだ。

「兄上は？」

ほんとうは、お鉄は、と訊《き》きたかった。お鉄は、やはり動かない。

「私は、多三郎さんの試しに、二、三日は付き合わねばならん」

そう言って、兄はお鉄の躰を小屋に運んだ。お鉄の腕も足も、だらりとしていた。

2

半日で、森之助は卯月《うづき》へ戻った。

砦を、というより小屋を、みんなで卯月と名づけたのだ。月潟《つきがた》村の月が入っている名がいいと格之進《かくのしん》が言い、誰かが卯月と言った。

多三郎の小屋があるところとは、一刻半《いっときはん》の距離である。ただ、俵二つ分ぐらいの背負った荷と、燻しはじめたばかりの猪肉一頭分があり、手間取ったのだ。途中に崖《がけ》などがあり、猪肉は縄で引き上げなければならない。

それで半日かかったが、兄ならやはり一刻半で運ぶだろう。

兄とお鉄がなにをしているか、できるかぎり考えないようにした。多三郎を斬《き》ると言い、兄を斬るとは言えなかった。激しさの違いはあるが、二人ともやったことは同じなのだ。兄に斬ると言えなかったことについて、森之助は恥じながら歩いてきた。

森へ入ると、慎重になった。罠があり、迷路がある。心得ていても、抜けるのは難しいのだ。

「森之助か？」

迷路を抜けかけたところで、声をかけられた。数馬《かずま》ほか何名かがいた。全部を三つの隊に分け、交替で見張をすることになっている。

「荷を運んできた。それから、肉も」

迷路を抜けるまで、数馬が先導した。それから罠のある一帯を抜け、ようやく小屋が見えるところに出た。ここからは、なにもない。見えるところには、草一本ないのだ。

「誰か、これを運べ。猪肉は、燻した方がいいのだな？」

「まだ燻しはじめたばかりだ、数馬」

荷を二人で持ち、猪肉はひとりが担いで、小屋へ運び入れた。

小屋のむこう側が、庭のようになっていて、水が引かれていた。竈《かまど》と焚火《たきび》の場所がある。三本の丸太を組んで猪肉をぶら下げ、火を燃やした。

「内臓には、なにも入っていない。十日近く、罠にかかっていた猪だぞ」

背から皮を剝いだので、内臓を包む薄い膜のようなものは、残したままだった。

数馬は見張に戻り、小屋に残っていた者たちが、三人、四人と出てきた。昼食を作るらしい。

米、味噌《みそ》、塩などは、たつ婆《ばあ》の恰好《かっこう》をした八郎太が、山裾《やますそ》の村まで降りて買い求めてきた。しかし、三十人が食うためには、米の量は足りないらしい。

「おう、おまえが獲《と》ったのか、森之助」

小平太《こへいた》だった。

「罠にかかっていたのだ、小平太殿」

「景一郎さんは？」

「多三郎さんが、薬の試しをはじめた。それが終るまでは、ここへは来ないと思う」

「なんだよ。できるかできねえか、わからん薬の方が大事なのかよ」

「兄にとっては」

荷は、解かれていた。大きな瓶《かめ》などは、なにかを蓄えるのにいいはずだ。

「食いものも、そこそこ集まった。ただ、米が足りねえな。俺とおまえで、なんとかしてこねえか？」

「なんとか、とは？」

「どこかの米蔵から、四、五俵盗んでくるとかよ」

「そういうことは、やめた方がいいと思います。この地を、柳生《やぎゅう》に知らせることにもなりかねません。八郎太殿も、変装して物を購《あがな》ってこられるのですから」

「ちっ、数馬と同じことを言いやがる」

小平太は、ひとりで崖の方へ行った。崖の縁は石が組んであり、縁まで平らだった。縁も、真直《まっす》ぐで曲がりくねってはいない。

ただ、石を三つ抜くと、石積みは全部崩れる。そういう仕掛けだった。柳生とのぶつかり合いになり、ここまで攻め寄せられた時は、決してその石積みに入らない、という訓練は、はじめている。

「八郎太殿は、山を降りて買い物をされています。傷の薬、晒《さらし》などです。今日の夕刻には戻られると思います」

格之進が、そばに来て言った。

「いろいろなものが、ほぼ揃《そろ》ったな」

「はい、きのうの夜は、見張に立たない者は全員、大小の竹籠《たけかご》を編みましたし」

格之進は、任市《じんいち》という数馬と同年の者の下についていた。任市は無口で、躰《からだ》をさきに動かすという男だが、指揮の眼配りはできているようだ。猪肉《ししにく》を燻すための準備をさせていたのも、任市だった。

「森之助、小平太殿が言ったように、米は必要なのだがな」

任市が、森之助のそばに来た。

「盗もう、と任市も言うのか?」

「まさか。一度は手に入っても、二度目は危険になる。それより、ひと月に一俵という具合に、買える道を見つけた方が安全だ」

「私もそう思うのだが、銭のことがある」

「それは、八郎太殿が持っておられた。百両あるというから、ひそかに買える道さえできれば、不自由はせずに済む」

「隠し田《だ》かな」

山中には、よく隠し田が作られている。見つからなければ、年貢《ねんぐ》を逃れられるのだ。小さな村が、それをやっていることが多いらしい。森之助も、隠し田としか思えないものを、旅で見たことがあった。

「そういうことは、八郎太殿が詳しいのではないかと思う」

「私が、話はした。八郎太殿は、景一郎殿に訊いてみる、と言われた」

角兵衛獅子《かくべえじし》の旅は、人のいるところいるところへ行くらしい。それに較《くら》べて、三日四日歩いても、人に出会わない山中を旅することが、兄には多かったはずだ。

「景一郎殿は、薬の試しが終るまで、来てくださらないのか？」

「兄にとっては、薬の試しの方が大事なのだ。それがある時は、ここへは来ない」

「そうか。しかし、その方がいいのかもしれん。ずっと助けて貰《もら》い、不意にいなくなられるより、いついなくなるかわからない人、と思っていた方がいい、と数馬とも話した」

「私は、こちらを助けるべきだ、と思っているのだが」

「いや、景一郎殿は、われらの依頼心があまり強くならないように、うまく動いてくだされている、と思う。最後は、われらだけの力なのだからな」

兄の悪口を言ったつもりだったが、いいように取られた。かすかな苛立《いらだ》ちが、森之助を包みこんだ。

「私は、最後までここで闘うつもりだ」

「森之助、われらに最後などないのだぞ」

「柳生との結着がつくまでは、ともに闘おうと思っているのだ。私にとっては、柳生ははじめて出会った、巨大な敵だ」

柳生と闘うのに、最後などない。そこまで覚悟ができているわけではなかった。兄のそばにいたくない。どこかに、そういう気持があるだけだ。

「森之助の剣は、われらと較べものにならない。いてくれれば、心強い」

任市はそう言ったが、ほんとうの気持はわからなかった。

「とにかく、私は隠し田を捜してみる。格之進を借りたいのだが」

「格之進でいいのなら、いつでも連れていけ。私から、数馬や小平太殿には言っておく」

薪などは、充分に集められていた。崖の下には、足場のいいところから梯子《はしご》が作られ、下の洞穴には食物や火薬がいくらか入れてある。

森之助はそういうものを見て回り、足りないものがないかどうか捜した。

小屋は、いかにも無防備だった。兄はこれでいいと言ったが、ほんとうにいいかどうか森之助にはわからなかった。燃えるものはできるだけ少なくした小屋で、土の上に石を組み、壁の半分は石と言っていい。

昼食ができたようだ。木の板を丸くしたものが、叩《たた》かれている。それは、太鼓の音よりはずっと小さかったが、森で見張っている者たちにも聞えそうだった。

獣肉と野草と米と味噌。それが大鍋《おおなべ》に入れられている。椀《わん》も箸《はし》もあった。

お鉄が作るものと較べると、あまりうまくない、と森之助は思った。すると、すぐにお鉄の躰が思い浮かんできた。自分と媾合《まぐわ》う時と同じように、多三郎とも兄とも媾合うことができる。それが、森之助には信じられなかった。裏切りではないか、とも思う。

「どうした、森之助。柳生と闘うと考えると、めしものどを通らんのか？」

小平太は、森之助がともに闘うと、はじめから決めているようだ。森之助は、椀の雑炊の残りをかきこんだ。見張をしている数馬は、交替まで昼食もお預けのようだ。

「森之助殿。私は森之助殿のそばについているように、任市殿に言われました。これから見張なのですが、行きません」

格之進が、そばへ来て言った。

「これは私のお願いなのですが」

格之進が声をひそめた。

「手のあいている時に、私に剣の稽古《けいこ》をつけていただけませんか？」

「割り振られた仕事だけでも、大変だぞ」

「闘いの時、みんなに迷惑をかけたくないのです」

格之進の剣の筋は悪くない、と森之助は思っていた。ただ、まだ膂力《りょりょく》などが足りないのだ。それは、どうしようもないことだった。

「十三歳だから仕方がない、と数馬殿は言いましたが、私はここでは誰もが同じように闘うべきだと思っています」

「敵を倒す方法なら、いくつか教えてやる。しかしそれは、強くなったことにはならない」

「いいのです。いまは、それが大事なのですから」

「わかった。私はおまえと一緒に、隠し田を捜しに行く。その間、教えてやろう」

敵と、斬り合いをした。少なくとも、一人は刺し殺している。それは、なにもしていないことと較べると、大きな違いだった。

みんなめしを食い終えると、それぞれの仕事に戻った。

「歩いて一日ほどのところには、村がいくつかある。隠し田があるようなら、そこで米の買い取りの話し合いをする」

「私も、行くのですか？」

「まず、私と同じように歩けるかどうか。なにかあった時に、すぐに刀を抜けるかどうか。大事なのは、そこだ」

「わかりました」

「格之進、大人は強いぞ。そして、私たちよりずっと汚ない。信じられないような手を、平気で使ってくる」

「わかっています」

「隙《すき》を見せないことだ、と私は思う。どんな時にでも、たとえ眠っている時にでも」

「できますか？」

「心構えのことを、私は言っている」

格之進が頷《うなず》いた。

森之助は、梯子を伝って河原に降り、背負った竹籠に石を集めては運びあげた。掌《てのひら》で握りこめるほどの石である。すぐに、数百個が集まった。格之進が運びあげられる石は、森之助の半分もなかった。

それから、乾いた堅い木の枝で、木刀を一本作り、格之進に持たせた。

「これで、私を打っていい。どこからでも、どんな時にでもだ」

数馬が戻ってきたので、飛礫《つぶて》のことを伝えた。懐《ふところ》に二つか三つ石を入れておく。いざという時に飛礫を撃てば、相手の意表を衝《つ》くことができる。兄が、飛礫で雉子《きじ》や兎《うさぎ》を獲《と》るのは、何度も見た。森之助も、いまはなんとかそれができるようになっている。

「どこにでもあるし、誰にでもできる。三十の飛礫が次々に襲ってくれば、敵を怯《ひる》ませることにはなる」

「わかった。小平太殿や任市と、話し合っておく」

ここでは、すべて話し合いで決められる。それがいい場合もあれば、悪い場合もあるだろう、と森之助は思った。

3

三日、山中を歩き回った。

いくつか村はあったが、隠し田は見つからなかった。隠し田を見つけたら、知らせに来いと八郎太には言われていた。まだ大人になりきっていない者が交渉するより、米商人などに化けた者が話を持ちこむ方が、ずっと自然には見えるはずだ。

「ありませんね」

「簡単に見つかるとは思うな、格之進。隠し田なのだからな。すぐに見つかるようでは、隠し田にはならないぞ」

野宿を続けた四日目の早朝、歩きはじめてすぐに、森之助はおかしなものを見つけた。林の下草に、力がない。上の枝が、奇妙な具合に曲がっている。

「おい、この奥」

森之助が言うと、格之進もようやく気づいたようだった。

「あれ、前に私たちが作っていた罠《わな》と、似ているような気がします」

見つけやすい罠なので、兄がやめさせた罠だった。

「迂回《うかい》するぞ、格之進。あそこの崖《がけ》を登って、反対側に出る」

「わかりました」

常人よりは、はるかに身が軽い。森之助と格之進は、わずかな間にその崖を這《は》い登り、稜《りよう》をしばらく歩いた。それから、林の中を下った。

林を出ると、すぐ眼下に棚田が拡《ひろ》がっているのが見えた。田植にはまだ早く、田には水が張られているだけだが、かなりの広さがあった。

「人がいる」

田の手入れなのか見張なのか、人影が二つあった。

森之助と格之進は夕暮まで待ち、その人影を尾行《つけ》た。半里ほど離れた、盆地の村である。そこにも、広大な田はあった。

「見つけたな」

「ずいぶん遠いのではありませんか？」

「なに。俵を担《かつ》いで歩いたとしても、私なら一日で充分だ。五俵あれば、当分は食っていける」

「一日ですか」

「疑うのか。あっちの村、こっちの村と寄ってきた。だから四日もかかったが、卯月へ真直ぐに帰ると、一日もかからない」

「じゃ、すぐ八郎太殿に」

「米商人より、猟師かなにかの方が怪しまれないかもしれない。この山中ではな」

もう一度、田の方を覗《のぞ》きかけた森之助に、格之進が不意に打ちこんできた。打ちこみはいきなりだったが、気はその前から伝わってきていた。

軽くかわし、手首をとって蹴《け》りあげる。格之進はうずくまり、しばらく動かなかった。兄には、よく真剣で打ちこんだ。幼いころは、気を抑えることができず、すぐに悟られた。いまは、気を抑えることはできる。しかし、打ちこめない。完全に気を殺した打ちこみでも、兄はかわす。

「まだまだだ、格之進。突けと言ったろう。打ちこみは、来るというのが大分前からわかる。突くのだ。それもなに気なく」

ようやく格之進は上体を起こし、喘《あえ》ぎながら頷いた。兄は、こちらが気を失うほどの反撃をしてきたものだ。

格之進が歩けるようになると、森之助はすぐに卯月にむかって引き返した。

しばらく歩くと、格之進が遅れはじめる。二度ほど走って追いついてきたが、それでもう体力を使い果したようだ。

「おまえ、口で大きなことを言っても、やはり子供ではないか」

よろめくようにして歩いてきた格之進に、森之助は言った。格之進は、うつむいて唇を噛《か》んでいる。

「歩けないなら、はじめからついてくるな」

「森之助さんが、速すぎるのだ。これまで、こんなに速くは歩かなかった」

「隠し田を捜していたからだ。見つけたら、急いで帰るのは当たり前だろう」

「卯月へ、ひとりで戻ります」

「道に迷う。というより、道なき道を行くのだからな。何日かけても、おまえには帰り着けはしない」

「どうすればいいのです、私は」

「死ぬ気になれ。自分が死ぬと思うところまで、力を出し尽せ」

「死ぬ気で、歩いています」

「笑わせるな。おまえは、まだ喋《しゃべ》れる。考えられる。いろんなものが見えているだろうし、痛いとも苦しいとも感じている。私になにか言われて、くやしいとさえ思っている」

「わかりました」

それ以上、格之進は言おうとしなかった。

森之助は、歩きはじめた。自分の速さについてくるのが、どれほどつらいかは、兄に同じ目に遭わされて、いやというほどよく知っている。死ぬと思った。それからは、なにも憶《おぼ》えていない。それでも、二刻《ふたとき》近く歩き続けてはいたのだった。十歳の時のことだ。

森之助は、足を緩めなかった。格之進の眼が据わっている。荒い呼吸は、いつか鎮《しず》まっていた。半日歩き続けたところで、格之進は崩れるように倒れた。

竹筒の水を、格之進の口に少し流しこんだ。それから森之助は、格之進の躰《からだ》を担ぎあげた。大して重い躰ではなかった。

「森之助さん」

格之進が弱々しい声で言ったのは、半刻《はんとき》ほど経《た》ってからだった。

「自分で歩きます」

森之助は、格之進の躰を草の中に放り投げた。格之進は、すぐに立ちあがる。歩きはじめた。歩調は、かなり緩くしていた。このあたりが、兄とは違うところだと、森之助は自嘲《じちょう》するように思った。冷たくなりきれない。死ぬなら死ねと、思い切ることができない。

格之進は、無言で歩いてくる。

夜が更《ふ》けてから、卯月のそばの迷路に入った。

「森之助と格之進だ」

低く、声を出した。迷路は、出発した時より、さらに複雑になっているようだった。目印にしていたものは、すべて取り払われていた。月の光があるが、どの方向も同じようにしか見えない。

「月に頼るな」

声が聞えた。多分、小平太の声だろう。

「月で方向を取れば、罠にかかる。月から丑寅《うしとら》の方向を見ろ。淡い光がある。それにむかって、止まれと告げるまで進め」

樹間に、淡い光が確かに見えた。それを頼りに、下生えの草を押し分けながら、森之助は進んだ。格之進は、ぴったりと後ろをついてくる。

「止まれ。次の光を捜せ。見つけたら、およそ十歩」

言われた通りにした。そうやって四度方向を変え、小屋が見える位置へ出た。

「こっちだ」

小平太が姿を現わして、先導しはじめた。

「おまえらが行ってから、さらに罠に手を加えた。夜だと、景一郎さんでも、入ってくるのは無理だと思う」

岩と土しかない平地を、小平太が先導して歩きはじめた。途中で、竹で作った笛を鳴らした。同じ音が、小屋から返ってくる。

「笛も、作った。おまえらの分もある。合図はまだ簡単なものだけだが、これからいろいろ決めていくつもりだ」

隠し田が見つかったかどうか、小平太は訊《き》かなかった。夜中に帰ってきたので、当然見つかったと考えているのだろう。

曲がりくねって歩き、ようやく小屋のそばまで来た。

焚火《たきび》のそばに、八郎太や数馬がいた。小屋から、任市も出てきた。

「ここからほぼ一日の距離に、かなり大きな隠し田を持った村があります」

「今年作った田では駄目だ。毎年、そこで米を育てているようであったか？」

「はい、手のこんだ棚田でしたから」

「そうか。米はもう尽きた。少しずつ買うのは面倒だし、危険でもある。わしが何人か連れて、五俵ばかり買ってこよう」

「山深い村ですので、猟師かなにかの恰好《かっこう》の方がいいと思います」

「そんなことは、わしに任せておけ。それより、獣肉でも食うがいい」

任市が、竹の串《くし》に刺した獣肉を、二切れ焼きはじめた。

「おまえが運んできた猪肉《ししにく》は、燻《いぶ》しあげて、洞穴に収《しま》ってある。これは、森で罠にかかった山犬の肉だ」

格之進は、言葉を発せず、森之助のそばに腰を降ろしていた。

「明日の朝、出発しよう。十五歳以上の者を、六人選んでおけ、数馬」

「八郎太殿、私が案内します」

格之進が言った。

「いや、いい。子供が混じっていると、逆におかしく思われる。場所は、森之助の説明で見当はついた」

格之進がうつむいた。唇を嚙みしめているだろう、と森之助は思った。

差し出された肉に、森之助は食らいついた。格之進も、うつむいたまま口に運んでいる。この中で、十三歳の者は格之進ひとりで、あとは十四歳から十六歳だった。

数馬が、朝出発する六名を選び、八郎太に告げた。

「格之進は、今夜は休め。明日から、私の下でまた仕事だ」

任市が言う。それぞれがまた散って、焚火のそばには三人だけになった。

「二人ひと組で闘う方法を、小平太と数馬が考えておる。しかし、柳生のやり方でな。森之助、おまえの考えを言ってやれ。ほんとうは、景一郎に頼みたいところだが」

「私が、なんとかやってみます。柳生とは、何度か刃《やいば》を交えていますから」

兄の名が出て、森之助は少し傷ついた。なにをどうしたところで、いまは兄にかなわない。しかし、兄にもどこか弱いところはあるはずなのだ。自分がもっと強くなることで、それは必ず見えてくる、と森之助は思った。

「格之進はどうであった。わしは、おまえの足手まといになるのではないかと、いささか心配しておったが」

「山歩きをさせたら、歳上《としうえ》の者にも負けなくなった、と思います」

「そうか。それはいい」

それだけ言い、八郎太は小屋の方へ歩いていった。

「私を、庇《かば》ってくれたのですか、森之助さん？」

「なぜ、おまえを庇う？」

「私は、足手まといになった、と思います。森之助さんに、担がれたりしたのですから」

「気を失うまで、おまえは歩き続けた。それが、できるようになった。人間は、ひと跳びで成長はしないと思う。時をかければ、私のように歩けるようになる」

「やさしいのですね、森之助さん。厳しいけれど、やさしいのですね」

やさしさとは、こういうものなのだろうか。死ぬと思った自分をも、兄は放置していた。自分の足で歩く以外にないと、躰にわからせてくれたところがある。とすると、やさしさなど、人の成長には邪魔なものではないのか。あそこで格之進を担がず、眼だけ醒《さま》させていたら、格之進はまた歩いたのではないのか。

考えても、どうにもならないことだった。

「寝よう」

森之助は、それだけを格之進に言った。

4

飛礫《つぶて》の稽古《けいこ》は、手が空いた時に、それぞれでやった。はじめ森之助は打ち方を教えたが、それは森之助のやり方で、打っているうちに自分のやり方は摑《つか》むものなのだ。実際、兄の打ち方を真似《まね》たが、いまの森之助のやり方は兄とは違う。

二人ひと組の闘い方は、ひとりが倒されても、その間にもうひとりが倒すというものだった。

「これだと、何度か闘っているうちに、こちらの人数はいなくなってしまう」

まさしく、柳生《やぎゅう》のやり方だった。

「離れよう、数馬。離れていてもひと組という方が、相手を攪乱《かくらん》することになると思う」

「しかし、離れてひと組と言えるのか？」

「離れているが、ひとりを二人で狙《ねら》う。それしかないと思う。それでも、手練《てだ》れが相手だと、二人とも斬《き》られるかもしれん。とにかく、やってみようではないか」

十人は見張に立ち、六人は八郎太が連れていったので、小屋に残っているのは十四人だった。

まず、森之助ひとりが敵になり、十二人に打ちかからせた。稽古は、木刀の長さの棒である。打ちかかっていいのは二人だけだが、森之助はそれが誰だか知らない。

数馬と小平太が、腕を組んで見ている。

十二人の中に、躍りこんだ。すぐに、前後から気配が襲ってきた。森之助は、その二人の木刀を打ち落とした。

「いまは私の方が勝ったが、乱戦の中では、やはり離れた二人の方がいいと思う」

試しに、柳生のやり方である、二人ひと組の攻撃も受けてみた。ひとりが倒される前提といっても、ほんのわずか二人の呼吸が合わなければ、両方の木刀を打ち落とせた。

呼吸が合っていても、ひとりの木刀を打ち落として退《さ》がる余裕はあった。

「二人ひと組で離れていたとしても、危険だな。できれば、乱戦にはしたくない」

数馬が言った。小平太は、じっと腕を組んでいる。

次には数馬と小平太も加え、三人が敵の役になり、十二人が打ちかかった。三人は違う方向へ走った。それぞれを、四人が追ってくる。あまりいい勝負にはならなかった。

「相手が三人でも、十二人がまとまってひとりにむかう。その時、実際に四人が打ちかかればいい。確実にひとりを倒していく、という方法を身につけよう」

「しかし、人数は減ってくるぞ、森之助」

小平太が言った。剣の腕は、小平太と数馬が並ぶ。数馬の方が、今後はのびそうな気がする。小平太は技だけでなく、体力で押すが、数馬はかわしながら闘うのがうまい。

「たとえひとりになっても、闘い続ける気持を、みんな持っているのでしょう、小平太殿?」

「俺は、持っている。ほかの者が、どこまで肚《はら》を据えられるかは、わからん」

「ほかの者も、闘い続ける。森之助、私たちは退がることができないところに立っている。ひとりになっても闘い続ける、と誓ってこの場にいるのだ」

数馬が言ったが、小平太は鼻さきで嗤《わら》うような表情をした。

「とにかく、ひとりひとりが腕をあげていくしかないのだ、と思う。そして、力を合わせるしかない。一年経てば、私たちはずっと強くなる。二年経てば、もっと」

「一年も二年も、柳生が待ってくれると思ってるのか、数馬?」

「それでも、一年先、二年先まで見て、私たちは闘おうとすべきだ、小平太殿」

「明日、生き延びられるかどうか。それが大事だろう、数馬」

「二人とも、よせ。とにかく、強くなるしかない。飛礫の稽古も剣の稽古も、手が空いた時は怠らずにやるしかないのだ。それが明日に繋《つな》がり、明日が何度も積み重ねられて、一年後、二年後になる」

「こんなところで、森之助に説教されるのか。俺も数馬も、おまえより歳上だぞ」

「そんなことは、関係ないと思う。小平太殿もひとり、十三歳の格之進もひとりだ」

「確かにな。ひとり分のめしは食う」

「そんな言い方はないでしょう、小平太殿」

数馬が言った。小平太は横をむいた。

「とにかく、見張や仕事だけでなく、争闘のための稽古を、しっかりと組み入れることにしよう。任市を加えた三人で、それをやってくれ」

「わかった」

数馬が言った。

米を買いに行った八郎太は、いつ戻るのだろう。森之助の脚でこそ一日の行程だが、米を一俵背負った者が五、六人いるとしたら、戻りだけで二日はかかりそうだった。

それにしても、柳生が攻めてくる気配がなかった。その気になれば、当然この場所は突きとめているだろう。まだ来ないというのは、月潟村から出た者たちだけでなく、柳生の庄から手練《てだ》れを集めようとしているのか。

これまでに出た犠牲が、柳生にとってはかなり手痛いものだった、ということも考えられる。子供の集まりだと見くびっていたら、信じ難いほどの犠牲を出してしまった。

その収拾に時がかかっていることも、考えられる。

いずれにせよ、次の柳生の攻撃は、甘いものではないだろう。

三人の話し合いに、森之助は加わらなかった。一歩、離れた場所にいた方がいい、と思えたからだ。

作業が少し減らされ、その分は争闘のための稽古に当てられた。

翌日は早朝から、森之助は稽古のし通しだった。木刀は何本も折れた。みんなが、打身で呻《うめ》いていた。夕方になると、その呻きさえなくなった。

日が落ちる前から、森之助は飛礫の稽古をさせた。転がりながら、懐《ふところ》の石を打つ。みんなが、三つ持っていた。不意を衝《つ》くのは二つまでだろうが、念のために三つ持たせているのだ。

どんな姿勢からでも、相手に痛撃を与える飛礫を打てなければ、意味はない。転がって打つところから、稽古をはじめた。そういう飛礫の打ち方は、森之助にとってもはじめてで、一緒に転がりながら稽古をした。

兎《うさぎ》や鳥を落とすことができる森之助の飛礫は、姿勢を変えても強力で正確だった。

「眉間《みけん》を、狙おう。それで、顔に当たればいい」

誰も、稽古が厳しいとは言わなかった。寝てもいい刻限になっても、まだ飛礫の稽古をしている者もいる。

翌日も、同じ稽古をくり返した。何本作っていても、木刀は折れる。それほど硬い木ではないのだ。しかし、硬くない分、怪我《けが》も少なかった。打身程度で済んでいる。

格之進が、さかんに突きの稽古をしている。森之助は、木で長い柄を作り、槍《やり》の扱いの稽古をさせた。一日は、あっという間に過ぎる。次の日も、その次の日も、稽古は続いた。

笛の合図があったのは、その日の稽古も終ろうとしているころだった。

八郎太であることは、吹き方でわかった。異常がないことも、それでわかる。

それぞれが一俵の米を背負った六名が、八郎太に率いられて姿を見せた。

なんであろうと、ひとつのことがうまくいくと、雰囲気は明るくなる。

六俵の米を見て、みんなが声をあげた。

これで、獣肉と野草ばかりではなく、米も食うことができるのだ。

どういう交渉をしたのか。いくらで買うことができたのか。八郎太は、そういうことを一切喋《しゃべ》らなかった。留守の間の、争闘の準備に関心を持っただけである。

「槍を持つ者を、もっと多くしたらどうだ、森之助。十人ほどの、槍隊というものを作るのだ。それがひとつの核になる。柳生も、そこを崩さざるを得ないだろう。崩そうとして動いてくれれば、つけ入る隙《すき》も見える」

「はい」

「景一郎は、やはり多三郎の薬の試しなのかのう？」

「なんの連絡もないので、そうだと思います」

「そうか。いまここで欠けているのは、景一郎か」

兄などいなくても、と口に出すことはできなかった。兄と立合えば、自分は負ける。悲しいほど、たやすく負けるだろう。この二、三年は、兄がどれほど強いか、と思い知らされる日々だった。

深夜、ひとりで剣を構える。闇《やみ》をただ斬っているようで、森之助はいつも、闇と一体になった兄を斬っていた。斬っても斬っても、闇はそこにあった。

「森之助は、なぜ景一郎と離れてみようと考えた？」

「それは、私も兄に頼ってばかりではなく、自分でも闘ってみたいと思ったからです」

「おまえは、景一郎が来る前は、ひとりで闘っていたではないか」

「兄がいると、頼ってしまうのですよ」

「ふむ」

八郎太はなにか考えているようだったが、口から言葉は出さなかった。

十名が三隊という、もとの姿に戻っていた。そこからはみ出しているのは、八郎太と森之助である。森之助はひたすら稽古用の木刀や棒を作り、稽古の相手をし、それでも手が空いた時は、自分の剣を振った。それから梯子《はしご》で河原に降り、飛礫用の小石を籠《かご》に集めては運びあげた。

猟師の身なりをした八郎太は、なにもせず、ただ考えこんでいる。

夕刻になると、飯が炊《た》かれた。

獣肉もいつもより多く焼かれていたが、めし時になるとそれはすぐになくなった。

「父上、柳生が攻めてくるのが、やけに遅いような気がするのだが」

夕食のあと、小平太が言っていた。

「遅いのではない。しばらくの間、動きにくいようにしてある。田島《たじま》家も、すべての力を失ったというわけではないからな。柳生も、考えねばならんのよ」

「攻めてはこない、ということは？」

数馬も任市も、二人の会話に耳を傾けているようだ。

「それはない。手を打ち終ったら、まずはここをこの世から消してしまうであろうな」

田島一族には、大兄《おおあに》と呼ばれる存在があるという。動いているのは、その大兄なのか。

柳生の動きを、ひと時、止めるだけの力を持っているということなのか。

数馬も任市も、なにも訊《き》こうとしない。

月の光の中で、格之進が突きの稽古をしていた。槍よりも、刀での突きを身につけたがっているようだった。

無心な突きが、闇に吸いこまれている。

5

見張からの、笛の音など聞えなかった。

それでも森之助は、身を起こして大刀を抱いた。

気配がある。それも、間近にだ。どういう気配なのかは、読みきれなかった。

八郎太は、気づいていないようだ。軽い寝息が聞えている。起こそうかどうか、森之助は迷っていた。夜明け前で、冷えこんでいる。誰かが、焚火《たきび》のところまで這《は》い出してきただけなのかもしれない。それでも気配には、躰《からだ》に絡《から》みついてくるようなしつこさがある。

不意に、叫び声があがった。

森之助は、小屋の外に飛び出していた。

男がひとり立っている。殺気がぶつかり合った。すでに、森之助は刀を抜いていた。

「兄上」

立っている男が誰なのか、ようやくわかった。兄のもとには、二人が倒れている。

「いきなり襲ってきたので、当身で眠らせてある」

八郎太も小平太も数馬も、飛び出してきていた。

「どうやって、ここへ来た、景一郎？」

「普通に歩いて」

「それで、見つからぬはずはない。しかし、合図の笛も聞えなかった」

「歩いてきただけですよ。勿論《もちろん》、おかしな気配を放つものは、避けましたが、八郎太殿」

「つまり、おまえがここにいるということは、見張も迷路も罠《わな》も、なんの役にも立たなかったということか。自分の姿を見て、これが柳生の者だったら、と考えろと言っているのじゃな？」

「たやすく破れる。それは、間違いのないことでした」

「それは、景一郎ほどの腕があれば、ということであろう」

「そうですね。森之助なら、どこかにひっかかったと思いますから」

森之助は、唇を嚙《か》んだ。そうしている自分を誰かに見られるかもしれない、と思ってすぐにやめた。

「森之助の腕に勝る者が、柳生にどれほどいるであろうか、景一郎？」

「八郎太殿は、神地兵吾《ごうじひょうご》と森之助が、ほぼ互角であった、と思っておられるのでしょう。ならば、八郎太殿の方が、御存知だ」

「月潟村から出た者の中で、神地は一、二を争う腕であったと思う。しかし柳生そのものには、神地など及びもつかぬ手練れがおるはずじゃ」

「柳生なのですから」

「三十人は、俄《にわ》か稽古《げいこ》をしている。それで立ちむかえるとは、わしには思えんのじゃが」

「そのために、迷路や罠を作ったのでしょう。いまは、罠が気を放ちすぎています。忘れられたころなら、私もかかっていたと思いますよ」

「いや、柳生は、そろそろ近づいてくる。どんなかたちかわからんが」

「そうだろう、と考えた人間がほかにもいましてね。預りものをしてきました」

兄が、荷を開いた。五反の晒《さらし》、そしてさまざまな薬などだった。

「多三郎の試しは、終ったのか？」

「いや、まだです。いまは、お鉄さんでやっています」

「どういう薬になるんじゃ、あの海草は？」

「深く眠る薬というところですかね」

「ただ、眠るのか？」

「その間、躰を切り刻んでも、眼醒《めざ》めません。つまり、治療のための薬で、江戸の外科医はのどから手が出るほど欲しがっておりました。これまでは、阿芙蓉《あふよう》でなんとか誤魔化すしかなかったのですが」

「なるほどな。それではいま、お鉄が眠らされているわけじゃな」

眠らされて、お鉄は多三郎になにかされることはないのか。森之助はそう考え、すぐに頭の隅に押しやった。森之助が卯月へ入ってから、お鉄は兄や多三郎と媾合《まぐわ》い続けていたに違いないのだ。

「怪我の薬が、ほとんどです。ただ、毒薬が二種類あります」

「ほう、人を殺せるか？」

「少量では、人は死にません。せいぜい五人殺せる程度でしょう。多人数に使うと、下痢とめまいを起こさせることができるそうです。どうやって使うかが、問題ではありますが」

「まあいい。闘うための武器が、ひとつ増えた。怪我の手当も、いまよりはずっとましにできそうだ」

「景一郎殿、森之助を中心にして、争闘のための訓練をしているのですが」

数馬が言った。

夜明けまでには、まだいくらか間があり、冷えこんでいた。こんな夜でも、任市の組の十名は見張についている。

数馬は、訓練の内容について喋りはじめた。森之助は、じっと聞くふりをした。

「ここまで攻めこまれた時、そういう稽古は生きるだろう。その前のことについても、考えてみたのか？」

「いえ、迷路や罠を破って出てきた相手と、小屋の周辺で闘う、というふうに想定しています」

「みんな、跳べる。身も軽い。木の上をひとつの場所に選ぶのは、悪くないと思う」

「木の上から、地上にいる者を襲うということですか」

「やれるな」

「やれます。木の上から攻撃して、木から木を伝って逃げる。それもできます」

「稽古をする必要など、ないかもしれん。桐生《きりう》村では、ずっとその稽古をしていたようなものであろうし」

「私たちにそれを教えた者もまた、相手の中にいるはずですが」

「この間、倒した者の中に、かなり混じっていたぞ。それを考えると、木の上はおまえたちの方が有利な場だ。そうやって、自分たちの場を、ひとつでも多く作ることだな」

「景一郎殿は、ここに留まってはくださらないのですか？」

「難しい。いまのところはな。あちらに、多三郎さんの薬のために必要なものが、すべてある。薬ができるまでは、多三郎さんはあそこを動かないと思う」

「でも、浜の小屋から、山中のいまの場所に、一度は移ったのでしょう」

「いま、移らなければならない理由が、なにもないのだ。多三郎さんにとって、おまえたちの命は、ほとんど無縁のものだ、と言っていいであろうし」

「俺らだけでやろうぜ、数馬。景一郎さんは、気紛れに俺たちを助けたり、突き放したりする。そんなものに、まともにつき合えるかよ。そうだろう？」

「しかしな、小平太殿。景一郎殿がいなかったら、前の小屋で私たちは全滅したのではないだろうか」

「すでに死んでる。いいね、もう死ぬことはこわくねえ、と自分で思えるじゃねえか」

小平太は、自分の助力については、なにも考えていないのだろうか、と森之助は思った。

「俺はよ、景一郎さんが助けに来てくれるかどうか、一喜一憂するのが、馬鹿《ばか》みたいに思えてきたんだ」

「確かに、お願いできる筋合いではない。それでも、景一郎殿は助けてくださった。多三郎という方の、薬作りが早く終ることを祈るばかりです」

「薬ができたら、江戸へ帰る。違うのかい、景一郎さん？」

「多三郎さんが望めば、そうするよ、小平太」

「なら、はじめからいない方がいい」

小平太は、かなり苛立《いらだ》っているようだった。

木の板が打たれる音がした。任市と小平太の組の、見張が交替の時刻だった。

「どうやって、われらの眼から逃れたのです、景一郎殿？」

任市が、戻ってきて言った。

「蟻《あり》一匹、通れなかったはずです」

「蟻は通れなくても、人は通れた。だから、私はいまここにいる」

「もう一度、やってくれませんか？」

「夜が明けたら、私はここを出る」

「そうですか」

「任市、私がやってみる」

森之助は、思わず言っていた。

兄が、自分を見て口もとだけで嗤《わら》った。そんな気がした。

「できるか？」

「だから、やってみる。そういう試みをしたことは、いままで一度もないのだ」

任市が腕を組んだ。

夜明けが近くなっている。飯炊きの当番の者が、火を大きくしはじめた。

「景一郎、わしはちょっと考えていたのだが」

人の輪から離れていた八郎太が、戻ってきて言った。

「薬の試しは、多三郎が自分でやるのと、お鉄がやるので、充分なのか？」

「それは、不足しています。多三郎さんにとっては、絶対的な不足でしょう」

「ここに、三十人おるのだがな」

「八郎太殿が言う意味はわかりますが、試しは強制してやらせるものではありません」

「みんな、自分で望んでやる」

「薬の試しは、死ぬこともあるのですよ。だから、犬や猿などを使って、何度もくり返すのです。それから、人に移るのです。その犬や猿については、まったくやっていませんし」

「人が、三十人いる。多三郎に、そう言ってやれ」

そう言えば、多三郎は無理をしても来るだろう、と森之助は思った。兄もお鉄も、ここへ来ることになる。

八郎太は老獪《ろうかい》だ、と森之助は思った。

「もう少し、待ちましょう」

兄が言った。

「試しについては、多三郎さんはいつも気を遣いすぎるぐらいなのです。お鉄さんの場合も、ほんの少量からはじめています」

「森之助、ほんとうにやってくれるのだな」

任市は、兄を途中で捕捉《ほそく》できなかったことが、よほど気になるようだ。

「やるさ。心配するなよ」

「景一郎ほどにできるのか、森之助」

八郎太が、嗤いながら言った。

「おまえが景一郎と競おうとするのは、まだ早い気がするがのう」

「やってみるだけです。失敗したら、嗤ってください。誰かがやってみなければ、罠について不安を抱きっ放しということになりますから」

「私も、やってみる」

数馬が言った。

「八郎太殿、柳生が来るのは、いつごろになりますか？」

「あと五日。そんなもんじゃな」

八郎太は、やはりなにか情報は握っているようだった。握っているということを、兄も知っている。

「私は、まだ動けないと思います。八郎太殿の指揮で、うまく切り抜けてください」

「柳生を相手に、切り抜けるなどという言葉が、どれほど意味を持つのであろうな。おまえが今度、卯月へ来た時には、ここには誰もおらぬかもしれん」

「止める方法は、あると思いますよ。実戦の中で、八郎太殿が見きわめればいい」

明るくなってきた。このところ、夜が短く感じられるようになっている。

朝食のあと、兄の姿が消えた。

どう考えても、卯月から出たとしか思えなかった。見張の当番だった小平太も、茫然《ぼうぜん》としている。

森之助は、卯月の周辺を歩き回った。

なにも、見つけることができなかった。それが、森之助を打ちのめした。

いつまでも、兄に勝てないのか。剣だけではなく、あらゆることで勝てないのか。それを考え、打ち消し、しかしさらに、深い穴の底に落ちこんだような気分になるのだった。

「どうじゃ、森之助。景一郎と同じことが、できるかのう？」

八郎太が、嗤っていた。

「やってみなければ、それはわかりません」

「よかろう。やってみい。数馬もやると言っておった。二人でやってみて、どちらかがこの備えを抜けてみい。それで、柳生の攻め口をひとつふたつは、塞《ふさ》げるかもしれん」

見張は通常の態勢で、任市がやる。ほかの者は、全員が小屋の前で見ている。そういうことになった。

「森之助、どう連携するかなのだが」

数馬が、そばに来て囁《ささや》いた。

「その必要はないと思う、数馬。お互いに考えたことをやってみる。話し合うのは、終ったあとでいい」

「そうか」

「途中で捕えられたからといって、別に恥ではないと思おう。それだけ、備えがしっかりしているということなのだ。兄は、特別だ。いや、偶然なのかもしれん」

「わかった」

それでも数馬は、不安そうな表情をしていた。罠《わな》の中には、掛かれば怪我《けが》をするものも少なくない。しかし、兄と違って、罠の所在はすべて知っているのだ。見張の眼を、どうやってかわすかだけだった。

罠や迷路の外へ出、二刻《ふたとき》の間に侵入を試みる。そう言い残し、森之助は数馬と卯月を出た。出てからは、それぞれ思う方向に別れた。

森之助は、なにも考えなかった。岩の上に座って、眼を閉じただけである。

罠を見抜いて避ける。そういうことではないのだ。まるで違う、なにかがあるはずだった。兄は、それを会得《えとく》している。だから、易々《やすやす》と侵入してきたように思えるのだろう。

いま一歩。そういう気がする。一歩、前に出るだけで、兄の背中は見えるのだろう。

その一歩が、自分に出せるのか。お鉄を奪われただけで、兄にむかう気持のすべてが閉じた。そんな自分が、兄に一歩近づけるのか。

お鉄のことを、頭から追い払おうとした。お鉄の、あの叫び声、痴態。自分の全身を襲う、お鉄の躰《からだ》が与えてくる快感。誰とでも、同じようにお鉄は声をあげ、身をよじるに違いない。多三郎に乗っていた時も、兄に持ちあげられていた時も、自分が抱いている時と同じだったのだ。女とは、そういうものだ。

頭では、考えることができた。しかし、お鉄の躰を思い浮かべると、血が熱くなる。股間《こかん》がふるえる。

立合。いまは、その最中と同じだ。雑念がわずかに入ってくるだけで、隙《すき》ができる。

森之助は、眼を閉じたまま、頭の中を空白にしようとした。相手の剣は見えない。ということは、地も天も、樹木の枝のひとつひとつも、剣なのだ。

腰をあげた。すでに刻限に達しかかっているが、気にかけなかった。

森之助は、歩きはじめた。足が、自然に動いていた。罠を避けよう、などという気はなかった。立合。紛れもなく、自分はいま、得体の知れない大きなものと、対峙《たいじ》している。いつでも、どこからでも、自分の躰を両断してくるのだ。

森に入った。足は、自然に動いていた。この森を作りあげているものの、すべてが立合の相手。その思いだけが、心の底にあった。

進んでいく。

格之進。眼の前にいた。それも、樹木や草と同じだった。横を通り抜けた。歩調は、いささかも緩んでいない。別の二人が、刀の柄《つか》に手をかけていた。そこも、ただ通りすぎた。どこをどう歩いているのか、頭にはなかった。頭ではない、なにか。それが、躰を動かしている。

小屋が見えた。平地の中も、森之助は同じように歩いた。

声があがったのは、小屋にかなり近づいてからだった。

自分がここまで来ていることが、森之助には信じられなかった。しかし、来ている。

「森之助、いつ？」

任市が追いかけてきて言った。

「できたのう」

八郎太が言っている。数馬は、水で濡《ぬ》らした布を額に当てていた。罠にかかってしまったようだ。

「どうやったのだ、森之助？」

「自分でも、わからないのだ、任市。ただ、天も地も、森の樹木も草も、すべてが相手の立合だ、と思っていた。そうしたら、足が自然に動いた」

数馬が、低く呻《うめ》き声をあげた。小平太は横をむいている。

「とにかく、備えに隙はない。私は、そう思う。しかし、抜けられる。兄も、そして私も、間違いなく抜けたのだ」

「境地なのであろうな、多分」

八郎太が、呟《つぶや》くように言った。

「誰もができるというわけではないわ」

自分が、一歩踏み出せたのだ、と森之助は思っていた。しかし、それでも兄の背中は見えていなかった。

森之助が備えを抜けてきたことで、みんなが抱く不安は、逆に大きくなっていた。

6

柳生がすぐに攻めてこないのは、大兄が動いたからだった。

それも自分で動いたのではなく、幕閣が動いている、と見せかけたのだ。それで、柳生はそちらの対応に手間取った。柳生家は、昔ほど幕閣内で力を持っているわけではない。ただ、一門というかたちで全国に扶植した勢力は、昔と較《くら》べものにならない。

柳生の動きを見たかぎりでは、幕閣を恐れている。少なくとも、幕府中枢《ちゅうすう》と事を構えることだけは、なんとか避けようとしているのは確かだった。

田島一族が摑《つか》んだ、霧生《きりう》村の秘密。それは、柳生との取引材料にはなる。ただ、田島一族が、柳生と共倒れになっては、取引の意味もなくなる。やり方を間違えれば、こちらだけ殲滅《せんめつ》させられる。

八郎太は、谷に突き出た岩の上で、沈思の中にあった。

大兄とは、すでに連絡を断っている。どういうかたちにしろ、連絡を取ることは、大兄の存在をつきとめられる危険を孕《はら》んでいるのだ。

自分だけが、生き残りたいわけではない。まだ生きている、田島一族。月潟村に残っている者。そのすべてを、なんとか生き残らせたいのだ。そのためには、自分も小平太も、死ぬのをいといはしない。ここにいる、三十人の者たちも、犠牲にするのは仕方がない。

たやすく潰《つぶ》せる相手ではない。まず、柳生にそう思わせることだった。そこではじめて、取引できる余地も出てくるのだ。

「父上、ほんとうに、柳生は来るのかな？」

三十人は、俄《にわ》か稽古《げいこ》に励んでいる。景一郎に言われたように、樹《き》の上の技を生かすことを、中心にしているようだ。

確かに、みんな身は軽い。技はともかく、自分より身の軽い者は何人もいる、と八郎太は見ていた。

「俺は、影に怯《おび》えているような気がしてきたのだ、父上」

「大兄の動きで、柳生をしばらく封じていられたのだ。しかし、それももう限界であろう」

「柳生は、俺たちをそっとしておけば、なにも起きない、と思ったのではないかな」

小平太には、いつも甘いところがある。兄弟のようにして育った者たち三人と、桐生村に行くと言った時もそうだった。そこを脱けて山中にいる時も、同じ場所でじっと耐えているということはできなかった。

八郎太の眼から見ると、どこか軽いのである。田島家を継ぐ者は小平太ひとりになったが、不安はあった。器量からいうと、数馬の方が伸びそうな気もするのだ。

「影に怯えていたんじゃ、意味はないぜ、父上」

「影でなかったら、どうする気だ、小平太？」

「それは」

「おまえはいつも、楽な方へ、楽な方へと考えて動く。それが、いずれ命取りになりかねぬぞ」

「俺は、桐生村へも、自分で行ったんだぜ」

「それとて、弟のような三人を行かせて、自分だけ残って苦しむより、あの時は楽だと思ったのであろう。脱けてきた時も、わしの言うことなど聞かず、馬鹿《ばか》なことをして捕えられた。結局、弟のような三人を、みんな死なせたんじゃ」

「言い過ぎであろう、父上」

「とにかく、柳生は来る。間違いなく、来る。それを疑う暇などないのだぞ」

「わかったよ。とにかく、俄か稽古でも、しないよりはましなんだな」

八郎太は、それ以上、小平太の言うことには取り合わなかった。稽古の方法を変えたいと言う小平太が、舌打ちをして離れていった。

小平太は、躰が大きくなった。その分だけ、樹の上での動きは鈍い。つまり、自分より下の者たちに追い越されるのは、目に見えているのだ。

森之助は、自分が樹の上で闘うことなど、はなから考えていないようだった。ただ、樹の上に仲間がいる。それを考えた稽古を、はじめていた。

それでもやはり、景一郎の力が欲しい、と八郎太は思った。多三郎がここへ来れば、景一郎もついてくる。三、四人、薬の試しで死んだとしても、景一郎ひとりの力は、それと較べものにはならない。

いまのところ、薬の試し以外に多三郎を誘えるものはなかった。

「八郎太殿。森之助は、どうして備えを突破できたのでしょう?」

任市が、そばに座った。

谷からは、流れの音が這《は》い登ってくる。八郎太は、閉じていた眼を開いた。任市は思慮深い。それがよく出ることもあれば、考えすぎるという場合もある。

「八郎太殿は、境地と言われましたが」

「森の樹になろうと思えば、なれる。岩になろうと思えば、それにもなれる。それはかたちがなるのではなく、心の中がなるのじゃ。だから、境地と言うほかはない。森之助は、恐らくおまえたちの前を歩いて通ったのだろう。しかしそれは、森之助であって、森之助ではなく、だから見えもしなかった」

「そんなことが」

「できる者はおる。あの兄弟は、並みはずれてはおるがな」

「森之助は、景一郎殿と同じぐらいの腕を？」

「そうはならん。たまたま、そういう境地に入ったということであろう。兄と弟の腕は、まだ雲泥《うんでい》の差だ」

「そうですか」

「森之助に、なにかを期待しておるのか、任市？」

「小平太殿と数馬が、しばしばぶつかります。その時、私が間に入るのは無理かもしれません。森之助が入ってくれれば」

「わしは、おらんのか、任市？」

「八郎太殿は、小平太殿の父ですから」

任市がそう言う気持が、八郎太に理解できないわけではなかった。同時に、いくらか腹立たしいような気分も襲ってくる。

子供を相手に、大人気もなく、と八郎太は思い直した。

「ここにいる者たちで、誰が頂点に立つのか決めた方がよいかな」

「みんなで、話し合って決めたことなら」

任市は、言外に小平太を頂点には仰げない、と言っているようだった。それも当然かもしれない、と八郎太は思った。子供たちはみんな、極限の状態で、誰に命を預けるべきか本能的に感じとっている。

「当面、二人の諍《いさか》いはわしが抑えよう」

「それから先は、どうなるのです」

「まだわからん。景一郎がここへ来れば、諍いなど起きようもなくなるであろうしな」

「景一郎殿が、ここへ来ますか？」

「ここにいる者のうちの何人かが、多三郎の薬の試しを引き受ければだ。景一郎は、それを多三郎に言っていないであろうから、誰かに伝えさせればよい」

「私が」

「おまえが、伝えに行くか？」

「いえ、私が、薬の試しを引き受けます」

「そうか。誰に行かせる？」

「格之進に」

「わかった。そうしろ」

子供の命を餌《えさ》にして、景一郎を呼ぼうとしている自分に、八郎太は束《つか》の間《ま》、自嘲《じちよう》に似たものを感じた。

任市が、立ちあがった。

独断で、格之進を行かせるのだろうと思ったが、止めはしなかった。

思った通り、その夜、格之進がいない、と言い出す者がいた。

「私が、景一郎殿のところへ行かせた。一度、行った格之進が適任だと思ったのだ。私が、多三郎という人の薬の試しを引き受ける。それを伝えに、格之進は行ったのだ」

「ひとりで、そんなことを決めたのか、おまえ」

小平太が、任市の胸ぐらを摑み、二、三度頰を張った。数馬が、割って入った。森之助は、離れたところから見ている。

「薬の試しは、死ぬこともある。任市が、それを覚悟したのなら、それはそれで悪いことではないわ。小平太と数馬、それにわしには言っておいた方がよかったがのう」

八郎太がそう言うと、一応、その場は収った。

翌日だった。

八郎太は、自分の全身の毛がそそけ立つのを感じた。

なにかが、近づいて来ている。

森之助が、崖《がけ》のところにじっと立っていた。近づいてくるものの気配を感じているのは、いまのところ森之助だけのようだ。小平太も数馬も任市も、普段通りだった。

「数馬、全員に武器を持たせてくれ」

ふり返り、森之助が言った。数馬の躰《からだ》が、ぴくりと動いた。

「来た。近づいてきている。十人は槍《やり》、二十人は、決められた木の上」

「待てよ、森之助。誰が、おまえに指揮をしろと言ったんだよ。第一、ほんとうに、柳生が来ているのか？」

小平太が言う。

「来ている」

八郎太は、低くみんなに告げた。

「いままでの稽古《けいこ》の通りに、やるがいい」

小平太の顔色も変った。任市が駈《か》け去っていく。

格之進は、どこかで柳生と遭遇しなかったか。八郎太は、それを考えていた。

それから、一刻《いっとき》ほど待った。

森之助が、木立の中に入って行った。槍隊の十人は、小さくかたまっている。槍と言っても、柄の先に脇差《わきざし》をくくりつけたものだった。ただそれは、突くだけではなく、斬《き》ることもできる。

八郎太は、槍隊の後ろに立った。

気配は、どんどん強くなってくる。気配を消す気などないようだ。

うまく打ち払えたとしても、半数は死ぬだろう、と八郎太は考えていた。打ち払えなければ、全滅ということになる。

八郎太も、刀の柄《つか》に手をかけた。その手が、かすかにふるえていた。

7

夜になった。

森之助は、二度、木立ちの中を見て回ったが、異変はなかった。強い気配だけが、肌を刺してくる。

「闇《やみ》を待っているのか、それともこちらの気持をまず挫《くじ》こうとしているのか」

数馬が呟《つぶや》いた。

任市と小平太の隊が、いま森の中で待機している。数馬は、槍隊の指揮である。

森之助は、覆《おお》い被《かぶ》さってくる闇を、抗《あらが》わずに受け入れていた。敵が闇と一体になるなら、自分もそうなればいい。闇を闇でなくするためには、それしかなかった。

明らかに、みんなは苛立《いらだ》ちはじめている。じっと待たせるのも、攻撃のひとつに違いないのだ。それは、いま言えることではなかった。森之助はすでに、自分ひとりの闘いに入っている。

「気を抜くでないぞ。敵はそれを待っておる。人は、二日三日寝ずとも、死にはせぬ」

八郎太の声。やはり、どこか浮いた感じだった。

兄ならばどうするか、と考えはじめる自分を、森之助は抑え続けていた。自分は、兄ではない。兄の闘い方もできない。

闇になった。闇そのものになった。闇の中を拍動する、なにかが感じられる。味方の気配。不安なのか、二つ焚《た》かれた篝《かが》りの近くに、それは集まっている。

じっと待った。もう一度森の中に行ったとしても、なにも変らないだろう。かえって、木の上にいる味方を驚かせることになりかねない。

気配は、押してきていた。いまにも、攻めこんで来そうだった。その気配が、強くなり、弱くなる。なぜそうなるかも、森之助は考えるのをやめた。

受ける。まず、攻撃を受けとめるしかない。それで、敵の出方はわかる。

立合と同じだ、と思った。気を測り合う。しかしその気も、誘いであったりする。

このままの状態がひと晩続けば、耐えきれず、正気を失う者も出るだろう。しかし、敵も楽ではないはずだ。

風が出はじめていた。篝りが、大きく揺れる。そのたびに、火の粉も舞いあがる。月は、中天にかかりはじめていたが、しばしば雲に隠された。

なにかが、森之助の肌を打った。いままでの気配とは、まるで違う。しかし、自分にむかってくるものではない。

闇の中を、森之助は少しずつ移動していった。

ひとり、倒れていた。槍を握りしめたままだ。斬られてはいない。しかし、死んでいる。

入ってきている。ひとりか。二人か。外からの気配は、それを紛わせるためなのだろう。

さらにもうひとり、倒れていた。

森之助は、眼を閉じた。なにかが、五感に触れてくるのを待った。

岩、石、あるいは木か。しかし、動いた。そう感じた刹那《せつな》、森之助は地を蹴《け》っていた。

闇が、動いた。一文字則房を、横に払った。闇がかたちを持った時、森之助は跳躍していた。手応《てごた》え。頭蓋《ずがい》から、両断したはずだ。

さらに、森之助は走った。

木立ちにむかっていく影。

槍隊が、ようやく気づいて包囲する。見る間に、二人斬り倒された。追いついた。指笛を吹いた男の頭上に、森之助は跳躍した。背中をむけていた男は、前に倒れた。

腕が飛んだ。転げ回る男に、槍隊の槍が突き立った。二人が、喚《わめ》き声をあげながら、いつまでも突き続けている。

「新手が来る」

森之助が言うと、数馬が二人を止めた。

「落ち着け。大した使い手ではない。数馬、森の出口を押えろ」

二人は、荒い息を吐いていた。槍隊は、すでに六人しか残っていない。

「森之助、来るぞ」

八郎太の声だった。外側にいた敵が、一斉に入ってきた気配がある。

森之助は、木立ちの中に入った。

木の上から、二人が飛ぶのが見えた。敵がひとり。二人は、上からの攻撃に続いて、すぐに斬り結んでいる。

六人か、七人か。とにかく、ばらばらで入ってきていた。罠《わな》にかかるのを警戒したのだろう。木の上から、もうひとりが飛び、二人と斬り結んでいる男の背後に降り立った。三方から襲われるかたちになった男が、肩を斬られ、腿《もも》を斬られ、背中から刺されて、崩れるように倒れた。倒れた男を、さらに三人で何度も刺している。

森之助は、ゆっくりと、木々の間を進んだ。一文字則房は、抜身のままである。森之助の姿を、味方は認識するはずだ。これまでの稽古で、最も力を入れたひとつが、これだった。一文字則房を抜いて移動する、森之助の気配の感知。

頭上に、何度か気配を感じたが、間違って襲ってくることはなかった。

敵。目の前にいた。ほかの場所でも、争闘の気配が起きている。

森之助は踏みこみ、影だけに見える敵に、斬撃《ざんげき》を送った。かわしてくる。位置が入れ替り、逆襲が来た。峰で受けた。次の瞬間、いなして刀を横に払う。かすかな手応えがあった。木の上から、二人が飛んだ。敵の背後。ひとりが、刀を突き立てていた。それは抜けず、そのまま絡《から》み合って地に倒れた。もうひとりが、敵の首に斬りつけている。

進んだ。どこかで、罠が動いた。低い呻《うめ》きが、束の間、聞えた。争闘の気配が、森の各所で起きている。

森之助は、木立ちの間を進んだ。

敵。潜んでいる。構わず森之助は踏みこみ、攻撃を誘った。下から、斬りあげてくる。余裕を持って、かわした。敵の刀を追うように、森之助も一文字則房を撥《は》ねあげた。したたかな手応えがあった。

その敵を、もうそれ以上は気にしなかった。

背後で、槍隊の動く気配がある。森を抜けた者がいる、ということだった。また、どこかで罠が動いた。呻き声は、聞えない。

敵がいた。森之助は、落ち着きはじめていた。何人の敵が、森の迷路に入ったのか。

はじめ、七、八人と思ったが、それよりは多そうだった。

神地兵吾より手練《てだ》れ、という敵はいまのところいない。これが、柳生の実力だとしたら、勝つのは難しくないかもしれなかった。

斬りつけてきた敵を、森之助は躰を入れ替えるようにしてかわし、その時はもう下腹のあたりに一太刀浴びせていた。むき直り、頭蓋から両断する。

進んだ。迷路から、さらに外にむかった。

森が途切れている場所。そこからが、砦《とりで》の外だった。

ひとり、立っている。とっさに、森之助は気配を殺した。月の光に照らされて、無表情に見えた男の顔が、不意に曇った。月が、雲に遮られたのだった。

二人が、森を飛び出した。男の動きは、よく眼で捉《とら》えられなかった。飛び出した二人は、そのまま崩れるように倒れた。よく見ると、もうひとつ屍体《したい》がある。

逃げようとする者を、ここで斬っている。そういうことのようだ。つまり、負ければ逃げる程度の者たちが、攻撃してきている。

「出てこい」

声。はっきりと、森之助に呼びかけていた。森之助は、一文字則房を抜いたまま、木立ちから出た。

「ほう。日向《ひなた》景一郎か?」

「弟の、森之助という」

「なるほど。若すぎると思った。まだ、子供だな」

森之助の全身には、粟《あわ》が立っていた。いままでの敵とは、まるで違う。気は秘められているが、ひとたび出てきた時は、森之助の全身を縛りあげるだろう。神地兵吾からも、これほどの威圧は受けなかった。

「日向流などという剣法が、いま時まだ生きているとはな」

睨《にら》み合うかたちになった。森之助は、一文字則房を低く構えた。男も抜刀したままで、それを地摺《じず》りに構えている。

勝敗を、超えるしかない。そう思わせる相手だった。相討ちを狙《ねら》うということも、考えられない。

森之助の全身には、すぐに汗が滲《にじ》みはじめた。跳躍できるのか。その隙《すき》を、この相手は見せるのか。跳躍できたとして、斬り降ろす余裕はあるのか。

ふつふつと湧《わ》きあがる自らへの問いも、森之助は消した。

固着した。どこかで跳ぶ。それが、日向流だった。跳ぶこと以外、森之助は考えなかった。息が苦しくなってくる。耐えるというほどもなく、それを抑えこんだ。苦しさの先に、ふっと楽になるところがある。そこへ達すれば、多分、死ぬまで苦しいなどとは感じなくなるのだ。兄との稽古では、いつもそこへ追いやられた。

「待て」

男が言った。

「すべてが、終ったようだぞ。何人が、生き残っているかな」

森の中の、争闘の気配が消えていることに、森之助ははじめて気づいた。

「俺は、日向流と斬り合うために、ここにいるのではない」

男が、二歩退《さ》がり、構えを解いた。

男の顔に光が射《さ》し、また消えた。闇に包まれた男の顔は、消えたという感じしかしなかった。

「なかなかの腕だ。子供とは思えん。いずれ、陽の光の中で立合いたいものだな」

男がさらに二歩退がり、踵《きびす》を返した。

森之助は、声をかけることも、追うこともできなかった。男の顔だけが、頭に焼きついたように残っている。

笛が鳴っていた。

みんなが、小屋の前に集まりはじめている、ということだった。争闘は、ほんとうに終ったのだろう。

森之助は、刀を鞘《さや》に収め、小屋の方へ引き返した。

「おう、森之助」

小平太が声をかけてくる。

死んだ者が、何人か並べられていた。

「勝ったぞ。俺たちは、柳生を打ち破った。やってみれば、柳生など大したことはない」

「犠牲は？」

数馬の方にむかって、森之助は言った。

「七人、死んだ。手傷は大なり小なりみんな負っているが、深傷《ふかで》は三人だけだ」

「十人」

「柳生は、十人以上いたのだ、森之助。それに、罠にかかった者を二人、生きたまま捕えた」

「柳生は、まだ来ていない。そんな気がするのだが」

「なにを言ってやがる。森の中に、屍体がいくつ転がっていると思ってるんだ」

「森の外にも、三つ屍体があるのだ、小平太殿。逃げようとして、斬られた」

「なんだと」

「その男こそが、柳生だと私は思う」

「おまえ、見たのか？」

「立合った。ここを攻めた者が、全員討たれた気配で、男は退《ひ》いていった。私は、追うこともできなかった」

「どういうことだ」

「小平太」

崖《がけ》の縁に立っていた八郎太が、人の輪の中に入ってきた。

「火を燃やせ。飯を炊《た》け。肉も焼くのだ」

「わかっている。みんな腹は減らしているのだ、父上。しかし、森之助のやつが、おかしなことを言う」

「わしはこれから、二人にいろいろ訊《き》いてみる。その間に、みんなめしを食ってしまえ。森之助の寝言は、朝になったら確かめればよい」

二人の男は、縛りあげられていた。

八郎太は、そのうちのひとりを、崖の縁へ連れていった。なにか言っているが、声は風が吹き飛ばしていた。

しばらくして、八郎太は男を連れて戻ってきた。もうひとりも、同じように連れて行き、崖の縁に立たせた。

森之助は、火のそばに腰を降ろした。

「柳生が来ていないとは、どういうことなのだ、森之助？」

任市が、そばへ来て小声で囁《ささや》いた。

「そんな気がした」

「それだけではないのだろう?」

「八郎太殿が、いまいろいろ訊いている。それを待とう」

任市が、かすかに頷《うなず》いたようだった。肉だ、と小平太が大声をあげている。

めしができあがり、みんながそれを食い終えたころ、ようやく夜が明けてきた。

「二人は、間違いなく、卯月に入ってきているな、森之助?」

任市が言った。

腹を満たして落ち着いたのか、みんなしんとして聞いていた。

「音もなく、二人を殺した。小さな刃物で、首の後ろを刺している。その二人は、間違いなく迷路も罠も抜け、卯月に入っていた」

屍体は、首の後ろ以外に、まったく傷がなかった。ほかの者は、何カ所も傷を受け、失血で死んだと思える者もいた。

「みんな聞け」

八郎太が、口を開いた。

「確かに、森之助の言う通り、柳生は来ていない。襲ってきたのはみんな、月潟村から出た者たちばかりだ。おまえらの兄分になる。柳生のために働いていたが、手が空けられる者は、みんなかり集められたらしい」

「月潟村？」

「抜けてきた二人は、長く忍びの修行をしていたそうだ。その二人が混乱を起こし、一斉に攻めこむ手筈《てはず》だったという。忍びなら、抜けられたかもしれん、とわしは思う」

「どういうことなのです、八郎太殿？」

「月潟村の出身者同士で闘わせて、少しずつ減らしていく。それが、柳生のとった方策ということになるのう」

「では、本物の柳生は？」

「逃げる者を斬《き》った。それは、柳生の者であろうな。柳生の者が出ることは、極力避けているとも思えるし、月潟村同士で殺し合いをさせることで片が付く、とも考えているのかもしれん」

「そんな。では、私たちがあと三年か四年、先に月潟村を出ていたとしたら、襲った側にいたかもしれない、ということになるのですか？」

「そういうことじゃ、数馬。たやすい手を、柳生は使ってはこぬ。わしは、それを痛感した。敵の屍体を集めれば、見知った顔もいくつかあるじゃろう。森之助、外にいた男は、強かったか？」

「多分、神地兵吾よりも」

全員が、うつむいた。

柳生に、勝ったのかどうかは、はっきりしない。それでも、何人もの仲間を失った。

「あの二人は、殺すしかあるまい」

八郎太が、ちょっと顎《あご》をしゃくった。

「任市、殺してこい」

硬い表情をして、任市が立ちあがった。

夜中よりも、さらに風が強くなってきた。焚火《たきび》の炎が、大きな音をたてる。そのたびに、火の粉が森之助の顔を襲った。

第七章　おにがみ

1

戦力が十人減ったという勘定だったが、新しい稽古《けいこ》の方法など思いつかなかった。樹《き》の上からの攻撃は、確かに有効だった。槍《やり》も、刀よりはましだったかもしれない。ただ、飛礫《つぶて》はなんの役にも立たなかった。それは攻撃が夜で、相手が見えなかったからだ、と森之助《もりのすけ》は主張したが、進んで飛礫の稽古をする者はいなくなった。

攻撃してきたのが、月潟《つきがた》村出身の者ばかりだったと知って、歳《とし》が上の者は衝撃を受けていた。桐生《きりう》村で一緒だった者が、屍体《したい》の中に二つ混じっていたのだ。その二人は、数《かず》馬《ま》や任市《じんいち》が桐生村に入った時に、最年長者としていたのだった。ほかにも七人は間違いなく月潟村の出身だ、と八郎太《はちろうた》が確認した。

次に攻めてくるのも、やはり月潟村の出身者なのか。口には出さないが、全員にその思いはあるようだった。

卯月《うづき》にいる者で、月潟村と関係がないのは、森之助だけである。

「格之進《かくのしん》は、なぜ戻らないのだ、任市。どこかで斬《き》られたのかな？」

数馬が言っていた。

「わからないが、多三郎《たさぶろう》さんと一緒にここへ戻れ、と言ってはあるのだ」

小平太《こへいた》が、鼻先で嗤《わら》う。格之進ひとりぐらいが戻ったところで、なんの兵力の足しにもならないと、平然として言い放っていたのだ。

見張の数は、減らした。常時、多人数で敵の攻撃を見張ることはできない。敵にとって安全な森の入口はひとつしかなく、そこに三人の見張を置けば充分だった。連絡には、笛がある。

攻撃の翌日あたりから、小平太はみんなを指図したがった。それに、しばしば数馬が反撥《はんぱつ》する。対立がひどくなる前に、八郎太が間に入った。

八郎太、小平太、数馬、任市、森之助の五人で、大事なことは話し合うという決まりもできた。それでも小平太は、なにかあると指図をしたがる。

攻撃の四日後の朝、森の入口の見張が笛を鳴らした。全員が、武器に手をやった。しかし、笛は鳴り続け、近づいてきたのが味方だと知らせてきた。

「格之進が、戻ってきた」

任市が言った。多三郎を連れてきたのなら、兄も一緒だろう、と森之助は思った。

森から出てきたのは格之進が先頭で、ひと抱えほどの瓶《かめ》を背負っていた。次が多三郎で、やはり同じぐらいの瓶と薬箱を背負っている。三番目に出てきたのがお鉄《てつ》だったので、森之助は思わず横をむいた。なぜお鉄が、と思う。佐島《さじま》村へ帰るなり、どこかへ消えるなりすればいいではないか。あれだけの海女《あま》なら、海辺のどこかで生きていける。

最後に、兄が出てきた。人が入れるほどの大きな瓶を、二つ背負っている。

八郎太が、立って迎えた。

「任市というのは？」

多三郎が、みんなを見渡して言った。

「私です」

「そうか。おまえが薬の試しをやってくれるのだな。お鉄がやったが、少量しか遣っておらん。それでも二刻《ふたとき》、眼を醒《さま》さなかった。おまえに遣うのは、お鉄の五倍の量になる。ただし、お鉄に遣ったものより、薬はさらに工夫を重ねてある」

「わかりました」

任市は、強張《こわば》った表情で答えた。

「森之助」

兄が呼ぶ。手斧《ておの》を二つ持っていた。それで、森へ入り、木を伐《き》った。木は、うずたかく森の外に積まれた。それから兄がやったのは、粘土と石で窯《かま》を作ることだった。炭を焼く窯だ。そこにはすぐに伐ってきた木が詰められ、火がつけられた。煙がたちのぼったが、兄は意に介したようではなかった。これは木を乾かすためで、大した量ではない。卯月の小屋のそばで、お鉄がめしを作っていた。香料などもあるらしく、いい匂《にお》いが漂っている。

「景一郎《けいいちろう》、炭を作るのか？」

八郎太がそばに来て言った。

「ええ。多三郎さんが、まだ使うらしいのですよ。これから窯口を閉じて、すぐに火を入れます。上質の炭でなくてもいいので、二日であがります」

「多三郎は、ここでも薬を作る気か？」

「もう大きな瓶が二つと、小さな瓶が三つになっています。丸薬になるまでに、それほどの時はかかりません」

「呆《あき》れたな。柳生《やぎゅう》が襲ってくる」

「そんなことを、気にする人ではありませんのでね」

昼めしは抜いて炭作りをしていたので、夕めしは匂いだけでもうまそうだった。

椀《わん》に、雑炊が配られる。

お鉄の味だった。久しぶりに、お鉄の味を口にした、と思った。それを頭から追い払い、ただ腹を満たすためだけに、雑炊をかきこんだ。

「森之助さん、誰も言わないけれど、柳生が襲ってきたのですね」

格之進が、そばに座って言った。

「いなくなった顔が、ずいぶんあるような気がします。怪我《けが》をしている人も多いし」

怪我の手当は、多三郎がやったようだ。医師ではないが、手伝いはよくやる。なまじの医師より、手際《てぎわ》はよかった。

森之助が立ちあがると、格之進がついてきた。任市に、炭作りを手伝えと言われたらしい。

完全に木が乾いたとは思えないが、兄はすぐに窯口を塞《ふさ》ぎ、火を燃やしはじめた。多分、割れ目の多い炭が出てくるだろう。

「八郎太殿、私はこれで」

「おい、多三郎がいるではないか、景一郎」

兄が、どこへ行こうとしているかは、わからない。ただ、炭作りはもう森之助に任せた、という感じだった。

「これだけの人間が守っているのだから、多三郎さんの心配はしていません」

「守り切れると思うのか?」

「どうでしょうね。ただ、多三郎さんは、どんな情況でも生き抜いてきた人です」

「柳生に襲われても、生き抜けるということかな?」

「ま、死ぬのは最後でしょう。森之助をつけておきますし」

「景一郎、なにを考えておる」

「私は、卯月へ来るのは反対だったのです」

「おまえがこれまでに、反対だの賛成だのと言ったことは一度もない」

「気持の中で、反対でした。多三郎さんに言ったわけではありません」

「なぜ、反対なのだ。おまえたちがいる場所へ、われらがまとまって行ったら、やはりそこが襲われるのだぞ」

「とにかく、多三郎さんには、森之助をつけます」

兄が、なぜこんなことを言い出しているのか、森之助にはわからなかった。多三郎につくということになれば、柳生が襲ってきた時も闘うことはできない。

「ここに、いてもいいのですがね」

「なんじゃ、わしと取引しようということだったのか」

「気に食わないのです」

「なにが?」

「任市が、試しをやるということが。それをさせることで、私を呼び寄せられると考えた、八郎太殿が」

「自分でやる、と言い出したのだ、任市は」

「任市について、私はなにも思っていません。ただ、八郎太殿の目論見《もくろみ》通りになるのが、いやなのです」

「だから出て行くのか、多三郎に森之助をつけて？」

「生き延びますよ、この二人は」

「取引とは、なんなのだ、景一郎？」

「八郎太殿が、任市よりさらに多い量で、薬の試しをやることです」

八郎太が、言葉に詰まっていた。

任市が薬の試しをやるということについては、森之助も釈然としていなかった。考えてみれば、兄は当然の要求を八郎太にしているのかもしれない。

「わしが眠ってしまえば、柳生との闘いの指揮は誰がやる？」

「同じでしょう、いてもいなくても。八郎太殿には、命をかけて闘おうという気は、もともとないではありませんか。どこかで、柳生と取引を考えているのでしょう？」

「そんなことは」

「どんな材料を持っていても、八郎太殿に柳生との取引はできません」

「取引など、誰が考えるか」

「私が、そう思っているのですよ。根拠もなにもない。思ってしまった。私を責めるのは結構ですが、気持は変えられませんよ」

「わしは、ここにいる者たち全員のことを、考えねばならんのだ」

「それにしては、もう十人も倒されているではありませんか。それも、相手はそれほどの手練《てだ》れではない。負傷が多いことが、それを物語っています」

「それにしてもだな、景一郎」

「私は、あの山中で野宿しています」

兄が、そばの山を指さした。

「試しをやる気になったら、また格之進を迎えに寄越してください。格之進が、生きていれば」

それから兄は、背をむけると立去った。唖然《あぜん》として見ていることしか、森之助にはできなかった。

「どうした。景一郎殿は、どこへ行ったのだ？」

「山へ」

格之進が、数馬に答えた。

「八郎太殿が、薬の試しを御自分でされるのなら帰ってくる、と景一郎殿は言われています。任市殿が六分四分で生き残るなら、八郎太殿は四分六分だそうです。それほど、危険な試しなのだそうです」

「任市が、六分四分」

数馬が、呻《うめ》くように言った。

兄を当てにしなくても、自分がいる。森之助はそう言いたかったが、言えなかった。兄から、多三郎を託された。そう思うしかなかったのだ。

「森之助さんは、闘いの間、多三郎殿のそばにいることになっています」

「格之進、おまえは」

八郎太が言った。

「日向《ひなた》兄弟がどうするかは、きちんとみんなに話すように言われています。これは、大事なことだと私は思いました」

小平太も任市も来ていた。

「私が、試しをやる。それで助けて欲しい、と景一郎殿に言ってくる。このままでは、全滅ではないか」

「任市」

小屋から、多三郎が呼んだ。

「そろそろ試しをはじめる。最初の試しでは、二日眠ったままだ。二回目は、多分、三日。用意をするぞ」

「多三郎さん、ちょっと待っていただけませんか?」

「よせ、任市」

森之助は言った。

「兄が一度言ったことだ。八郎太殿が試しをやらぬかぎり、山から降りてはこない」

「なに、八郎太殿が試しをやってくれるのか。それはいい。なにしろ任市は、十六といってもまだ躰《からだ》が子供の部分が残っている。八郎太殿なら、思うさま薬が遣えるし」

「やらぬ」

八郎太が、怒声を出した。

「わしが眠ってしまったら、闘いはどうするのじゃ」

「なんだ、やらんのか。つまらん。森之助、炭は用意してくれよ。さらに工夫を加えた精製をしてみる。すぐにも、必要になるからな」

そう言い、多三郎は小屋の中に消えた。

兄が現われた時、全員がほっとしたのはわかった。それが、いまは茫然《ぼうぜん》としている。

2

夜になった。

森之助は、薪《まき》を燃やし続けた。そばでは、格之進が手伝っている。

任市の試しははじまっていた。

すでに、小屋の中で眠っているのだろう。多三郎に急《せ》かされて、任市は後に気持を残しながら、小屋に入ったのだ。

「森之助」

お鉄が、近づいてきた。

森之助は、火の番を格之進に任せ、窯を離れた。

「多三郎さんの手伝いだろう、お鉄さん」

「だけど、いま任市は深く眠ってるだ。すぐには、うちの仕事はねえ」

「だからって」

「言っておこうと思っただ。あそこの山の中で、薬の臭《にお》いを嗅《か》いでいると、眠れなくなった。躰が火照《ほて》って、森之助を思い出しただよ。気がつくと、多三郎様に跨《また》がってた。そんな感じだった。多三郎様に、薬をのませたことも、憶《おぼ》えてはいるだが、あれはうちじゃねえだよ」

「言い訳か」

「違う。毎夜、森之助と媾合《まぐわ》った。それも、二度も三度も。女の躰は、それで言うことを聞かなくなるだよ。それに、あの薬の臭い。だけど森之助の顔を見たとたん、うちのやる相手は森之助しかいねえと思っただ」

「おまえな」

「最後まで、聞いてくれねえだか、森之助。うちは、森之助を見たとたん、なにがなんでも森之助とやりたくなっただよ。なにがなんでも。だけど、森之助はうちを蹴倒《けたお》した。裸で森之助を捜してたら、兄様《あに》に持ちあげられた。媾合っただよ」

見ていた。言葉が出かかったが、森之助はなんとか抑えた。お鉄の頰が、涙で濡《ぬ》れて闇《やみ》の中で光っている。

「はじめは、気が狂うほどよかった。地面がなくなっちまって、どこかに浮いているみてえだった。死んじまうような気がした。それでも、兄様はやめねえ。ほんとに、死ぬと思った。ここで、うちは死ぬと思い続けただよ。まだ、兄様はやめねえ。死ぬということも、考えなくなった。兄様は、まだ続けた。つらくなっただ。どうしようもなく、つらくなった。兄様は続けた。つらさが、躰にしみこんで、躰そのものがつらさの塊になった。それで、眼が醒《さ》めたのは小屋の中だった。一日は、起きあがることもできねえ。

そして、やりたいと思わなくなってた。憑《つ》きものが落ちた。そうとしか思えねえだ。薬の臭いを嗅いでも、なんでもなくなった」

「だから」

「兄様は、なにもなかったような顔で、うちを見ようともされねえ。うちも、なんでもなく多三郎様の手伝いができるようになった」

「もう、わかったよ、お鉄さん」

「そうだったということだけ、森之助に伝えておこうと思った」

お鉄が、背をむけ、小屋の方へ歩いていった。

森之助は、窯のところへ戻った。

火は、燃え盛っている。しかし窯口は塞いであるので、中の木までは燃えはしない。しばらくこれを続け、冷やせば炭ができあがっているのだ。

森之助は、お鉄が言ったことを、考えていた。実際にあったことを、夢を見たと言っているようなものではないか。そんな気がした。

「森之助さん、薪は足りるでしょうか？」

格之進が、森之助を見あげている。薪は、足りる。足りないものは、どこか、まるで別なところにあるような気がした。

夜が明けても、火は燃やし続けた。煙の色が、まだ青かった。白くなり、透明になった時、炭は焼きあがっている。

朝めしの合図が出た。

森之助は、格之進を先に行かせた。いままでより見張を減らしたので、めしに集まってくる人間が、大きく減ったとは思えない。

格之進が戻ってから、森之助はめしを食いに行った。出てきたのは白い粥《かゆ》で、味噌《みそ》と川魚の干物《ひもの》を炙《あぶ》ったものがついていた。川魚の骨は、それほど硬くない。森之助はそれを頭ごと食い、粥をかきこんだ。

八郎太が、不機嫌になにか怒鳴り散らしている。兄に、薬の試しをやれと言われたことが、よほど気に障《さわ》ったようだった。

森之助は、八郎太を無視していた。めずらしく、小平太が宥《なだ》めるようにそばに立ってなにか言っている。

「小平太殿は勝手だが、八郎太殿も似たようなものだな。いずれ、あの父子が、卯月を支配しようとするかもしれない」

いまがどういう時か、と森之助は数馬に言いかけてやめた。

多三郎は、薬の試しに熱中している。兄は、勝手に山中に入り、卯月が襲われることも知らない、という態度だ。そして自分は、その兄に命じられると、炭焼きをすべてのことに優先させている。

「あの父子にとって大事なのは、田島《たじま》一族であって、卯月ではない、という気がする。卯月が大事ならば、任市に薬の試しなどやらせず、八郎太殿が自分でやったはずだ」

八郎太は、所詮《しょせん》、女に化けてなにかを探ったりすることが、一番向いているのかもしれない。斬《き》り合いなど、まだまともには一度もやっていないのだ。大した腕ではない。そして、死ぬのをこわがっている。

八郎太については、小平太を救った時の、あの鮮やかな身の動きが、森之助の頭に焼きついている。その分だけ、買い被《かぶ》っているのかもしれなかった。

それでも森之助は、数馬の言うことになんの返事もしなかった。数馬が、ただ卯月のことだけを考えて、言っているのかどうかもわからない。

森之助は、窯《かま》のところに戻った。

格之進は、額に汗を浮かべている。煙の具合を、森之助はしばらく見ていた。

江戸では、ひと冬使う炭を、薬草園の隅で、自分たちで焼く。それは薬草園の母屋《おもや》でも、寺の養生所でも使われていた。だから、焼き方は身についている。

「まだですか、森之助さん？」

「もう少しだと思う。それよりおまえ、強くなるのは諦《あきら》めたのか？」

「いろいろなことがありすぎて、頭が混乱しています。多三郎殿と一緒に卯月に帰ってみれば、見知った顔がいくつも消えてしまっていますし」

「ただ、消えたのではない。闘って消えたのだ。そしておまえは、みんなと同じように闘いたかったのだろう?」

「そうです。しかし、私ひとりの戦力など」

不意に格之進の腰が回転し、抜き撃ちが襲ってきた。身を反らして森之助はそれをかわしたが、格之進の気にはいままでとまるで違うものがあった。二の太刀を正面から打ちこんでこようとする。それは、いつもの格之進だった。蹴倒した。跳ね起きた格之進に、薪を一本投げつける。それは額のあたりに当たり、格之進は昏倒《こんとう》した。

森之助は、窯に薪を放りこんだ。すぐに、炎は大きくなった。ようやく身を起こした格之進が、涙を溜《た》め、唇を嚙《か》んだ。額は赤くなり、腫《は》れはじめていた。

第一撃は、完全に気を殺していた。格之進の腰が回転するまで、森之助は来るとは思わなかったのだ。

「兄上に、なにを教えられた?」

「わかりますか?」

「いまの斬撃《ざんげき》ではな。二撃目では、教えられたことはなにも生きていなかったし」

格之進は、足の指から紐《ひも》を解いた。

「それか」

「血が止まるほどに強く。森之助さんを待っている間、脂汗《あぶらあせ》が出てきました」

汗は、火の熱さのためではなかったのだ、と森之助は思った。躰の一カ所に、痛みを与える。それに意識を集中すれば、気は内にむかう。そうなのだということが、森之助にはようやくわかった。

「そのうち、足の指を縛りあげなくても、気は殺せるようになる、と景一郎殿に言われました」

「おまえはなぜ、それを私に訊《き》かず、兄上に訊いたのだ」

訊かれても、同じことを教えられはしなかった、と森之助は思った。それでも、格之進が景一郎に訊いたということに、無性に腹が立った。

「森之助さんに訊いたら、たとえ気を殺せたとしても、わかってしまうと思いました。足の指を縛っていても、見えてしまうわけだし」

「見えない方法は、いくらでもある」

「教えてください、それを」

「もう、おまえにはなにも教えない。稽古《けいこ》も終りだ。これから私に斬撃を浴びせる時は、斬られる覚悟をしておけ」

「なぜです?」

「なぜでもだ。それから、あまり私に近づくな」

「私は、そばにいますよ」

「斬られても、構いません。森之助さんに隙《すき》があったら、私は打ちこみます」

「なんだと」

「勝手にしろ」

森之助は、格之進と口を利《き》くのをやめよう、と思った。打ちのめしてしまいたいという思いもあったが、それは次に格之進が斬撃を浴びせてきた時、思いきりやってやればいい。

半刻《はんとき》ほど煙を見て、森之助は火を消した。あとは、自然に冷えるのを待ち、窯を壊して中の炭を取り出せばいいだけだ。

「おい、森之助」

小平太が近づいてきた。

「任市が眠っている間に、下にいたやつらを全部自分につけようとしているぜ」

「誰がです」

「数馬に決まってるじゃねえか。任市が眼を醒《さま》さないかもしれない、と言ってな」

「数馬に言ってやればいいでしょう」

「あいつは、俺の言うことなんか、聞きはしねえさ」

卯月は、三人が指揮している。だから、なんとなく三つの塊という感じになっていた。森之助と八郎太は、誰も指揮していない。

「自滅したいのですか、小平太殿？」

「自滅ねえ」

「まとまりをなくせば、終りですよ」

「俺は、それぐらいわかってるさ。数馬のやつが、わからねえんだ」

「八郎太殿は、なんのためにここにいるのです？」

「全部を、しっかりまとめるためさ。だけど、景一郎さんがおかしなことを言ったんで、数馬は、父上が試しを受けるべきだと、みんなを煽《あお》っている」

「そういうことで乱れるなら、卯月はそれまででしょう」

「いいのか、おまえ。お鉄も死ぬんだぞ」

「私に、どうしろと言うんです」

「おまえが、数馬を押さえろ。卯月はひとつにまとまらなくちゃならねえと」

「筋合いじゃありませんね。私は、月潟村の人間ではないのです」

「だけど、卯月を守って闘うと言った」

「柳生が来れば、闘いますよ」

森之助は、崖《がけ》の縁に立ち、垂らされた縄で谷川へ降りていった。

途中の洞穴には、米などの食料がつめこまれている。火薬も、いくらかあるのだろう。

八郎太が、それを遣おうとする様子は、いまのところない。

谷川の水に入った。

まだ雪解けの水だから、冷たい。構わず膝《ひざ》まで入り、森之助は流れの中で座りこんだ。眼を閉じる。

多三郎に金子《きんす》を届けに来たのが、ずっと前だったような気がした。あれから、いろいろなことがあった。

いくらかでも、自分は強くなったのか。

それを言ってくれる人間は、いまここを離れて山の中だった。

3

丸二日、眠り続けても、任市は眼を醒さなかった。

三日目に入ると、いつまでも眼を醒さないのではないか、と騒ぎ出す者がいた。

八郎太と数馬は、口を利かない。

「みんなが、森之助さんに訊いてこい、と言うのです」

格之進が来て言った。

試しをはじめてから、多三郎は一度も外に姿を現わしていなかった。食事なども、お鉄が運んでいる。

「もう死んでしまっているのではないか、と言う人もいます」

「なぜ、私に訊く?」

「それは」

「多三郎さんを連れてきたのは、おまえではないか。おまえが、多三郎さんに訊いてくればいい」

「そんな」

「それよりも、やることがあるぞ」

「なんです?」

「武器を持つことだ。そろそろ、見張の笛も聞えると思う」

格之進の表情が強張《こわば》った。

また、十数人が近づいてきている。気配を殺すことも、知らないようだ。あるいは、なにか狙《ねら》いがあって、気配を振り撒《ま》いているのか。

格之進が、数馬のところへ駈《か》けていく。この二日で、信望は数馬に集まっていた。八郎太がいなければ、小平太を追い出しかねない感じもする。

「みんな、武器を執れ。樹《き》の上からの攻撃は、訓練で定めた通りに。懐《ふところ》には、石を三つ入れておけ」

十名ほどが、一斉に森へ駈けていく。

森之助が、小屋の前に腰を降ろした時に、見張からの笛が鳴った。

明るい間の攻撃である。数馬も、とっさに飛礫《つぶて》は有効だと判断したようだ。

なぜ明るい間に攻撃してきたのか、と森之助は考えていた。理由はあるはずだ。

すぐに、合戦のような気配が伝わってきた。

「十名以上はいそうだな。下手をすると、同数程度はいるかもしれぬ」

森之助のそばに腰を降ろし、八郎太が言った。

「柳生も、どこまで酷《ひど》いことをするのであろうな。鳥肌が立つわい」

「八郎太殿は、闘われないのですか?」

「誰が、いまのわしの言うことを聞く。下手をすると、味方に斬られかねん」

森の罠《わな》も迷路も強化してある。しかし、集団で押してくれば、いずれは破られるだろう。

半刻ほど争闘の気配が続き、森からぱらぱらと人が出てきた。樹の上からの攻撃だけでは、守り切れなかったのだろう。森の外では、徹底した斬り合いになっている。

敵の姿を見て、森之助ははっとした。卯月にいる者たちと、ほとんど年齢が変らないように見える。

格之進が、泣きながら槍《やり》を振り回している。敵も味方も、何人かが泣いていた。泣くことで、なにかを忘れようとしているようにも思える。

「そうか」

「酷いであろう、森之助。攻めてきたのは、霧生《きりう》村にいた者たちだ。ついこの間まで、卯月の者たちとともに暮して、軽業《かるわざ》に磨きをかけていた」

「仲間同士で、斬り合いをさせているようなものですね」

「森の出口の方には、逃げる者を斬る手練《てだ》れが立っているのであろうな。見ろ、あの刀の遣い方を。斬るより、斬られたくないということが、両方ともはっきりわかる」

それでも、小平太はひとつ抜けた強さを見せていた。数馬も、敵を追っている。

乱戦の中から、六人が抜け出し、小屋にむかって走ってきた。そのうち二人は、罠にかかった。

「田島八郎太」

ひとりが、声をあげる。すさまじい形相だった。

「どうも、八郎太殿を斬る気のようですね」

「ここは、おまえに任せよう。わしは、多三郎に試しでもして貰《もら》うかな」

言うと、八郎太は小屋の中に入っていった。

多三郎がいる。多三郎を守るために、自分はここにいる。そう思うしかなかった。森之助は、一文字則房《いちもんじのりふさ》を抜き放った。

抜けてきた四人は、多少腕が立つ。そして、できるだけ卯月の者たちを斬らないようにして、小屋へ駈けてきた気配もあった。

「どけ、斬るぞ」

立ち塞《ふさ》がった森之助に、ひとりが言った。

その時、森之助は跳躍していた。頭蓋《ずがい》を両断した。あとに続いていた、三人の足が止まった。踵《きびす》を返して逃げようとする。森までに追いつける。森之助がそう思った時、卯月の者二人が駈けてきた。

「来るな」

その時はひとりが斬られ、もうひとりもすぐに突き倒された。森之助は、三人の背後に迫っていた。跳躍はしなかった。三人を追い越すように、ただ駈け抜けた。

三人が、背後で倒れる気配がある。

それ以上、森之助は刀を遣わなかった。

残っている敵は四人で、七人が斬り結んでいる。格之進も、槍を突き出していた。

木立ちの中を、森之助は駈けた。

森の出口。あの男。やはりいた。屍体《したい》は、ひとつもなかった。

「おう、日向《ひなた》森之助か」

「名を」

「おまえに名乗る気などない。来いよ」

男は、まだ刀を抜いていない。居合を遣う気だろう。すぐには近づけなかった。抜いた時は、勝負がついている。それが、居合だった。正眼に構えたまま、じりじりと近づいた。男は、気を発しない。跳べる。しかし、両断できるか。相討ちにならないか。そう思っている間は、ほんとうは跳べはしない。

「またな、小僧」

男が言った。

背後で、争闘の気配が消えている。森之助は、やはり追うことができなかった。

小屋のところへ戻る。途中に、屍体がいくつも転がっていた。ひと太刀で切り倒されている者は、ひとりもいない。みんな、三カ所か四カ所、傷を受けている。

六人が、座りこんでいた。

「この間まで、みんな仲間だった」

数馬が、呟《つぶや》くように言った。

「桐から霧へ移った者たちだ。そして、まだ霧を出ていない」

「なんだ、これは」

小屋から、声が聞えた。

刀を杖《つえ》代りにした、任市が立っていた。

「みんな斬《き》られたのか。殺されたのか」

任市の足は、まだふらついている。

倒れている者たちの顔を見ながら、任市が大きな叫び声をあげた。

霧にいた者たちが襲ってきた。それが任市にもわかったようだ。

「こんなことが、あっていいのか。私たちは、誰と殺し合ったのだ」

搾《しぼ》り出すような声で、任市が言った。

「おまえが寝ている間に、このざまよ」

吐き捨てるように、小平太が言った。任市は小平太を見つめた。

「景一郎殿はやはり」

「山に籠《こも》ったままさ。俺たちを助ける気なんてねえ。柳生をこわがっているのかもな」

「それなら、私が受けた試しは、まったく無駄だったということか」

「無駄ではないぞ、任市。おまえのおかげで、ずいぶんといろいろわかった」

多三郎が出てきて、言った。それから周囲を見回し、おっ、と声をあげる。

「ひどいな、これは。死にかかっている者を、小屋に運べ。急げよ。それから、森之助は手伝ってくれ」

多三郎は、大瓶《おおがめ》と鍋《なべ》に湯を沸すように指示した。

「森之助、私の道具を、鍋の湯で煮立てて毒消しだ」

多三郎は、怪我人《けがにん》の手術をするつもりのようだった。瀕死《ひんし》の者が、数馬の指図で四人運ばれてきた。

「この者たちは、放っておくと間違いなく死ぬ。私は薬を遣って眠らせ、血止めなどの手術をする。これは治療であって、薬の試しではない」

言葉でそう言い、自分を納得させようとしていたが、多三郎はやはり試しをやりたいのだ、と森之助は思った。

手裏剣のように小さな小刀。江戸の医者道庵《どうあん》は、これをいつも十本ほど持っている。多三郎は、試しをやった犬の腑分《ふわ》けなどをするために、一本だけ持っているのだ。ほかに、絹糸と針。滾《たぎ》る鍋の中にしばらく入れたままにし、それから森之助は湯だけ捨てて鍋ごと小屋に持ちこんだ。

小屋の中では、多三郎とお鉄が、怪我をした四人の着物を脱がせていた。それぞれ十粒の薬を、口に含ませる。内臓をやられているかもしれないので、水なしである。四人は、すぐにうとうとしはじめた。

「手伝おう」

数馬が格之進を連れて入ってきた。

「任市は？」

「いま、八郎太殿と話している。いくら言っても、試しは受けてくれそうもないが」

「八郎太殿も、小心だな。任市など、堂々としておったぞ」

多三郎が言う。その間も、四人の傷の状態を紙に書きつけている。

「はじめよう。二人は、助けられるかもしれん」

多三郎が、酒で指先を洗った。

それから小刀で、肩の傷を切り開いていく。さらに傷を深くしているように見えるが、血の管を探り出そうとしているのだろう。

「糸」

多三郎が言った。森之助の渡した糸で、多三郎は血の管を縛ったようだ。それで、出血はずいぶんと少なくなったような気がした。傷を縫い合わせる。

「声もあげん。身動きもせん。しっかり、薬が効いている」

興奮した声で、多三郎が言った。自分の治療よりも、薬の効き具合の方が気になるのだ。

「こいつは、ほかに大きな傷がない。お鉄さん、眠っていても、できるだけ水を飲ませるようにしてくれ」

「はい」

二人目は、腹だった。腹を切り開いても、やはり声ひとつあげない。異臭が鼻をついてきた。数馬が、こらえきれずうずくまって吐きそうになった。

「邪魔だ。外へ出ていろ」

多三郎に言われ、数馬がふらつきながら外へ出ていく。

「森之助、胃の腑と腸だ。傷がどこだかわかるな。私が言ったら、傷口をつまんで塞げ。素速く縫うぞ。糸の端は、腹の外に出しておかねばならん」

多三郎が声をかけると、森之助はまず腸の傷口を塞いだ。多三郎が素速く縫い、すぐに胃の腑に移った。それも素速く終ったが、中のものが腹の中にこぼれているので、それを拭《ふ》き取らなければならなかった。

三人目は、肩から腕を切り落とした。素速く血の管を縛ると、出血は止まった。なにか別のもののように、傷口が光っている。

四人目は、死んでいた。

多三郎が、腰を落とす。しばらく放心していた。森之助は、死んだ者の躰《からだ》を担《かつ》いで、小屋の外に運んだ。

屍体が並べられている。敵も含めて、およそ二十はある。集めたはいいが、埋める気力までは湧《わ》いてこないようだ。

森之助は、森の際《きわ》に大きな穴を掘った。格之進が手伝った。

「おまえ、屍体は平気なのか？」

「慣れたのだと思います」

「はらわたを見るのは？」

「なんでもないと、自分に言い聞かせていました」

数馬は、うずくまって吐きそうになっていた。そのあたりでは、格之進に余裕があったということなのか。争闘の間、泣きながらも格之進は果敢な槍《やり》を遣っていた。

人数は、ずいぶんと少なくなった。出された食器の数で、それがわかった。生き残った者が全員数馬についたとしても、八郎太と小平太の存在は前より大きくなっている。

任市が、小平太に突き飛ばされていた。八郎太に、まだ試しを受けることを迫っているらしい。

お鉄は、淡々と食事の仕度をし、生き残った者が貪《むさぼ》るように食いはじめた時も、表情を変えずにただ見ていた。

「前哨戦《ぜんしょうせん》が、やっと終った。これからが、ほんとうの柳生の攻撃じゃ。そんな時、わしが薬の試しなどやって、のんびり寝ていられると思うか？」

誰にともなく、八郎太が言った。任市は横をむいているし、なにか言おうとした数馬は、小平太に遮られた。話しかけることで、小平太は開きかけた数馬の口を閉じさせたようだ。不承不承という感じで、数馬はなにか答えていた。

全員が、押し黙った。すでに、陽は落ちかかっている。

「森之助、ひとり死んだ。腹をやられたやつだ。運び出してくれ」

小屋から出てきた多三郎が、ふだんと同じ口調で言った。

4

森之助は、身を起こした。

誰かが、卯月に入ってきている。殺気はない。気配もない。ただ感じただけだが、間違いはないと森之助は思った。

森の入口の見張は、黙って通したのか。それとも、倒されたのか。

闇《やみ》の中に、森之助は立った。闇そのものが敵。そんな気がしてくる。闇は闇。そう思い切れた時、はっきりと敵の存在を感じ取れるはずだ。心気を澄ませた。

いる。しかも、自分に近づいてくる。

闇が、不意に牙《きば》を持った。そんな気がした。とっさに、森之助は横に跳んだ。風。刀が起こす風だった。敵のいる場所が、森之助にははっきりとわかった。

一文字則房を構える。見えてきた。敵。全身が黒ずくめだった。

むき合うと、すぐに気が圧倒してきた。この気には、覚えがある。森の出口に立っていた男。間違いはない。あの時は武士の身なりだったが、いまはただの黒い影だ。

動けなかった。どう動いても、斬りこんでこられる。そんな気がした。

森之助は、一文字則房を正眼に構えたまま、じっとしていた。すぐに、全身に汗が吹き出してくる。それは、顎《あご》の先から滴《したた》った。眼にも入った。

どこまで、立っていられるのか。立っている体力がなくなった時、ただ一度の斬撃《ざんげき》で自分は両断されるのか。その前に、こちらから斬りこむことはできないのか。

思いは、方々に飛び、ひとつにまとまることはなかった。それがまた、森之助を疲れさせた。一文字則房が、やけに重い。二昼夜は構えて立っていることができて、刀の重さもほとんど感じない。それが、一刻《いっとき》の対峙《たいじ》に満たなくても、苦しくなってきている。

息を吐き、吸った。相手も、一度肩を上下させた。苦しいのは自分だけではない。そう思った。思ったところで、楽になりはしなかった。

どれほどの時が経《た》ったのか。自分が口を開けて息をしていることに、森之助は気づいた。相手は、黒い布で顔を隠していて、口は見えなかった。小刻みに、肩が上下しているのがわかるだけだ。

相討ち。無理だろう。こちらの打ちこみが、相討ちを狙《ねら》っていることは、多分、相手には見えているはずだ。いま森之助にできるのは、打ちこませないことだけだった。あえて打ちこんできた時は、相討ちも狙える。

いつの間にか、周囲は明るくなっていた。

笛も、聞えたような気がする。八郎太はどうしたのか。小平太は、数馬は、任市は。全員で打ちこんでくれれば、森之助の勝負はなくなる。二人か三人を斬って、男は森之助がつけ入る前に、姿を消すだろう。

呼吸が、楽になってきた。

入ったのだ。生と死の間《はざま》。死域という呼び方で、伯父の鉄馬《てつま》は教えてくれた。死域に入れば、痛みも疲労もない。あるのは、死だけだ。そして、無駄な想念も消えていく。会得《えとく》しろ、と言って伯父は教えてくれたのか。それとも、ただ死ぬ前の状態を教えてくれたのか。

どうでもよくなった。できることは、ひとつしかない。跳躍し、相手を頭蓋《ずがい》から両断する。日向流は、そういう剣法だった。

日向流。それを束《つか》の間《ま》考え、それから先はもう頭になにも浮ばなくなった。

無心というのとも違う。なにか荒々しいものが、躰の底で蠢《うごめ》いている。それが、不意に大きくなった。

眼下に、相手の躰があった。振り降ろす一文字則房を、相手は刀で受けようとした。刀ごと、森之助は相手の躰を両断していた。

しばらくは、斬り降した恰好《かっこう》のままじっとしていた。口から息が飛び出すように出て、森之助は自分の躰がぐらつくのを感じた。

次に見えたのは、空だった。森之助は、大の字に倒れていた。

躰を起こすと、ほかの者たちが寄ってきた。

「ひと太刀じゃ、森之助。見事なものであったぞ」

八郎太が言った。

七人いた。森之助を加えて、八人。

「これだけしか、残っていない」

任市が言った。

「あの男は、迷路を抜け、罠《わな》をかわし、われわれをひとりで全滅させるつもりだったのだろう。自信があったから、入ってきたのだ。その男を、森之助は斬った」

任市は、じっと森之助を見ていた。そばにいる格之進と眼が合うと、なぜか横をむいた。

「眼が醒《さ》めるまで、気がつかなかった。最初に眼を醒した者が笛を吹き、森之助があの男と立合っていることに、はじめて気づいた。その時、もう何人かは斬られていたのだが」

数馬が言う。

何度数えても、七人だった。小屋にいる怪我人二人を加えても、九人。兄は、それを知っているだろうか。

「とにかく、もう見張も立てられぬ。ここを死守するしかないのう」

八郎太は、森之助にではなく、全員にそう言ったようだった。

森之助は、崖《がけ》の縁へ行った。

一文字則房を、眼に近づけて見た。どこにも、刃こぼれはなかった。相手の刀は、叩《たた》き折ったのではない。斬ったのだ。そういう技が、自然にできていた。

森之助はそれから、格之進だけを呼んだ。

「わかっているぞ」

「なにがです、森之助さん？」

「私が跳躍した。その瞬間を狙って、おまえは飛礫《つぶて》を打ったな」

「はい」

「認めるのか？」

「当たりはしませんでした。それに、ひとつしか打てませんでした」

格之進が飛礫を打ったと、確信があるわけではなかった。もしかすると、と思って訊《き》いてみたのだ。

跳躍した瞬間、相手に気の乱れを感じたような気がしていた。いま思い返してみると、そうなのだ。跳躍した時、なにを考えていたか、思い出せない。いや、なにも考えてはいなかった。ただ、飛んだ。格之進が飛礫を打っていなかったら、どうなったかということもわからない。

森之助は、格之進の頬を拳《こぶし》で打った。倒れた格之進が、上体だけ起こす。唇から、ひと筋、血が流れ出していた。

「考えてやったわけではありません。そうすべきだと、なぜかとっさに思ったのです。気づいたら、飛礫を打っていました」

「狙っていたろう。私が跳躍した瞬間が、見せ場だからな」

「考えていません。気づいたら、手が動いていたのです」

「それがほんとうなら、私にはあの男を斬《き》れないと、おまえは本気で考えていたな？」

「いえ、どちらが勝つかとすら、考えていませんでした」

「そうか。おまえの心の中は、わかった。おまえが言っていることが、ほんとうだとしてだが」

「私は」

「格之進。男同士の勝負に、おまえは実に不愉快な横槍《よこやり》を入れた。おまえの飛礫などなくても、私は勝てた、と思う。だからこそ、私は跳躍したのだ。わかるか？」

「はい」

「男同士の勝負の邪魔をした。それだけはよく憶《おぼ》えておけ。相手の男は、私より腕が立った。だからこそ、おまえの飛礫は、おかしな役目をしたのだ。あの男も、口惜《くや》しかっただろうな。たかが、石ころひとつに」

「もういいですか、森之助さん」

「ああ」

ちょっとかっとしたが、森之助は頷《うなず》いた。

格之進が飛礫を打ったことを、気づいた者は誰もいないようだった。はじめて現われた柳生の者。ひとりで、卯月を全滅させる自信を持っていた。それについて、八郎太を中心にみんなで語り合っていた。

「とにかく、見張などと言っていると、こちらの力を二つに分散されてしまう。ひとつにまとまって、次の敵を待つしかない」

数馬が言っている。

「わしはここを離れ、大兄《おおあに》と連絡を取ってみようと思う」

八郎太が言った。

「卯月が全滅するのは、遠くない。その前に、大兄に手を打って貰《もら》わねばならん。それがうまく行けば、柳生は手を引く」

「それを、柳生は待っているのではありませんか、八郎太殿。むしろ、八郎太殿がここにいた方が、柳生は攻めにくい。八郎太殿が死ねば大兄の居所もわからなくなるのですから」

数馬が言い、全員を見渡した。

誰も、声は発しなかった。そうすることで、八郎太はここにいるべきだ、という意思を示している。小平太も、八郎太が卯月を出ていくことは賛成していないようだ。

「わからんのか、おまえら。全滅するのじゃぞ。救えるのは、大兄だけだ」

薬の試しを断ったことで、八郎太は急速に信望を失っている。代りに、試しを終えた任市が、ひそかに信望を集めはじめたように、森之助には感じられた。

「私は思うのですが、八郎太殿」

数馬が、また口を開いた。

「ここまで生き残った者は、大兄が誰でどこにいるか、知るべきではないでしょうか。八郎太殿が死ぬことも、考えておかなければなりません」

「わしが死ぬじゃと。だから、大兄が誰であるか知りたいじゃと。なにを考えておる、おまえは。もしかすると、ひとりだけ生き残りたいのか。いいか、数馬。ここは全滅してもよいのじゃ。わしも含めてな。月潟村には、まだ人がおる。それをも全滅させることなど、大兄は決して許すまい。それでよいではないか。ただ、全滅を防ぐ方法として、大兄にいまの情況を知らせるということがある。大兄は、われらが三十人で山中に籠《こも》っておると信じているであろうし」

「では、誰かを使いに出しましょう。八郎太殿は、手紙を書いてくだされぱいい」

「ならん。大兄の存在は、なにがあろうと秘密。それは田島一族の掟《おきて》と言ってよい。田島一族の嫡流《ちやくりゆう》に当たる者だけが、知っていればよいことじゃ」

「ならば、小平太殿は知っているのですか？」

「わしが生きている間は、知らん」

「死ねば、教えようもありません」

「なんとかして、死ぬ前には伝える」

「ほんとうは、小平太殿もお鉄殿も、知っているのではないのですか。田島一族の者は、みんな」

数馬が、皮肉な笑みを浮かべながら言った。大兄がどうのと、お鉄が言っていたことを、森之助は思い出した。ただそれだけでは、大兄が誰でどこにいるか知っている、ということにはならない。

「数馬、おまえはいつから、わしにむかってそんな口を利《き》くようになった。伊波《いは》家など、田島一族の枝葉にすぎんのだぞ」

「全滅するかどうかという時、そんなことがなんの関係があります？」

「おまえの父も、祖父も」

言いかけた八郎太を遮るように、任市が立ちあがった。

「よそう、みんな。内輪で揉《も》めている時ではないと思う。これからどう生き延びるのかが、われらの考えるべきことではないか」

「だからのう、任市。ここにいる者が生き延びられるように、わしは大兄に助けを請《こ》おうと言っておるのじゃ」

「必要ないと思います」

「なんじゃと？」

「二十人以上が、死にました。助けを請うならば、その者たちが生きている間に、やるべきでした。いま大兄に頼ることで助かれば、死んだ者に顔むけできません」

格之進が、かすかに頷いている。

「任市が言う通りだ。それに、大兄がわれらを助けるなら、はじめから助けているだろう。田島嫡流の者以外、大兄が助けるとは思えない」

数馬が言った。黙って、小平太が立ちあがった。刀の柄《つか》に手をかけている。

「小平太、構わぬぞ。数馬を斬れ」

数馬も立ちあがった。表情は強張《こわば》り、口もとがふるえている。

「二人とも、よせ」

任市が叫んだ。しかし一度ぶつかり合った殺気は、容易に鎮《しず》まりそうもなかった。

任市が、二人の間に立った。

「おう」

小屋の方から声があがった。多三郎だった。多三郎は、森の方を見ている。

「景一郎さんではないか、あれは」

全員が、森に眼をむけた。兄である。人をひとり、担《かつ》いでいた。

兄は無表情のまま、その男の躰《からだ》をみんなの前に投げ出した。覗《のぞ》きこんだ任市が、息を呑《の》んでいる。

男がどういう状態なのか、森之助にもすぐにわかった。死にかかっている。どこかに傷があるというのではなく、ただ命の灯が消えかかっている。

「誰です、景一郎殿？」

「柳生の者だ。五人で来ていたうちのひとり。もうひとりは、ここで斬られたようだな。この男は、三日前から私と一緒にいた」

「これは？」

「少しずつ、命を薄めていった。一日目は耐え、二日目は自分から死のうとし、三日目にはすべて喋《しゃべ》った」

「喋らせたのですか？」

「人がどれぐらい耐えられるものか、試してみたのだ。自分で死ぬことも許されないとわかると、この男の心は毀《こわ》れはじめた」

「それで、なにを喋ったんじゃ、景一郎？」

八郎太が立ちあがっていた。

「霧《きり》の秘密を」

「なに？」

「八郎太殿は、それで柳生と取引をしようとしているのではありませんか」

「なにを言う。柳生の者が、そんなことを喋るわけがあるまい。ただの武士ではなく、柳生の者がだ」

「自ら死ぬこともできない。苦痛も耐え難い。そういう状態では、心の底にあるものを吐き出させるのは、難しくありません」

「なにを？」

数馬が、叫ぶように言った。

「柳生は、かつては幕府の間諜《かんちょう》の主力であったのに、いまは剣術師範にすぎぬ。しかし、全国に散らばる門弟というかたちで、末端は幕閣にいいように利用されている。それに不満の者が、別の動きをした。誰の意向なのかは、はっきりはわからないのだろうが、柳生の中枢《ちゅうすう》にいる十二人が動いた。上杉《うえすぎ》家の間諜をしていた、田島一族、そして月潟村に眼をつけたのだ。上杉を改易。月潟村はことごとく誅罰《ちゅうばつ》。それで田島一族を脅した。桐生村が作られ、さらに霧生村が作られた」

「脅かされて、桐と霧ができたのですね？」

「そうだ、数馬」

桐と霧について喋る時、数馬だけでなく兄も、右と左の拳《こぶし》をごく自然に使っていた。

「霧を出た者は、柳生のために働く。しかし、柳生の者としてではなくだ。柳生の者の中でも、知っている者は十二人しかいない。なにしろ、京の朝廷の間諜なのだからな。なんとか、幕府の弱いところを摑《つか》もうとするための、間諜だったのだ。その霧の秘密を、八郎太殿の兄が握り、大兄と呼ばれる人に届けた。つまり柳生は、幕府に片手で逆らい、もう一方の手では忠実な犬となっていた。相手が朝廷である以上、幕府が許すわけがない。上杉の間諜をやっていたのとは、そのありようも違うのだ」

「わかります。それさえ摑めば」

「無駄だ、数馬。十二名は、柳生の者でありながら、その痕跡《こんせき》は周到に消している。たとえ発覚したとしても、月潟村が朝廷に間諜を出していた、という事実しか残らないのだ。それでも十二名は、柳生と連絡はとっていた。すぐに襲ってこなかったのは、その事実を消すのに手間取ったからだ」

「ではいまは」

「だから十二名は、柳生の者であって、柳生の者ではない。取引をしようという八郎太殿と大兄は、とうに機を逸している。もっとも、幕閣に情報を流し、時は稼いだが」

「わしはな、景一郎」

激高し、かえって八郎太は言葉を詰まらせていた。

「無駄です、八郎太殿。これからどこをどう探ったところで、柳生と霧の関係は出ません。いざという時そうできるように、柳生の里からは遠く離れた、月潟村を人集めの拠点にしたのです」

「そんな、馬鹿《ばか》な」

「ただし、卯月の敵も十二人しかいません。そのうちの二人はすでに死に、ひとりはいまここで人ではなくなっている。つまり、九人を倒せば、生き延びられます。私は、それを知らせに来たのですよ」

「信じぬぞ、わしは。信じるものか、そんなことを」

「八郎太殿、景一郎殿は、こうやってひとりを連れて来られたのです。私は信じます。われらの敵は、九人だけなのだ。八郎太殿が、小平太殿と二人だけで生き延びようとしても、もう取引の材料などないのです」

「数馬、うぬはっ」

森之助は、八郎太と数馬の摑み合いから眼をそらし、兄を見ていた。なにもなかったように、兄は歩きはじめていた。それを、任市が追いかける。摑み合っていた二人も、動きを止めて、そちらに眼をやった。

兄は、森へむかって歩いていく。それを任市が抱き止めようとしたが、その場にうずくまった。肘《ひじ》で軽く脇腹《わきばら》を突かれたのを見てとったのは、森之助だけだろう。

兄は、森の中に消えた。格之進が任市に駈《か》け寄り、支えて立たせようとしている。

屍骸《しがい》のように眼の光を失った男が、ひとり残されているだけだった。

森之助は、男のそばに寄った。

「二人、死んだのだな」

「川辺《かわべ》正蔵《しょうぞう》、神地《ごうじ》兵吾《ひょうご》」

「神地は、月潟村の出ではないのか？」

「ひとりだけ、柳生に加えられた」

「川辺正蔵は、手練《てだ》れか？」

「川辺は、手柄を焦《あせ》った。それほど、腕が立つわけでもないのに。ひとりで来たなら、多分そうだ」

「残った九人のうちの手練れは？」

「須摩《すま》、水引《みずひき》、野村《のむら》。この三名は、一段違う。あとの六人は、川辺と同じようなものだ」

あの男と同等の腕の者が六名。そう考えただけで、森之助ののどはひりついた。

「おまえたちは、柳生とは縁が切れているのか？」

「縁は前からなかった。そういうことになっている」

「しかし、おまえたちは柳生の者だな」

「そうだ」

男の喋り方に、抑揚はなかった。

「霧の者たちは、ほかにいるのか？」

「いない。行方をくらませた者が、十名ほど。集めた者は、みな死んだ。ここを全滅させれば、われらは柳生へ帰れるかもしれん」

「なにを言う」

八郎太が喚《わめ》いた。

「ここを全滅させたとしても、大兄がおるわい。わしらを、田島一族を、甘く見るな」

「佐島芳右衛門《よしえもん》は、すでに捕えている」

「なんと」

佐島芳右衛門という名を否定する前に、八郎太は唸《うな》るような声を出した。

佐島村の長が、大兄。考えてみれば、不思議はなかった。お鉄はゆかりの者だったし、八郎太もたつ婆《ばあ》に化けて村のそばにいたのだ。

「でたらめを吐くでないぞ」

「俺は、もういい」

「なにが」

「早く、死にたいのだ。おにがみが来る前に。死にたい。ただ、死にたい」

おにがみとは、兄のことだろうか。

三日間、この男がどういう責められ方をしたのか森之助は考えた。いま男に残されているのは、水も食物も口にせず、死んでいく力だけだ。舌を嚙《か》む力さえ、残されてはいないだろう。

「おにがみ」

「楽になりたいか？」

「早く、死にたい」

「死ねるさ、すぐに。おにがみは、半端《はんぱ》なことはやらん」

兄がこの男をここへ運んできたのは、もう死ぬからなのだろう、ということが森之助にはなんとなくわかった。

「どんな責め方をされたのだ、おまえ？」

言うと、男の躰がしばらく痙攣《けいれん》した。それから、気を失った。

「死んだのか？」

数馬の声だった。

「いや、気を失った。すぐに、眼を醒《さま》す」

「死ぬのか、こいつは？」

「放っておいても、半日は保《も》たん」

「おいおい、この男を、なぜ景一郎さんがここへ運んできたと思う」

多三郎が、口を挟んできた。

「私に、試しの材料をくれたのではないか。おそらく、一刻《いっとき》か二刻の間に死ぬ。それを、私の薬で眠らせて、生き延びさせせられるかどうか試してみろ、ということだよ」

多三郎に言われると、森之助はもうそれ以外に考えられなくなった。

森之助は、男の躰を抱えあげ、小屋に運んだ。小屋の中の怪我人《けがにん》のそばには、お鉄が黙って座っている。

兄が来る前と同じように、車座ができていた。違うのは、八郎太がじっとうつむいていることだ。小平太も、元気をなくしている。

「闘える。九人なのだ。卯月もある。火薬や毒薬もある」

任市が言った。

「景一郎が言ったことを、信じるのか？」

力のない声で、八郎太が言った。

「私は、信じます。際限のない敵ではない。九人を倒せばいい。そう思うと、光が感じられます」

「光などと。甘いな、任市」

小平太が言う。数馬は、うつむいて考えこんでいた。

森之助は、兄が言ったことを疑ってはいなかった。

敵の姿が、見えた。九人の手練れ。そのうち六人の腕がどれほどのものか、見当はつく。それだけでも、大敵だ。三人は、どれほどの腕なのか、思いも及ばない。

「八郎太殿、景一郎殿が言ったことを信じないのなら、いつでも大兄のところへ行ってください。ひとりで動かれても、小平太殿を連れていかれても、私には異存はありません」

「出て行けと言っているのだな、数馬」

「正直、いてくれない方がいい。森之助さえいてくれるなら」

「伊波の小倅《こせがれ》が、なんということを。わしは田島家の」

「最後の生き残りです、八郎太殿は」

「もういい、よそう。いいか、数馬。八郎太殿も小平太殿も、大事な戦力なのだ。いまは、ひとりでも多い方がいい。八郎太殿は、火薬の扱いにも通じておられるし」

「そうじゃ。わしに従え」

「八郎太殿。ここに生き残った者は、全員平等です。そして、力を合わせて、闘います。みんな、それでいいな」

任市に、誰も反論はしなかった。八郎太が、ぶつぶつと呟《つぶや》いている。

お鉄が出てきて、いつものようにめしの仕度をはじめた。

「爆裂弾を作ろう。これから襲ってくるやつらに、刀だけでは対抗できん」

八郎太の声が、冷静なものになった。

いままでの争闘で、罠《わな》もかなり破られている。八郎太が、崖《がけ》の方に姿を消した。

森之助は、兄がいると言った、山の方へ眼をやった。あそこに、おにがみがいる。そう森之助は思い続けた。

第八章　日向流《ひなた》

1

四日、なにも起きなかった。

五人で来て、二人が欠けた、と兄は言った。ひとりは森之助《もりのすけ》が斬《き》ったが、もうひとりは多三郎《たさぶろう》の薬の試しで、眠り続けている。

こちらは、怪我人《けがにん》も含めて、すべてで十名。大人と言えるのは、八郎太《はちろうた》、小平太《こへいた》父子だけである。それでも、三人は襲ってこない。

九名全員が揃《そろ》うのを、待っているのか。九名が集まれば、勝てるとは思えない。八郎太が爆裂弾を作ったが、それは再び洞穴に収《しま》いこまれた。爆裂弾の使用で、八郎太はもう一度全員を指図しようと考えているのだろう。爆裂弾の威力がどれほどのものか、誰にもわからない。だから、八郎太の言うことをまともに聞こうとする者は、いまのところいない。爆裂弾は、六発あるという。火薬を調合して竹筒に入れ、そこに火をつける布を付けたものである。

「三人が三人のうちに、なんとかしておくべきではないだろうか、森之助?」

任市《じんいち》が来て言った。

森之助は、四日間、みんなと離れて崖《がけ》の縁に座っていることが多かった。なにか、克服しなければならないものが、心の中にあるような気がしていた。そしてそれがなにか、いつまでも見えないのだ。

「なにをやる、任市?」

「私は、ずっと考え続けてきた。敵も人ならば、めしも食うし水も飲む」

「なるほど」

「多三郎殿のくれた薬の中に、毒がひと袋ある。それがどういう毒なのか、多三郎殿に訊《き》いた」

「腹を下すような毒か?」

多三郎は、試しが失敗した時に、それを飲ませるために、毒を持っていると言ったことがあった。味も臭《にお》いもまったくなく、それが躰《からだ》に入れば、三日三晩下し続けるという。そうすることで、試しのための薬も躰の外に出すのだろう。

「人を殺せるものは、ないそうだ。いま試している薬は、眠るそうだが、薄めると効果はないらしい」

「で」

「なんとか、三人のいる場所を見つけ、飲んでいる水に毒を流しこむ。もうすぐ、あの男が眼を醒《さま》す。それで、どこにいたかはわかるだろう。そして、移動している場所の見当もつけられる」

「見当だけだぞ、任市」

「しかし、なにもしないよりいい。景一郎《けいいちろう》殿の話によると、いまの三人は九人に増えるのだからな」

「誰が行くかだな」

「格之進《かくのしん》」

「一番幼い者に、行かせようというのか？」

「この話をした時、自分で行くと言った。このあたりを、一番歩き回っているのは自分だとな。数馬《かずま》や小平太殿にはまだ話していないが、反対はしないと思う」

「なら、私にも異存はない」

それだけ言い、森之助は眼を閉じた。

兄はなぜ、あの男を連れてきたのか。なぜ、敵は最初から十二人で、すでに三人欠けているると言ったのか。闘いもしないくせに、そういうことだけを教えに現われたのか。三十名が、自分も含めてたった十名になった。それも、二人は重傷である。肩の傷を縫った武吉《ぶきち》が、ようやく歩きはじめているぐらいで、戦力にはならない。闘えるのは、八人だけだろう。

そのことも、森之助は頭から追い払った。

ひとりで、九人を相手に闘い抜けるかどうか。誰の力も、恃《たの》まない。九人は、自分の敵だ。強くなって兄を越えるためには、どうしても倒さなければならない敵だ。

川辺《かわべ》という男と、対峙《たいじ》した。格之進が飛礫《つぶて》を打って心気を乱したといっても、自分は勝ったのだ。刀ごと、川辺を両断した。神地兵吾《ごうじひょうご》にも、勝った。

それも、頭から追い払った。

勝てるかどうか、考えもしない。そういう状態に、一日に何度かはなる。しかしすぐに、なにかが眼醒《めざ》めたように、自問が湧《わ》いてくる。

夕めし時に、格之進の姿がないことに森之助は気づいた。

命に縁があれば、生きて帰ってくるだろう。そう思っただけだった。

卯月《うづき》の見張は、もう森の入口には立っていない。小屋のそばで、近づいてくる者を見張っているだけだ。森の入口で敵を見つけて笛を吹いたところで、駈《か》けつけることができる人数はいない。

小屋からは、多三郎が海草を煮つめる強い臭《にお》いが、漂い出していた。森之助は、馴《な》れていた。ほかの者も、多分馴れはじめているだろう。

「待つというのは、つらいもんじゃ。死を待っているようなもんじゃからのう。それ自体、拷問《ごうもん》のようなもんじゃ」

八郎太が、一座を見渡して言う。

「四郎《しろう》、晋介《しんすけ》、わかるか？」

この二人を、八郎太は自分につけようとしているようだった。格之進は、任市についている感じだ。この二人を、八郎太と数馬が奪い合っている。その奪い合いに、なんの意味もなかった。

眠りから醒めたあの男が、のろのろと歩いていた。躰の動きのどこからも、覇気が感じられない。

「津田《つだ》というそうだ。津田仙蔵《せんぞう》。三十九だとよ。なにを訊いても、自分のことではないように、喋《しゃべ》りやがる。さっき、斬りつけてみたが、避けようともしやがらねえ」

小平太が、小声で言った。

人ではなくなっている。そういうことだ。あの兄に、三日間責められた。森之助には、想像もつかないことだった。

「おまえ、また崖っぷちで寝るのか？」

「いけませんか？」

ここ二日、森之助は崖の縁に座ったまま、眠っていた。眠りが、浅いのか深いのか、わからない。夢は見なかった。ほんとうに崖の縁だから、躰が崩れれば落ちかねない。

「おまえが、強くなったのは認める。最初に会った時より、ずっと強くなった。そしてここでは、強いやつが生き残る」

「私は、生き残るために闘っているのではない、小平太殿」

「ふん、利《き》いたふうなことを。お鉄《てつ》を、また抱きたくはないのか？」

日が経《た》つにつれ、お鉄のことは頭から消えていた。自分がなぜあれほどこだわったのか、いまとなっては不思議な気さえする。

「もう寝ます、小平太殿」

「おまえ、あんな恰好《かっこう》でほんとうに眠ってるのか？」

「眠っていますよ、多分」

「まあ、いいか。俺は、ここは親父《おやじ》と切り抜ける。生き延びたら、好きにする。田島《たじま》家なんて、もともとあってないようなものだった。おまえは、江戸へ帰るのか？」

「生き延びた先のことまで、考えてはいません」

「そんなことでも考えなきゃ、俺はやってられねえな」

小平太が立ち去ると、森之助は崖の縁へ行った。座る。谷底は、ただ闇《やみ》だった。

格之進が戻ってきたのは、翌朝、いくらか陽が高くなってからだった。

「どうした。諦《あきら》めたのか」

任市が、抑えた声で言った。

「いや、毒は水に投じてきました」

「そんなにたやすく、三人の居場所が見つかったのか？」

「捜す前に、景一郎殿が教えてくれました。毒を入れたいというと、それを舐《な》めて、笑っておられました」

兄には、毒も効かないのだ。毒は薬というのが多三郎の考えだから、数えきれないほどの毒を、兄は躰で試している。

「景一郎殿は、三人の居所を摑《つか》んでいたのだな、格之進？」

「そうです、任市殿。どこで水を飲むかも、知っておられました。そして、この毒は効くだろうとも言われました」

「どこに、投じた？」

「せせらぎに。その水を飲み、煮炊《にた》きもそれでしているそうです。上流に袋のまま入れ、半日ほどかけて溶け出るようにしたのです」

かつて、北の村へ兄とともに行った。そこでは、村人が毒で死んでいた。飲み水に、毒が入れられていたのだ。同じ方法だった。

「効くのかな、それで?」

「効く」

森之助が言うと、任市はちょっと驚いたような顔をむけた。

「森の入口に、見張を出せ、任市。苦し紛れに、襲ってこないともかぎらない。それに、こちらが襲う機があるかもしれん」

「わかった。数馬と四郎が。次には私と晋介が。それでいいな、森之助?」

「待てよ。誰がおまえに指図しろと言った?」

「小平太殿、これは指図ではありません。これだけの人数しかいないのです。私は、順番を決めただけです」

「だけどな、おまえ」

「行ってくる」

数馬が言った。小平太が、舌打ちをする。

「私の次には、森之助と格之進が。その次には、小平太殿と武吉が。武吉も、見張だけならできるでしょう」

小平太は、もうなにも言わず、横をむいていた。

しばらくして、崖の下に降りた八郎太があがってきた。布の袋に入れた、爆裂弾を抱えている。竹の筒が六本だった。

「これで、やつらを吹き飛ばしてやる」

「待ってください、八郎太殿。三人のほかに、あと六人来るのですよ」

「わしは、ここを出るぞ、森之助。そのために、三人を始末する。大兄《おおあに》が捕えられたなど、景一郎の嘘《うそ》に決まっておる。大兄に会えさえすれば」

「大兄が、佐島芳右衛門《さじまよしえもん》殿であるとわかっているのは、捕えられたからではないのですか、八郎太殿」

並べられた竹の筒に手をやったが、八郎太はそれ以上喋ろうとしなかった。

「とにかく、あの毒は三日効き続けるのです。水であると気づかずに飲み続ければ、もっと続きます。敵が衰えるのを待つ。それぐらいはできるでしょう」

みんなが、頷《うなず》いた。

毒が、ひどく頼りになるもののように思えているようだ。

2

翌日まで、待った。

三人の姿が見えたと、任市から知らせが来た。森之助は、森の入口まで駈けた。

三人は、卯月から誰も出さないという構えで、立っていた。ただ、時々ひとりずつ姿を消すという。森之助は、三人の気が乱れているのを、はっきりと感じた。

「とにかく、森の中に引きこもう。そうすれば、三人を離せる」

森之助が言うと、まず小平太が頷いた。

「樹《き》の上からの攻撃だ。まず、飛礫を打とう。そうやって、できるかぎり近づくな。弓も遣っていい。数馬も任市も、樹の上だ」

弓は手作りで粗末なものだが、威力はかなりあった。森之助の言葉に、二人とも頷いた。

「俺が、四郎と晋介を連れて、連中を誘う。大丈夫だ。近づかないように、飛礫を打ちながら走る。やつら、尻《しり》の穴を締めておくのに、いま汲々《きゅうきゅう》としてやがるからな。簡単にゃ追いつけねえ」

それでよさそうだった。飛礫がうるさくなれば、追ってくるかもしれない。

森之助は、樹の上で待つ者の位置を確かめた。森へ入ってきたら、入口は森之助が塞《ふさ》ぐ。三人を倒すのは、難しいかもしれない。しかし、ひとりぐらいはなんとかなりそうだ。

格之進と四郎が、弓と矢を運んできた。矢は、二百本近くある。それぞれが弓矢を持ち、樹に登った。

小平太が、迷わず森を出て、三人に飛礫を浴びせはじめる。四郎も晋介も、それに続いた。三人は、ものかげに身を隠しただけだ。

一度引き返してきた小平太たちは、森の中に蓄えてあった小石を籠《かご》ごと持ち出すと、最初よりさらに近づいた。

「あそこだっ」

小平太の叫ぶ声がした。ひとりが、刀を抜いてものかげから出てきていた。安心していられる距離ではなかったのだろう。そのひとりに、飛礫が集中した。三つ四つは、かわしきれなかったようだ。

「逃げろ」

小平太がまた叫ぶ。残りの二人が、出てきていた。追ってくる。距離は縮まった。相手は三人とも、森の中に踏みこんできた。樹間から、さらに小平太が飛礫を打っている。そこに三人が駈け寄ろうとした。やはり、気は乱れている。少し動いただけでも、三人は息を乱し、ばらばらに進んでいた。

森之助は、出入口を塞いだ。ほかのところには罠《わな》があり、通れるのはここしかないのだ。

矢を射る、弦《つる》の音が聞えた。樹上にいる者は、枝から枝へ渡りながら、矢を射ているようだ。小平太がどうしているかは、もう見えない。

いきなり、ひとりが眼の前に現われた。森之助は、地を這《は》うように駈けた。頭上に枝があるので、跳躍はできない。すさまじい攻撃がきた。森之助の頰を掠《かす》めたそれは、人の腿《もも》ほどもある木の幹を、両断した。打ちこもうとしたが、二の太刀が来ていた。転がるようにしてそれをかわし、刀を突きあげた。手応《てごた》えはあった。しかし、男は倒れない。

脇腹《わきばら》から流れる血を、気にしたようでもなかった。ただ、呼吸は乱している。

毒が、躰《からだ》の水気を抜いてしまう。多三郎は、そう言っていた。それで飲んだ水に、また毒が入っていたはずだ。

森之助は、立っていた。突いた刀は、とっさに引き、そのまま転がって立ったのだ。男と、位置は入れ替っている。男の発する気が、森之助の全身を打った。森之助は、全身でそれを受けた。男は、急いでいる。早く潮合《しおあい》を作ろうとしている。踏みこんできた。森之助は、必死に耐え、構えを崩さなかった。斬撃《ざんげき》。流れている。擦れ違いざま、森之助も刀を撥《は》ねあげた。男の肩口を、下から斬りあげていた。男は、ちょっと自分の肩に眼をやり、森の外にむかって駈けた。追った。外に出てすぐに、森之助は跳躍した。上をむいた男の顔面を、断ち割っていた。

森へ戻る。

もうひとり。そう思うより、斬撃の方が速かった。巨木の幹のかげに回ることで、なんとかかわした。男は、刀を幹に食いこませるようなことはしなかった。うまく肘《ひじ》を畳み、樹皮だけを斬《き》っている。森之助の出した突きが、男の腿に浅く刺さった。袴《はかま》に血のしみが拡《ひろ》がるのが見えたが、男は動揺しなかった。森之助の方から、踏みこんだ。男が退《さ》がる。そこへ、矢が二本飛んできた。一本が、背に突き立った。男の動きは速く、巨木の幹を背にした。その瞬間、森之助は跳躍した。枝と枝の間に、跳躍できる隙間《すきま》を見つけたのだ。男は、森之助の姿を見失ったようで、眼を閉じ、頭の上で刀を横に構えていた。刀ごと両断。そう思ったが、寸前で男は剣先を立てた。男の頭蓋《ずがい》を両断する。剣先が、森之助の脇腹を掠めていた。深い傷ではない。

もうひとり。

弦の音が激しかった。

飛礫と矢。かわしながら、男は立っていた。とっさに、森之助は懐《ふところ》にあった石を三つ、続けざまに打った。音をたてて飛んだそれを、男は二つかわし、三つ目を刀で叩《たた》き落とした。その瞬間、男の背に矢が一本突き立った。

飛礫も矢も、まだ続いている。

額をひとつ飛礫がかすめ、血が噴き出してきたが、男は意に介したようではなかった。ただ、背に突き立った矢が、男の動きを抑えている。背後の木に、矢がひっかかってしまうのだ。そのたびに、男は一瞬だけ顔を顰《しか》めた。

ひとり、森之助の脇を走って、突っこもうとする。格之進だった。森之助は襟首を摑み、格之進が持っていた槍《やり》を取りあげた。槍と言っても、棒の先に脇差を縛りつけたものである。森之助は、棒のところを斜めに両断した。

「森之助さん」

言った格之進を無視し、森之助はまず脇差のついた方を投げた。それから、柄《つか》の残った部分も投げた。脇差の方はかわされたが、柄の半分は男の腿に突き立った。男は、すぐにそれを引き抜いた。血が流れ出て、袴を汚している。矢が、肩と脇腹に刺さった。

そばの格之進が、叫び声をあげながら、地面の小石を拾っては投げている。

男の動きが、悪くなっている。気づかないほどだが、躰が重そうだった。飛礫。一番激しいのは、小平太のところからのものだ。籠一杯、小石を持っている。

飛礫が、腹に当たった。男は、少し前かがみになった。それを狙《ねら》っていたように、男のこめかみにもうひとつ飛礫が当たった。男の動きが、止まった。矢が三本、背中や胸に突き立った。一度膝《ひざ》を折った男が、立ちあがる。着物が、血で染まりはじめていた。

拳《こぶし》より大きな石がいくつか飛び、ひとつが男の額を打った。男は、弾《はじ》かれたように倒れ、立ちあがった。矢が、首に突き立った。もう、かわす余裕はないようだ。続けざまに、飛礫が男の躰を打つ。男が、うずくまった。そこに、矢と石が集中した。雄叫《おたけ》びをあげて男は立ちあがり、刀を振りあげた。近づいて大きな石を投げている小平太に詰め寄ろうとする。退《さ》がりながらも、小平太は石を投げ続けた。そのひとつが顔に当たり、男はまた倒れた。起きあがろうとする。飛礫が打たれる。立ちあがる前に男は崩れ、また立ちあがろうとする。その動きが、次第に鈍くなった。止《とど》めを刺すように、小平太は石を三つ男の頭に打ちつけ、それから刀を抜いて近づいた。振りあげた時、いきなり男の躰が動いた。小平太が、腰から落ちる。男は、小平太に嚙《か》みついていた。臑《すね》の横のところだ。小平太は悲鳴をあげ、刀で男を突きまくった。男の躰は動かない。小平太の脚からも、血が滲《にじ》みはじめていた。小平太の悲鳴が続く。

「もう死んでいます、小平太殿」

森之助が言うと、小平太は男の頭を押しのけようとしはじめた。みんな集まってきた。男の口は、小平太の脚に嚙みついたまま、離れなかった。最後の力をふり絞って、嚙みついたのだろう。

「なんとかしてくれ、森之助」

小平太が叫んだので、森之助は一文字《いちもんじ》則房《のりふさ》を一閃《いっせん》させた。小平太の躰が転がった。男の首だけが、小平太の脚からまだ離れていない。小平太は、生きている者に対するように、首を殴りつけている。

「落ち着いてください、小平太殿。もう死んでいるのですから」

言ったのは、格之進だった。数馬と任市が、慌《あわ》てて口を開かせようとしている。たやすくは開かず、ひとりが頭を押さえ、もうひとりが刀の先を突っこんで、ようやく開いたようだ。

「肉が、千切れかかっている」

任市の声だった。

森之助は、八郎太が駈《か》け去っていくのを見ていた。これで、ひとりいなくなる。そう思っただけで、追いはしなかった。

しばらくして、八郎太がいないことに気づいた者がいて、騒ぎになった。

「出て行ったようだ」

森之助が言うと、しんとした。なぜ止めなかったのか、訊《き》く者はいない。小平太が、なにかぶつぶつ呟《つぶや》きはじめた。

「とにかく、三人は倒した。怪我《けが》をする者も、ほとんどなくだ」

気を取り直したように、任市が言った。

いつものように、お鉄がめしの仕度をはじめていた。津田という男は、多三郎の薬の試しで眠っているようだ。

「この薬の臭《にお》い、なんとかならねえのかよ」

小平太が、吐き捨てるように言った。

森から、誰かが出てきた。八郎太と兄だった。八郎太は、沈んだ顔をしている。

「逃げるには遅すぎたのだ。もう、六人がそこまで来ている」

なんでもないように、兄が言った。

「逃げたのではない。大兄に知らせようと思った。しかし、大兄は捕えられていた。やつら、大兄も連れてきている」

八郎太は、佐島芳右衛門が捕えられているということを、ほんとうに信じていなかったのだろうか。

「私は、六人が来たと教えようと思った。それで、逃げていく八郎太殿に会った。用件はそれだけだ」

「景一郎殿」

踵《きびす》を返した兄に、任市が声をかけた。

「いろいろ、教えてくださいます。しかし、なぜ一緒に闘ってくれないのですか？」

「これは、おまえたちの闘いだろう」

「景一郎殿は、われわれの未熟な闘いぶりを眺めて、嗤《わら》っておられるのですか？」

「いや。よくやっている、と思った。先行していた者が全員死んでいるとは、あの六人も想像さえしていなかっただろう」

兄が歩きはじめた。任市は、それ以上言葉を見つけられないようだった。

3

佐島芳右衛門が、姿を現わした。森の端である。芳右衛門は、森を背後に立つと、動かなくなった。

「大兄」

八郎太の、呻《うめ》くような声が聞えた。小平太が、不意に笑い声をあげた。

「田島一族が、なんだよ。あそこで呆《ほう》けたように立っているのが、大兄なのかよ。お笑い草だぜ。あの男が、柳生《やぎゆう》と交渉して、俺たちを助けてくれると、親父《おやじ》は本気で信じてたのかよ」

「小平太」

「親父、言っておくが、俺は田島一族になんて縛られねえ。なにがなんでも卯月から脱けて、ひとりで勝手に暮していく」

「本気で言っているのではあるまいな、小平太?」

「本気に決まってらあな。俺は昔から、一族がどうのってのが、気に食わなかった。生き延びたら、俺は一族を捨てる」

八郎太が、小平太をいきなり殴りつけた。倒れた小平太が、跳ね起きる。

「やめてください、二人とも。大人のお二人が、どうしていがみ合いをするのです」

「おう、任市。利《き》いたふうな口ばかりじゃねえか。心の中で、嗤っていやがるのか」

「小平太殿、私は、生き延びたいのです。こんなに馬鹿《ばか》げたことで、死にたくはないのです。それは、ここにいる全員が同じでしょう」

「そうです」

格之進が言った。

「小平太には、わしが言って聞かせる。とにかく、生き延びることじゃ。爆裂弾の使い方を、教えよう。六本ある。一本でひとり吹き飛ばせば、六人で勘定は合う」

八郎太が言うと、みんな周囲に集まった。

どれほどの効果が爆裂弾にあるのか、森之助は疑問に思っていた。投げてかわされれば、それきりだろう。

森之助は、自分の剣のことを考えていた。

神地兵吾と最初に対峙《たいじ》した時は、どうにもならないほど圧倒された。そして、斬られた。川辺には、神地以上に圧倒された。それでも、斬った。

強くなっているのだろうか。神地と対峙した時よりは、間違いなく強くなっている。しかし、川辺ほどの手練《てだ》れを相手にできるほどなのか。あの時、格之進が飛礫《つぶて》を打たなければ、勝負はどうなったかわからない。

川辺より、さらに腕の立つ者が、三人いるという。その三人と対峙して、勝てるのか。やってみなければ、わからない。そう思う。日向流は必殺剣で、それがどういうものか、躰でわかりはじめている、という気がした。

すでに、考える時ではなくなっている。対峙し、跳べばいいだけだ。いや、兄は跳ばないこともある。跳ぶのはかたちにすぎず、跳ぶつもりで斬ればいいのかもしれない。

多三郎の薬の試しを受けていた、津田という男が、小屋から出てきた。多三郎が、追ってくる。

「治ったのですか、多三郎さん？」

「いや、もっと自分が自分でなくなる、という状態になっただけだ。少し喋《しゃべ》るが、もう、自分の名すらわからん。私の薬は、この男の脳を毀《こわ》したかもしれん。もともと、景一郎さんに毀されていたのだが」

「一刻《いっとき》か二刻《ふたとき》後には死ぬ。そういう状態だったのに、眠り続けていたとはいえ、何日も生きたではありませんか」

「私の薬は、ある量を過ぎると、命と心の交換というところがあるようだ。津田の試しで、それがよくわかった」

「津田の状態が、そういうことだったのだと思います。死ぬ寸前だったのですから」

「ならいいのだが。健常な人を使って試し、心だけ奪うようだと、この薬は駄目だ」

多三郎が駄目と言えば、駄目なのだろう。

津田は、なにをするでもなく、小屋の前をただ歩き回っている。

お鉄が、夕めしの仕度をしていた。なにがあろうと、お鉄は変りない。森之助に話しかけてくることも、もうなかった。

津田は、すさまじい食欲を見せた。多三郎が、箸《はし》の遣い方をじっと見ている。

「肉を持ってみろ、津田」

多三郎が言うと、津田はその通りにした。

「次は、めし粒をひとつ」

めし粒がどれだかわからなかったようだが、多三郎が指さすと、箸をのばした。細かい動きは、すべてできるようだ。ただ、なにがなんだかわからないことが多い。小平太が言ってみたが、多三郎の言うことしか聞かなかった。

「とんでもない薬を、私は作ってしまったのかな」

「津田は、人形のように、多三郎さんの言うことを聞きますね。なぜです？」

「私が、薬を飲ませているからだろう。四日眠り続けて、毀れかかった心は消えた。心そのものが、消えた。わかるか、森之助？」

「つまり、兄を見ても、もう誰だかわからない、ということですね。だから、恐怖を感じることもない」

「人が、人でなくなるという薬だな。躰《からだ》の方がどうなのかは、まだわからないが」

「箸を遣えるのなら、剣も遣えますね」

「なにを考えている、森之助？」

「手練れだったのです。同じように遣え、そして多三郎さんの言うことを聞くなら」

「攻めてくる者を斬《き》ってこい。私に、そう言えということだな。面白い。やってみよう。津田は、もう死んでいるも同じだ」

陽が落ちた。

津田は、しばらく時が経《た》つと、薬を欲しがるようだ。ひと粒を四つに割り、その一片を多三郎は与えていた。阿芙蓉《あふよう》に似たものかもしれない、と森之助は思った。苦痛をやわらげるための薬だが、飲みすぎるとそれがなければ生きていけなくなる。

卯月の見張が二人。陽が落ちると、芳右衛門の姿もなくなった。

その夜、けものの唸《うな》り声のようなものが聞えた。殺気はない。

闇《やみ》に眼を凝《こら》すと、お鉄の白い躰が見えた。後ろから貫いているのは、津田だ。それを、数馬と任市と四郎が見ている。ほかの者は、眠っているようだ。お鉄が、かすかに首を振った。津田の動きが激しくなり、呻きを洩《も》らして静止した。精を放ったようだ。

少し離れたところで、多三郎が見ているのに、森之助は気づいた。

「私が気づいた時は、お鉄さんに襲いかかっていた。お鉄さんは外まで逃げたが、そこで後ろからのしかかられた」

「止めなかったのですか？」

「雄であることは、確かめておこうと思ってな」

時々、はっとするほど酷薄なところを、多三郎は見せる。津田に解放されたお鉄が、着物を直しながら、森之助の方を見た。

「お鉄さんは、しっかり自制できるのだな。景一郎さんの荒療治は、大変なものだ」

多三郎はそう言い、津田を呼んだ。兄がどういう治療をしたというのだ、と森之助は考えた。いつまでも抱き続け、死んだようにしたのが、治療なのか。

多三郎は、津田に薬をひと粒飲ませた。

「これで、朝まで津田は眠る。半日おきに、五粒、あわせて十五粒飲ませたのだ。眠っている口の中に入れてな」

「もういいですよ、多三郎さん」

「健常な人間では、どうなるかわからん。しかし、津田の心は、恐怖を感じたり、ものを憶《おぼ》えたりするところは消えた。健常な人間も同じだとしたら、これは恐しい薬だ」

「任市が、試しをやったではないですか。怪我をした者たちも」

「たった十粒だ。津田は、十五粒だからな」

津田は、もうとうとしはじめていた。

お鉄は小屋に戻り、数馬や任市はなにか躰から熱気のようなものを発しながら戻ってきた。数馬が、股間《こかん》に手をやり、声をあげた。なにもしていないのに、精だけ放ったようだ。

森之助は、崖《がけ》の縁に戻った。

見張が声をあげたのは、夜明けだった。

森の、一番外側の木の枝に、芳右衛門がぶらさがっていた。

「これから、あの屍体《したい》が烏《からす》に突っつかれたりするのを、見せる気に違いない」

任市が言った。八郎太は、うずくまって動かなかった。

いつもと同じように、お鉄がめしの仕度をはじめる。

津田が出てきた。昨夜やったことについては、なにも憶えていないようだ。大量にめしを食おうとするのを、多三郎が止めた。椀《わん》一杯の雑炊だけである。

見張の晋介が声をあげた。

男が二人、こちらに歩いてきている。

「あの二人を、斬れ、津田。その刀で、斬るのだ。斬り方はわかるな」

津田は立ちあがり、なんでもないことのように、男たちの方へむかって、歩いていった。男たちが、津田を見て驚くのが、遠くからでもよくわかった。

「生きていたのか、津田殿」

「どうなっているのだ？」

声が、重なって聞えた。

津田は、黙って二人にむかって歩いている。二人は、足を止めた。

「おい、説明しろ、津田」

近くまで行き、立ち止まった津田が、いきなり跳躍した。刀が抜かれるのを、森之助の眼はかろうじて捉《とら》えた。ひとりが倒れ、もうひとりは、二歩退《さ》がって刀の鞘《さや》を払った。二人の対峙は、束《つか》の間《ま》だった。気を溜《た》めるなどということが、津田にはない。すぐに、踏みこんだ。無造作で、しかも無意識に違いないが、身につけている技倆《ぎりよう》のすべてを、津田は剣先に集中させていた。

馳《は》せ違った時、津田は肩を斬られ、もうひとりは脇腹《わきばら》を斬られていた。相討ちだが、次の攻撃へ移る反応は、津田の方が速かった。同時に剣を振り降ろしたように見えたが、男は肩から斬り下げられ、津田は頬のあたりを浅く斬られただけだった。

「ほう、これは、斬られた痛みさえ感じていないな、津田は」

男が四人、森から駈《か》け出してきた。

ひとりが、三人を止め、津田とむき合って立った。津田は、なにもなかったように、男にむかっていった。男が、刀の鞘を払った。その瞬間、森之助は全身の毛が立ったような気がした。三人は、退がって眺めるという恰好《かっこう》だった。

津田も、なにかにぶつかったように、動かなくなった。

二人の間で、空気が張りつめた。気とは違う、と森之助は思った。気以前にあるもの。そんなものが、ほんとうにあるのか。

森之助は、息苦しさを感じた。息が、吸えない。ようやく吸ったら、吐けない。二人に、圧倒されていた。

不意に、津田の躰が動いた。打ちこんでいる。相手は、動かなかった。男が、両断された。そう思った。男の刀が、動いた。小さな動きだったが、岩が地に落ちたような衝撃を、森之助は感じていた。

男は、残心の型をとるでもなかった。刀は、鞘に収まりかかっている。

津田の躰が二つに割れたのは、男が背をむけてからだった。

四人の姿は、森の中に消えた。

「一度、長く眠らせ、二度目も一日眠らせた。それで、体力は充分に回復したようだ。雄であることも確かめたしな。しかし、痛みは感じず、相手も識別できなくなっていた。この薬は、津田を、津田ではない、ただのけだものにしたな」

「しかし、二人を斬りました」

「けだものが、牙《きば》を剝《む》く。爪《つめ》を立てる。それと同じことだったのだろう。本能だ。これまでに鍛えあげた技が、本能とともに出てきたというだけだ」

あの男の太刀筋は見ることができた、と森之助は思った。

須摩《すま》、水引《みずひき》、野村《のむら》。この三人が腕が立つ、と津田は言っていた。最初に斬られた二人は、違うだろう。津田を斬った男は、明らかに腕が一段上だった。

三人とも、まだ残っている。森之助は、そう思った。数馬も任市も、茫然《ぼうぜん》としているようだ。津田の屍体が、完全に二つになっているのが、ここからよく見えるのだ。

「四人じゃ。たった四人になったぞ、やつら。これで、われらは勝てる。なにしろ、十人はおるんじゃからな。爆裂弾もある」

八郎太が言ったが、誰も聞いてはいなかった。人数ではない、ということはわかりすぎるほどわかっているのだ。ただ、三人を犠牲も出さずに倒したことも、一方では憶えている。任市など、遣った矢を回収するだけでなく、新しく作り続けていた。

「親父、爆裂弾は、ほんとうに威力があるのか？」

「導火線が、火薬にまでは達する。それは、空の竹筒で何度も試した。だから、爆発するはずじゃ」

「それで、人間をひとり吹き飛ばせるのか？」

「多分」

「やってみねえと、わからねえってことか。しかも、何度もできやしねえぞ。一度で決めるしかねえ」

「私も、そう思います、八郎太殿」

数馬が言った。

四人を、ひとりずつ相手にする方法はないか、と森之助は考えていた。一対一ならば、勝つ道は見つかるかもしれない。

4

四人が出てきたのは、翌朝だった。

それぞれが、ひとりのつもりでいる。四人の姿を見て、森之助はそう思った。連携など考えてはいないのだ。これまで、みんなそれを考えて死んだ、と思っているのだろう。

「出ていくのは、まずい」

森之助は、そう言った。小屋を守るかたちで、まとまっている方がいい。そして、飛礫と弓を最大限に遣う。それでも、斬りこまれたら、ひとたまりもないだろう。

不意に、武吉が前へ出た。幸次郎《こうじろう》が続いている。武吉は肩を斬られ、縫合はしてあるがあまり動かせない。幸次郎にいたっては、右腕を肩から斬り落とされて、二日前からようやく歩けるようになっている。

その二人が、それぞれ片手に刀を持って前へ出ていった。止めようもなかった。飛び出そうとした任市を、森之助は押さえた。四人が、駈け出している。

二人が、刀を捨てた。そして、懐《ふところ》からなにか出した。爆裂弾。火がついた。二人は、それを投げる構えをとった。しかし、投げない。投げた時に爆発しないと、効果がないからだ。

四人のうちのひとりが、跳躍した。武吉の方だ。投げる構えはしたものの、武吉は竦《すく》んだように動かなかった。武吉が、肩から斬り下げられた。その瞬間、爆発が起きた。武吉の躰とともに、斬った武士の躰も宙に舞いあがった。

もうひとり。幸次郎は、ただ立っていた。斬ろうと地を蹴《け》った男が、不意に方向を変えた。幸次郎は、その方へ躰をむけた。しかし、投げない。幸次郎の手の中で、爆発が起きた。幸次郎の残った手と躰が、別々の方向に吹き飛ぶのが見えた。

三人は、森の中に退いていた。武吉を斬った男は、倒れて動かなかった。首がおかしな具合に捻《ね》じ曲がっているのが、森之助たちがいる場所からも、はっきりわかった。

「しゃっ、ひとりは失敗であったか」

八郎太が言った。

森之助は、一文字《いちもんじ》則房《のりふさ》を、八郎太に突きつけた。

「いくつ、と言ったのです、八郎太殿。あの二人に、爆発までいくつ数えろと言ったのですか?」

「七つ」

「しかし、六つで爆発だったのですね」

「森之助、おまえは」

「幸次郎は、六つで投げなかった。武吉の方も、六つで斬られた。八郎太殿は、ひとつ多く数えるように、二人に言いましたね。だから、武吉を斬った男は、斬って跳《と》び退《す》されると思ったのでしょう。とっさの判断で、武吉の気を読んで斬ったのです。斬られた時、武吉は六つまでしか数えていなかった」

「なにを、たわけたことを。それに、わしに刀を突きつけて、なんとする」

「斬りますよ、私は。ほんとうのことを、言ってください」

森之助は、刀に全身の気を集めた。八郎太の顔色が変った。

「あの二人は、怪我《けが》で戦力にならん。投げて戻ってくるなどという、芸当ができると思うのか。一緒に爆発させる。そうなるようにしてやっただけじゃ。あの二人は、自ら望んでそうしたのであるしな」

「信じられません、それは」

「私も、信じない」

数馬が言った。八郎太は、にやりと笑った。森之助が殺気を抑えたので、もう斬られることはない、と思ったようだ。

「ほんとだ。あの二人は、志願した。ただ志願したわけではなかったが」

多三郎が、小屋から出てきて言った。

「お鉄さんが抱けることになっていた。生きて戻ればだ」

「そんなことは」

「お鉄さんは、二人に承知したのだ、森之助。あの二人は、命をかけても、お鉄さんを抱きたいと思った。もっとも、それほどの危険はないと、八郎太殿が思いこませたが」

お鉄が、小屋の前に黙って立っていた。森之助は、刀を鞘に収めた。

「なぜ?」

「うちは、めし炊《た》きしか役に立たないだよ。躰で役に立つなら、それでいいと思っただ」

「そういうことだ、森之助。二人は、それで納得をしていた。八郎太殿が言いくるめたとしてもだ。そしてお鉄さんは、自分を役に立てたかった」

「二人は、生きて戻れることはなかったのですよ、多三郎さん」

「それについては、お鉄さんは知らん。小屋の中で、二人に股《また》を開いて、局所を見せた。約束の証《あかし》にだ」

「しかし、なぜ?」

「これは、数馬でも任市でもやったと思う」

二人は、なにか言おうとして口ごもった。

「二人とも、それから四郎と晋介も、夜中に小屋を覗《のぞ》いて、自ら精を放った。森之助、おまえは違うだろうが、ほかの者はお鉄さんを抱きたがっていた」

わかるような気もした。匂《にお》い。多三郎が昼夜煮つめている、海草の匂い。はじめのころ、お鉄はそれに狂い、森之助もいくらか狂った。催淫《さいいん》の匂いなのかもしれない。いつの間にか、森之助はそれに馴《な》れた。お鉄も、兄に抱かれてそこから脱した。

一番はじめに現われたのは、自分というものさえなくしていた、津田にだった。お鉄が津田に犯されるところを見て、みんなおかしくなったのかもしれない。

「とにかく、四人が三人になったんじゃ、森之助。もう、三人しか残っておらん。たった三人じゃ」

「武吉と幸次郎の二人は、八郎太殿に騙《だま》されたわけですね」

「わしは、それしか二人の遣い道が思いつかなかった。二人とも、ただ死んだ者たちより、ずっと役に立った」

「親父《おやじ》は、いつもこうさ、森之助。騙されたやつも悪い」

「もう、誰も八郎太殿を信用はしません。それでいいのですね？」

「俺はいい。親父は、別なやり方で、また誰かを信用させるかもしれねえが」

「三人じゃ。あと三人」

八郎太は、座りこんで顔の肉を緩めながら言った。

「爆裂弾の遣い方を、わしは考えに考えた。ひとり倒したのだ。間違ってはおらなかったではないか」

「卑怯《ひきょう》ですよ、はじめからずっと」

「気をつけて、口を利《き》け、森之助。卑怯なのは、敵じゃ。それに対するのに、知恵を絞るのは当然であろうが」

森之助も、座りこんだ。

いままでに、何人も死んだ。しかし、二人の死が、まるで別なもののように、森之助の肩にのしかかっている。なぜだかは、わからなかった。

「とにかく、敵は三人なのだ。矢を射かけ、石を投げれば、勝てる。そう思って、矢を作ろう。石も集めよう」

任市が言った。

「そうじゃ。わしも、今度は刀を執って闘おう」

八郎太が言った。八郎太が本気で闘えば、数馬や任市より強いのは確かだった。しかし、ほんとうに斬《き》り合う気があるのかどうかは、わからない。全員が斬り合いをしている間に、八郎太ひとりが逃げることも、充分に考えられた。

「八郎太殿、爆裂弾はあといくつ残っているのです?」

「二本じゃ。念のために、二人に二本ずつ持たせたんでな」

わずかな差だが、爆発は二つ起きたような気がする。これについては、八郎太はほんとうのことを言っているのかもしれない。

全員が動きはじめた。八郎太と森之助だけが、座りこんだままだ。集めた石を籠《かご》に入れている格之進の姿を、森之助は見ていた。

「残った三人は、手練《てだ》れか、森之助？」

「多分」

跳躍して斬った者と、地を蹴《け》っても方向を変えた者、力量の差が出たのだとも、森之助には思えた。微妙ななにかを、ひとりは間違いなく感じとった。

「とすると、須摩、水引、野村の三人が残っておるのだな」

八郎太が、呟《つぶや》くように言った。

「神地兵吾と較《くら》べて、どうかのう？」

「八郎太殿は、鬼と呼んで恐れていましたね、神地兵吾を」

「あれ以上の手練れがいるのだろうと、頭ではわかるのだがな。これまでの闘いで、実際に見もした。それでも、わしは神地の残酷な剣が忘れられん」

「確かに、衝撃を受けたものが、心に残るでしょう。八郎太殿にとっては、神地がそうだったのです」

「景一郎は、どこかで見ておるのかな？」

「必ず」

「おまえがいて、景一郎もいる。そうなれば、負けることはない。わしは、そう思うのだが」

「兄は、その気になったら、三人をひとりで倒すと思います」

「なぜ、ここへ来ぬ。わしが多三郎の薬の試しを受けたら、来るのか？」

「あの時は、そう言っただけです。もう、それで来ることはない、という気がします」

「なにを考えておるのだろう、あの男は？」

「わかりません。なにをやっても、死ぬ者は死ぬし、生きる者は生きる。兄が、ただそう思い続けていることは確かです」

多三郎がほんとうに危険になれば、出てくる。それは、わかっていた。しかし、兄がどこで危険と判断するかも、森之助にはわからなかった。

「これまで、何度もいやな気分に襲われたがのう。幸次郎がひとりで吹っ飛んでしまった時、いままでとは較べものにならないほど、いやな気分になった。逃げようがないような、回復しようがないような、それだけで打ち倒されてしまいそうな気分じゃ」

森之助も、似たような心持ちだった。なぜだか、わからない。敵が三人に減り、生き延びる希望がはっきり見えても、その心持ちは消えなかった。

「来たぞ」

数馬の声がした。

さっきの爆発から、半刻《はんとき》ほどしか経《た》っていない。

三人は、離れて立っていた。森を背にしたまま、すぐには出てくる気配がない。こちらに、どういう武器があるか、測ろうとしているというのではなかった。三人は、それぞれ孤独に立合に臨み、それぞれに心気を研ぎ澄ませている。森之助には、そう思えた。

「弓と石で、なんとかなるか、森之助？」

「無理です。矢も石も、なんの効果もない、と思います」

「まだ押されておるのじゃな、わしらは？」

「これまでにないほど」

森之助は、腰をあげた。

任市が、弓を構えている。その背後で、格之進が、矢を出す姿勢をとっている。三本、矢を射る暇があるかどうか。任市は、十本は射ようと考えているだろう。

真中にいた男が、踏み出した。あとの二人は、まだ動かない。

三人とも、まだ刀の鞘《さや》を払ってもいない。それでいて、圧倒的な気配で押してきた。

両側の二人も、ほぼ同時に踏み出した。

右の男。森之助はそう思った。三人を相手にとは、考えられない。それで、右の男を選んだ。その男に、ほかの二人より大きな隙《すき》が見えたわけでもない。

森之助の躰《からだ》も、自然に動きはじめた。右の男はこちらにじっと眼をむけ、足を止めたが、ほかの二人は森之助に眼もくれなかった。

森之助も一度止まり、それから数歩踏み出した。

「日向森之助だな。水引庄左衛門《しょうざえもん》という」

森之助はただ頷《うなず》き、刀の鞘を払った。

水引も、腰を沈めて鞘を払った。そのまま、低く構えている。

動きようがなかった。動かしようもなかった。固着したまま、森之助は気息を整えた。すぐに、頭は空白になった。闇《やみ》とむかい合っている。そういう気分に襲われた。得体が知れず、底のない闇。吸いこまれそうになる。踏み止《とど》まるのに、とてつもない力が必要だった。

渾身《こんしん》の力で、森之助は立ち続けた。

闇が、生き物のように、全身に絡《から》みついてくる。この闇を抜けないかぎり、やがて押し潰《つぶ》されるだろう。

闇に惑わされず、気を一点に集めた。闇の中に、なにかが見える。光。しかし、遠い。近づいてさえ、こない。気息を乱すと、それは消える。息もしていない。そんな自分だけを、森之助は感じていた。

点であった光が、次第に大きくなった。それから不意に、闇が消えた。見えている。水引。構えは、最初の時から寸分も変っていない。

斬れるのか。斬られるのか。それも、頭から消えた。見事な構えだった。見とれている、と言ってもいい状態に、森之助はなりつつあった。そして魅入られたように踏み出し、斬られるのだろう。

水引の肩が、かすかに上下した。それで、森之助は自分を取り戻した。

跳躍できるのか。跳躍して頭蓋《ずがい》から両断するのが、日向流ではないか。

なにかが、自分を縛りつけている。それを解かないかぎり、跳躍もできないだろう。なにが、縛りつけているのか。斬られるという恐怖か。自分の腕が劣るという、どうしようもない思いか。

水引の姿が、不意に兄に見えた。

自分を縛りつけているのは、兄ではないのか。自分は、兄に縛りつけられて、身動きもできないでいるのではないのか。

全身が、ふるえるのを感じた。呪縛《じゅばく》を断ち切る。それができなくて、自分が自分でいられるのか。

兄は、常に自分を縛りつけてきた。兄には勝てない、と呪文をかけられ続けてきた。それは、もう断ち切るしかない。

兄がなんだ。自分より、二十年ほど早く生まれただけではないのか。二十年の歳月は、埋められない。埋められないのは、歳《とし》の差だけだ。五年前と較べても、自分と兄の力量の差は、信じられないほど大きく縮まった。

兄に勝てるのだ。負けはしないのだ。それひとつだけを、森之助は思い続けた。

踏みこんでくる。兄が。いや、水引か。跳べる。思ったが、森之助は跳ばなかった。ただ踏み出した。

風と風が、擦れ違ったようなものだった。

森之助は、腿《もも》を縦に斬られていた。水引の着物の前は割れ、肌が剝《む》き出しになっているが、血は流していない。

森之助は、横に構えをとっていた。もう一度、水引が踏みこんでくる。擦れ違った。森之助は、どこも斬られていない。水引のこめかみのあたりに、薄く血が滲《にじ》んだ。

それだけだった。

水引が、後方に跳び退《すさ》った。

森之助は、ただ立っていた。水引が駈《か》け去る姿を、構えをとったまま見送った。それから刀を鞘に戻し、小屋にむかって歩いた。

小屋の中にある晒《さらし》を、一枚持ってきた。襟に仕込んである針を出し、絹糸を通した。袴《はかま》を切り開き、口を開けた傷を縫った。傷は二寸ほどで、それほど深くもなかった。

八針で縫い、濡《ぬ》れた手拭《てぬぐい》で血の汚れを取ると、晒を強く巻いた。血のしみが晒に拡《ひろ》がったが、大きくなることはなかった。

森之助は、はじめて周囲を見回した。

三人で襲ってきて、自分はひとりだけと対峙《たいじ》した。残りの二人がどうしたのか、対峙している間は、頭の端にさえよぎらなかった。

躰が二つに割れた屍体《したい》があった。着ているものから、それが任市だとわかった。もうひとり、はらわたを出して死んでいる。晋介のようだ。

「あっという間に、二人は斬り殺された。弓矢も石も、なんの役にも立たなかった。全員が死んでいても、おかしくなかった」

八郎太が、そばへ来て座った。

「谷から、景一郎が這《は》いあがってきてな」

「そうですか」

「二人は、弾《はじ》かれたように、森の方へ駈け去った。景一郎は、おまえの勝負をしばらく眺めていたが、なにか呟《つぶや》いて去った」

「なんと」

「はじめから、死域とか」

「わかりました」

「相手は駈け去ったが、おまえは勝ったのか負けたのか？」

「わかりません。流した血の分だけ、私は負けたのかもしれません。でも、死んではいません」

「一刻半、むかい合っていて、斬り合ったのは二度か三度じゃった。おまえがこちらへ戻ってくると、見ていたみんなは、腰を抜かしたようになった」

小平太が、崖《がけ》の縁で躰を丸めていた。

「崖の仕掛けも遣ったのだがな、ちょっとした小川を跨《また》ぐように、かわされてしもうた。その折、小平太は刀を斬り飛ばされた。あれから、ずっとああじゃ」

一刻半、対峙していた。それほどとは、森之助には思えなかった。束《つか》の間《ま》の対峙の中で、さまざまなものが襲ってきた。いまとなっては、そんな感じしかしない。

はじめから、死域。兄はそう言ったという。小屋の前を踏み出した時から、自分は死域にも踏み出していた、と森之助は思った。

しかし、それでも勝てはしなかった。

5

二日間、なにもなかった。

爆裂弾は、もうないのだという。爆裂弾が二つ投げられたことさえ、対峙の間、森之助は気づきもしなかった。

罠《わな》もなにも、すべて破られてしまっている。六人が、それぞれ身ひとつで三人とむかい合わなければならない。

任市が死んだからか、格之進は二日間、押し黙ったままだ。四郎は数馬のそばを離れようとせず、小平太は八郎太の後ろで怯《おび》えたような表情をしているだけだ。

めしだけが、いつもの通りだった。

多三郎は、相変らず、四つの土鍋《どなべ》で海草を煮続けている。薬を作るのは、ほとんど根気がすべてで、作りはじめる前に、考えることは考えているのだ、ということを、江戸での薬作りを見て森之助はよく知っていた。多三郎の書きつけは、もうひと抱えになっている。途中で放り出すことは、死んでもやらないだろうということも、森之助は知っていた。

夕めしになった。

みんな、憑《つ》かれたように肉にむしゃぶりつく。煙で燻《いぶ》した肉が、まだ食いきれないほどあった。もともと、三十人で食うために集めたものだ。

夜が更《ふ》けると、焚火《たきび》も小さくなる。見張に立とうとする者も、もういなかった。

いつも座っていた崖の縁の石は崩されているので、森之助は焚火から離れた闇の中に、座って眠った。腿の傷は、大して気にならない。傷など受けていない、と思うことにした。

「森之助殿、いいのですか？」

格之進が、そばへ来て言った。

数馬とお鉄が、闇の中で媾合《まぐわ》っている。それを、四郎がしゃがみこむようにして、そばから覗《のぞ》きこんでいた。お鉄は、声ひとつあげていない。

「放っておけ。それとも、おまえもやりたいのか？」

「私は、そんなことは考えません」

「無理をするな。みんな死ぬ。そう思った時、数馬のやりたかったことは、あれなのだ。任市が生きていても、そうだっただろう」

任市の名を出すと、格之進は押し黙る。

両断された屍体を見ただけで、どんなふうに斬《き》られたかも、森之助は知らない。矢を射ていたなら、抜き合わせる余裕もなく斬られた、とも考えられた。

「あの三人は、強いぞ、格之進」

「それでは、森之助殿も死にますね」

「私は、死なん。そんな気がする。私が立合った水引という武士は、確かに強かった。はじめは斬られると思っていたが、最後の方は斬れるかもしれない、と思いはじめていた」

「弱くなったのですか、相手が？」

「そうとしか思えない」

「腿を、斬られていたのに」

「それすらも、立合の間は考えなかった」

「それで、森之助殿は、自分ひとりは生き残れると考えているのですね」

闇の中で、数馬の呻《うめ》き声が聞えた。

しばらくすると、数馬に代って四郎がお鉄の躰《からだ》に乗った。

「格之進、おまえも行ってこい。お鉄は、拒みはしないぞ」

「いやです」

「女を知らないまま、死んでもいいのか」

「私は、死にません」

「ほう」

「そういう気持です。絶対に死なないと」

「任市も、そういう気持だっただろう。しかし、斬られれば二つになる」

「二つになっても、ひとつに戻ります」

「その意気だ、と言いたいところだがな」

格之進が唇を嚙《か》むのが、闇の中でもはっきりわかった。

翌朝、格之進は森之助の脇《わき》で、横たわって眠っていた。眠っている顔が、時々ひきつる。森之助は、刀の鐺《こじり》で格之進の脇腹を突いた。格之進が跳ね起き、刀を抜いた。

「斬られていたな、格之進」

格之進が、うつむいた。刀を鞘に収めている。

「小平太殿は、どこへ？」

森之助は、周囲を見回して言った。

「谷川じゃ。そこから下流にむかって、逃げる道を捜しておるのじゃろう」

「無理です。両岸とも切り立った崖が、ずっと続いているのです」

「そういうところを、踏破する方が、生き延びられると、小平太は思ったんじゃ。ここで黙って斬られるより、谷に落ちて死んだ方がまだましじゃ、と考えたのよ」

それも、選ぶことができる道の、ひとつではあった。

みんな、押し黙って朝食を口に入れた。お鉄の前で、数馬と四郎はうつむき、眼を合わせないようにしていた。

崖の下を見ていたお鉄が声をあげたのは、それから二刻《ふたとき》ほど経《た》ってからだ。傷だらけになった小平太が、綱を伝って這いあがってきた。

「人がいた。二人」

呻くように、小平太が言った。

「崖の上だ。景一郎さんが、二人とも斬り落とした」

「なに。すると、相手はひとりに減ったということじゃな」

「あいつらじゃねえよ、親父《おやじ》。まるで知らねえやつらだ」

「なんと。ほかにも、まだ敵がいるということか？」

「そうだと思います。そして景一郎殿は、われらの知らない敵と、闘っておられます」

言ったのは、格之進だった。

「どういうことだ？」

「わかりません、小平太殿。しかし、景一郎殿は、腕に傷を負われていました。浅い傷ですが。われらの知らないところで、闘われているのだと思います」

八郎太が、唸《うな》り声をあげた。

そういうことが、あり得るのか。少なくとも、森の外や山に、争闘の気配はなかった。自分の知らないところで、兄はもっと厳しい争闘を続けている、ということなのか。

「昼めし」

お鉄の声がした。なにがあろうと、この声は変らない。食おうと食うまいと、決まった時刻に、人数分のめしを出す。

腹を減らしていたのか、小平太が肉を口に押しこんでいる。森之助は、野草の入った雑炊を啜《すす》った。

「景一郎殿です」

格之進が、叫び声をあげた。

兄は、ひとりで、なにもなかったように小屋にむかって歩いてきている。それを見送るような恰好《かっこう》で、三人も森の外に出てきた。

「どういうことじゃ、景一郎。説明いたせ」

「あの連中が、霧《きり》の者にしたのと同じことを、今度はあの連中が、柳生からされようとしている、ということです」

「つまりは、われらと闘い、生き残った方を柳生の者が殲滅《せんめつ》する。そういうことか？」

「それで、地上から、朝廷のための間諜《かんちょう》という事実は、はじめて消えるのです」

「おまえは、ずっとその柳生の者と闘っていたのか？」

「津田仙蔵の話を聞いた時、これで終るわけはない、と思っていました。柳生は、人数も腕も、私の想像以上でした」

「何人？」

「二十一人。柳生桔《き》梗《きょう》組。ひとりを締めあげて、それを吐かせました。十四人は、すでに倒しています。散開というかたちで、ばらばらにいたので、それほど難しくはなかった。しかし、残った七人は、ひとつにまとまりました。十四人が死んだことも、すでにわかっているようです。手練《てだ》れが七人まとまると、私の手に負えません」

「おまえの手に、負えぬだと?」

「七人を始末し、何人かが生き延びれば、八郎太殿が持っているものと、あの三人が佐島芳右衛門殿から奪ったものを合わせ、役に立たせることはできます」

「どういうかたちで」

「柳生と無縁でいるかぎり、それは封印されていると。柳生からの攻撃があれば、それは天下に晒《さら》されると。柳生は、怯えて生きなければならないでしょうが、一応、われらは生き延びることになります」

「なるほど。しかし、あの三人は?」

「柳生桔梗組が来ていると伝えたら、すぐにどういう事態か察しました。自分たちも、抹殺されるのだと」

「それで?」

「あとは、八郎太殿と、あの三人の話し合いですな。ただ、水引庄左衛門は、森之助と立合いたがっている。先日の立合が、どうしても納得できぬらしい。剣に生きようとする者の、どうにもならない習性ですね」

「ほぼ、おまえの言うことはわかった」

八郎太は、しばらく考える顔をしていた。

森之助は、兄を見ていた。兄は、表情ひとつ動かしていない。

「わしが、あの三人と話してこよう」

八郎太が、腰をあげた。

「景一郎、一緒に来てくれ」

「八郎太殿を斬ったりはしませんよ。どういう連携ができるのか、話し合ってください」

「しかし」

「役目ですね、八郎太殿の」

八郎太はいやな顔をしたが、大小を岩の上に置くと、黙って三人の方へ歩いていった。

話し合いは、しばらく続いていた。

兄が、諸肌《もろはだ》を脱ぎ、多三郎に傷の手当を受けはじめた。手当といっても、傷薬を塗りこむだけだ。深いものはないが、六カ所か七カ所は斬られている。

深くは斬らせない。そこに、なにかあるのかもしれない、と森之助は思った。皮一枚で相手の斬撃《ざんげき》をかわし、次の瞬間、両断しているという光景は、これまでにも何度も見たことがある。

自分に欠けているのは、それかもしれないと森之助は思った。斬られる時は、あとで縫うしかないほど、深く斬られる。だから、出血もひどい。

兄の傷は、放置していても塞《ふさ》がるほどの深さしかなさそうだった。寸前でかわしていることが多い、ということだろうか。見切り。その言葉を最初に教えてくれたのは、伯父の鉄馬《てつま》だった。見切りは技ではない、と伯父は言った。胆力から臆病《おくびょう》さまで、心の中のすべてが出るのだという。自分は、兄よりも胆力がないということなのか。

八郎太が、戻ってきた。三人は、森の中に姿を消した。

「わしらとあっちで、殺し合いはせぬ。それは決まった。それぞれに闘うということもな。さっきまで殺し合いをしていたのに、ともには闘えぬということであろう。それに、あの三人は、それぞれがひとりで闘っているという、心構えでいるそうだ」

いまさらともに闘えない、という気持はわかった。それに、自分たちだけでも斬り抜けられる、という自信を持っているのかもしれない。

「もうひとつ、これは厄介じゃが、水引庄左衛門だけは、ここへ斬りこんでくると言っている。もうひとつのことも、不承知だと」

「もうひとつのこととは？」

数馬が訊《き》いた。小平太は、数馬の後ろでうなだれている。

「大兄が持っていたものと、わしが持っているものを、交換する。写しはとってある。むこうも、そうらしい。交換すれば、すべてのものが、お互い一応手にできるということじゃ。水引は、条件をひとつ付けた」

「なんです？」

「森之助との、立合じゃ。森之助は、前の立合で、その最中に強くなっていったという。それが、信じられぬそうだ。もう一度、立合って確かめたい。そう申しておる」

「そんな馬鹿《ばか》げたことを。どちらかが死ぬのでしょう。桔梗組とかいう柳生の者たちを、利するだけではありませんか」

「剣にこだわる者は、そんなものらしい、数馬。二人も、止めるようなことは言わなかった」

「わかりました。立合います」

森之助は、ただ立合うべきだと思った。立合の最中に、強くなったのかどうかは、わからない。斬られた傷は、まだ糸も抜いていない。それでも立合うのは、森之助の中にも、なにかを確かめたいという思いがあるからだ。

「待て。持っているものの交換が先じゃ。これは、景一郎に行って貰《もら》う。わしが斬られてそれを奪われたら、終りじゃからな」

八郎太が、森の方にむかって、両手を挙げて合図を送った。それから、崖の下に降りていく。自分で持たず、どこかに隠しているようだ。

這いあがってきた八郎太が兄に渡したのは、書物を半分に裂いたようなものだった。兄が出ていくと、森からもひとり出てきた。交換は、簡単に終った。

兄と入れ違いに、森之助は歩きはじめた。水引庄左衛門も出てくる。

気負いはなかった。水引のこめかみには、赤い傷痕《きずあと》が残っている。前に斬られ、斬った相手だということも、森之助は忘れた。

「日向流、日向森之助」

自然に、そう口から出ていた。

「柳生流、水引庄左衛門」

森之助の方から、先に鞘《さや》を払った。

一文字則房。その瞬間から、森之助の躰そのものになった。水引の抜刀を、森之助はじっと見つめた。

相正眼《あいせいがん》でむかい合う。

水引は、気を充溢《じゅういつ》させていた。森之助も、気で押し返した。

闇に包まれることも、光を見ることもなかった。お互いに、剣先を揺らすことすらしない。

息苦しさが襲ってきたのは、束《つか》の間《ま》だった。それも、すぐに消えた。

どこかを浮遊している。そんな感覚があった。どんなふうに跳ぶことも、可能だと思えた。

なにかが、森之助を衝《つ》き動かした。

位置が、入れ替っていた。

森之助は、一文字則房の血を切り、鞘に収めた。水引庄左衛門は、地すれすれに刀を構えたままだ。水引は、横に倒れた。まだ刀は構えているが、眼に光はなかった。

森之助は、小屋にむかって歩いた。

視界が、時々暗くなった。格之進が駈《か》け寄ってくるのが見えた。八郎太も数馬も、こちらを見ていた。兄はどこにいるのか、と森之助は思った。

視界が、また暗くなった。

どこを、歩いているのか。地獄への道か。

森之助の思念も、溶けるように消えていった。

6

小屋の屋根が見えた。

周囲には、海草を煮つめる匂《にお》いがたちこめている。

死んでいない。最初に思ったのは、それだった。不思議な気分だった。

水引庄左衛門の太刀筋が、はっきり見える。

かわせない。そう思った時、森之助は踏み出していた。そして、擦れ違った。一文字則房に手応《てごた》えはなかったが、正面から水引の頭蓋《ずがい》を両断したことはわかっていた。自分も、袈裟《けさ》に斬られた。

それから、小屋にむかって歩いてきた。

「格之進」

呼んでみた。返事はない。声が出ていたかどうかも、わからない。

兄はどこだ。次に思ったのはそれだった。

「森之助」

お鉄の声だった。

唇が塞がれた。水が、口に流れこんできた。森之助はそれをのみこんだ。次々に、水が口に流れこんでくる。

「水を飲んだ方がいいだ。血を失ったが、死ぬことはねえと兄様《あに》が言った」

周囲は、闇だった。小屋の屋根が見えたというのは、錯覚だろうか。いや、見えている。どこかに、灯はあるのだ。

「夜か？」

「多三郎様の薬で、五刻《いつどき》は眠った。兄様が、自分で縫われた。血はすぐに止まっただ」

多三郎の薬というのは、海草から作ったあれだろうか。五刻で目醒《めざ》めたのなら、大した量ではなかったはずだ。津田仙蔵のように、自分が自分であることを、忘れてもいない。

「起こせ」

「駄目だ、森之助。いま動くと、また血が出るだよ」

「少しずつ失ったらなんでもない量でも、一度に失えば気が遠くなり、死ぬこともある。血とはそういうものだと、多三郎さんに聞いたことがある」

「駄目だ、せめて朝まで、じっとしていてくれな。動かすと、うちが兄様に叱《しか》られる」

「敵は？」

「なにも、なにも起きてねえだよ」

争闘の気配は、確かになかった。

お鉄の口が、また近づいてきた。生温いものが、口に流れこんできた。

「肉と野草の煮汁だ。精がつく。血も、増える。もっと、飲んでくれ。米の磨《と》ぎ汁で煮出したんで、うまくはねえが、塩も入ってるだよ」

また、口が近づいてきた。森之助は、されるままになっていた。時々、お鉄の舌も口に入ってくる。椀《わん》一杯の、煮汁を飲んだようだった。躰《からだ》が、少しずつ暖かくなってくる。

「私の刀は？」

「二本とも、そばにあるだよ」

「起こせ」

「うちの言うことを聞いてくれ、森之助」

「小便がしたい」

「ここでするだ。濡《ぬ》れるのがいやなら、うちが全部飲むだよ」

「馬鹿《ばか》な」

眼を閉じた。薬のせいなのか、躰はまだ動かない。指さきが、ようやく動かせる程度だった。


尿意が強くなっていた。

いつの間にか袴《はかま》が降ろされ、森之助のものは、お鉄の口に含まれていた。

尿意が耐え難い。そんな気がした。森之助は、少しずつ小便をお鉄の口の中に出していった。長い時がかかったような気がする。お鉄は、こぼさずに飲み切った。

もう終った。言おうと思った時、森之助のものは、いきなりお鉄の口の中で脹《ふく》れあがった。お鉄が低い呻《うめ》きをあげ、頭を激しく上下させた。

懐《なつか》しいような快感が襲ってくる。しかしそれは、躰だけだった。かすかに身動《みじろ》ぎをする躰を、森之助は遠いもののように見ていた。こんなものだったか、という気がする。これでいいのだ、とも思う。

ひとしきり頭を動かし、それから荒い息をついて、お鉄はまたくわえた。

精を放ってやった方がいいのだろう、と森之助は思った。すると躰の快感は、精を放つ方向にむかった。お鉄の頭が五度、上下するうちに。そう思うと、五度目には精を放っていた。

「いっぱい出しただよ、森之助。いままでで、一番多かっただよ」

呑《の》みこみ、口を拭《ぬぐ》うような仕草をして、お鉄は言った。

「水をくれ。それからもうしばらくしたら、煮汁も」

腕が、動くようになっている。森之助は、椀に手をのばして、自分で飲んだ。しばらくすると、全身が動くような感じがしてきた。自分で、上体を起こした。

「森之助」

お鉄が、驚いたような声を出す。

「いいのだ。私はこのところ、座って眠るようにしていた」

脇差《わきざし》を差し、大刀は左側に置いた。小屋の柱に背を凭《もた》せる。お鉄が、傷を覗《のぞ》きこんできた。当ててあっただけの晒は、上体を起こした時に落ちていた。

「血は、出てねえ。兄様の縫い方は見事なもんだ」

兄ではなく、多三郎に縫われたかった。束の間《つかま》、そう思ったが、すぐに頭の隅に押しやった。

眠っていた。

眼醒めると、お鉄を呼び、煮汁を持ってこさせた。それを、椀二杯飲んだ。

「次からは、ちゃんとしためしを食いたい。内臓が斬られているわけではないからな」

それだけ言い、また眠った。

眼醒めた時、外は明るくなりはじめていた。

お鉄は、そばで眠っている。

森之助は自分で立ちあがり、上体に晒を巻いた。眼醒めたお鉄が、慌《あわ》てて手伝いはじめる。肩から反対側の腋《わき》の下へ、腋から腋へ。何重かにしっかりと巻き、お鉄にきつく縛らせた。

一文字則房は左手に持って、小屋の外に出た。多三郎が、煮つめた海草を練っていたが、森之助を見てもなにも言わなかった。

傷の痛みはある。しかし、それも遠い。お鉄の口に精を放ったのと似ている。

「森之助殿、傷は大丈夫なのですか？」

格之進が駈け寄ってきて言った。森之助は、刀の鐺《こじり》で、格之進の水月《みぞおち》を軽く突いた。腹を押さえて、格之進がうずくまる。

「相変らず、隙《すき》だらけだな。ここまで生きていられたことが、私には信じられん」

「死にませんよ、私は絶対に」

「斬られる場に立っていない。それだけのことではないか」

「斬り合いをしても、私は死にません」

森之助は、焚火《たきび》の方へ行った。

八郎太と数馬と四郎が、黙りこんで座っていた。小平太は、崖《がけ》の方にひとりでいた。

「兄上は、どこへ？」

「さあな。どこへ行くと、あの男が言ったことがあったか」

「そうですか。また、消えましたか」

三人とも、傷のことは訊いてこなかった。

お鉄が出てきて、いつものようにめしの仕度をはじめた。森之助は、斬り裂かれた着物が、繕ってあることにはじめて気づいた。

「景一郎殿は、河原へ降りられただけです」

格之進が、そばへ来て言った。小面《こづら》憎いような喋《しゃべ》り方をする、と森之助は思った。

「格之進、任市はどこに埋めたのだ？」

格之進が、土が盛りあがった場所を指さし、うつむいた。

兄が、なんでもないことのように、崖から現われた。宙を歩いてきたのではないか、と思ったほどだ。ここを縄で登ってくれば、小平太でも大きな息を二、三度つく。

「なにがあったんじゃ、景一郎？」

「桔梗組の者が、下から接近できないか、探っていただけでした」

「それで、斬ったのか？」

「いいえ。接近できなかった。つまり、近づいてはこなかったのです」

「追って斬るぐらいのことは、してもよかろう、景一郎」

「七人がどれほどの手練《てだ》れか、八郎太殿は知らないのですよ」

「これから、いやでも知ることになろうて」

兄は、立っている森之助を見ても、なにも言わなかった。やはり、失った血の量はそれほどでもなかったのだ。ただ、一度に失ったので、気が遠くなった。

「いやな感じじゃ。それが、ずっと続いておる」

朝めしだ、とお鉄が声をあげた。

森之助は、兄の前に立った。

「日向流は、皮一枚で見切る。おまえは、命ぎりぎりのところで、見切る」

「私は、日向流を遣ってはいないのですか？」

「いや、それも日向流だろう。ただ、助けなければ、死ぬというだけのことだ」

「私は、死にません」

格之進と同じことを言っている、と森之助は思った。

兄に背をむけ、ゆっくりと左腕を動かした。痛みが走る。しかしそれは遠く、頭上まで手を挙げることができた。

命ぎりぎりのところで、見切る。つまり、自分は水引の剣を見切ったのか。それが、まだ深い、というだけのことなのか。

焼いた肉の匂《にお》いが漂ってきた。

森之助は、骨の付いた肉を摑《つか》み、くらいついた。

第九章　残りし者

1

憎悪《ぞうお》など、消えている。恐怖もない。生き残りたいという思いすら、ほんとうは誰も抱いていないのかもしれない。

景一郎《けいいちろう》は、来国行《らいくにゆき》に打ち粉をくれていた。刃こぼれはない。ただ、肉を断ち切った瞬間の刀身の抜けに、あるかなきかの鈍さがあった。眼に見えない錆《さび》と血曇りによるものだ。

打ち粉で、それはほぼ回復する。

なにか起きるという気配が、いまはなかった。卯月《うづき》の小屋の周辺にいる者たちも、なんとなくそれを感じとり、座りこんだり、寝そべったりしていた。

森の中にいる、須摩《すま》や野村《のむら》も同じだろう。ひとつにまとまった柳生桔梗《やぎゅうききょう》組の気配は、この一帯を遠巻きにしているだけである。

これまで、桔梗組とは景一郎ひとりで闘ってきた。桐生《きりう》村から霧生《きりう》村。そして柳生。この構図が、どこかにまだ危うさを秘めているように見えたのだ。

だから、常に卯月の近くにいたわけではない。佐島《さじま》村に潜んでいたこともあれば、月潟《つきがた》村へ出かけたこともある。

その間に、卯月ではかなり人が減ったが、全滅はしなかった。

津田仙蔵《つだせんぞう》を締めあげ、吐くものを吐かせた時、ようやく全貌《ぜんぼう》が見えてきた。桐も霧も消し、卯月を殲滅《せんめつ》させれば、柳生へ戻れるという津田の考えは、甘く思えたのだ。たとえ、大兄《おおあに》である佐島芳右衛門《よしえもん》を捕え、持っている文書を奪ったとしてもだ。

思った通り、柳生は桔梗組を送りこんできた。それが柳生のやり方なのか、二十余名が大きな網を作るという構えだった。だから、散らばっていた。ひとりか二人、多くても三人を相手にするのは、それほど難しいことではなかった。

桔梗組には、柳生の手練《てだ》れが集められていた。岩が斬《き》りつけ、木が突いてくる。そういう攻撃がほとんどだった。

二十余名のすべてを倒す前に、柳生は戦法を変えた。散らばっていた人間が、すべてひとつに集まったのだ。七人、残っていた。

強い者が生き残る。それは、正しい場合が多い。残った七人は、手練れの中の手練れだった。

景一郎は、そこではじめて、卯月に入ることを決めたのだった。

森之助《もりのすけ》が、成長していた。わずかな期間だが、濃密な立合をくり返してきた。きわどいところで、命を拾う。一度それをやれば、成長は著しいものがある。森之助は、何度もそこを潜《くぐ》り抜けた。

神地《ごうじ》兵吾《ひようご》には、ただ斬られた。しかし、次には斬った。そこから、森之助は成長をはじめたのだ。

水引庄左衛門《みずひきしようざえもん》との立合では、死んでいてもおかしくなかった。しかし多分、はじめから勝っていたのだ。立合の間に、森之助がどんどん強くなっていく。水引はそう感じたと言ったが、もともと持っていたものを、水引が引き出したのだと、景一郎は思っていた。

立合の間の成長ということが納得できない水引は、再度、森之助との対峙《たいじ》を望み、相討ちとなった。そこでも、水引は森之助の成長に付いていけなかった。相討ちの剣を、森之助はきわどいところで見切り、水引は見切れなかった。

「刀は、いつも打ち粉を打った方がいいのですか?」

格之進《かくのしん》が、そばに立っていた。

「その暇があればだ」

「私は、打ち粉さえ持っていません。刀も粗末なものですし」

「打ち粉は、私のを分けてやろう。刀は粗末かどうかが問題ではない。遣う者の腕だ」

「それは、わかっているつもりです」

「ならば、それでいい」

「景一郎殿は、これまでに何人の人間を斬ったのですか?」

「忘れたな」

「自分よりも強い、と思える人間に勝てるものなのでしょうか?」

「どうやって勝つというのだ?」

格之進が、敵ではなく、森之助のことを言っているのだ、ということはわかった。森之助の強さが、骨の髄に染《し》みこんでいるのだろう。森之助に対する態度を見れば、それは明らかだった。

「自分より強い者には、まともに考えれば、勝てません。でも、森之助殿は勝ち続けた。そんな気がするのです」

「弱く見えても、ほんとうは森之助の方が強かった。そういうことではないのか?」

「やはり、なにをやっても勝てないのでしょうか？」

「勝つ方法が、ひとつだけある。その相手よりも、強くなることだ」

「いまのところ、無理です。それに、森之助殿は、強いと思える相手に、勝ち続けたとしか私には思えません」

劣勢でも、刃《やいば》を交える瞬間、相手を上回れることがある。森之助には、それができるようになっていた。神地兵吾との二度目の対峙からだろう。

「強くなりたいのか、格之進？」

格之進は、一度大きく頷《うなず》いた。

景一郎は、来国行の刀身を、洗って乾かした晒《さらし》で、拭《ぬぐ》った。懐紙など、ここにはない。

「景一郎殿は、いろいろと私に教えてくださいました。教えられただけで、ほんとうに強くなれるとは、私も思っていないのですが」

「まあ、そうだな」

「私は、臆病《おくびよう》なのです。自分でも、それがよくわかります。わかるので、逆に無謀なことをしてしまうことがあります」

自分が少年だったころに似ている、と景一郎は思った。格之進はおろか、森之助の年齢でも、真剣での斬り合いなどしたことはなかった。はじめて他人と刃を交えた時は、頭が空白になり、気づくと失禁していたのだ。

「臆病は、悪いことではない。おまえが生き残っているのは、その臆病さによるところも大きいのだ」

「臆病ゆえに生き残る。私は、そんな自分が我慢ならないのです」

「自分が臆病であるとわかっていたら、卑怯《ひきょう》な振舞いをするところまでは行かない。そういうものだ」

格之進には、納得できないだろう。しかし臆病さというのは、唯一《ゆいいつ》、格之進が森之助を凌げる資質ではあるのだ。臆病ゆえに、相手の切先を見切ろうとする。誰よりもよく、見切ろうとする。森之助にはそれがないので、相討ちで倒しても、自分も重傷を負う。

景一郎の勝負も、相手が手練れなら、相討ちで倒すということが多かった。ただ、相手は死に、自分は皮一枚の傷で済んでいる。本能のように、相手の切先を見切るからだ。

「おまえには、臆病さなどではなく、別のことで乗り越えなくてはならないものが、多くある。桐生村では、厳しい稽古《けいこ》をさせられただろうが、森之助は三歳の時から剣を振っているのだ。剣が、躰《からだ》の一部になってしまっている。その点に関しては、私以上であろう」

「景一郎殿は、森之助殿ともし立合ったとしたら、勝てますよね」

いまならば、倒すのは難しくない。しかし、二年後、三年後ではどうなのか。

「もう行け、格之進」

景一郎は、刀身を確かめ、鞘《さや》に収めた。

一礼して、格之進が去っていく。

「待つしかないのか、景一郎さんよ？」

小平太《こへいた》が近づいてきた。格之進が離れるのを、待っていた気配だった。

「七人だろう、相手は。突破して、全員が散らばるというのは無理なのか？」

「無理だろうな。桔梗組は、なにがなんでもという気になっている。ひとりひとりが、須摩や野村と並ぶか、あるいはそれ以上の手練れでもある」

「あんたでも斬れねえか、七人相手じゃ」

「斬れないな。私ひとりが、突破してどこかへ去るというのなら、たやすいが」

「なんで、そうしないんだい？」

「したくないからだな」

「俺は、ここで確実に生き残るのは、あんただと思っている。だから、あんたと離れたくねえんだ。攻められた時は、そばで闘いたい」

「森之助は？」

「あいつは、ずたずたじゃねえか。やっと生きてる。違うのかい？」

「やっと生きている者が、最後まで生き残ることもある。命に縁があるということだからな。私のそばにいたら、おまえを楯《たて》にして闘うこともあり得るぞ」

「そんなことはしねえさ、あんたは」

「生き延びたいとだけ思い続けている人間は、足手まとい以外のなんでもない。私なら、闘うための道具に使う」

小平太が、いやな表情をした。

「俺だって、闘う。数馬《かずま》より、腕は上だ。格之進なんか問題にならねえ。七人を持て余すというんなら、俺と一緒にいた方がいいんじゃねえかな」

「人と、力を合せて闘う。私も森之助も、そういう剣は遣わない」

小平太が、鼻を鳴らした。虚勢で、眼の光は弱々しい。

「忠告しておくが、斬り合いになった時、私のそばには近づくな、小平太。おまえを見ていたら、多分、楯にしたくなる」

「やるはずはねえよ」

「おまえがやりそうなことなら、私もやる。別に、そばにいても構わないぞ。私は、一度忠告したのだからな」

小平太が、腰をあげた。

「試してみるよ。あんたのそばにいる」

そう言ったが、決してそばには近づいてこないだろう、と景一郎は思った。

森之助が、剣を構えているのが見えた。構えるだけなら、なんでもなさそうだ。ただ、こういう時に構えてみたりするのは、傷を気にしているからだろう。できるかぎり、細かく縫って、出血を防いである。あとは、自分が傷を受けていることを、忘れられるかどうかだった。

お鉄《てつ》が、昼めしだと声をあげた。

「須磨と野村というのは、どれほど闘えるのかのう、景一郎？」

八郎太《はちろうた》が、近づいてきて言った。

「少なくとも、八郎太殿よりは。あの二人も、必死で生き残ろうとするでしょうし」

「逃亡をすることはないのか？」

「卯月に結界が張ってある。そんな気配は、八郎太殿も感じておられるでしょう？」

「森の中も、卯月のうちか。逃亡は無理ということじゃな。なら、あの二人を先に闘わせるというのは？」

「むこうも、そう考えていますよ」

景一郎が笑うと、八郎太も力のない笑みを浮かべた。

森之助が、景一郎を見ていた。傷さえも自分の躰。そう思い定めることができるかどうかで、森之助の闘い方は決まる。景一郎は、なにも言わなかった。

ただ森之助を、無視していた。

2

腕は、動いた。

傷は、それほどのものではない。失血も、一時的だったというだけで、大したことはなかったはずだ。

闘える。森之助は、自分にそう言い聞かせていた。頭蓋《ずがい》からの両断はできなくても、突ける。頭上に剣をあげると、傷がひきつるが、突く力はそれほど弱ってはいない。

兄は、傷のことについて、なにひとつ喋《しやべ》らなかった。斬られたのは自分のせいだ。そう言っているように、森之助には思えた。

昼めしは、みんなで車座になって、椀《わん》を持った。兄や多三郎《たさぶろう》も加えて、九人しかいない。もう見張など無駄なことだと、みんな思いはじめていた。

桔梗組とかいう柳生の一団が近づいてきたら、小屋の近くまで引きつけて闘うしかない。森にいる二人も、それをただ眺めていれば、次は自分たちの番だということは、よくわかっているはずだ。側面からの攻撃ぐらいはするだろう。

勝てる、と思う。気持の底のどこかで、兄に頼っているから、そう思ってしまうのか。誰と誰が生き残るかは別として、最後に立っているのは、兄と、卯月にいる何人かだろう。

「いつ、はじまるのだろう？」

崖《がけ》の縁に立った森之助のそばに、数馬がいた。

「これまで、何度もいつはじまるのだろう、と思ってきた。今度が、一番こわい。最後だという気があるからだろうか？」

「私も、こわいな」

「森之助のこわさと私のこわさは、まるで違うという気がする」

「どうかな。しかし、数馬がこわいなどと言いはじめるとはな」

「任市《じんいち》が死んだ。あれが、こたえた」

「そうなのか」

「どこかで、任市が死ねばいい、と私は思っていたような気がする。桐生村では、すべてにおいて、私は任市の上だった。目立たないやつだったさ、あいつは。それが、いつの間にか私と肩を並べていた。みんな任市についてしまうのではないか、と私は焦《あせ》った」

そういう感じはあった。任市はいつも冷静で、それが頼り甲斐《がい》があるように見えたのだろう。ただ、闘うということに関しては、数馬の方が一段上だった。

「あいつと、力を合わせればよかったのだ。あいつは、私を押しのけて、上へ行くようなやつではなかった。いや、上だの下だの、意味のないことだった」

人は、何人か集まると、上とか下とか決めたがる。森之助はいつもその外にいたが、人の心の動きは面白いものだと思って見ていた。

「あんなふうに、斬られるとはな」

「ほかの者も、死んだぞ」

「わかっている。ただ、任市が死んだことはこたえた。私が死んでいても、不思議はなかったのだと思う」

「誰が死んでいても、不思議はなかった。あまり深く考えるのはよせ、数馬」

「そうだな」

「私は、傷を負っている。これまでのように、働けないかもしれない。しかし、兄がいる」

「景一郎殿は、ずっと桔梗組と闘い続けていたのだな。不可解な動きだと思ったが、いま考えると、納得できる」

柳生が、どこかで必ず出てくるということを、兄はほんとうに津田仙蔵を締めあげた時に考えたのだろうか。

それとも、はじめからそれを見通していたのか。ほとんど、言葉らしい言葉を、兄は自分にかけてこない。こちらから、あまり近づかないせいだ、とも言えた。

これまで、兄が絶対だった。兄に勝つということを、考えたりはしなかった。しかしいまは、兄に勝てるかと、しばしば考える。

「任市が斬《き》られた時、自分が斬られたような気分になった。死ぬと、ただの邪魔な物のようになってしまう、とも思った」

数馬はまた、任市について語りはじめていた。自分以外に、語る相手はいないのかもしれない、と森之助は思った。

「私は、自分を恥じる。いくらかでも、任市が死ねばいいと考えた自分を」

これ以上、数馬の話を聞いていたくない、と森之助は思った。しかし、避ける場所もない。谷を渡る風の音を、森之助は聞こうとした。

「森之助、死ぬというのは、どういうことなのだろう？」

風の音の中に、数馬の声が混じってきた。

「なぜ、そんなことを考える？」

「私は、桐生村へ行くことになった時、死ぬ覚悟をした。少なくとも、そのつもりだった。しかし、こうしてみんなが死ぬのを見ていると、あれは覚悟でもなんでもなかったのだ、と思えてくる。死ぬことがどういうものか、なにもわかっていなかった」

「任市をはじめとして、おまえがこれまでに見てきたものが、死だ。それ以外のなんでもない」

「人も、山の兎《うさぎ》や猪《いのしし》のように、たやすく死んでしまうのか？」

「同じだろう、死ぬということに関しては」

「おまえは、死ぬような傷を負った。私より、ずっと死に近づいたはずだ。そこで、なにかが見えたりしたのか？」

「私は、死ななかった。だから私が見たものは、死ではなかったのだ」

死がなにか、考えたことなどなかった。ただ死ぬだけ。いままで、そう思い続けてきた。立合の時に、死が頭をよぎったこともない。死を考えることに、意味があるとも思えなかった。

「よそう、数馬」

「考えるだけでも、怯懦《きようだ》か？」

「いや、考えてもわからない。私には、そう思える。死ぬ時は死ぬ。そう思っているしかないという気がするだけだ」

「死ぬ時は、死ぬか」

森之助は、腕を頭上に上げてみた。肉が突っ張るような気がするが、それは縫ってあるからだろう。出血はもうない。

「死の縁を通り過ぎても、死がなにかはわからないのか。死ぬ時は死ぬ。そう思い定めるしかないのか」

「おまえがそうやって不安に駈《か》られていると、四郎《しろう》や格之進まで怯《おび》えてしまうぞ」

「だから、おまえと喋っているのだが」

風の音が、強くなった。風は、下から吹きあげてくる。

数馬も、それ以上は喋ろうとしなかった。

夕刻、須摩と野村の二人が、森から出てきた。

兄に促され、八郎太が出ていった。しばらく話しこんでいる。

「あの二人は、森の中ではなく、小屋の近くで野営したいそうだ。めしの面倒ぐらいみてやれるとわしは言ったが、それはいいそうだ。夜中に、二人だけが襲われる。それを警戒したようだな」

二人は、小屋から見えるところで、焚火《たきび》を燃やしはじめた。それ以上、近づいてこようという様子はない。

「お互いに殺し合いをした仲では、たやすく一緒にはなれんのかな。私には、どうでもいいことのように思えるが」

めずらしく、多三郎が意見を言った。夕餉《ゆうげ》の場で、味噌《みそ》につけた猪肉《ししにく》が、焼いて出されていた。雑炊ではない、白い飯もある。

「こんなにうまいものを食っていると、知っているのかな、あの二人は」

多三郎がまた言った。こちらから、二人がなにを食っているのかは見えなかった。焚火も、小さい。

「多三郎、薬はどうなんじゃ？」

「ほぼできている。ひと晩、眠らせることができる。もっとはっきり言えば、ひと晩だけ、殺しておけるな」

「ほう」

「問題は、誰にでもそれが効くかということでね。効かない時は、眠らないのでわかるが、効き過ぎて眼醒《めざ》めないこともある。その量が、はっきりと摑《つか》めないのだ。任市は三日眠ったが、起こせば起きてしまうほどの浅い眠りで、それは役に立たん。津田に与えた薬は、濃くしたものだが、脳がこわれた」

「なんの役に立つんじゃ、そんな薬が」

「八郎太殿の腹の中に、できものができたとしよう。質《たち》の悪いやつで、八郎太殿のはらわたを食い荒らしながら、大きく育っていく。そのまま八郎太殿は死ぬのだが、助けられるかもしれないという道が、ひとつだけある。腹を断ち割って、そのできものだけ取り除いてしまうのだ」

「腹を断ち割るじゃと？」

「八郎太殿が、ひと晩死んでいてくれたら、できる。ほんとうに死ぬのではない。心の臓は、かすかだが動いている。動きが弱いから、切ってもそれほど血は出ない。その間に、取り除いてしまうのよ」

「ただ切ったら?」

「血が噴き出す。まあ、半刻《はんとき》と生きておられぬだろうな。しかも、痛みでのたうち回る」

「腹の中にできものができる、という病は聞いたことがあるが」

「死に到《いた》るが、それまで痛みがひどい。阿芙蓉《あふよう》などを使うと、いくらか痛みは鎮《しず》まるが」

「おまえが海草から作ったのは、阿芙蓉のようなものなのか?」

「違う。違うと思っている。ただ、津田の脳はこわれた。阿芙蓉でも、そうなることがある」

「人はの、多三郎。ただ生きて、死ねばよい。余計なことをしなくても、寿命が尽きれば死ぬる。逆らわぬことじゃ」

「それでは、寿命があれば、なにをやっても死なんのか、八郎太殿?」

「死なん。森之助を見い。あれほどの傷でも、生きておるではないか」

「それにしては、試しをこわがっていたな」

「こわがっていたのではない。眠っている間に、おまえごときに躰《からだ》をいじられるのが、いやだっただけのことよ」

八郎太が、声をあげて笑った。

数馬が、いきなり椀と箸《はし》を放り出し、叫び声をあげた。着物を引きちぎろうとしている。森之助は数馬の背後に回り、手刀で首の後ろを打った。数馬は膝《ひざ》をつき、うつぶせに倒れた。

四郎と格之進が、じっと数馬を見つめていた。兄は、なにもなかったように、黙々と箸を遣っている。

「心配するな。すぐに眼を醒《さま》す」

小平太の声だった。

谷から吹きあげてくる風が、その声も遠くに吹き飛ばした。

3

来る、と景一郎は思った。

夜が明けている。焚火は熾《おき》だけになり、そのそばで八郎太が寝ていた。しばらくして、須摩と野村も起きあがるのが見えた。景一郎は、じっと相手の気を測った。一度で決める。そのつもりで来ていた。ならば、一度で決めさせないことだ。

森之助が、立ちあがるのが見えた。

森之助は、一度、景一郎の方を見、それから刀を差した。

「みんな起きてくれ」

森之助が言った。

はじめに、数馬が跳ね起きた。柳生桔梗組の姿は、まだ見えない。景一郎は、前に出ていった。森までは、平坦《へいたん》な場が続く。ところどころに、草があるだけだ。須摩と野村も、前に出た。足場のいいところを求めている。それがよくわかった。森之助も、出てきたようだ。

七人の姿が、森から出てきた。

ひとかたまりになっているわけではないが、それでもひとりの人間のようにひとつだった。どこにも、隙《すき》はない。この七人をひとりで相手にすれば、二人倒したところで自分も倒される。景一郎は、そう思った。連携というのではなかった。たとえるなら、やはりひとりの人間なのだった。こちらは、ばらばらの四人だ。さらにその後ろに、もう五人いる。

七人が、一斉に走りはじめた。四人が、景一郎の方へむかってくる。景一郎は、来国行を抜き放った。

めまぐるしいほどの動きだった。それでいて乱れを見せず、無駄に動いてもいなかった。刃《やいば》が、何度も肌をかすめた。

走りたい。思ったが、それはできなかった。四人がこちらへむかってきているのも、意図したものではないだろう。

景一郎は、刀を低く構えていた。まだ一度も、来国行を振ってはいない。そしてすでに、二カ所ほど浅く斬られている。

最初の攻撃を、なんとか凌《しの》いだ。

四人の動きが、ぴたりと止まった。景一郎は、一度だけ肩を上下させ、大きく息をついた。来国行は、下段に構えたままだ。

なにかが動いた。動くと思った。しかし、固着は続いた。景一郎は、自分の躰が跳躍するのを感じた。

降り立った。来国行は、確かに相手のどこかを斬ったが、倒すまでには到らなかったようだ。不意に、乱戦になった。全体が、小屋の方へ寄った。跳躍。そう躰が動きかかり、景一郎は足の裏で地を摑んだ。

ひとりを、頭蓋《ずがい》から両断した。二人目は、いなかった。小平太の叫び。須摩か野村の気合。そして森之助の跳躍。

それがほとんど同時だった。

もう一度、景一郎は跳躍した。刀ごと、ひとりの腕を斬り飛ばした。手から血を噴き出したまま、相手は駈け去った。

二人、倒していた。

こちらは、須摩が倒れている。

森之助が、その場で片膝《かたひざ》をつき、襟に仕込んだ針を出すのが見えた。傷を縫っている。

四郎が二つになっていた。八郎太も倒れている。

須摩のそばにしゃがみこんだ野村が、立ちあがりこちらへ歩いてきた。

「須摩は、相討ちだった。私は、ひとりも倒せなかった」

野村が言った。景一郎は、ひとりを両断し、二人を斬った。そのうちのひとりは、刀を握ったままの手を残していた。もうひとりのどこを斬ったのかは、わからない。

「私も、斬られただけです。傷さえ負わせることができませんでした」

森之助がそばへ来て言った。傷は脇腹《わきばら》で、はらわたにまでは達していない。

まだ生きている八郎太を、小平太と数馬が小屋へ運んだ。突き傷で、下腹に血のしみが拡《ひろ》がっている。

「これは、はらわたが裂けているぞ、八郎太殿。このままでは、苦しんだ末に死ぬな」

「なんとかせい、多三郎」

「外の傷口を、少し拡げる。そして、破れたはらわたを縫い合わせる。私の薬を、飲んで貰《もら》わなければならん」

「わかっている。血を失う前に、さっさとやれ。薬の試しをやるために、わしは斬られてやったのだ」

多三郎が、二粒、薬を八郎太の口の中に入れた。しばらくすると、八郎太はうとうとしはじめた。

「四郎を、埋めてやれ。それから、須摩も」

ぼんやりと立っている格之進に、景一郎は言った。

「私のことを、斬《き》ろうともしませんでした。私の脇を風のように駆け抜け、八郎太殿を突くと、そのまま駆け去ったのです。私を斬ろうと思えば、斬れたはずなのに」

気に反応した。そういうことだろう。格之進は、気さえ発することができず、ただ立っていた。

「早くしろ、格之進」

もう一度言うと、格之進は駆け出した。

「森之助とお鉄さんに手伝って貰う」

小屋から顔だけ出し、多三郎が言った。八郎太は、もう深く眠りはじめたようだ。

二人倒し、ひとりの手を斬り落とした。もうひとりも斬っているが、多分浅い。もう片方の手があるのだ。

手首から先を失った男も、血さえ止められたら、闘うことはできるだろう。もう片方の手があるのだ。

まだ五人残っている。そう考えた方がよさそうだ。

一カ所、血が止まらない場所があった。ほかの傷より、いくらか深い。右の二の腕のところだ。景一郎は、自分で手早く縫った。晒《さらし》もきつく巻きつけ、数馬に縛らせた。

「私の刀は届かなかったのに、相手は私の脇腹を斬りました。神地兵吾と闘った時が、同じようでした。しかし、神地の刀は私より長かったのに、相手の刀はむしろ短かったのです」

森之助が、そばに腰を降ろし、呟《つぶや》くように言った。

「おまえは同時と感じたのだろうが、相手はおまえの太刀先を見切ったあとで、斬撃《ざんげき》を浴びせたのだ。毛ひと筋ほど、相手の打ちこみは遅かったのだと思う」

「遅かった。確かに、そうです。いま思い返すと、わずかですが遅かった」

「考えるな。思い返す必要もない」

「なぜです？」

「おまえの躰は、それを知った」

森之助も、見切っている。ただ、皮一枚では見切れなかった。それだけのことだ。

野村が、森の方を見て座りこんでいる。呟くように、口を動かした。

「また来るだろうか、すぐに？」

「いますぐということはないが、それほど時を置かず、来るな」

「柳生桔梗組は、やはり恐るべきものがある。七人が、一体であった」

次に来る時は、五人が一体だろう。

ここで待ち、同じように闘うしかなかった。屍体《したい》に土をかける格之進を、数馬が手伝っていた。小平太は崖《がけ》の縁に座りこみ、ぼんやりしている。

お鉄が小屋から出てきて、血まみれになった手を、引き水で洗った。

多三郎と森之助が一緒に出てきたのは、かなり経《た》ってからだった。

「八郎太殿は、眠っている。明日の朝までは、眼を醒さんと思う」

多三郎は、指さきの血を気にするでもなかった。

「森之助の脇腹の傷は、縫い直した。ひきつれていたのでな。血の管を一本縛ったので、もう出血もしない」

森之助は、引き水でしつこいほど指さきを洗っていた。大きな溜息《ためいき》をつき、多三郎がそばに腰を降ろした。

「森之助は、斬られすぎだぞ、景一郎さん。次あたりは、死ぬなあ」

同じ深さの傷を受ければだ。森之助の躰は、見切りを覚えつつある。以前なら、あこの傷で死んでいたはずだ。

「八郎太殿は、どうなのです?」

「なんとも言えんな」

「傷そのものは癒《い》えても、はらわたが腐ることがありますからね」

「そこまでは、私にはどうにもできん。はらわたを酒で洗って、死なせないで済んだことがあったが、人ではなく犬だ」

「まあ、命ということでは同じですが」

「それにしても」

多三郎が、木の枝を拾って、二つ三つと折りはじめた。谷からの風が熄《や》んでいるので、枝の折れる音が奇妙に鮮やかに聞えた。

「景一郎さんが戻ってきた段階で、すべて終ったようなものだ、と私は思った。景一郎さんでも斬れない敵が、いるものなのだな。ひとりが相手なら別なのだろうが」

ようやく、森之助が手を洗うのをやめた。

多三郎は、指さきを擦《こす》り合わせている。それで、少しずつ血は落ちるようだ。黒っぽい粒になったものが、膝に落ちている。

森之助は、一度眼を合わせただけで、離れたところに腰を降ろした。

お鉄が、昼食の仕度をはじめた。

多三郎が、じっとそれに眼をやっている。

「私の、薬作りのようなものかな、お鉄さんのめしの仕度は。やらなければならないことが、ひとつだけでもあると思うと、自分を失わずにいられる」

景一郎は、枝を放りこまれた焚火《たきび》が、新しい炎をあげるのを見ていた。

「あの男は、強いのかい、景一郎さん？」

多三郎が、座った野村の背の方を顎《あご》でしゃくって言った。

「強い、と思います」

「すると、まともに闘える男が、三人はいるということだな」

「多三郎さんが、そんなことを考えるのですか？」

「これでも、実は怯《おび》えているのだよ。薬だけ作っているように見えるだろうが、そこは私の臆病《おくびょう》さの逃げ場でね」

「そう思っているのなら、怯えていないし、臆病でもありませんね」

「自分で思っている自分を、私は信じるよ」

多三郎が腰をあげ、野村のそばに行ってなにか喋《しゃべ》りはじめた。野村は、うつむいたままそれを聞いている。格之進が、薪《まき》になる小枝を集めていた。もともと集めて小屋の脇に積んであったものが、風でいくらか散らばっているのだ。小平太と数馬はしゃがみこんで、それぞれ刀の手入れをしている。

森之助は、崖の縁に座っていた。躰の何カ所かには、まだ縫った糸がついたままだろう。

景一郎は、空を見あげた。ぼんやりとした青空だった。

死はなかった。いつからか、そうなった。自分が、ただ消えるだけ。負けとは、そういうことだ。しかし、勝つことも、負けることも考えなくなった。勝敗は夢幻。剣を執れば、ただ相手を斬る。斬らなければ、消える。

祖父将監《しょうげん》は、死の間際《まぎわ》まで、その剣の力を失わなかった。斬られて死んだのではない。喀《は》いた血で絶息し、死んだのだ。祖父は、どういう境地の中にいたのだろうか。

昼食を告げる、お鉄の声がした。

みんなが、火のまわりに集まってきた。

鍋《なべ》がかけられていて、雑炊がいい匂《にお》いをたてている。お鉄の手から、ひとりひとりが椀《わん》を受け取った。

「死んだ」

多三郎が、小屋を覗《のぞ》き、言った。

「親父《おやじ》が？」

小平太が腰をあげる。

「私にしてやれることは、なにもなかった。だから、小屋の外に出ていた。命に縁があれば助かるし、縁がなければ死ぬ。八郎太殿は、すでにそういう状態だったのだ」

「死んだのか、ほんとうに」

「田島《たじま》八郎太は、ひとりで静かに死んでいった」

小平太が、ふらふらと小屋にむかって歩き、中に姿を消した。

景一郎は、雑炊を啜《すす》っていた。森之助は景一郎を見、数馬と格之進はただうつむいている。お鉄が、二度鍋の中をかき回し、椀に注ぐと、遠くで座ったままの野村のところに持っていった。野村は、ちょっと頭を下げる仕草をし、黙って受け取った。

昼食を終えても、小平太は小屋から出てこなかった。

「私の薬は駄目かもしれん、景一郎さん」

「それは、わからないでしょう。はらわたをあれだけ突かれ、失血も多かった。どんな薬があろうと、八郎太殿は死んでいた、と私は思います」

「私には、そう思い切ることができない」

多三郎は、小屋のそばに腰を降ろした。

小平太が小屋から出てきたのは、一刻《いっとき》も経ってからだった。

誰にも話しかけず、ただ森の方を見つめていた。

「来たな」

言ったのは、野村だった。数馬と格之進が、弾《はじ》かれたように立ちあがった。

五人。ひとりは、右手に脇差を握っていた。五人が駈《か》けはじめる。抜刀しただけで、景一郎は前へ出なかった。

一番前にいたのが、小平太だった。二度、宙に舞った。三度目に舞った時、刀を抜いていた。景一郎も、二人とむかい合った。小平太の躰《からだ》がまた舞いあがり、鞠《まり》のように丸くなった躰が、不意にのびた。相討ちで、相手を斬った。そこまで、景一郎には見えていた。二人が同時に打ちこんでくる。退《さ》がってかわすところまで、二人が計算しているのはよくわかった。

景一郎の躰は、前へ出ていた。それが、最も安全だと躰が感じたようだ。皮一枚を斬られながら、二人の間を駈け抜けた。次の瞬間、景一郎は後方にむかって大きく跳躍した。位置が入れ替った二人の、頭上を飛んでいた。降り立つ。一歩踏み出す。もう一度跳躍しようとする躰を、景一郎は押さえた。相討ち。ただ、見切った。皮一枚。来国行は、ひとりを頭蓋《ずがい》から両断していた。

もうひとりが、数歩退がった。構えを取り直している。すぐに打ちこむ隙《すき》は見えなかった。

横に走った。

森之助が、追われるように退がってくる。視界の端で、景一郎はそれを捉《とら》えていた。斬られる。避けられはしない。そう感じたが、それを助けるための動きはできない。

森之助が、両断された。そう思った。しかし両断されたのは、飛び出したお鉄だった。肩から背中の中心あたりまで、鮮やかに斬り降ろされた。

構えを立て直す一瞬の間が、森之助にはあった。景一郎が視界で捉えたのは、そこまでだった。相手の斬撃が来る。それをかわした。

景一郎の斬撃も、薄く肉を斬っただけだろう。

再び、対峙《たいじ》した。

4

なにがあったのだ。

自分ではなく、お鉄の躰が両断されていた。その間に、森之助は崩されかけていた構えを、本能的に立て直していた。

お鉄が、斬られた。なぜかわからないが、斬られた。自分が斬られる、と感じていた。せめて相討ち。とっさにそう思いながら、その隙さえも見えなかった。それほど、相手の攻めは厳しかった。しかし自分は斬られず、お鉄が斬られた。

なにがあったのだ。それもわからぬまま、森之助の全身を、憤怒《ふんぬ》が駈け回りはじめた。躰が、膨れあがっていくような感覚だった。剣が、怒りでふるえている。躰が、前へ出た。相手が退がる。さらに、前へ出た。

跳んだ。躰が、自然に跳んでいた。一文字則房《いちもんじのりふさ》は、ただ宙を斬った。相手の剣先も、森之助の頰を薄く斬っただけだ。

むかい合った。その瞬間、狂ったような憤怒は、躰の内にむかい、凝集され、熱い塊になった。相手を見据える。岩としか見えないと思った相手が、動く。手が動く。足が、首が、そして目蓋《まぶた》が。命。ぶつかり合う。立合とは、それではないのか。

ずい、と森之助は一歩踏み出した。跳躍しようとする自分は、抑えている。相手は動かない。動かないのは、位置だけだ。さらにもう一歩。踏みこめば、剣先が届く間合になった。心気は、もとよりひとつだった。相手以外、森之助にはなにも見えなくなった。

気が押してくる。相手の気が充溢《じゅういつ》してくるにしたがって、森之助の内部の熱い怒りの塊は、さらに凝集され、小さくかたまった。

踏み出した。跳びはしなかった。相手の太刀筋が、はっきりと見えた。自分にも、緩慢に斬りつけた、という感覚しかなかった。剣先が交差し、皮一枚でかわした。一文字則房は、意思を持ったもののように、すっとのびた。かなり深く、相手を斬った。

擦れ違った瞬間、森之助は跳躍していた。宙で躰を回し、むき直ろうとしていた相手を頭蓋から両断した。その動きも、森之助にはすべて緩慢に感じられた。

血が、ゆっくりと森之助の全身に降りかかってきた。

お鉄が斬られた。しばらくして、森之助はそれを思い出した。ふり返る。自分を守って、死んでいったのか。

再び、憤怒が森之助の全身を駈け回りはじめた。しかし、敵はもういなかった。

倒れている敵は、三人だった。まだ二人残っているはずで、それは一旦《いったん》退いたのだろう。こちら側で立っているのは、森之助のほかには、兄だけだった。

「兄上」

「三人とも、生きている」

「お鉄が」

それについて、兄は答えようとしなかった。

森之助はゆっくりと、お鉄に近づいた。背後から、袈裟《けさ》に斬られていた。自分が斬られそうになった時、お鉄が飛びこんできたとしか、森之助には思えなかった。

どうしようもなかった。お鉄はすでに、お鉄ではない別のものだった。

「やっぱり、立っているのは景一郎さんと森之助の、二人だけだったか」

多三郎が、お鉄の死骸《しがい》を覗きこんで言った。斬り合いの間、小屋の中にいたようだ。

「おう、格之進は生きているな」

言って、多三郎が歩きはじめた。ふり返ると、格之進が這《は》っているのが見えた。

「私がひとり、おまえがひとり、倒した。野村が、相討ちでもうひとり倒した。これが、手首を失った相手だった。小平太は、相討ちでひと太刀浴びせたが、二の太刀で斬られたようだ。しかし、深くはなかった。そこに数馬が斬りこみ、相手を乱したからだろう」

「それで、数馬は？」

「斬られている。しかし、止《とど》めを刺さず、相手は退《ひ》いた。血を失うのを怖《おそ》れたからであろう、と思う」

「兄上は、そのすべてを見ておられたのですか?」

「私に見えたのは、小平太が躰を丸くして宙を舞うのと、おまえが攻めあげられ、斬られそうになった時、お鉄さんが飛びこんだところだけだ。おまえが跳躍した時、二人はすでに退きはじめていた」

「そうですか」

森之助は、格之進のそばに行った。格之進はまだ這っていて、倒れている数馬の方にむかっていた。

数馬は、脇腹《わきばら》を断たれていた。そこから、はらわたがはみ出しているのも見えた。

「森之助」

横たわったままの数馬が、かすかに顔を動かして言った。

「不甲斐《ふがい》ないな、私は」

「喋るな」

「いや、喋りたい。もう、死ぬのだろう?」

「死なん。それほどの傷ではない」

「私には、自分で受けた傷が、どれほどのものであるか、わからない」

数馬の息遣いは、激しかった。

「しかし、死ぬのだろうということは、なんとなくわかる」

「それほどの傷ではない、と言っているではないか、数馬」

「わかるんだよ、なぜか。不思議だな」

森之助は、多三郎の方を見た。多三郎は、倒れた小平太のそばにしゃがみこんでいた。

「敵は、倒したのか？」

「まだ、二人残っているそうだ」

「景一郎殿は？」

「ひとりを倒し、大きな傷は受けていない」

「景一郎殿とおまえか。やはりな。しかし、勝てるな、もう」

「喋るなよ」

「森之助、私はずっと死ぬのがこわい、と思っていた」

格之進が這ってきた。数馬のそばで、ようやく上体だけ起こす。失禁したらしく、袴《はかま》が濡《ぬ》れていた。

「数馬殿」

「生きていたのか」

「私は、斬《き》りこめませんでした。数馬殿に続いて、斬りこもうとしたのに、どうしても足が動きませんでした」

「いいのだ。私も、これまで、そうだった」

「情ない男です」

「いつか、斬りこめる。それまでに、腕を、磨け」

「数馬殿」

格之進が、泣声をあげはじめる。

多三郎が、数馬のそばにやってきた。指さきは小平太の傷の手当てで汚れ、血まみれだった。多三郎はそれを、無造作に晒《さらし》で拭《ぬぐ》っている。

「だいぶ斬られたな、数馬」

傷を覗きこみ、多三郎が言った。

「これは動かせん。ここで縫わなければならん」

多三郎が、数馬の口に薬の粒を押しこもうとした。数馬は、口を開こうとしない。

「はらわたを縫う。眠らないと、苦しむぞ」

「いいのです、多三郎殿。私は、眠ったまま死にたくありません。だから、縫わないでください」

「苦しむ」

もう一度、多三郎は傷を覗きこみ、呟《つぶや》いた。

「死にますね？」

「もう、それほど時もない」

「苦しいのですよ、すでに」

数馬の息遣いが、速く、浅くなった。

「死ぬというのがどういうことか、はっきりと感じて死んでいきたいのです」

「わかった」

それきり、多三郎は傷に眼をやろうとはしなかった。

「森之助、不思議だ。こわくはない。自分が、伊波《いは》数馬だ、ということも、わかる」

森之助も、もう喋《しゃべ》るなとは言わなかった。数馬が、かすかに微笑《ほほえ》んだ。

「こんなことを、私は、こわがっていたのか、こんなことを」

森之助は、穏やかに見える数馬の顔から、眼をそむけた。死の色が濃くなっている。

「むしろ、愉《たの》しい」

数馬の息遣いは、さらに速いものになった。

「自分が、消えてしまう。こんな自分、消えてしまった方がいい。だから、愉しい」

格之進が叫び声をあげた。

「来たぞ。そこに来ている」

森之助は、数馬の顔に視線を戻した。数馬は、まだ笑っていた。ただ、眼は懸命になにかを見ようとしているように、瞬《またたき》すらせず見開かれていた。

「おう」

低く、呟くように、数馬が言った。誰かに会ったような口調だ、と森之助は思った。数馬の顔から、生きている色が失《う》せていった。閉じていた口が開き、それきりになった。

多三郎の指さきが、数馬の目蓋を降ろした。

「小平太は、死なん。肘《ひじ》から下の腕を失うことになるが。あとは、胸の肉を斬られただけで、それはもう塞《ふさ》いだ」

多三郎が言った。格之進が、嗚咽《おえつ》している。森之助は、ちょっと空に眼をやった。兄が、お鉄を埋めようとしていた。放っておけば、すぐに烏《からす》が集まってくる。森之助は、数馬の屍体《したい》を抱きあげ、お鉄のそばに運んだ。敵の屍体も、埋めるしかない。

兄が、素速く板を遣って穴を掘った。二つとも、小さな穴だった。

お鉄の躰に土をかけた時、森之助は不意に経験したことのない感情に襲われた。それをどう扱っていいかわからず、森之助は手の動きを速めた。

「森之助に惚《ほ》れていたのだな、お鉄さんは」

穴を覗《のぞ》きこみ、多三郎が言った。

惚れるという感情がなんなのか、森之助にはよくわからなかった。いま自分を包みこんでいる感情がそうだというなら、身の置きどころがないような思いを、そう言うのか。

お鉄の躰が、土に隠れて見えなくなった。

「森之助」

兄がそばに立っていた。

「盛り土は邪魔になる。平らにならしておけ」

そうすれば、すぐにお鉄をどこに埋めたかわからなくなる、と森之助は思った。しかし、兄になにか言うことはできなかった。いまの気持のありようを、すべて見透されているような気がする。

夕刻になっても、食事の仕度をする者はいなかった。格之進と兄が、焚火《たきび》に大きな肉をかけた。炙《あぶ》って、焼けたところから食っていくつもりらしい。兄と二人きりの旅で、仕留めた兎《うさぎ》や猪《いのしし》を、よくそんなふうにして食った。ふりかけるのは、わずかな塩だけだ。

左肘の下を切り落とした小平太は、座りこんでじっとしている。森之助は、薪《まき》をひと抱え集めた。

「おい、あれ」

顔をあげ、小平太が言う。

森から、二人が出てくるところだった。斬りこんでくる気はないらしい。出てきたところで立ち止まり、合図を送るようにちょっと手をあげた。

兄は、気づいているはずなのに、肉を焼き続けていた。

「私が、行ってみる」

森之助はそう言い、二人にむかって歩いていった。

二人とも、血にまみれた着物を着ていた。眼が剝《む》き出して、大きく見える。間合から離れたところで、森之助は足を止めた。

「なにか？」

「申し入れたいことがあって、出てきた」

ひとりが言った。森之助と、それほど躰の大きさの変らない男だった。全身に、気力を湛《たた》えている。もうひとりは、見あげるほど大きな男だった。右腕に晒を巻いている。

「われらは、この二人しか生き残っておらん」

いまさら斬り合いをやめようというのか、と森之助は思った。お鉄を斬った男は、頭《ず》蓋《がい》から両断した。しかしこの二人は、一体だ。躰《からだ》の一部のようなものだ。

「剣に生きる身としては、乱戦より、一対一の立合を望みたいのだ。ここまできた以上、なにに煩《わずら》わされることもなく、立合というかたちで自分の剣にすべてを賭《か》ける。そういう望みは、そちらで持つことも無理ではなかろう」

「こちらは、四人生きている」

多三郎は、勘定に入れることはできない。

「わかっているが、二人だけだとこちらでは見ている。われらのうちのどちらかが生き残れば、当然、残った二人と、薬草師も斬る」

「そういう立合ならば」

「承知か?」

兄の顔が、一瞬浮かんだ。戻って、考えを聞くべきかもしれない。しかし兄は、この二人が出てきても、眼もくれようとしなかった。

森之助は、小さく頷《うなず》いた。

「承知だな。刻限は、明日、夜明け。場所はこの地で」

もう一度、森之助は頷いた。

「日向《ひなた》流、日向景一郎、森之助兄弟と、尋常に立合える。倒れても悔いはない。日向将監《しょうげん》を知る者が柳生にもいるが、この世から消すべき、殺人剣と聞いていた。闘ってみて、それがよくわかった」

「柳生流も、同じです」

「闇《やみ》の柳生流は。そして一代や二代でなく、連綿と続き、継承され、技の工夫が積み重ねられてきた」

「日向流は、敗れません」

「柳生流もな」

「明日、夜明けに」

森之助は、小屋の前まで戻り、兄に話し合ったことを報告した。兄は、黙って串《くし》に通した肉を回し続けた。

「私が、独断で決めてきたことです。私が立合います、兄上」

それでも、兄はなにも言おうとしなかった。

五人で肉を囲み、表面を庖丁《ほうちょう》で剝《は》ぎ取っては、口に運んだ。小平太の肉は、格之進が取ってやっている。

森之助は、そのまま眠った。

明朝の立合のことは、なにも考えなかった。

眼醒《めざ》めた時、周囲はまだ明るくなっていなかった。一文字則房が、なにか言っている。そんな気がした。これまでも、囁《ささや》きかけてくると感じたことが、何度かある。

森之助は一文字則房を左手に持ち、しばらく小屋のまわりを歩いた。気は発していないが、兄は当然気づいているだろう。

格之進と小平太は、寄り添うようにして眠っている。斬られた傷が痛み、小平太は多三郎から半粒ほどの薬を貰《もら》ったはずだ。小平太の浅い息と、格之進の深い寝息が交錯していた。

周囲が、明るくなってきた。

約束の刻限だった。

出てきたのは、躰の大きな方の男だった。森之助に眼を据え、歩み寄ってくる。

抜刀は、同時だった。

森之助の頭から、すべてのものが消えた。

5

対峙《たいじ》は続いていた。

両方とも、微動だにしない。二人はなにかを激しくぶつかり合わせているが、それは動きとしてまったく見えてはこなかった。

景一郎は、焚火に薪を足し、熾火《おきび》の中から炎を燃えあがらせた。

「いいのか、景一郎さん？」

多三郎がそばに来て言った。格之進も、ようやく眼醒めたようだ。

「これ以上は、浅い傷でも森之助は死ぬぞ」

「思い出します」

「なにを？」

「祖父の、日向将監を。あそこで立合っているのは、祖父にしか見えません」

「私は、名を聞いただけだが、景一郎さんの剣は、すべてその将監殿から受け継いだのだろう?」

なにかを、教えられたわけではなかった。ともに、旅を続けた。その時、景一郎は成長しきっていなかった。路銀は道場破りで得ていたが、景一郎が竹刀《しない》で負けることはなかった。しかし、真剣を執ったのは、祖父が死ぬほんのわずか前だった。

景一郎の父を、つまり祖父の息子を、捜し出して斬《き》る。旅の目的はそれだった。祖父が、ほんとうの父なのかもしれない。それは母が死んだ時から、景一郎が常に感じ続けてきたことだった。

森之助は、多分、父の子だろう。父を斬った時に生まれてきた赤子に、景一郎は父と同じ名を与えて育ててきた。

森之助とは、兄弟なのか。

それすらも、はっきりとわからなかった。どういうふうにわからないかということについて、景一郎は森之助に語ったことはない。森之助は、景一郎を兄だと思って育ってきた。同時に、二十歳に達した時に立合うべき相手だということも、鉄馬《てつま》に聞かされ続けてきている。

森之助は、なぜ兄と立合わなければならないのかわからないまま、いつかそう決心した、と景一郎は思っていた。幼いころから、斬り合いに接することは多かった。それは、景一郎の比ではない。人を斬ったのも、まだ幼いころだ。積んだ稽古《けいこ》も、尋常なものではなかった。

「あれが、日向将監なのか。だとすると、どうだというのだ？」

「剣では、死ねませんね」

「ほう、死んでもおかしくない傷を受けた、と私は思っているが」

「いまの、森之助がです」

「ということは、いまとは違う森之助もいたのだね？」

「きょうの森之助は、きのうとは違っていました。不思議なことではありません。立合を重ねるたびに、成長していきます。そういうものなのですよ。神地兵吾と立合った時とは、別人と考えてください」

多三郎が、大きな息をついた。

二人の対峙は、まだ続いている。すでに、半刻《はんとき》は経《た》っただろうか。

「勝敗については、楽観しているように見えるよ、景一郎さん」

「勝敗を、私は考えたことがありません」

「斬られれば、死ぬよ」

「死にませんね」

「先のことが見えるのかね、景一郎さん？」

「いえ」

「私は、この立合は景一郎さんにやってもらいたかった。景一郎さんなら、二人同時に斬りかかってきたとしても、負けることなどあるまいし」

森之助も、負けない。それは、景一郎にはよくわかった。先のことが見えているわけではない。ただわかる。

対峙する二人の間で、あるかなきかの気の動きが起きた。その瞬間から、優劣ははっきり見えるものになった。

森之助が、押している。押していて、自分の方が強いことを、森之助はまだ気づいていない。

天稟《てんぴん》はある。しかし臆病《おくびよう》さが足りない。幼いころから、血飛沫《ちしぶき》を浴びすぎてしまったからだろうか。胆《きも》が据り過ぎていることが、何度も斬られる原因になった。

斬られることがなにか、躰の方が先にわかりはじめている。少しずつ、深く斬られないための見切りを、躰がするようになっていた。心より躰が、死ぬことを恐れはじめたのだ。

二人の気配が、大きく動いた。相手が跳躍に備えようとし、森之助は跳躍しようとする自分を抑えた。

再び、固着した。

すでに、一刻。陽は、かなり高くなってきた。どこかで、鳥の囀《さえずり》が聞える。二人の頭上を飛んだ鳥が、気に打たれて、一度地に落ち、それから怯《おび》えたように飛び去った。

「いま？」

「鳥が落ちたのです」

「そんなものなのか？」

「そうですよ。時には、落ちた鳥が死んでいることもあります」

「私などが、つべこべ言うことではないのだな」

「いえ、多三郎さんが奇異に思われることの方が、まともなのです」

「景一郎殿、助けてください」

不意に、格之進が掠《かす》れた声で言った。

「森之助殿が、斬られてしまいます」

「立合っているのは、おまえか、格之進？」

「助けてください」

景一郎は、格之進に眼をむけ、見据えた。格之進の全身がふるえ、腰を落とした。

「よく見ていろ、格之進」

二人の間が、また熱で溶けたようにやわらかくなった。

次の瞬間、位置が入れ替った。

相手が膝《ひざ》をついた。

森之助の太刀が一瞬遅れ、相手の剣先を皮一枚でかわしてから、胴を薙《な》いだのを、景一郎ははっきりと見てとっていた。

皮一枚の見切りを、身につけたということだ。

相手が、膝を立てようとした。森之助が、跳躍した。そう見えたのは、錯覚である。相手も、頭上に備えた。森之助の蹠《あしうら》が、しっかりと地面を摑《つか》んでいるのを、景一郎は感じていた。光が、横に走った。

相手の首筋から、血が噴き出した。

それは朝の光の中で、別のもののように鮮やかな色に見えた。

「やった」

多三郎の声だった。格之進は、座りこんだまま放心している。

「あとひとりを景一郎さんが斬れば、それですべてが終る」

「どうですかね、多三郎さん」

「ほかに、まだ敵が?」

「いえ。しかし森之助は、戻ってくるつもりはないようですよ」

「なぜだ。これ以上の立合を続けるのは、もう無理だ」

「はじめから、斬り合いなど無理なのです。それをやり、しかも負けなかった」

「もうひとりも、倒せるのかね？」

「さあ。いま倒した男より、最後の男は一段上ですからね」

「そんな」

「間違いなく」

最後のひとりが、出てくるのが見えた。

森之助は、一度刀を鞘《さや》に収めていた。

二人が、むかい合う。すぐには、抜刀しなかった。

6

森之助は、かすかに視界が揺れるのを感じていた。それも、もうひとりが出てきた時は消えた。

「おまえが続けるのか？」

男が言った。森之助と、視線の高さは変らなかった。

「日向景一郎はどうしたのだ」

「私が」

「そうか。死ぬまで闘い続けるのが、日向流というものか」

相手の声は遠い。死ぬまで闘い続ける。その言葉だけが、はっきりと森之助の耳に届いた。

死ぬまで闘い続けるのが、日向流。わかるような気がした。自分が日向森之助だから、兄は出てこない。

男は、もうなにも言わない。

同時に、抜刀した。

その瞬間、森之助は全身に血が巡るのを感じた。滞っていたものが、血だけでなく意識さえもが、滑らかに流れはじめる。

相正眼《あいせいがん》だった。

相手はまだ、気を内に秘めている。しかし、大きな方の男より、ずっと強かった。それを受けとめているだけで、森之助はそれ以上なにも感じなかった。

夜明けから、ずっと立合が続いている。それは変らない。相手は二人だったのか、三人だったのか。それとも、眼の前の相手とずっとむかい合っていたのか。

考えることは、なにもなかった。自分が、日向森之助だということが、たったひとつ確かなこととしてわかるだけだ。

立っている。

一文字則房は、拍動している。躰と同じだ。いや、躰そのものだ。

息をしているのだろうか。ふと思った。ほんとうは、ずっと前に斬られているのではないのか。死んだまま、心だけが宙を漂い、立合を続けているのではないのか。

とすると、死はなに事でもない。

生きている自分にとって、死などはなかったも同じだ。

一文字則房も、死んでいるのか。問いかける。生きている。そう答えてくる。

束《つか》の間《ま》だが、森之助は自分の息遣いをはっきり感じた。

相手の気配が、ちょっと動いた。

いや、動いたのは自分で、鏡のようにそれが相手に映ったのか。

森之助は、剣先を少し下げた。隙《すき》を作ることになるが、そういうつもりはなかった。

相手もそれを隙とは見ず、かすかに剣先をあげ、左肩を前に出した。

死ぬまで闘い続けるのが日向流、という言葉ももう消えていた。

なにかが、見えてくるはずだ。それは、活路のようなものではない。相手の隙でもない。多分、いままで見たことのないものだろう。森之助は、ただそれを待った。

どれほどの時が経ったのか。森之助は、心に雫《しずく》のようなものが落ちてくるのを感じた。それははじめ緩慢で、あるかなきかだった。次第にその感じが強くなり、速くなってくる。息遣いか鼓動のようだった。

しばらく、森之助はそれに耳を傾けていた。

立合っている。それは忘れていない。しかしそれを、他人がやっているように見ている自分もいる。

出てきた。森之助も、踏み出した。すべてが、流れだった。跳躍。躰《からだ》は舞いあがったはずだ。しかし、相手は眼の前にいた。相手の不審げな表情が、ゆっくりと顔に浮かびあがってきた。斬撃《ざんげき》。足首から上の全身を退《さ》げることで、皮一枚でかわした。蹠は地を摑んだままだ。森之助の斬撃が相手の刀を追うような恰好《かっこう》になった。一文字則房が生きている。

相手の額から、血の粒がふつふつと吹き出してきた。森之助は、残心の形のままだ。やがて血の粒が大きくなり、繋《つな》がり、それから相手の頭は割れた。

森之助は、鞘に刀を収め、小屋のところまで戻った。格之進が駈《か》け出してくる。それを無視し、森之助は兄の前に立った。

「兄上、立合を所望します」

「森之助殿」

格之進が叫び声をあげる。

「死ぬまで闘い続けるのが、日向流というものです」

兄は、じっと自分を見ている。格之進が、森之助に触れた。格之進の躰が宙に舞いあがり、地に落ちた。

「よかろう」

兄が言い、歩きはじめた。二人と立合った場所より、ずっと小屋寄りだった。むき合った。兄とは思わなかった。神地兵吾をはじめとして、立合った手練《てだ》れが何人もいる。そのすべてであり、その誰でもなかった。森之助が先に刀の鞘を払い、兄はゆっくりと受けるように抜刀した。

森之助は正眼に構えたが、兄は下段だった。

どういう気も、兄は発していない。跳躍すれば、たやすく両断できそうだ。しかし、踏みこんではならない、と一文字則房が囁《ささや》いている。兄は変幻だった。一歩踏みこんだ時は、もうその姿は変っている。

潮合《しおあい》を待つしかないのだ。立合っているかぎり、必ずいつかはそれが来る。

心に、なにかが滴《したた》ってきた。さっきと同じだった。兄の動きが、ひどくゆっくりしたものに見えた。斬《き》れる。そう思った。しかし、森之助の躰は、もっと緩慢にしか動かなかった。兄の躰が、消えた。ふり返ると、そこに立っていた。

森之助は、兄を斬った。いや、影を。何度斬ろうと、兄はそこにいなかった。一文字則房が喘《あえ》いでいる。躰が、動かなくなった。

来国行。ゆっくりと、自分に近づいてきた。これで頭蓋《ずがい》から両断される、と森之助は思った。頭に熱い感じがある。思った時、なにも見えなくなっていた。

7

小屋の中だった。

前にも、同じようなことがあったような気がした。

上体を起こした。簡単に起きあがることができた。森之助は、柄杓《ひしゃく》に手をのばし、水を飲んだ。

多三郎が、海草で作った薬を練っていた。

「何日も眠っていたのですか、多三郎さん？」

「なに、ほんのひと晩だ」

外は明るかった。朝の光のようだ。

「憶《おぼ》えてるのかね、森之助？」

「私は二人の男と立合い、それから兄とも立合ったような気がします。夢でなければ。しかし、兄には斬られたはずなのですが」

「斬られたよ」

「そうですか」

来国行の太刀筋は、眼に焼きついている。森之助は頭に手をやり、はじめて晒《さらし》を巻いていることに気づいた。額を割られたようだ。しかし、頭蓋を両断されてはいない。

「おまえから、勝負を挑んだのだよ、森之助。何度も斬りかかったが、駄目だったね」

「森之助殿は、疲れていたのです。その前に、二人も斬ったのですから」

格之進が、外に立っていた。多三郎から、なにか仕事を命じられたらしい。

格之進は、生き残った。それも、誰よりも傷を受けずにだ。生きるという思いは強いのに、死をあまりこわがってもいなかった。そこが、数馬とは違っていたのかもしれない。


生き残ったのは、小平太と格之進だけ。誰が生き残るか考えていたわけではないが、二人のことを考えると、不思議だとは思えなかった。当然生き残る者が、生き残っているという気がする。

「疲れていたが、それは関係なかったという気がするな、私は。景一郎さんは、それなりに本気で受けたのだろうが、どう見ても、森之助がひとりで踊っていた」

「それほど無様《ぶざま》でしたか、私は」

「お互いに真剣でむかい合っていたのだ。せめぎ合いが、どれほど切迫したものだったのか、私にはわからない」

「でも、無様に見えたのでしょう?」

「見えたよ」

「私には、そうは見えませんでした。森之助殿が疲れてさえいなければ、景一郎殿に斬られることはなかった、と思います。お二人がなぜ斬り合いをしなければならないのかが、私にはわかりませんでしたが」

「いいのだ、格之進」

森之助は、立ちあがった。

「傷を縫ったのは、景一郎さんだからな、森之助。見事なものだ。私には真似《まね》のできない手際《てぎわ》だね」

森之助はちょっと頷《うなず》き、外へ出た。

鍋《なべ》に雑炊がかかっている。まだ少し残っていた。森之助はそれを椀《わん》に盛り、少しずつ口に入れた。まだ熱かったのだ。

「おまえ、斬るつもりで景一郎さんと立合ったんだろう?」

小平太が来て、そばに腰を降ろした。

「無様に見えたと、多三郎さんに言われたばかりです」

「俺には、わからん。しかし、景一郎さんの最後の一撃は、おまえを両断したと思ったよ。額から血が噴き出してきた時は、兄が弟をほんとうに斬ったのだと思った」

来国行の太刀筋。存分に両断できる余裕があった。しかし、額を浅く斬られただけだ。見切って、かわしてなどいない。斬られると見切っただけだ。躰は動かなかった。

来国行が起こした風の感じは、いまも顔全体に残っている。

「親父《おやじ》が、死んだ」

「ほかの者もです、小平太殿」

「確かにな。自分ひとり生き残れりゃいい、と俺は思っていたよ。親父だって楯《たて》にして逃げてやるってな」

森之助は、不意にお鉄のことを思い出した。あの時、ほんとうなら自分は一度死んでいた。死ななかったのは、お鉄が身代りになったからなのか。それぐらいで、避けられる死だったのか。

お鉄がなぜあそこで死んだのか、考えても仕方がなかった。死んだ者に、理由を訊《き》くことはできない。生き残った自分の心の中には、どうしようもない穴がある。それは、お鉄に惚《ほ》れていたからだ、と思うしかなかった。

「親父がいねえと、俺はなにをしていいかもわからなくなった。片腕はないしな」

「八郎太殿が小平太殿を助けた時の姿は、よく憶えていますよ。屋根から、くるくると回転しながら降りてきて、小平太殿の後ろにすとんと乗った。あれは、見事でした」

「所詮《しょせん》、そんなもんよ。軽業《かるわざ》なんだ。ほんとうの斬り合いってことになると、大したことはできねえ。親父もそうだったが、俺もそうだ。数馬も任市も」

「軽業でも、すごかったと思います」

「だから、所詮軽業だって。俺はもう、それも遣えねえが」

片腕がなければ、やはり軽業は無理だろう、と森之助は思った。

雑炊が冷えてきたので、椀の中のものを全部、胃に流しこんだ。躰《からだ》が温かくなってくる。生きている躰は、こんなものだ。浅ましいようでもあり、いとおしいような気もする。

好きだと、お鉄には一度も言えなかった。人が死のうが、狂おうが、女を好きだという思いはある。それが、いまならばわかる。遅すぎたのだ。

「俺と格之進。この二人は、勝ったんだよな。生き残ったんだからな。だけど、勝ったという気はしねえ。こんなもの持っていても、なんの役にも立たないと思う」

懐《ふところ》から小平太が出したのは、八郎太が大事にしていた、あの書きつけだった。

「柳生が、朝廷の間諜《かんちょう》をやろうとしていた。いや、もういくらかはやっていた。それに、なんの意味がある。柳生は柳生で、ただ生き残りたかっただけなんだろう。そのためには、何人殺してもいいと思っていた。くだらねえな。俺たちの命は、はじめからなかったも同じだ。朝廷がなんだよ。幕府がなんだよ。田島家がなんだよ」

小平太が、涙をこぼしはじめた。

森之助は、空になった椀に雑炊を注いだ。

多三郎が、小屋から出てきて格之進を呼んだ。大きな壺《つぼ》を抱えて、格之進は出てきた。

壺の中身を別の器に入れ、それを多三郎が練りはじめる。

「格之進だって、多三郎にくっついてりゃ、いくらかは役に立つ。俺は、こんな躰で、死んだも同じだ」

「どうするのです、これから？」

「月潟村へ帰るしかねえ。あそこなら、俺は田島家の当主だ。あそこで、軽業をやる子供を育てることにする」

「やることはあるのですね、小平太殿。それで充分ではありませんか」

「柳生が俺を殺しに来たら、それこそこれをぶちまけてやる」

小平太は、出したものをもう一度懐に入れた。役に立てようという気は、口とは裏腹にありそうだった。

二杯目の椀を平らげた時、崖《がけ》から兄があがってくるのが見えた。

森之助は立ちあがった。兄は、籠《かご》に灰色の湿った土を入れていた。焼物に遣うための土だと、森之助にはすぐにわかった。乾かして、江戸まで運ぶつもりだろう。

「私は、なぜ兄上に斬られなかったのです？」

兄のそばに立ち、森之助は言った。

「見切りはしましたが、斬られるという見切りでした。兄上は、とっさに肘《ひじ》をたたまれたのですか？」

「だとしたら？」

「それほどの余裕があった、ということです。私は、打ちのめされます」

「なぜ？」

「命を、助けられたのでしょう。私から挑んだ勝負で、命を助けられた」

「確かに、私は肘をたたんだ」

「やはり、そうだったのですか」

「おまえとの結着は、避けるべきだと思ったからだ。命を救ったわけではない」

「どういう意味なのでしょう？」

「おまえは、成長しきっていない。躰も、腕もだ。成長しきったおまえと、私は立合いたいと思った。だから、額にその思いを刻みつけておいた」

「この傷が」

「触れるたびに、私に負けたことを思い出せ。まだ未熟だと、額に刻みつけられたのだと、嚙《か》みしめろ」

「わかりました」

「私の太刀筋が見えたのなら、おまえには見切りがようやくできるようになったのだろう。そうなるまでに、躰に刻みこまれた傷がどれほどあるか。それも思い出せ」

「いま、もう思い出しております。特に、額の傷は」

「くやしいと思っても、なにをすることもできん。それが、負けたということだ」

「兄上と、なぜ斬り合わなければならないのか。時々、それを考えましたが、もう考えないことにします。成長しきっていないと言われましたが、それなら私はもっと強くなれるはずです。その時に、兄上の額にまずその印を刻みこみます。それから、兄上を倒します。必ず、倒します」

「生きているかぎり、おまえにはそれができる。次に私と立合う時で、決まるな」

兄が、口もとだけで笑ったようだった。

「この旅で、私ができるようになったことが、ひとつだけあります。それは、兄上をこわがらないで済むということです。私は、兄上をこわがってばかりいましたが、これからは、もうこわがることはないと思います」

「あえて言うことでもないな、森之助」

森之助は、うつむき唇を嚙んだ。

「格之進、しっかりと壺には栓をするのだぞ。栓を打ちこんだら、蠟《ろう》で封をする。このままの状態で、江戸へ運ばなければならん」

多三郎が言っていた。

森之助は、格之進のそばにいって手伝いはじめた。いま自分にできるのは、この程度のことだろう。

「森之助殿、傷にさわります。休んでいてください。もう敵はいないのですから」

「いいのだ。おまえ、蠟の封などできないだろう。私がやるのを、見ていればいい」

「やり方は、多三郎殿に聞いたのですが」

「要領がある。それは私が教えてやる」

小さな壺が五つ。どろどろになった海草を、隙間《すきま》なく詰め、密封する。あれだけお鉄と採った海草も、多三郎の手でこんな程度のものになった。

「格之進、おまえは月潟村へ帰るのだろうな?」

小平太が、そばに来て言った。兄は、土をいじりはじめている。

「帰りません、小平太殿」

「なんだと。おまえ、田島家の当主の言うことが聞けないのか?」

「もうありません、田島家など。私は、多三郎殿に、弟子入りのお願いをしてみるつもりでいます」

多三郎は、弟子など取らない。それはわかっていたが、森之助は黙っていた。小平太が睨《にら》みつけても、格之進は怯《ひる》んでいない。

「森之助、あと二日もあれば、旅の仕度は整うぞ。江戸へ帰れる」

山の方を眺めていた多三郎が、視線を戻して言った。

「はい」

「お鉄さんは、江戸を見たがっていた。いまさら言っても、仕方がないが」

「そうですか」

森之助は、器の中に蠟を入れた。

これを熱し、透明になったところで、封をするのに遣う。

兄とのことも、しばらく封をしよう、と森之助は考えていた。

解説

池上冬樹（文芸評論家）

これは剣に命をかけた少年剣士の凄まじいまでのビルドゥングスロマンである。ビルドゥングスロマンとは、様々な体験を通して内面的に成長していく姿を描いた教養小説（成長小説）のことだが、日向景一郎《ひなたけいいちろう》シリーズにおいては、まったく様相を異にする。あまりにも人が多く斬られ、無残にも死んでいくからである。ほとんど戦場といっていいし（前作『絶影《ぜつえい》の剣』などはまさにそうだった）、戦争小説といってもいい。

本書『鬼哭《きこく》の剣』では、日向景一郎シリーズにおいて重要な主人公の一人である森之《もりの》助《すけ》の視点がはじめて導入される。シリーズは五年ごとの経過をたどり、第一作『風樹《ふうじゅ》の剣』（一九九三年）は景一郎十八歳、森之助は中盤に生まれたばかり、第二作『降魔《ごうま》の剣』（九七年）は二十五歳と五歳、第三作『絶影の剣』（二〇〇〇年）は三十歳と十歳、本書『鬼哭の剣』（〇三年）で景一郎は三十五歳、森之助は十五歳となる。四作目の本書では景一郎は完全に後景に退き、森之助が前景にたち、柳生《やぎゅう》一族との死闘を演じる。

シリーズ四作目であるけれど、物語は完全に独立しているので、本書からシリーズに入っても問題はない。『絶影の剣』でもふれたことだが、優れたシリーズはどこから読んでも面白い。面白くないとしたら、そのシリーズは凡庸《ぼんよう》であり、読む必要はないだろう。少なくとも北方謙三は、シリーズの展開を意識しながらも、一作一作独立して、十二分に迫力にみちた物語世界を築き上げている。そしてしばしばジャンルを越え、国境を越え、時代を越えて世界の文学のいまと通じることがある。少し回り道になるが、まずはそのへんから話をはじめたい。海外ミステリの話になるが、海外ミステリのファンにこそ、読んでほしいシリーズであり、読めばかならずや満足するのではないかと思うからだ。

海外ミステリではここ十年、少女が過酷な運命を辿る物語（少女ハードボイルド）が次々に書かれている。二十年前までは少年が主人公だったが、いまや少女が主流だ。たとえば、全米ベストセラーを記録したカレン・ディオンヌの『沼の王の娘』（ハーパーBOOKS）。娘が脱獄した父親を狩る話だ。娘は沼地の電気も水道もない小屋で育ち、サバイバル術を教えてくれた父親を崇拝したが、母親が拉致監禁された被害者であり、自分がその娘であることを知って脱出。そしていま終身刑の父親が看守を殺して脱獄し、沼地に逃げ込んだ。父を捕まえられる人間がいるとしたら、沼地で生まれ育ち、父から手ほどきを受けた娘のわたし以外にいない。こうして父と娘の緊迫した究極のサバイバルゲームが始まる。娘と父の愛憎半ばの激烈な関係を、実にスリリングに描ききり、ほとんど神話的な響きさえある。力強く心を震わせるスリラーだ。

またはＬＳ・ホーカーの『プリズン・ガール』（ハーパーBOOKS）。十八年間、娘を世間から隔離し鍛え上げた父親が死んだ。監禁に近い生活だったが、父親からは軍人のように銃器の扱いと対人戦術を叩き込まれた。いったい何故そこまで徹底的だったのか。遺言執行人から逃れ、父親の遺品を奪い、父親が何者であったかを探っていく。

あるいは、アメリカ探偵作家クラブ賞最優秀新人賞を受賞したジョーダン・ハーパーの『拳銃使いの娘』（ハヤカワ・ミステリ）。十一歳のポリーの前に刑務所帰りの父親ネイトが突然現れ、逃亡の旅に出ることになる。ネイトが獄中でギャングを殺し、組織から処刑命令が出たのだ。母親はすでに殺され、追手《おって》はすぐそこまで来ていた。だが、父と娘は逃げるだけではなく、処刑命令を出した組織に損害を与えるため、道々で強盗をくりかえす。ポリーは次第に父親との命懸けの逃避行の中で、殺人と暴力のあふれる世界で生き延びる術を一つ一つ身につけ、悪党達に立ち向かっていく。これがもう実に恰好いい。

さらには、世界中に翻訳されたディーリア・オーエンズの『ザリガニの鳴くところ』（早川書房）。アメリカ探偵作家クラブ賞最優秀ヤングアダルト部門賞ほかを受賞したコートニー・サマーズの『ローンガール・ハードボイルド』（ハヤカワ・ミステリ文庫）

などもある。日本の小説では、アガサ・クリスティー賞を受賞し直木賞候補にもなった逢坂冬馬『同士少女よ、敵を撃て』(早川書房)なども少女ハードボイルドの文脈にあてはまるだろう。

そして忘れてならないのは戦争小説の文脈である。戦争が行われている海外では戦争小説はふつうに書かれているけれど、ケイト・クインのように女性作家が戦場を舞台にして緊迫感あふれる活劇と白熱した人間ドラマを生み出すようになったことである。第一次大戦下で暗躍した女スパイを描く『戦場のアリス』(ハーパーBOOKS)、第二次大戦のさなか、ドイツ占領下のポーランドにいた〝ザ・ハントレス〟と呼ばれた女殺人者を追及する『亡国のハントレス』(同)、第二次大戦下、三百九人の敵を仕留めたソ連の伝説の女スナイパーが米国で活躍する『狙撃手ミラの告白』(同)など史実を踏まえながらも大胆な設定を作り、物語に大いなる波瀾をいくつももたせ、生と死のぎりぎりの境界をどこまでもリアルに、実にスリリングに描くのである。日向景一郎シリーズの北方謙三のように。

ということで、枕が長くなってしまったが、本書『鬼哭の剣』の話になる。

物語は、森之助が越後の山の中で、一人の不思議な老婆を目撃する場面から始まる。年寄りで歩くのが難儀だから背負ってくれないかと頼まれるのだが、もうすぐ糸魚川城下に入るところで先を急いでいた。江戸湯島の薬種問屋杉屋清六《すぎやせいろく》の大事な使いとして、薬師菱田多三郎《ひしだたさぶろう》に五十両を届けることになっていた。杉屋清六が森之助の伯父で隻腕の剣士小関鉄馬《おぜきてつま》に相談したところ、鉄馬は兄の景一郎にではなく森之助に行ってこいと命じたのである。

老婆は年寄りの戯れ言だといってくれて、森之助は先を急ぐ。景一郎にならい、誰よりも歩くのが早かった。しかし森之助は、老婆が自分よりも先に城下に入り、追い越していったのを確信していた。いったい何者なのだろう。

多三郎に金を届ける役目をおえ、多三郎に誘われて、しばらく滞在することになる。城下では十数年ぶりに囚人が引き回されて首を刎《は》ねられることになっていた。だが森之助は関心がなかった。首がとんだり、体が両断される場面など何度も見ていたし、五年前、十歳のときに、奥羽《おうう》の山中で景一郎に命じられ、自分よりも小さい子供の首を刎ねたことがあったからだ。

多三郎と森之助が見ていると、馬に乗り後ろ手に縛られた罪人が奪い去られる。屋根から転がり落ちてきた男が馬に飛び乗り、走り去ったのだ。

これが冒頭である。老婆、小平太《こへいた》とよばれる罪人、罪人を奪った男たちの素性が明らかになり、やがて多三郎と森之助が接点をもち、後に到着した景一郎とともに、柳生一族との壮絶な血戦が開始される。前半はゆったりと森之助の性的目覚めや初体験などが海辺を舞台に語られる。北方謙三の愛読者なら、玄界灘《げんかいなだ》をのぞむ港町を舞台に、網元の倅として暮らす一人の少年（中学二年生）の成長を捉えた連作短篇『遠い港』（一九九一年）を思い出すのではないか。普通小説であるけれど、友人や荒っぽい船子たち、ひそかな思いを寄せる女子中学生との交流を通して、性の目覚めなど大人になることの意味を静かにゆったりとリリカルに捉えた名品である。

もともと北方謙三は少年を描くのが巧い。『水滸伝』に出てくる楊令など極めて印象深いし、名作『眠りなき夜』『檻』などの脇役、「老いぼれ犬」こと高樹良文刑事の少年時代を描いた『傷痕』（一九八九年）も忘れがたい。太平洋戦争の終戦直後の東京で、飢えをしのぎながら、家も家族も食料もない焼跡で、必死に生き残ろうとする十三歳の少年たちの物語だ。状況は、現代の少女以上に過酷。大人が子供の食料を奪うこともあり、子供は牙を剝いて生きなければならない。「幼く、弱々しかったが、心は獣だった」という一節が出てくるが、まさに生きるか死ぬかの瀬戸際なのだ。大人たちはみな狡猾。暴力、騙し、死、殺人とくぐるべき門が次々と開かれ、痛ましくも切々たる結末へと向かう。

その大人になるためのくぐるべき門がより残酷なのは、森之助のほうかもしれない。前作『絶影の剣』で、幼子の首を刎ねさせられ、景一郎によってそれを何度も思い出させられる。前作の死闘では、まだ景一郎がたえずいて、随所で助けられたが、本書では景一郎はほとんど姿を見せず、森之助の剣ひとつにかかっている。しかも相手は柳生一族で、強いのである。「はじめから、死域」、つまり生と死の間に入ることになる。何度も描かれる立合、決闘、果たし合いの場面がもうたまらない。何よりも文体の成果だろう。

北方謙三が山田風太郎との一九八八年の対談（『小説現代』一九八八年二月号所収「小説の虚構は酒中に在り」。山田風太郎『風来酔夢談』＝富士見書房収録）で、「実はぼく、来年から歴史小説を書くんです」といい、山田とこんな話をしている。

北方　ぼくは、これはもう読者にとってまったく新しい人間が出てきて、すごい劇的なドラマを展開するというふうに書けば大丈夫だろうと思っているんです。

山田　いまの読者が知らないことを説明しようとすると小説の原形をまずこわしちまう。あなたのはすごいリズムで成り立っているような小説だけども、長々説明を入れたらそんなリズムがなくなっちゃう。いまじゃ、関ヶ原も説明しないとわからない読者が多くなってるから。

「読者にとってまったく新しい人間が出てきて、すごい劇的なドラマを展開するというふうに書けば大丈夫」というのは、景一郎シリーズにあてはまるだろうし、長々と説明をいれないのも本シリーズの特徴のひとつだろう。ほかの作家なら詳しく丁寧に時代背景に頁をさくのだが、北方謙三はそうしない。いきなり現場へと読者をつれていくのだ。「あなたのはすごいリズムで成り立っているような小説」だから「長々と説明を入れたらそんなリズムがなくなっちゃう」というのも、北方謙三節の要点をついた見事な指摘だ。そう文体のリズムなのだ。リズムが素晴らしくいいのである。

そのリズムとも関係するが、「説明を省略した簡潔にして直截《ちよくさい》、形容句を排除した北方節は、剣豪小説にとって目玉ともいうべきか、聖域と言える大切な場面で強烈な力を発揮する」と称賛しているのが、俳優でエッセイストだった児玉清《こだまきよし》である（以下引用は、新潮文庫版の解説より）。決闘の場面において、「北方謙三は極端と言えるくらいに言葉数を少なくするときがある。両者の動きを的確な名詞と動詞を間隔を空けてピシッと配置し、あとは読者の想像に委《ゆだ》ねる」が、「これが凄《すさ》まじいほどリアリティを生み出し、恰も両者の息遣いを耳元に聴くようなぞくぞく感を味わえるのだ」といい、対峙したときの「気」や「斬撃《ざんげき》」までの心の動き、さらには「皮一枚の見切り」など、「心・技・体の連繋《れんけい》した一連の動作を凝縮し且《か》つあまねく表現できる術《すべ》を作者は薬籠《やくろう》中のものとしている」「北方剣豪小説の大いなる醍醐味《だいごみ》の一つ」と絶賛している。そう、まさにこの場面そのもの、心の動きひとつひとつを喚起させる〝凄まじいリアリティ〟こそが小説の醍醐味なのだ。

ここでもう一度冒頭の少女ハードボイルドの話になる。少女ハードボイルド以前のハードボイルドや冒険小説などアクションの多い物語では、もっとも傷つきやすく、それでもまだ立ち直ることもできて、生き残ることのできるのは少年だった。少女をヒロインにするにはまだ早かった。いたいけな少女のイメージがあり、死の危険を乗り切る物語を牽引するのにリアリティがなかった。しかしいまや少女こそが死の危険と紙一重の状況を生きる存在として最適なのである。

ただ、誤解してほしくないが、少年だからだめで少女だからいいのではない。重要なのは、なにがいちばん読者に世界を生々しく感知させるのかなのである。海外の少女ハードボイルドと同じく『傷痕』や『遠い港』がいいのは、誰もが経験する少年（少女）時代を懐かしんだり、忘れていた手触りを思い出させるからではない。いまそこにある世界、すなわち生への不安や恐れや喜びを、直接的に生々しく読者に喚起させるからである。感受性を十全に開いた主人公の生活があり、読者の各々が体験した（または体験するだろう）人生の一断面と直截につながっているからこそいいのだ。

この読者の興味のありかたは、逆にいうなら、世界中で起きている終わらない戦争や伝統的な価値観の崩壊、貧困や差別の中で、かよわき者たちがいかにタフとなり、生き抜くのかに読者の関心事があるからでもある。精神を破壊してやまない戦場で人はどうなるのかをじっくりと見てみたいのだ。大人よりもはるかに不安定でもろい十代がいいし、少年よりも少女のほうがより衝撃度があがるから少女のほうがいいのだが、では、十五歳の本書の森之助はどうなのかといったら、森之助のほうがはるかに世界を生々しく体現してくれる。それは幼いころから数々の試練を与えられ、負荷をかけられ、死地をくぐりぬけてきたからである。本書でも、その試練と負荷と死地はとびぬけて多い。敵との戦いだけではなく、兄の景一郎の存在そのものが大きく影を落としているからだ。「自分を縛りつけているのは、兄ではないのか。自分は、兄に縛りつけられて、身動きもできないでいるのではないのか。（略）呪縛《じゅばく》を断ち切る。それができなくて、自分が自分でいられるのか」（四一八頁）「兄がなんだ。自分より、二十年ほど早く生まれただけではないのか。二十年の歳月は埋められない。埋められないのは、歳《とし》の差だけだ。五年前と較べても、自分と兄の力量の差は、信じられないほど大きく縮まった。／兄に勝てるのだ。負けはしないのだ。それひとつだけを、森之助は思い続けた」（四一九頁）とあるのは、五年後の二十歳のときに兄と真剣で立会うことになるからである。それが宿命だからだ。日向景一郎シリーズは、その戦いをもって完結するが、どういう結末を迎えるかは次回の『寂滅《じゃくめつ》の剣』に詳しい。痺れますよ。

最後に余談めいたことをひとつ。「まさに疾風怒濤《しっぷうどとう》の森之助の青春冒険物語が展開する」「これほどワクワクして読める面白剣豪小説は、この世に、そうざらにはありませんよ」「北方剣豪小説は、有難くて、うれしくて、最高に面白い冒険小説の夢中クラス本なのだ」とは新潮文庫版の児玉清氏の言葉だが（素晴らしい解説なのでぜひ読まれたい）、剣豪小説のみならず、海外の少年・少女ハードボイルドや戦争小説にも比肩する傑作として注目してほしい。海外ミステリを原書で読んでいたほどの海外ミステリファンだった児玉清氏と対談したことがあるけれど（驚くほどの読書量、熱き言葉と優れた見識の数々には魅せられてしまった）、もしもご存命ならば、勝手な解釈といわれそうだが、僕の見方に賛成してくれたのではないか。海外ミステリファンにお薦めしたい傑作シリーズだ。

底本『鬼哭の剣　日向景一郎シリーズ４』（新潮文庫／二〇〇六年）
新装版刊行にあたり加筆・修正をしました。

双葉文庫

き-08-05

鬼哭《きこく》の剣《けん》〈新装版〉

日向景一郎《ひなたけいいちろう》シリーズ❹

2025年4月12日　第1刷発行

【著者】

北方謙三《きたかたけんぞう》

【発行者】

箕浦克史

【発行所】

株式会社双葉社

〒162-8540 東京都新宿区東五軒町3番28号

［電話］03-5261-4818(営業部)　03-5261-4831(編集部)

www.futabasha.co.jp（双葉社の書籍・コミックが買えます）

【印刷所】

株式会社 DNP 出版プロダクツ

【製本所】

株式会社 DNP 出版プロダクツ

【カバー印刷】

株式会社久栄社

【DTP】

株式会社ビーワークス

【フォーマット・デザイン】

日下潤一

ISBN978-4-575-67239-8 C0193
Printed in Japan

風樹の剣
日向景一郎シリーズ①〈新装版〉

北方謙三

十八歳の青年・日向景一郎は最強の剣士といわれた祖父・将監から「お前の父を捜し斬れ」という遺言を受け旅に出る。景一郎を待ち受ける過酷な運命とは⁉

（双葉文庫）

降魔の剣
日向景一郎シリーズ②〈新装版〉

北方謙三

熊本の地で父を斬った景一郎は、腹違いの弟を育てながら江戸で焼き物を作る日々を過ごしていた。そんな景一郎に、ふたたび強敵があらわれる——。

（双葉文庫）

絶影の剣

日向景一郎シリーズ③〈新装版〉

北方謙三

景一郎は弟の森之助とともに薬草種を届けるため奥州に向かっていた。そこには、藩によって孤立させせられ皆殺しにされそうな村があり……。

（双葉文庫）

寂滅の剣

日向景一郎シリーズ⑤〈新装版〉

北方謙三

景一郎と森之助。兄弟の対決の瞬間が近づいていた。祖父、父からの因縁をめぐって兄弟が壮絶な決闘を繰り広げるシリーズ最終巻。

（双葉文庫／五月十四日発売）